HANNAH TUNNICLIFFE

Das Gefühl von Sommerblau

Das Buch

Juliette hat sich ihren Traum erfüllt und führt das bekannte Pariser Restaurant *Delfine*. Doch als ihre Beziehung zerbricht und ihre Mutter schwer erkrankt, lässt sie ihr Leben in der französischen Hauptstadt zurück und macht sich auf den Weg in ihre Heimat, die Bretagne. Aber was wäre Juliette ohne das Kochen und Backen? Das Jobangebot von Max, einem ehemaligen Rockstar, kommt ihr daher gerade recht. Er hat seinen Landsitz in Julietts Heimatort und braucht eine Privatköchin. Juliette hofft, dass die Ruhe und Abgeschiedenheit auf Max' traumhaftem Anwesen ihr helfen werden, in dieser schwierigen Zeit ihr Herz zu heilen. Doch dann kommen Max' Studienfreunde zu seinem vierzigsten Geburtstag, und die verträumte Juliette wird aus ihrer ordentlichen Küche heraus- und mitten in ein chaotisches Beziehungsgeflecht hineingezogen. Die Clique hat sich seit Jahren nicht mehr gesehen, und ein bewegtes Wochenende steht ihr bevor – voller emotionaler Verwirrungen, Überraschungen und lang versteckter Gefühle. Und auch Juliette findet weit mehr, als sie je zu hoffen gewagt hätte …

»Sinnlich.« *Australian Women's Weekly*

»Unwiderstehlich.« *Sun Herald*

Die Autorin

Hannah Tunnicliffe wurde in Neuseeland geboren. Sie studierte Sozialwissenschaften und lebte danach in Australien, England, Macao und Kanada. Sie arbeitete einige Zeit in der Personalwirtschaft und als Karriere-Coach und wandte sich dann ihrem Traum, dem Schreiben, zu. Mit ihren Mann und ihren zwei Töchtern lebt sie heute in Sydney, Australien. Nach *Der Duft von Tee* und *Der Geschmack von Salz und Honig* ist *Das Gefühl von Sommerblau* ihr dritter Roman im Diana Verlag.

HANNAH TUNNICLIFFE

Das Gefühl von Sommerblau

ROMAN

Aus dem Englischen von Hanne Hammer

DIANA

Von Hannah Tunnicliffe sind im Diana Verlag bisher erschienen:
Der Duft von Tee
Der Geschmack von Salz und Honig
Das Gefühl von Sommerblau

MIX
Papier aus verantwortungsvollen Quellen
FSC® C014496
FSC
www.fsc.org

Verlagsgruppe Random House FSC® N001967

Deutsche Erstausgabe 05/2018

Die Originalausgabe erschien 2016 unter dem Titel
A French Wedding bei Pan Macmillan Australia Pty Ltd., Sydney

Redaktion: Heiko Arntz
Umschlaggestaltung: t. mutzenbach design, München
Umschlagmotiv: © Shutterstock/Fantom666
Satz: Leingärtner, Nabburg
Druck und Bindung: GGP Media GmbH, Pößneck

Printed in Germany
ISBN 978-3-453-35954-3

www.diana-verlag.de
Besuchen Sie uns auch auf www.herzenszeilen.de
Dieses Buch ist auch als E-Book lieferbar.

Für meine Eltern, Rob und Glen Tunnicliffe,
für all ihre Liebe

»Gwell eo karantez leizh an dorn
ewid madoù leizh ar forn.«

Eine Handvoll Liebe ist besser
als ein Ofen voller Brot.

(BRETONISCHES SPRICHWORT)

Prolog

Die Frühlingssonne dringt endlich durch die Wolken und wirft ihr blasses weißes Licht auf die kleine Menschenmenge. Einige blicken von ihren Unterhaltungen auf. Eine Möwe segelt im Aufwind nahe dem Wasser wie eine Origami-Figur, die jemand in den Himmel geworfen hat. Mühelos schwebt sie in der Luft, sinkt tiefer, begutachtet die Szene am Boden. Menschen in zartfarbenen Kleidern, in gebügelten Hemden und Hosen. Sie halten Gläser in den Händen, und das willkommene Sonnenlicht lässt ihre Drinks golden und bernsteinfarben erstrahlen. Eine ernst blickende Frau in einem rosa Kleid bietet Canapés auf einem Silbertablett an. Die Gäste bewegen sich langsam zu den in Reihen aufgestellten Plätzen, nur widerwillig unterbrechen sie ihre Unterhaltungen. Sie beugen sich vor, um Wangen zu küssen und Hände zu ergreifen, freuen sich, einander zu sehen, freuen sich, zu diesem Anlass hier zu sein. Ganz vorne sieht ein junger Mann mit einer Geige zu der jungen Frau hin, die am Ende des Gangs wartet und deren blondes Haar an den Spitzen rot gefärbt ist, und räuspert sich. Sie gibt ihm das Zeichen, und sofort spürt er dieses Ziehen im Innern, ein Kribbeln wie Champagner.

Die Gäste merken auf, setzen sich, schweigen. Der Garten atmet Blumenduft aus. Einen Duft, der rosa und purpurn und schwer ist, von Flieder und Hyazinthen und Rosen, die in voller und herrlicher Blüte stehen. Weiße und blassgrüne Hortensien schwanken sanft in der Brise, wie Zuckerwatte auf Stängeln. Gänseblümchen sprenkeln den Rasen, der weich und kühl ist. Dann beginnt der Geiger zu spielen. Noten steigen auf und umschwirren die Köpfe. Die Sängerin, die ein langes, mit Blumen besticktes Kleid trägt und die über dem Ohr eine rote Rose im Haar hat, stimmt in das Stück mit ein. In der Menschenmenge weint als Antwort ein Baby.

Die Braut ist jetzt am Ende des Gangs. Alle Augen sind auf sie gerichtet. Sie trägt ein langes cremefarbenes Seidenkleid, das fließend bis zu ihren Füßen reicht. Die meisten halten den Atem an, einige spüren Tränen in den Augen und in den Kehlen, andere sehen sie nur an wie verzaubert. Sie schreitet über das weiche Gras, einen ungebundenen Blumenstrauß in der rechten Hand. Die Sonne, die inzwischen selbstbewusster geworden ist, scheint auch aus ihr zu leuchten, als könnte sie jeden Augenblick vor Freude in tausend glitzernde Splitter bersten. Vorne im Gang bleibt sie stehen und gibt den Strauß einer Freundin. Als sie die Hände ihres Geliebten ergreift, können die, die nahe genug sitzen, sehen, wie sie sie festhält, bis ihre Knöchel weiß sind, und hören, wie er in einem zarten Flüsterton sagt: »Du bist wunderschön.«

Sie klammern sich aneinander, ihre Gesichter leuchten, strahlen.

Hoffnung – nein! Gewissheit –, dass es möglich ist und dass es gut gehen kann.

Zwei Jahre früher – Deux ans plus tôt

Juliette

Als Juliette erwacht, riecht sie den Duft welkender Rosen. Sie waren rosa, als sie sie bekommen hat, doch jetzt haben sie die Farbe gebräunter Sommerhaut angenommen, und die Blütenblätter fallen von den Stängeln. Sie ist spät dran. Zu spät. Ausgerechnet an diesem Tag der Tage. Sie wirft einen Blick auf die Wanduhr, springt aus dem Bett und flucht: *Merde, merde, merde*. Sie hastet an den Blumen mit den herabhängenden Köpfen vorbei, sodass sich noch mehr Blütenblätter auf dem ungemachten Bett und dem Boden verteilen wie Hochzeitskonfetti.

Sie duscht rasch, das Haar zu einem losen Knoten gebunden. Sie trocknet sich schnell und notdürftig ab. Das Handtuch ist dünn und könnte mal ersetzt werden. Putzt sich die Zähne. Runzelt die Stirn beim Anblick ihres Gesichts, das von den vielen Abenden in der Küche blass und ganz zerknittert ist. Verteilt mit schneller, leichter Hand Make-up, zu viel, es wird sich in der Landkarte ihrer Haut – Flüsse und andere Grenzlinien – festsetzen. Mascara. Rouge, um nicht so müde auszusehen. Sie kämmt ihr Haar aus. Es ist bis über die Schultern gewachsen. Die Enden sind nicht in Topform, genau wie ihre Nerven, doch wenn sie es hochsteckt, sieht man es nicht.

Juliette bleibt mit dem Daumen in der ersten Strumpfhose hängen. Sie flucht erneut und inspiziert den Nagel, der kurz und rissig ist. Mit dem zweiten Paar ist sie vorsichtiger, lässt sich Zeit, obwohl ihr Herz vor Ungeduld in ihrer Brust rumpelt und drängelt. Zieht Kleid und Stiefel an und ist aus der Tür. Die Handtasche über der Schulter schwingt wie ein Pendel. Das Handy in der Hand. Sie schickt Louis eine SMS, entschuldigt sich, während sie durch das Treppenhaus nach unten eilt: *Pardon! Arrive bientôt. J.*

Ihre Stiefel machen *klack!, klack!, klack!* auf den Stufen. Als wollten sie sie ausschimpfen.

Madame Deschamps öffnet ihre Tür, als Juliette vorbeieilt. Sie zieht ihren Morgenmantel enger um sich und tritt einen Schritt zurück. Juliette hat keine Zeit, stehen zu bleiben und Nettigkeiten auszutauschen. Ihre Stiefel führen sie die Treppe hinunter, diese altehrwürdige sich kringelnde Wirbelsäule, und aus der Haustür hinaus auf die Straße.

Draußen ist das Morgenlicht grau und kontrastlos, und die Welt riecht nach Beton und Hundepisse und gebackenem Teig aus dem Block nebenan, und Juliette schnuppert unwillkürlich. Sie weiß, dass Henri in der *boulangerie* ist, bedeckt mit Schweiß und Mehl, weiß, dass er die Hintertür geöffnet hat, um etwas Luft hereinzulassen, ganz gleich, wie sie riecht, und die kühle Liebkosung auf seiner geröteten kribbelnden Haut zu spüren. Juliette weiß, dass er einen Espresso trinkt, schwarz und ohne Zucker, dass er ihn genießt wie einen Kuss und jedem von der Belegschaft, der sich ihm nähert, ein *foutre le camp!* an den Kopf wirft, bis er fertig ist, bis er sich neu belebt fühlt. Juliette ist natürlich willkommen. Sie sprechen über Mehl und Backhefe und über ein Dasein ohne Zigaretten und über Henris Hund, der alles für ihn ist und ein schlimmes Bein hat. Wenn sie nicht so spät dran wäre, könnte sie ihm jetzt Gesellschaft leisten und den Zigaretten nachtrauern und den Hund loben. Aber heute geht das nicht.

Juliette eilt an den Männern vorbei, die ihre Stände für den Markt aufbauen. Manche rufen ihr etwas zu, andere nicken mit den Köpfen. Kisten werden geöffnet und Lastwagen stehen mit Ladungen von Fisch und Krabben herum, mit frühen Beeren, Bündeln von süßem, zitronigem Sauerampfer, mit Schokolade, Käse, Öl und Essig in schlanken grünen Flaschen, Blumen mit lieblich duftenden Köpfen in den Farben von Süßwaren. Juliette weicht einem erschöpft aussehenden Touristen mit einer Kamera aus, die an einem Riemen um seinen Hals hängt.

Es ist nur ein kurzer Gang bis zur Metro-Station Place Monge, anderthalb Blocks. Juliette holt ihr Ticket heraus, bevor sie am Eingang ist, der von einem geschwungenen Metallschild angezeigt wird, dessen Buchstaben wie Ranken geformt sind. Die Stufen darunter sind mit Flüchen und Beleidigungen schmutzig besprüht. Juliette drückt instinktiv ihre Tasche fester an sich. Das ist das fünfte Arrondissement. Das ist Paris. Man kann nie wissen. Juliette ist die Einzige auf dem Bahnsteig, als der Zug, begleitet von einem ekelhaft warmen Wind, einfährt. Sie steigt ein und setzt sich. Sie merkt, dass ihre neuen Stiefel drücken. Sie hatte für heute etwas Schönes, etwas Neues gewollt. Neue Stiefel, um sich selber neu zu fühlen. Neu und besonders und wie jemand, über den es sich lohnt zu schreiben. Selbst wenn ihr Haar nicht perfekt ist oder ihre Nägel oder die Falten in ihrem Gesicht, die verraten, dass sie über vierzig ist und furchtbar müde.

Ein Mann auf dem Platz ihr gegenüber hebt den Kopf von der Zeitung. »Juliette!«

Sein Haar ist dick und silbrig, seine Lippen sind voll und verziehen sich zu einem Lächeln.

»Léon.« Juliette versucht, fröhlich zu klingen.

Léon ist Koch und Besitzer des *La Porte Blanche*, vormals *Le Sel*, eines Restaurants im ersten Arrondissement. Er steht von seinem Platz auf, um sich neben sie zu setzen. Eine Frau mit einem leuchtend bunten Kopftuch beobachtet sie, ihr Gesicht ist ausdruckslos. Ihr Kleid ist mit Blumen und Blättern bedruckt – orange, braun, schwarz und gelb. Juliette wünscht sich, sie würde stattdessen neben ihr sitzen.

»Ich habe gewusst, dass du es bist«, sagt Léon und neigt den Kopf. »Du siehst hübsch aus. *Très jolie.*«

»*Merci,* Léon. Danke«, antwortet Juliette.

Léon faltet die Zeitung zusammen und steckt sie in seine Manteltasche. »Du bist früh dran?«

Juliette nickt.

»Du arbeitest zu viel.«

Juliette weiß, dass das eher eine strategische Entmutigung als echte Besorgnis ist. Léon ist nicht Juliettes Verbündeter, er ist ihr Konkurrent.

»Ah, heute ist dein großer Tag, nicht?«, meint Léon.

»Wie …?«

Léon nickt bedächtig. »Ich weiß es. Ich höre so etwas. Ein Interview mit …?« Er lacht wissend.

»*Gault-Millau*«, murmelt Juliette. Sie hatte es vermieden, den Namen des berühmten Restaurantführers laut auszusprechen, als würde das Unglück bringen. Léons Lächeln ist breit und zufrieden.

»Dusollier?«

»*Oui,* Dusollier.«

»Hmmm«, brummt Léon. »Sie ist ein harter Brocken.«

»Ja, das habe ich gehört«, antwortet Juliette. Plötzlich fühlt sie sich schon viel weniger *jolie*. Sie wünscht, sie hätte den Friseurtermin letzte Woche nicht abgesagt. Juliette hat in der letzten Zeit viele Termine abgesagt. Verabredungen mit Freunden und Arztbesuche. Sie war seit zwei Jahren nicht mehr beim Zahnarzt und weiß, dass ein Zahn eine Füllung braucht.

»Du kennst sie?«, fragt Juliette wie beiläufig.

Léon nickt. »Natürlich.«

Sie halten an einer Haltestelle, der Zug füllt sich, die Fahrgäste drängeln zu den Sitzplätzen. Eine schwangere Frau findet keinen Platz und die, die sitzen, meiden ihren Blick. Zwischen Juliette und der Frau in dem Kleid mit dem Blumenmuster sitzen eine weitere Frau, die in den Spiegel einer Puderdose schaut und Lippenstift aufträgt und eine dunkle Handtasche unter dem Arm hat, und ein junger Mann mit einem Skateboard. Er starrt Juliette wütend an.

»Du schaffst das schon«, sagt Léon und tätschelt Juliettes Knie, wobei seine Hand einen Moment zu lange auf ihrem Bein verweilt. Er beugt sich zu ihr vor und senkt die Stimme. »Dusolliers bellt gern. Aber Hunde, die bellen … So sind sie alle, nicht? Die Kritiker. Wollen sich nur wichtig machen.«

Juliette nickt.

»Weißt du, was der Trick ist?«, flüstert Léon.

Juliette antwortet nicht. Sein Gesicht ist ihrem zu nahe, und er riecht zu stark nach Aftershave. Léon in die Arme zu laufen, ist nie angenehm. Juliette geht Léon aus dem Weg, wo sie nur kann – bei Branchenevents, bei Eröffnungen, wenn er mit einem Investor, den er für sich zu gewinnen sucht, in ihr Restaurant, das *Delphine,* kommt. Nicht nur weil er ein Konkurrent ist. Es ist mehr. In Léons Gegenwart fühlt sich Juliette immer unbehaglich. Als würden sich Schlangen in ihrem Bauch winden.

»Du musst dafür sorgen, dass sie sich als etwas Besonderes fühlen. Verstehst du?«

Léon legt seine Hand auf Juliettes. Sie wirft einen Blick darauf, auf den goldenen Ring, dann sieht sie ihn direkt an. Er hat die Hand weggenommen, als ihr Blick seinem begegnet, aber es reichte bereits. Der Zug ruckelt, und die Fahrgäste schwanken. Die Frau in dem Blumenkleid sieht sie durch eine Lücke an. Es beruhigt Juliette, dass sie da ist. Alles beobachtet.

»Verstehe. *Merci*«, antwortet Juliette knapp.

»Du schaffst das«, sagt Léon noch einmal, samtweich wie geschmolzene Schokolade, die zum Abkühlen auf der Arbeitsfläche ausgebreitet ist.

Juliette strafft die Schultern, ermutigt durch die Frau in dem Blumenkleid, durch die Hitze von Léons unerwünschter Berührung, die sie noch immer auf ihrer Hand spürt.

»Wie geht es Céline?«, fragt sie, der Name geht ihr leicht von der Zunge. »Deiner Frau? Und den Kindern?«

Léons Lächeln ist angespannt. »Hm, gut, danke. Es geht ihnen gut.«

»Grüß alle unbedingt von mir.«

»Ja«, antwortet Léon bedächtig.

Juliette sieht aus dem Fenster, der Zug wird langsamer. Ihre Haltestelle rückt ins Blickfeld.

»Ich muss hier aussteigen«, sagt sie, die Hand zu einer halbherzigen Entschuldigung erhoben.

Juliette zwinkert der Frau über den Gang zu, als könnte sie Juliettes Gedanken lesen. Als könnte sie ihre Dankbarkeit spüren, obwohl Juliette sich nicht sicher ist, wofür sie eigentlich dankbar ist. Sie steht bereits, als der Zug zu stark bremst. Sie stolpert auf die Frau mit der Handtasche zu, die ihren Lippenstift fertig aufgetragen hat.

»*Bonne chance*«, sagt Léon aalglatt. »Bei dem Interview.«

»Ich bin mir sicher, es läuft gut«, antwortet Juliette schnell, nickt und steigt aus.

Die Schlangen in ihrem Bauch zischen und spucken Gift.

Amélie Dusollier hat vor einem Monat im *Delphine* angerufen. Louis ist ans Telefon gegangen. Er ist lebhaft, Louis, dünn, mit dunklen Ringen unter den Augen und einer langen, schmalen Nase. »*Gault-Millau!*«, hatte er geflüstert und nervös gezappelt, bevor Juliette ans Telefon gekommen war.

An diesem Morgen war Juliettes Kopf voller neuer Worte und Ideen gewesen, voller Zutaten, die wie ein Puzzle zusammengesetzt werden wollten. Sie konnte sich nie absolut sicher sein, was zusammen harmonierte und was nicht. Manchmal kam sie sich mehr wie eine Chemikerin im Versuchslabor vor. Jean-Paul, der Mann, der als Erster mit ihr geschlafen, der sie als Erster gegen eine Theke gedrückt und geküsst hatte, der ihre Hände genommen und ihr gezeigt hatte, wie man kochte und wie man liebte, diese beiden Tätigkeiten, die jetzt fest in Juliettes Psyche miteinander verknüpft waren – Jean-Paul hätte nicht so ein Aufheben darum gemacht. Er hätte gesagt: »Was im Beet zusammenpasst, passt auch im Topf zusammen.« Aber Jean-Paul war kein Küchenchef, er musste kein Restaurant führen, nicht mit Léon und seinesgleichen konkurrieren oder sich vor der Welt beweisen. Jean-Paul fing einfach nur Fische – und Frauen. Seine beiden Lieblingsbeschäftigungen.

Wakame. Kombucha. Umami.

Das waren die Gedanken, die Juliette an diesem Morgen durch den Kopf gingen, an dem Amélie Dusollier angerufen hatte. Sie hatte mit asiatischen Aromen experimentiert. Süß und sauer und eingelegt und knusprig frittiert. Mit Zutaten, von denen Jean-Paul nie gehört hatte.

»Dusollier«, hatte sie am anderen Ende der Leitung gesagt, ihren Vornamen musste sie gar nicht erst nennen. Juliette hatte vor Schreck erst einmal geschluckt.

»*Bonjour*«, hatte sie dann freundlich geantwortet. »Juliette. Vom *Delphine*.«

»*Oui*«, antwortete Amélie Dusollier einfach. Kritiker und Gutachter liebten es, sich wichtig zu fühlen. Sie selbst produzierten im Grunde gar nichts, nur Worte. Sie investierten kein Geld in Unternehmen, die groß rauskommen oder kläglich scheitern konnten. Sie gingen keine Risiken ein. Und trotzdem lag es in ihrer Macht, einen Restaurantbesitzer oder Koch zum Ritter zu schlagen oder ins Exil zu verbannen. Und das wussten sie. Amélie Dusollier machte ihre Termine weit im Voraus. Sie hatte das Interview, das Probeessen und den Fotografen vor einem Monat mit Juliette vereinbart. Juliette war das damals wie eine lange Zeit vorgekommen, um sich vorzubereiten, das neue Menü zusammenzustellen und zu testen, neue Stiefel zu kaufen und zum Friseur zu gehen. Doch das *Delphine* musste weiterlaufen, und die Zeit war wie im Flug vergangen.

So wie Juliette jetzt fliegt, die Stufen der Metro hoch in den strahlenden Pariser Morgen.

Juliette bleibt kurz stehen, um einen Blick auf ihr Handy zu werfen. Eine SMS von Louis.

»*Pas de problème.*«

Sie sieht unwillkürlich zum Himmel hoch und dankt ihm für Louis. Juliette und Louis sind ein gutes Team. Louis führt das *Delphine* als Manager, kümmert sich um das Kaufmännische sowie um die Gäste, und er besitzt eine Intuition für die Küche, was selten ist. Juliette lässt ihn jedes einzelne Gericht probieren, bevor sie es auf die Karte setzt. Er ist gut darin, Personal zu finden, er ist gut mit Zahlen, er ist freundlich zu den Gästen, aber nicht zu freundlich. Er ist organisiert und schweigsam. Angenehm, taktvoll und diplomatisch. Er verliert nie die Beherrschung, trinkt nie zu viel, auch nicht nach Feierabend mit dem Team. Sein Privatleben ist genauso ruhig und organisiert wie er selbst. Ein Lebensgefährte, eine Katze, eine kleine Wohnung und ein Faible für japanischen Whiskey, britischen Gin und den amerikanischen Keramiker und Raumkünstler Jonathan Adler. Und er vertritt strenge Lebensmaximen:

Niemals einen schwarzen Schal tragen (macht dich unnötig blass).

Nichts mieten, was man kaufen kann.

Keinen Alkohol am Vormittag.

Hüte dich vor Versicherungsvertretern.

Fang nichts mit einem Politiker an. Sie sind schlimmer als Versicherungsvertreter.

Juliette muss sich eingestehen, dass sie fast gegen jede dieser Maximen schon verstoßen hatte. Im Vergleich zu Jules' geordneten Verhältnissen war ihr Leben das reinste Chaos, so wie ihre Wohnung, und voller Probleme.

Juliettes Stiefel klappern auf dem Kopfsteinpflaster, während sie noch einmal die Dinge durchgeht, die sie heute Morgen erledigen muss, bevor Amélie Dusollier eintrifft. Ihre Köche haben ihre handgeschriebenen Listen und sind bereits gut vorbereitet. Sie hofft, dass ihre Arbeitskleidung strahlend weiß und gut gebügelt ist, und sie hofft, dass ihre beste Kellnerin, Fleur, sich gestern Abend nicht mit ihrem Freund gestritten hat, dass sie keine säuerliche Miene aufsetzt oder schmollt. Sie hofft, dass die rosa Pfingstrosen, die sie gekauft hat, ein wenig weiter aufgegangen sind. Sie hofft, dass das Besteck makellos sauber ist und dass die Tischdecken ordentlich gemangelt sind. Louis hat sich bestimmt um das meiste bereits gekümmert, wenn sie ankommt.

Im Gegensatz zu Louis verliert Juliette manchmal die Beherrschung. Sie trinkt auch gern ein Glas mehr als nötig. Vielleicht weil sie in ihrem Herzen eine Köchin ist und Köchinnen so etwas machen. Oder weil sie das einzige Kind ihrer Eltern ist, oder weil sie eine Frau ist und das Gefühl hat, sich beweisen zu müssen. Oder weil sie so viel arbeitet, geradezu obsessiv, und es einfacher ist, im *Delphine* zu bleiben und noch einen mit den Mitarbeitern zu trinken, als nach Hause zu gehen, in ihre Wohnung mit den welkenden Rosen, den überall herumliegenden Kleidern und dem Bett, das immer halb leer ist und sich entsetzlich groß und kalt anfühlt.

Ein Radfahrer fährt fast in Juliette hinein. Er hat in die falsche Richtung gesehen. Jetzt schreit er Juliette an, als wäre es ihre Schuld.

»*Putain!*«

Juliette öffnet den Mund, um es ihm mit gleicher Münze heimzuzahlen. Sie umklammert das Handy, wie um es nach ihm zu werfen, aber das wäre natürlich unsinnig. In diesem Moment klingelt das Handy. Sie läuft langsamer, um auf das Display zu gucken. Sie liest »Dad«. Sie hat fast das *Delphine* erreicht. Sie lässt es noch zweimal klingeln. Fällt eine Entscheidung. Bleibt stehen.

»Papa?«

»Juliette!«

»Hi, Dad.«

»Guten Morgen, Liebes. Wie geht es dir? Wo bist du?«

»Auf dem Weg zum Restaurant«, antwortet Juliette, die Ungeduld kribbelt in ihr.

»Gut. Gut ...« Die Stimme ihres Vaters ist fern, er wirkt zerstreut. Juliette verlagert das Gewicht von einem Fuß auf den anderen, bedauert, dass sie die Stiefel nicht hat weiten lassen. Vor allem bedauert sie, überhaupt ans Telefon gegangen zu sein. »Alles okay, Dad? Ist etwas mit Mum?«

Die Stimme ihres Vaters ist jetzt klar und präsent. »Ja, sicher, Liebling. Mir geht es gut. Uns geht es gut.« Juliettes Vater räuspert sich. Juliette hört eine Stimme im Hintergrund. Sie drückt das Handy fester ans Ohr.

Ihr Vater sagt: »Ich rufe deinetwegen an. Heute ist doch dein großer Tag.«

Natürlich hat er das *Gault-Millau*-Interview nicht vergessen. Juliettes Vater erinnert sich an alles. Er war bei jeder Aufführung in der Schule, war bei jeder Preisverleihung. In Douarnenez einen Preis zu gewinnen, war nicht so schwer. Es gab ja nicht so viele Einwohner. Die Wahrscheinlichkeit, früher oder später irgendeinen Preis abzubekommen, war extrem hoch. Doch Juliettes Eltern haben ihre Erfolge nie leichtfertig abgetan. In ihren Augen war Juliette ein Star, ein strahlendes Licht, eine Quelle immerwährenden Stolzes. Doch damit konnten sie Juliette nicht täuschen. Sie hatte sich durchaus nicht wie ein Star gefühlt. Sie hatte ihre Mängel und Fehler mit nur noch schärferem Blick betrachtet.

»Danke, Dad«, erwidert Juliette. Sie klopft mit dem Fuß auf den Boden, dann tritt sie einen Schritt zurück, um jemanden vorbeizulassen. Sie stellt sich unter die Traufe eines Juweliergeschäfts, dessen Rollläden noch geschlossen sind.

»Wie fühlst du dich?« Der Akzent ihres Vaters fällt ihr am Telefon immer besonders auf. Juliettes Eltern waren vor ihrer Geburt von England in die Bretagne gezogen.

»Gut, wirklich. Es ist viel zu tun …«, sagt Juliette und würde doch am liebsten ausrufen: *Lass mich gehen. Lass mich gehen.* Sie schaut zum *Delphine* hinüber.

»Liebling?«, ruft die Stimme, die Juliette im Hintergrund gehört hat. Schrill und sehnsüchtig. Wie aus großer Ferne.

Juliettes Aufmerksamkeit ist sofort wieder beim Telefon. »Ist das Mum?«

»Das ist großartig. Wir wollten dir nur Glück …«

»Liebling? Wo …?«, hört sie die Stimme.

»Dad?« Juliette runzelt die Stirn. »Dad, ist das Mum? Wo bist du?«

»Mach dir keine Gedanken um uns, Liebling ...«

»Dad?«

Juliette hört ein Stöhnen, das über sie hereinbricht wie eine kalte Meereswelle. Voller Schmerz. Alles andere scheint zu verschwinden. Das *Delphine*. Amélie Dusollier. Paris. Juliette hält das Telefon fest, als wäre es ein Rettungsring. Es gibt nur sie und das Telefon und die beiden Stimmen am anderen Ende.

»Dad? Bist du im Krankenhaus?«

»Für deine Mutter wird bestens gesorgt. Wir wollten nicht, dass du dir Sorgen machst.«

»Dad, was ist los?«

»Nichts, was dich beunruhigen ...«

»Sag mir, was los ist, Dad.«

Juliettes Vater seufzt, und plötzlich ist Juliette zum Weinen zumute. Nicht heute. Nicht jetzt.

»Sie hat eine Lungenentzündung«, antwortet er resigniert.

»Liebling?« Die Stimme gehört ihrer Mutter, doch sie klingt fremd. Flüsternd und dringlich. Fern und flehend. Wie die eines Geistes. Juliette hält das Telefon so fest, dass ihre Hand wehtut. Als wollte sie es zerquetschen, als wollte sie das Gefühl in ihrer Brust nachahmen, die Schraubzwinge um ihren Kopf.

»Dad. Wie schlimm ist es?«

Juliette hört ihren Vater atmen, aber er antwortet nicht. Eine Lungenentzündung wäre schlimm genug angesichts des Alters ihrer Mutter, aber im Zusammenhang mit ihrer Krebserkrankung ergibt sich ein Befund, den Juliette sich lieber nicht genauer ausmalt. Eine vorbeieilende Frau mit einem dünnen grauen Hund an der Leine kommt Juliette unter der Traufe zu nahe. Die Nähe bringt Paris zurück. Das Licht, der Lärm, die Morgengerüche und die Stadt stürmen auf sie ein, attackieren sie. Sie blinzelt und holt Luft, taucht unter der Welle auf. Sie denkt mit Nachdruck an diesen anderen Ort, an die mineralhaltige Seeluft, die von Möwenschreien durchschnittene Stille, die grauenhafte Beengtheit ihrer Kleinstadt und an das Gesicht ihrer Mutter, das auf dem Krankenhauslaken liegt, weiß und gestärkt wie die Tischdecken im *Delphine*.

»Ich komme.«

»Nein …«, protestiert ihr Vater.

»Ich komme«, wiederholt Juliette.

Im selben Moment, da sie das Gespräch beendet, ruft Louis an. Sie geht bereits in die andere Richtung. Sie läuft über die Straße in den Stiefeln, die schmerzen, achtet kaum auf den Verkehr.

»Es tut mir leid«, stößt sie aus.

Louis' Stimme klingt besorgt: »Was ist los?«

»*Maman*.«

❧

Die Tür zu dem kleinen Stadthaus von Juliettes Eltern ist glänzend rot. Es ist die Farbe von britischen Briefkästen und Telefonhäuschen. Auf beiden Seiten hängen Körbe mit Blumen, deren Blüten über den Topfrand gucken und aus deren grünen Knospen noch viele weitere Blüten entstehen werden. Edelwicken und Geranien und Stiefmütterchen in Gelb- und Violetttönen. All das ist das Werk ihres Vaters. Juliette zieht ihre Stiefel aus. Ihr Vater kämpft mit dem Schlüssel, dann muss er sich mit der Schulter gegen die Tür lehnen, damit sie aufgeht.

Es ist wie eine Reise zurück in die Zeit. Juliettes Vater steigt die Treppe hoch, die Wände voll behangen mit Fotografien in Holzrahmen, vor allem von Juliette. Die Farben sind schon ganz verblichen. Schulfotos und Familienfotos, auf denen sie drei ein perfektes Team bilden, einer Dreierbande, mit Juliette in der Mitte. Eins ist von ihrer Kommunion. Juliette ist eine kleine Braut mit steifen Ringellocken und gerunzelter Stirn.

Die Füße tun Juliette weh, und sie setzt sich auf die unterste Stufe und zieht die Stiefel aus. Es war leicht gewesen, sich ein Auto zu borgen. Sie hatte die Situation einer Freundin erklärt, die ihr kurzerhand ihren Wagen geliehen hatte. Doch sie hatte keine Zeit gehabt, Kleider und Schuhe zu wechseln. Auf der Fahrt hatte sie sich nach einer Zigarette gesehnt, sich stattdessen jedoch mit billigem Tankstellenkaffee zufriedengegeben und das Radio laut gestellt. Die Musik hatte nicht geholfen, ihre Angst zu vertreiben.

»Ich setze den Kessel auf«, ruft ihr Vater von oben.

Nach Meinung von Juliettes Eltern liegt die Lösung für jedes Problem auf dem Boden einer Tasse Tee. Hast du Zweifel, setz den Kessel auf. In einem Akt der Rebellion hatte Juliette im Alter von elf Jahren angefangen, Kaffee zu trinken, je schwärzer, desto besser. Doch heute akzeptiert sie resigniert den süßen Tee mit Milch. Vielleicht haben ihre Eltern recht, vielleicht geht mit Tee alles besser. Ein Wunder muss geschehen, und es kann nur geschehen, wenn Rituale eingehalten werden.

Im Krankenhaus hatte es nach Desinfektionsmitteln und Verfall gerochen. Der eine Geruch überlagerte unzureichend den anderen. Nicht nach dem Verblühen der Rosen des Geliebten, sondern nach dem Verfall von Fleisch und Blut und Haut und Knochen. Ein Geruch, der dem Duft von frisch gebackenem Brot, von in der Pfanne gebratenem Fisch, weich werdendem Knoblauch und gekühltem Wein so komplett entgegengesetzt war, Gerüche, die für Lebendigkeit und Freude stehen. Der Geruch des Krankenhauses verdarb Juliette den Appetit, verursachte ihr Übelkeit.

Ihre Mutter ist sehr krank. Kränker, als sie angenommen hat, sehr viel kränker als das letzte Mal, als sie sich gesehen haben, obwohl ihre Eltern den Ernst der Lage möglicherweise für sich behalten hatten, wie sie das gerne zu tun pflegten. Die Lungenentzündung hat ihr innerhalb kurzer Zeit verheerend zugesetzt, hatte ihr Vater zugegeben. Die Krankenschwester, die hereingekommen war, um die Verbände zu wechseln, die Behältnisse zu leeren und zu füllen und die ihre Eltern besser zu kennen schien als sie, Juliette, die Juliettes Vater freundlich die Schulter tätschelte, sodass Juliette sofort Schuldgefühle bekam. Sie alle hatten Juliettes Mutter angesehen, während sie laut und mühsam Luft holte. Sie klang, als versuchte sie, unter Wasser zu atmen, unter einer Welle.

Juliette steigt auf Strümpfen die Treppe hinauf. Ihre Fußsohlen schmerzen und pulsieren bei jedem Schritt. Die Ballen und die Seite ihres rechten Fußes tun ihr am meisten weh. Sie kommt an einem Stapel Zeitungen vorbei, der mitten auf der Treppe liegt. Der Kessel blubbert, als sie in die Küche kommt. Sie sieht sich in dem gestapelten Durcheinander um. Rechnungen, Zeitungen, Notizen, Essensreste. Auf der Arbeitsfläche liegen seltsame Dinge. Schrauben, Samenpäckchen, Bücher aus der Bücherei, ein Kamm.

»Dad?«

Er sieht in den Kühlschrank und schiebt Sachen hin und her, während er vor sich hin murmelt.

»Ich hatte doch …Oh, die Marmelade von deiner Mutter, ich sollte …«

»Dad?«

Er nimmt eine Flasche Milch und sieht auf das Datum.

»Ist heute der sechzehnte?«

»Nein, der zwanzigste.«

Er öffnet den Deckel und riecht daran, er mag nichts wegwerfen.

»Ich nehme keine Milch«, sagt Juliette.

»Tut mir leid, Liebes«, entschuldigt er sich. Als er die Flasche auf die Arbeitsfläche stellt, greift Juliette danach und wirft sie für ihn in den Müll. Aus dem Abfalleimer kommt ein Geruch von verdorbenem Essen. Als der Tee fertig ist, nehmen sie ihre Tassen mit zum Esstisch. Juliettes Vater muss weitere Zeitungsstapel wegräumen, um ihnen Platz zu schaffen.

»Ich weiß, es ein bisschen unaufgeräumt«, sagt er geistesabwesend und nippt an dem gesüßten Tee.

»Wie lange ist sie schon im Krankenhaus?« Juliette fügt kein »dieses Mal« hinzu.

Ihr Vater sieht zu einem Stapel Zeitungen hinüber und greift nach obersten.

»Dad?«

»Noch nicht lange. Ein paar Tage. Heute ist Mittwoch, nicht?«

»Ja, heute ist Mittwoch.«

»Wir sind Ende letzter Woche zum Krankenhaus gefahren.«

»Dann etwas mehr als ein paar Tage.«

Ihr Vater schwenkt triumphierend die Zeitung. »Das wollte ich dir zeigen!«

»Dad, wir reden über Mum.«

Er schiebt ihr die Zeitung hin. Es ist das Lokalblatt von Douarnenez. Juliettes Name war einige Male darin. Einmal als Vertreterin der Turnmannschaft, da war sie zwölf. Zweimal wegen ihrer guten Noten auf der Highschool. Ihre Mutter hatte die Artikel ausgeschnitten. Vermutlich gibt es sie noch irgendwo im Haus, in irgendeinem Papierstapel in einem der anderen Zimmer. Ihr Vater steht auf, um sich über den Tisch zu beugen, blättert in der Zeitung, um zu finden, was er sucht.

»Ah. Hier ist es!«

Er zeigt auf die Seite.

À vendre. Boulangerie.

»Eine Bäckerei zu verkaufen? Dad, ich habe das *Delphine*.«

Ihr Vater nimmt die Zeitung wieder an sich. »Ja, ich weiß,

ich wollte nicht … Es ist Stéphanies, erinnerst du dich an sie? Stéphanie Jeunet?«

»Ja, ich erinnere mich.«

»Ich habe es gesehen und an dich gedacht. Ich wusste, dass sie hier irgendwo ist. Die Zeitung ist erst eine Woche alt, glaube ich.« Er sieht nach dem Datum, das oben auf der Seite steht. »Ja, erst eine Woche. Sie hat noch nicht verkauft, da bin ich sicher.«

»Dad, ich lebe in Paris.«

»Ich weiß, Liebes, ich habe nur gedacht, dass dich das vielleicht interessiert. Lies es. Man weiß ja nie.« Die Zeitung landet wieder bei ihr. Juliette bedenkt sie mit einem höflichen Blick. Natürlich kennt sie die Bäckerei, natürlich erinnert sie sich an Stéphanie Jeunet. Juliette war Hunderte von Malen in Stéphanie Jeunets Bäckerei. Stéphanie hatte versucht, ihrer Mutter beizubringen, wie man *kouign-amann* macht, den mürben, klebrigen Kuchen, für den Douarnenez berühmt ist. Maman war es nie gelungen, doch Juliette war in ihrem Element gewesen. Als sie noch jünger war, hatte sie davon geträumt, eine Bäckerei zu besitzen. Jetzt sind ihre Pläne größer. Bedeutender. Juliette ist aus diesem jugendlichen Wunsch herausgewachsen. Sie ist aus Douarnenez herausgewachsen. Über der Verkaufsanzeige für die Bäckerei ist eine kleinere einzeilige Annonce, in der eine Haushälterin und Köchin für ein Objekt außerhalb der Stadt gesucht wird. Juliette stutzt. Nur sehr wenige reiche Leute oder Feriengäste haben Anwesen außerhalb des Stadt.

»Du musst diese Sachen nicht behalten, Dad«, sagt Juliette.

Ihr Vater sieht sich im Raum um. »Ein bisschen Aufräumen könnte nicht schaden.«

»Es sieht aus, als wäre eine Bombe eingeschlagen.«

Juliettes Vater sieht verwirrt aus. »So schlimm ist es nun auch wieder nicht.«

Juliette schüttelt den Kopf. »Hast du Hunger? Ich mache uns was zu essen.«

»Du fährst heute Abend nicht zurück nach Paris?«

Juliette lässt den Kopf hängen. Sie hat ihr Handy auf lautlos gestellt. Aber die Vibrationen der Anrufe und Kurznachrichten hat sie sehr wohl bemerkt. Ihr Handy hat wie ein wütendes Insekt in ihrer Tasche gebrummt. Sie hat versucht, das Brummen zu ignorieren. Auf der langen Fahrt. Während des Krankenbesuchs.

»Nein, heute Abend nicht, Dad.« Sie seufzt.

Das Gesicht ihres Vaters verzieht sich zu einem müden Lächeln. »Ja, ich könnte etwas zu essen gebrauchen. Das wäre schön.«

❧

Juliette findet im Haus billigen Wein, in Flaschen abgefüllten Muschelsaft, alte Zwiebeln und Kartoffeln. Damit kommt man nicht weit. Da die Läden schon geschlossen haben, beschließt Juliette, bei den Nachbarn zu fragen, ob sie was entbehren können.

Capucine Reynauds Zuhause mit den großen Schränken aus Kastanienholz und der Standuhr, die viel zu groß und prachtvoll für die Diele ist, ist eine Hommage an alles Bretonische. An ihrer Schlafzimmertür hängt das Sonntagskleid ihrer Großmutter in traditionellem Schwarz, mit blauen und roten Vögeln und Blumen darauf, mit vollendeten Stickereien verziert. Die Fäden dick und kein bisschen verblasst. Juliette wirft einen Blick auf die Familienfotos, die meisten in Schwarz-Weiß, auf die Gesichter, deren Nasen und Augen und Lippen so vertraut sind. Juliette wendet schnell den Blick ab.

Juliettes Mutter hat Capucine Reynaud viele Jahre in Englisch unterrichtet. Nicht dass ihr Englisch dadurch besser geworden wäre, aber sie hat Juliettes Mutter vergöttert. Wie so viele in der Stadt. Sie drängt Juliette, in den Garten zu gehen und sich zu nehmen, was immer sie braucht. Sie pflückt dunkle Spinatblätter für sie, während Juliette sich etwas Kerbel nimmt und ein wenig Sauerampfer pflückt. Der würzige Duft des Sauerampfers bleibt an Juliettes Hand haften und hilft ihr, die furchtbaren Krankenhausgerüche zu vergessen.

»Geht es deiner Mutter wieder schlechter, Juliette?«, fragt Madame Reynaud am Tor.

Juliette wäre am liebsten woanders. »Leider ja.«

»Der Krebs?«

»Nein, diesmal ist es eine Lungenentzündung. Aber sie wird wieder gesund.«

Capucine Reynaud kennt den Tod, ihr Mann, ihr Neffe. Sie weiß, dass Juliette nicht die Wahrheit sagt, und sieht sie mit dem Blick an, den Juliette so fürchtet. Mitleid. Ehrliches, von Herzen kommendes Mitleid, was irgendwie schlimmer ist als Gleichgültigkeit.

»Vielen Dank für die Lebensmittel. Für den Fisch und die Muscheln …«

Capucines jüngster Sohn Paol ist Fischer. Wahrscheinlich hat er den Fisch heute Morgen gefangen. Madame Reynaud tut den Dank ab.

»Sie ist noch jung«, murmelt sie missbilligend.

Natürlich ist Maman nicht jung, sie ist Anfang achtzig, doch Madame Reynaud ist das blühende Leben, obwohl auch sie schon in den Siebzigern ist. Sie gärtnert immer noch, geht schnell und mühelos, hilft beim Nähen der Kostüme für die Ballettkonzerte ihrer Enkelin.

»Ich muss gehen. Papa …«, sagt Juliette schnell und küsst Madame Reynaud auf ihre weichen braunen Wangen.

Juliettes Vater sitzt am Esstisch, während Juliette das Abendessen zubereitet. Er will ihr nicht im Weg stehen, war ihr nur recht ist. Juliette kocht die Meeresfrüchte schonend in Wein und Muschelsaft, lässt den köstlichen Dampf in ihr Gesicht aufsteigen, bevor sie sie zur Seite stellt. Sie nimmt die gesalzene Butter aus der Keramikschüssel, in der ihre Mutter sie aufbewahrt, und macht in einem großen Topf eine Mehlschwitze, in der sie die Zwiebeln und das Grünzeug sautiert. Sie sieht zu ihrem Vater hinüber, der ein Kreuzworträtsel löst, wobei ihm die Brille auf der Nasenspitze sitzt. Er murmelt Worte vor sich hin und zählt Buchstaben. So sieht er Jahre älter aus – den Körper über den Tisch gebeugt, das Gesicht konzentriert verkniffen. Juliette will nicht daran denken, wie schnell er gealtert ist, deshalb widmet sie sich wieder ihrer Suppe, fügt die Kräuter hinzu und noch mehr Butter und das mit Crème fraîche verquirlte Eigelb. Sie rührt, schmeckt ab und atmet den Geruch ein, als könnte er all ihre anderen Gedanken vertreiben. Gedanken an das *Delphine* und an Amélie Dusollier, an das Gesicht ihres Vaters, das über der Zeitung alt und runzelig ist wie eine Walnussschale, an ihre Mutter, die ihnen entgleitet, die dem Leben entgleitet.

Als sie endlich essen, ist der Himmel pechschwarz. Juliette ist plötzlich furchtbar hungrig. Ihr wird klar, wie wenig sie den ganzen Tag gegessen hat. Sie essen schweigend. Die Löffel klirren gegen die Schalen. Juliettes Vater schenkt ihr ein Glas Wein ein.

»*Merci.*«

»Alles in Ordnung, Liebling?«

»Es war ein anstrengender Tag.«

»Du hast durch uns das Interview verpasst.«

Juliette zuckt mit den Schultern. Sie empfindet Schuld und Bitterkeit zugleich. Welche Tochter nimmt ihrer Mutter ihre

Krankheit übel, ihren Krebs? »Das lässt sich bestimmt nachholen«, sagt sie, obwohl sie weiß, dass es nicht stimmt. Eine Besprechung im *Gault-Millau* wäre der Beweis gewesen. Der Beweis, dass sich all der Aufwand gelohnt hätte, die Zeit, das Geld, das Herzblut. Der Beweis, dass sie alles im Griff hatte, dass ihr Leben einen Sinn hatte.

»Du arbeitest zu hart«, sagt ihr Vater traurig.

Sie muss an das Zusammentreffen mit Léon im Zug denken. »Das sagst du immer«, sagt sie müde.

»Es ist so.«

Juliette versucht, nicht ungehalten zu sein. »Es ist mein Leben, Dad.«

»Ja, aber …«

Sie sieht von ihrer Schale auf. »Aber was?«

»Nichts.« Ihr Vater lässt die Schultern hängen.

»Was wolltest du sagen?«

»Du hast gesagt, es ist dein Leben. Ich wollte sagen, dass es nicht dein *Leben* ist, weißt du. Es ist dein Job. Es ist deine Arbeit.«

Juliette legt ihren Löffel hin. »Es ist nicht nur ein Job. Das *Delphine* ist sehr wohl mein Leben. Es ist mein Traum. Es ist das, was ich tun will.«

Juliettes Vater nickt. »Ich weiß, Liebling. Es ist nur, dass du *mein Leben* gesagt hast. Du weißt, dass wir uns Sorgen um dich machen. Deine Mutter und ich.«

Er neigt den Kopf, als säße ihre Mutter direkt neben ihm und würde ihm zustimmen.

»Du musst dir keine Sorgen um mich machen. Ich bin ein großes Mädchen.«

»Ja, aber du bist unser Mädchen.«

»Dad. Bitte.«

»Wir lieben dich.«

»Das weiß ich, Dad. Das weiß ich.« Die Verzweiflung ist deutlich in Juliettes Stimme zu hören. Sie bedauert das, aber sie nimmt es ihnen auch übel. Sie müsste nicht so zugeknöpft sein, wenn ihre Eltern nicht so sorgenvoll wären, so erdrückend. Sie wünschte, sie würden sie nicht so sehr brauchen. Sie zieht am Ausschnitt ihres Kleids. Manchmal hat sie das Gefühl, in Douarnenez, in diesem Haus, keine Luft zu bekommen. Sie sitzen da und essen, holen die kleinen Muscheln aus ihren schwarzen Schalen und löffeln die salzige, cremige Suppe, die mit grünem Sauerampfer gesprenkelt ist.

Als sie fertig ist, bringt Juliette ihre Schale zum Spülbecken. Ihr ist warm, die Luft ist stickig. Sie hat ihr Interview verpasst, und das wird Konsequenzen haben. Sie macht sich Sorgen um das *Delphine*. Sorgen wegen der Nachrichten auf ihrem Handy, die sie nicht gelesen hat. Sie möchte in Paris sein, nicht hier. Überall, nur nicht hier.

»Man kann sich so leicht verzetteln im Leben«, fährt Juliettes Vater fort. Juliette möchte sich die Ohren zuhalten. Sie dreht den Hahn zu schnell auf, sodass das Wasser geräuschvoll herausspritzt. Trotzdem hört sie ihren Vater sagen. »Man kann so leicht den Blick für das große Ganze verlieren.«

Sie dreht ihn fest in die andere Richtung.

»Mein Gott, Dad.«

Er sieht zu ihr hoch, beunruhigt.

»Es ist nicht nur ein Job, okay?«

»Ich wollte nicht …«

»Das *Delphine* bedeutet mir etwas. Ich habe mein ganzes Leben danach ausgerichtet.«

»Juliette …«

»Es läuft gut. Es läuft wirklich gut. Und es gehört mir. Mein Schweiß und meine Tränen stecken darin, Dad. Dafür brauche ich mich nicht zu schämen.«

»Natürlich nicht.«

»Ich bin stolz darauf«, sagt Juliette mit zitternder Stimme.

»Wir sind sehr, sehr stolz auf dich, Liebling«, sagt er. »Das sind wir immer gewesen, und das werden wir immer sein.«

»Ich weiß.« Juliette fühlt sich plötzlich klein. Sie hält sich am Rand des Spülbeckens fest. »Entschuldige.«

Ihr Vater bringt seine Schale zum Spülbecken und tätschelt ihr den Rücken. Emotionales hat in ihrer Familie nie eine große Rolle gespielt. Wohl das britische Erbe. Juliette ist es immer sehr recht gewesen. Die Hand ihres Vaters auf dem Rücken spricht Bände.

»Wir lieben dich.«

»Danke, Dad.«

»Aber Liebling …«

Juliettes Vater beißt sich auf die Lippe und runzelt die Stirn.

»Du solltest dein Leben nur nach einer Seite ausrichten«, sagt er leise.

Juliette schickt ihren Vater ins Bett und macht den Abwasch. Er protestiert nicht, küsst sie nur auf die Stirn und schlurft in sein Zimmer. Das Spülen beruhigt und lenkt sie davon ab, auf ihr Handy zu gucken, das erneut vibriert. Sie wagt es nicht, die Nachrichten abzurufen, die Panik in Louis' Stimme zu hören. Der bloße Gedanke daran verursacht ihr Magenschmerzen. Als sie mit dem Abwasch fertig ist, wischt sie sich die Hände ab, bleibt mit dem Rücken gegen das Spülbecken gelehnt stehen und lässt den Blick durch das Esszimmer schweifen. Wie konnte alles nur so schnell so unordentlich werden? Juliette versucht, sich an das letzte Mal zu erinnern, als sie in Douarnenez war. Sie ist sich einen kurzen Moment sicher, dass es erst wenige Wochen her ist. Doch dann zählt sie die Wochenenden zurück, die geschäftigen Zeiten im *Delphine*, die sie sich durch die Gäste, die da waren, in Erinnerung rufen kann, und durch das Aufwachen morgens – oft noch in den Klamotten vom Vortag auf den Laken liegend, auf ihrem Sofa und einmal sogar auf dem Badezimmerboden. Sie zählt acht Wochenenden, dann hört sie auf. Es kann einfach nicht so lange her sein.

Das letzte Mal, dass Juliette ihre Mutter besucht hat, war sie noch zu Hause, hat aufgeräumt und Staub gewischt. Es standen immer zu viele Dinge herum, Souvenirs und Fotos und die Porzellanstatuetten, die ihre Mutter so liebt. Doch bei dem Besuch war ihr das Haus ordentlicher vorgekommen. Jetzt erscheint es ihr traurig und alt. Als wollte es aufgeben. Juliette reibt sich die Augen. Sie kann sich nicht erinnern, ob es bei ihrem letzten Besuch wirklich anders ausgesehen hat oder ob die Gegenwart ihrer Mutter diesen Eindruck bei ihr hat entstehen lassen. Ihre Mutter ist eine strahlende Persönlichkeit. Die Leute halten sie für Mitte sechzig, was seit schon seit zwei Jahrzehnten nicht mehr stimmt. Montags geht sie in die Bücherei, donnerstags zum Yoga und samstagmorgens zum Bridge. Sie spielt wirklich gut Bridge. Ohne ihre Mutter ist ihr Vater ein hilfloser alter Mann, muss Juliette denken. Das Murmeln über dem Kreuzworträtsel, und wie er beim Gehen schlurft. Juliette fragt sich, wann er selbst das letzte Mal bei einem Arzt war.

Sie geht zum Esstisch und greift nach der Zeitung, die ihr Vater oben auf dem Stapel liegen gelassen hat. »Bäckerei zu verkaufen«. Sie versucht, nicht die Nase zu rümpfen. Das wäre grausam. Stéphanie Jeunet hat tagaus, tagein in dieser Bäckerei gearbeitet, und für eine solche Arbeit muss man sich nicht schämen. Juliette ist über das Backen zum Kochen gekommen. Die Erfahrung, *kouign-amann* zu machen, die Brote und Kuchen für die Heiligenfeste, die Geburtstage und für Weihnachten zu backen. Mit fünfzehn hat Juliette Bestellungen für ihre *bûches de Noël* aufgenommen, die traditionellen Schokoladencremerollen, und für die großen Ingwerbrote mit Honig, die sie am Weihnachtstag in die Häuser der Nachbarn geliefert hat, eingepackt in Zellophanpapier mit großen roten Schleifen. Doch jetzt hat Juliette das *Delphine*. Das *Delphine* gehört ihr. Juliette wirft einen Blick auf ihre Tasche, die sie oben auf dem Treppenabsatz abgestellt hat. Auf ihrem Handy, das in der Tasche steckt, sind viele Nachrichten. Sie schuldet der Bank immer noch jede Menge Geld. Das *Delphine* gehört ihr noch nicht ganz, und eine positive Erwähnung im *Gault-Millau* wäre entscheidend für den weiteren Erfolg des Restaurants. Juliette sieht wieder in die Zeitung in ihrer Hand. Es gibt nur eine Seite mit Stellenangeboten und zum Verkauf stehenden Geschäften in Douarnenez. Juliette geht noch einmal die Anzeigen durch – Bäckerei, Elektrogeschäft, Kinderbekleidung. Kellnerin, Klempnerlehrling und die Köchin-/Haushälterin-Stelle, die ihr vorhin aufgefallen ist. Sie zerknüllt die Zeitung in der Hand und macht einen Ball daraus, sodass die Worte darin verschwinden, bevor sie sie auf den Boden wirft. Blödes Provinznest. Sie hasst es. Es gibt keine Jobs, keine Wirtschaft, alles befindet sich in einem fortwährenden Verfall. Diese Stadt verunsichert sie. Gibt ihr das Gefühl, als könnte all das Lähmende ansteckend sein, als müsste sie von hier weg, schnell, bevor sie sich infiziert. Sie wird langsamer werden, kraftlos und matt, ihr Leben wäre dem Tod geweiht.

Juliette geht schnell zum Spülbecken und greift nach der Rolle mit den grauen Mülltüten, die ihre Mutter in dem Fach darunter aufbewahrt. Sie nimmt eine mit zum Esstisch und wirft die Zeitungen hinein. Dann tritt sie einen Schritt zurück. Auf dem Tisch ist jetzt eine nackte Stelle, frei von Staub, wo die Zeitungen gelegen haben. Sie greift nach einem Stapel mit

Briefen und Rechnungen, der neben dem Telefon liegt, und wirft sie ebenfalls in die Tüte. Auch einige Fotografien, vor allem von Juliette als Teenager – mürrisch und ernst –, kommen hinein. Zeitschriften, alte Zeitungen, Plastikdeckel, ein unscharfes Foto von ihrem Cockerspaniel, der seit Langem tot ist, lose Münzen, eine kaputte Schere, Hosen mit einem Riss in der Tasche und einer Nadel im Stoff, die darauf wartet, gebraucht zu werden. Juliette holt eine weitere Mülltüte. Und nach und nach kommt alles hinein, bis der Raum fünfmal größer und heller erscheint und Juliette besser atmen kann. Die Uhr an der Wand tickt laut. Es ist bald Mitternacht. Juliette ist ganz außer Atem. Schließlich sieht sie auf dem Boden die Zeitung, die sie zu einem Ball zusammengeknüllt hat, und steckt auch sie in die Tüte und bindet sie oben zu. Sie braucht ihre ganze Kraft, um die Säcke die Treppe hinunter und aus der Haustür zu tragen. Einer nimmt fast ihre Handtasche mit. Sie spürt das weiche Gewicht der Zeitschriften und das Geklapper von Glas und Holz von den Fotorahmen, als sie sie an den Rand des Bordsteins stellt. Als sie sich streckt, füllt kalte Nachtluft ihre Lunge. Über ihr glitzern Hunderte von Sternen im schwarzen Tuch des Himmels. Juliette blickt erstaunt. In Paris sieht der Nachthimmel nie so klar aus.

❧

Als Juliette aufwacht, braucht sie einen Moment, um sich zu erinnern, wo sie ist. Sie schaut das blau geblümte Kissen an und den dicken braunen Teppich, auf dem ihre Handtasche steht, die weit offen ist, sodass ihr Handy sie anguckt. Sie greift danach und scrollt durch die Nachrichten. Vierzehn sind es, vor allem von Louis, keine von der Person, von der sie geträumt hat. Der Person, die daran schuld ist, dass ihr heiß ist und dass sie sich fehl am Platz fühlt und schuldig, als sollte sie solche Gedanken nicht im Schlafzimmer ihrer Kindheit haben, nur dass das genau der Ort ist, an dem diese Gedanken zum ersten Mal aufgetaucht sind.

Juliette steht auf. Betrachtet einen Moment das alte T-Shirt und die Leggins, die sie im Dunkeln in Ermangelung eines Nachthemds angezogen hat.

»Dad?«

Es kommt keine Antwort. Juliette klopft vorsichtig an die Tür zu seinem Zimmer. Die Tür ist nur angelehnt und gleitet sanft auf. Das Bett ist nicht gemacht. Die Fensterläden sind geschlossen.

»Dad?«, ruft Juliette noch einmal. Sie fragt sich, ob ihr Vater auf den Markt gegangen ist, um Essen zu kaufen. Er würde das tun, wenn er denken würde, dass sie dann länger bleibt. Er würde ihr Lieblingsobst kaufen, frisches Brot holen und ein großes, klebriges Stück *kouign-amann* in einer braunen Papiertüte. Durch die geschlossenen Fensterläden hört sie einen Lastwagen auf der schmalen Gasse. In diesem Moment klingelt in der Küche das Telefon.

Das Telefon, das einmal cremefarben war, ist vergilbt wie die alten Fotos im Flur. Juliette drückt den Hörer ans Ohr.

»Bonjour?«

»Juliette?«

»*Oui*. Bist du das, Dad?«

»Oh, gut, dass du noch da bist. Ich komme bald zurück.«

Juliette spürt das schlechte Gewissen wie einen Dolchstoß. Offensichtlich hat er angenommen hat, dass sie bereits gefahren ist, geflohen. In der kurzen Pause, die folgt, hört Juliette die Geräusche des Müllwagens, der von Haus zu Haus fährt.

»Wo bist du?«

»Ich bin … ich bin im Krankenhaus.«

»Bei Mum? Warum hast du mich nicht geweckt?«

»Ich bin früh aufgebrochen. Ich habe einen Anruf bekommen. Ich wollte dich schlafen lassen. Du schienst so müde zu sein.«

»Dad. Du hättest ...«

»Juliette?«

Der Ton seiner Stimme, die Dringlichkeit, lässt Juliette nach Luft schnappen. Das plötzliche Schweigen ist dünn und spröde, wie Karamell, der jeden Moment zerbrechen kann.

»Was ist los?«, flüstert Juliette.

»Ich bin gleich zu Hause«, sagt ihr Vater und versucht, seiner Stimme Festigkeit zu geben. Doch in seiner Stimme schwingt ein Schmerz mit. Trauer.

Jetzt hört Juliette alles. Den Müllwagen, der lauter wird, ihren Atem, die Geräusche des Krankenhauses im Hintergrund, das Geräusch ihres eigenen Herzschlags hinter dem mühsamen Atem ihres Vaters.

Der Müllwagen.

»Liebling ...«

Juliette lässt das Telefon fallen, sodass es an der Schnur baumelt, und stürzt die Treppe hinunter. Fotos von ihr, von ihrem Kindheitsselbst, ihrem jugendlichen Selbst sehen zu, wie sie vorbeieilt, ein verschwommener Umriss aus ungekämmtem Haar und einem zu großen T-Shirt und Leggins, die an den Knien ausgebeult sind. Juliette reißt die Tür auf und stürzt auf die Straße. Die Männer sehen sie an, sind für einen Moment abgelenkt, ihre behandschuhten Hände greifen nach grauen und schwarzen Plastiksäcken.

»*Arrête!*«

Juliette stürzt, kann sich im letzten Moment mit den Handflächen abstützen. Rappelt sich auf.

»*Pardon?*«, fragt einer.

»*Arrête!*«, ruft sie noch einmal und hält die Handflächen hoch, die aufgeschürft sind und zu bluten anfangen. Und dann auf Englisch: »Stopp! Lassen Sie die! Lassen Sie die Säcke hier!«

Die beiden Männer sehen sich an.

»Das ist kein Müll!«, weint Juliette, noch immer auf Englisch. »Lassen Sie sie. Bitte, lassen Sie sie.«

Die Männer lassen die Säcke los und stellen sie neben sie. Sie schauen sie an. Juliette bedeckt ihr Gesicht mit ihren blutbeschmierten Händen und weint.

FREITAG – VENDREDI

KAPITEL I

Max

Wahrscheinlich fährt er zu schnell. Zumindest wenn man bedenkt, dass er nicht auf der Autoroute ist, aber er mag die Landstraßen einfach lieber. Und er mag es, zu schnell zu fahren. Er liebt das Vibrieren des Motors, das er von den Sohlen seiner Füße über seine Beine bis in seinen Schritt spürt. Er liebt es, das Lenkrad mit nur einer Hand zu umfassen und den Wind in seinen linken Ellbogen beißen zu lassen, der im Fenster lehnt. Er liebt diesen Wagen, der glänzt und rot wie Lippenstift ist und schnurrt wie eine Katze.

Max wird zu spät kommen. Die anderen werden bald da sein, genau wie er es gewollt hat. Sie werden auf ihn warten. Er kann sie auf dem Rasen stehen sehen, wie sie das Landhaus bewundern, während Juliette ihnen schlanke eisgekühlte Gläser serviert, in denen frische Minze aus dem Garten schwimmt. Sie werden müde von der Reise sein. Eddie und diese Frau, die er als seine neue Freundin bezeichnet, die Amerikanerin – Betty? Nina und Lars, die Guten. Ihr Kind, das wahrscheinlich kein Kind mehr ist. Die scharfe Rosie und ihr furchtbarer Ehemann, Hugo …

Helen.

Max hat ihren Anruf vorhin verpasst, aber sich die Nachricht auf dem Anrufbeantworter angehört.

Ihre tiefe, warme Stimme, etwas rau von den Zigaretten

und von New York. Sie hat gesagt, dass sie sich freut, dass sie eine Pause braucht. Hat ihm gesagt, dass sie bei Anbruch der Nacht da sein und später ihre Schwester Soleil abholen wird, die eigentlich ihre Halbschwester ist. Max konnte sich nur schwer auf die Details konzentrieren. Etwas in ihm veränderte sich durch ihre Stimme. Etwas löste sich.

Max reibt sich die Augen. Er ist zu viel auf Tournee gewesen und hat zu viel getrunken, hat keine Nacht mehr als fünf Stunden geschlafen, und das reicht einfach nicht. Das Kokain vertreibt nur die schlimmste Müdigkeit und hält ihn künstlich wach, aber ab heute ist damit Schluss, das hat er sich geschworen. Seine Augen, müde und blutunterlaufen, diese seltsamen khakifarbenen Augen, die die Farbe dunkler Lorbeerblätter haben, die Farbe von Sumpfwasser, es sind die Augen seines Vaters. Nicht dass er das jemandem sagen würde.

Max stellt die Musik noch lauter, bis er das Blut in seinen Ohren pulsieren fühlt.

Helen ist die Einzige unter seinen Freunden, die von seinem Vater weiß, von seiner Familie. Alles. Er kann die Leute, die etwas über seine Kindheit wissen, an einer Hand abzählen. Er und sein Vater, Helen – das sind schon drei Finger. Die anderen beiden sind Sozialarbeiter.

Man kann sich nicht zwingen, nicht an etwas zu denken, wenn man erst einmal angefangen hat, daran zu denken. Max weiß das, da er jeden Tag an Helen denkt, so lange schon, dass er nicht mehr weiß, wann es angefangen hat. Genau genommen stimmt das nicht, er weiß es. Es war Sommer. Helen saß neben Rosie auf dem Rasen zwischen den Hörsaalgebäuden. Sie trug einen langen Rock, den sie bis zu den Oberschenkeln hochgezogen hatte, und sie lachte. Rosies Haar war weißblond und frisiert wie das von Debbie Harry auf der Blondie-Platte, die Max' Vater gehörte, während Helens Haar lang war und hinten verfilzt, dunkel wie Schokoladenpudding, wie es ihn in anderen Familien gab. Sie trug Hängeohrringe, die ständig in Bewegung waren. Ihre Oberschenkel waren weiß wie Milch. Max hatte sie länger angeschaut, als es gesellschaftlich akzeptabel war. Sie musste seinen Blick gespürt haben. Er erinnert sich, wie sie aufgestanden und zu ihm gekommen war. Sie war barfuß. Er erinnert sich, dass er nicht wegsehen konnte und dass er gegrinst hatte wie ein kleiner Junge, was er sonst nie tat. Auch als kleiner Junge nicht getan hatte. Sie hatte ihn um Feuer gebeten, und er hatte das kleine grüne Feuerzeug aus der Tasche gezogen. »Ich bin Helen«, hatte sie gesagt.

Helen.

Helen.

Liebe Helen.

Max hat ihren Namen in seinem Kopf bestimmt zehn Millionen Mal ausgesprochen seit damals. Er weiß, wie er sich in seinem Mund anfühlt, ohne ihn laut aussprechen zu müssen. Er weiß, wie er sich anfühlen würde, würde er ihn beim Sex laut hinausschreien, und wie er sich anfühlen würde, würde er ihn ihr in ihr kleines Ohr wispern, in das dunkle Gewirr ihres Haars. Max schaudert. Er merkt, wie er steif wird, und gibt mehr Gas.

Helen.

Max zwingt sich, nicht mehr an sie zu denken. Es ist dumm. Es ist immer dumm. Seine Gedanken wenden sich dem anderen Ende des Spektrums zu. Wie ein Stundenglas, das umgedreht wird.

Dad. Verfluchter Dad.

Da sieht man es. Es ist unmöglich.

Es hat nicht sofort angefangen. Es begann, nachdem seine Mutter gegangen war, als er sechseinhalb war, zumindest erinnert sich Max so daran. Seine Mutter war da gewesen, er versuchte, sich an sie zu erinnern – inzwischen war sie eine schöne, aber irgendwie unscharfe Erinnerung –, und dann war sie nicht mehr da gewesen. Eine verschwundene Mutter. Es war Max' Schuld, dass seine Mutter gegangen war, das hatte sein Vater ihm immer wieder gesagt. Und deshalb hatte sein Vater ihn geschlagen. Das war eine der wenigen Beständigkeiten in Max' Leben gewesen. Sein Vater war stets übellaunig gewesen, und irgendwann hatte sich seine Wut entladen wie an einem Blitzableiter. Sein Vater hatte ihn auf den Rücken, die Beine und den Bauch geschlagen. Max' Gesicht hatte er ausgespart. Er hatte ihn die Treppe hinuntergestoßen, und einmal hatte er seinen Kopf in das Waschbecken in der Küche gedrückt, bis Max schon schwarz vor Augen wurde. Sein Vater hatte nach Max getreten, ihn gegen Wände, Türen und Tische gestoßen und ihn mit seinem Gürtel geschlagen. Oder mit dem Kabel des Toasters oder des Wasserkochers. Er hatte ihn beschimpft, mit Worten, wie sie die schlimmsten Kinder in der Schule nicht erfinden konnten.

An einem Abend hatte sein Vater ihn vor die Tür gesetzt. Max war damals zwölf. Für einen Augenblick war er in Hochstimmung gewesen, hatte die Freiheit in seinem Mund schmecken können. Dann hatte er bemerkt, dass er keinen Mantel anhatte und dass es mitten im Londoner Herbst war, beinahe schon im Winter. Er war nur einen halben Häuserblock weit gekommen, und die Unmöglichkeit wegzulaufen, hatte sich wie ein kalter Guss angefühlt, bevor er sich umgedreht hatte und zu der verhassten grünen Tür zurückgegangen war. Er hatte sich zitternd auf dem Fußabtreter zusammengerollt und darauf gewartet, dass sein Vater ihn wieder hereinließ. Was er auch getan hatte, am nächsten Morgen. Das war Max' schlimmster Moment gewesen, der Moment der Feigheit.

Max reißt das Steuer herum. *Verdammt. War das eine Katze?*

Bilder seiner Mutter. Es gibt so wenige. Verblasste Fotografien mit runden Ecken. Sie scheint immer an der Kamera vorbeizusehen. Vielleicht hat sie schon ihr anderes Leben gesehen, das Leben, für das sie sie später verlassen hat. Ein Foto von ihr am Meer, auf dem sie einen orange und weiß gestreiften Badeanzug anhat und das vom Wind zerzauste Haar von ihrem Mund wegwischt. Ein anderes, auf dem sie auf dem Sofa sitzt und Klein Max in den Armen hält. Sie trägt ein blassblaues Kleid und schwarzen Eyeliner und sieht irgendwie wie innerlich leer aus. *Ich will dieses Kind nicht. Das ist nicht mein Leben.* Niemand hatte Max sagen können, warum sie gegangen war oder wohin. Seine Erinnerungen waren seltsam und verschwommen, und manchmal bastelte sich sein Gehirn aus den wenigen Fotos Erinnerungen zusammen. Waren sie nicht gemeinsam am Meer gewesen? Und hatten Eis gegessen? Hatte sie nicht einen gelben Badeanzug getragen, statt des orange-weiß-gestreiften? Wahrheit und Fantasie vermischten sich.

Bin ich schon an Rennes vorbei?

Vorbei?

Vorbei.

Aus und vorbei.

Es hat keinen Sinn, an seine Mutter zu denken. Sich Fragen zu stellen. Was für eine Frau verlässt ihr Kind? Was für eine Frau lässt ihr Kind bei einem Monster? Es war ein Pakt mit dem Teufel. Max' Leben für ihres. Es war unverzeihlich. Max wird seine Eltern wahrscheinlich beide nie wiedersehen, wenn sie denn überhaupt noch am Leben sind. Wird wahrscheinlich nie wieder in England leben. Paris ist seine Heimat geworden, und sie passt zu ihm. Der Himmel und die bleigrauen Dächer, die Hundehaufen auf den Straßen, der Geruch von Kaffee, frisch gebackenem Brot, Karamell, Zigaretten und Urin. Die Frauen. Elegant, in Wollmänteln, mit hübschen Schals und schlanken Beinen in Strumpfhosen. Lippen wie reife Kirschen. Paris ist für ihn die ideale Wahl.

Claudine, seine Nachbarin, die Sozialarbeiterin, die mit ihrem Kater Pedro in dem kleinen Apartment im Erdgeschoss wohnt, hätte zu alldem wahrscheinlich einiges zu sagen. Zu seiner Familie, zu den Frauen und natürlich zum dem Kokain. Sie redet gern. In ihrer Freizeit singt sie Jazz. Ihre Idole sind Ella Fitzgerald, Billie Holliday, Nina Simone. Das Apartment hat sie geerbt, von einer Tante, wie sie sagt. Sie erzählt jedem unbekümmert Anekdoten aus ihrer Familiengeschichte, lächelt ständig. Aber Max kann einer Sozialarbeiterin nicht trauen, erst recht nicht einer Sozialarbeiterin, die ständig lächelt und einen Kater als Ersatz für eine echte Beziehung hat.

Auf dem Schild vor ihm steht *Saint-Allouestre*.

Max reibt sich wieder die Augen. Er braucht eine Brille, mag aber nicht zum Optiker gehen. Helen hat eine Brille, die sie zum Lesen benutzt. Eine runde Schildpattbrille. Die Frauen, mit denen Max bevorzugt schläft, sind alle in den Zwanzigern und haben Haut, die weicher als Seide ist, himmlisch und ohne Makel. Kein Schamhaar. Sie sind glatt, am ganzen Körper. Schmale Taillen, flache Bäuche. Sie werden nicht älter. Helen dagegen wird älter, im gleichen Tempo wie Max. Sie hat Falten um die Augen. Die Haut auf ihren Handrücken ist dünner geworden, wie Papier. Aber ... Oh, Max würde liebend gern im Dunkeln mit ihr zusammen sein. Im Dunkeln wären sie wieder jung. Dann würde er mit seinem Daumen über ihre weichen, festen Lippen streichen, ihre Bluse aufknöpfen und ihre Hose herunterziehen. Er würde sie an sich drücken, süße Haut, volle Brüste, sie an seinem Körper spüren. Ihren Kopf auf seiner Brust fühlen, ihren Helen-Duft einatmen, ihr Gesicht anheben, um sie so heftig zu küssen, dass sie kaum Luft bekäme. Sie nehmen und an einen Ort tragen, wo sie sich vereinigen könnten. Er würde in sie eindringen, bis ihr die Sinne schwänden, bis sie Sterne sähe. Sterne, strahlend und heiß.

»Helen.«

»Max.«

Helen würde seinen Namen flüstern, und es würde ihn durchzucken wie ein Stromschlag. Vielleicht würde er weinen. Wer würde das nicht? Der Laut, der den Menschen erst zum Menschen macht. Helen würde seinen Namen sagen und ihm das Gefühl geben, endlich ganz zu sein, endlich lebendig.

»Max.«

Mit einem Mal ist die Nacht taghell. Auch sein Kopf ist voller Sterne. Leuchtend. Blendend. Explodierend …

Eine Hupe kreischt wie ein verwundetes Tier und reißt eine Bresche in seine Gedanken. Er flucht und reißt das Steuer herum. Er dreht den Kopf, um den Wagen zu sehen, der in die andere Richtung verschwindet, sich wieder fängt, während der Fahrer ihm den Mittelfinger seines aus dem Fenster gestreckten Arms zeigt. Max' Herz rast, sein Atem kommt stoßweise. Während er bremst, betätigt er den Blinker, fährt an den Straßenrand. Er blinzelt und lacht.

Max sieht auf den Beifahrersitz, um sicherzugehen, dass die kleine, mit Samt ausgeschlagene Schatulle noch da ist. Das ist sie. Sie ist in die Ritze gerutscht, und der Deckel zeigt auf ihn. Max lächelt. Sein Plan ist nicht gefährdet und er auch nicht. Angst hält bei ihm nie lange an.

Max schließt die Augen für ein kurzes Nickerchen, um nüchtern zu werden. Um den Vorhang vor der Vergangenheit, vor seiner Kindheit, seinem Vater zuzuziehen. Er verliert sich in Fantasien über Helen. Seine Zukunft. Ein neues Jahrzehnt: seine Vierziger. Schlaf umfängt seinen Körper und seine Gedanken.

Er hat noch immer eine Erektion.

LONDON, 1995

Max hätte es um ein Haar nicht zu dem Auftritt geschafft. Er war betrunken gewesen oder hatte einen Kater gehabt – oder beides. Aber er hatte es geschafft. Das war eine der wenigen Sachen, bei denen man sich auf Max verlassen konnte, und an diesem Abend war der Produzent des Plattenlabels unter den Zuschauern gewesen. Schon einmal sollte sie ganz groß rauskommen, aber die Sache war im Sande verlaufen – nur Gerede, keine Resultate, kein Vertrag, kein Geld. Trotzdem hatte dieses Erlebnis Max' Ehrgeiz angestachelt. Es hatte den Gedanken in ihm wachgerufen, dass es möglich war. Es hatte ihn ermutigt, zu den Auftritten zu gehen, auch wenn er betrunken war. Es hatte ihn neugierig gemacht. Ihn dazu gebracht, einfach trotzdem hinzugehen und zu sehen, wie es lief. Außerdem fühlte sich Max am ehesten wie er selbst, wenn auf der Bühne stand und Musik machte. Es gab nicht viel, das dem vergleichbar war.

Eine Menge Leute waren an diesem Abend gekommen. Ihre Fangemeinde war mit der Zeit immer größer geworden, aber die Erinnerung, nur für eine Handvoll Leute zu spielen, war noch immer lebendig in ihren Köpfen, genauso wie die Sorge, dass es wieder passieren könnte. Aber an diesem Abend war der Raum voll, die Menschen standen Schulter an Schulter, lachten und waren gut drauf.

Die ganze Truppe war da. Sie waren die Familie, die Max nie gehabt hatte. Helen war von ihrer Indienreise zurück und hatte die Haare zu Zöpfen geflochten. Lars und Nina. Und natürlich der gute, alte Eddie. Rosie würde später kommen, da sie ein Date hatte. Trotzdem hielt Max in der Menschenmenge nach ihr Ausschau, nach ihrem blonden Haar. Max und Rosie standen sich nicht so nahe, nicht wie Max und Helen oder selbst Nina, aber er fühlte sich besser, wenn sie alle da waren. Rosie ging mit einem

Arzt, hatte Helen gesagt. Helen hatte auch gesagt, dass der Typ ein hochnäsiger Idiot sei, während Nina ihn ganz nett gefunden hatte. Max hatte den Kerl nie getroffen, stimmte aber trotzdem Helen zu. Helen kannte sich mit hochnäsigen Idioten aus. Sie war da Expertin.

An diesem Abend passte einfach alles. Sie spielten gut, richtig gut, und sie waren echte Freunde. Und das lag nicht nur am Alkohol, auch wenn der natürlich half. Die Band verstand sich gut, besser als je zuvor. Den Zuschauern gefiel es, was auch nicht immer der Fall war. Sie waren eine einzige energiegeladene Einheit. Der Typ von Parlophone war unter den Zuschauern, auch wenn sie das zu diesem Zeitpunkt noch nicht wussten. Wenn Max die Augen zusammenkniff und sie mit der Hand gegen das Licht abschirmte, konnte er beinahe die Köpfe, nach denen er suchte, sehen. Lars war am einfachsten zu erkennen. Er war größer als fast alle anderen.

Später, als sie schweißgebadet und total aufgedreht im Backstagebereich an Bierflaschen nuckelten, gesellte der Typ von Parlophone sich zu ihnen. Sie sollten nächste Woche zu ihm ins Büro kommen. Sein Name war Bob. Ein Name, der dafür bürgte, dass er Geschäftsmann war, dass er echt war. Außerdem kannte sich Bob mit Musik aus. Bob sprach über ihre Gruppe – The Jacks –, als wäre er bei ihren Proben dabei gewesen. Bob sagte, sie klängen, als wären sie von David Bowie und Chrissie Hynde gezeugt und von Keith Richards und Stevie Nicks aufgezogen worden, und dass sie die Einzigen seien, die nicht auf der Britpop-Welle mitschwammen. Er hatte den Nagel auf den Kopf getroffen. Und er wollte sie. Das konnte Max in Bobs Augen sehen. Max erkannte es, wenn jemand wirklich etwas von ihm wollte. Daher war er bei den Frauen so erfolgreich, weil er es einfach sah. Bob gab jedem von ihnen eine Visitenkarte. Er schrieb mit einem Kugelschreiber, der auf Max' verschwitzten Fingern schwarze Schlieren hinterließ, Mittwoch 14:30 *auf die Rückseite. Als Bob gegangen war, brachen sie alle in*

Gelächter aus, als hätten sie gerade das Bescheuertste erlebt, was ihnen je in ihrem Leben untergekommen sei. Aber sie wussten, dass es das nicht war, Max wusste, dass es real war. Tief in seinem Inneren wusste er es.

Max sagte den anderen Bandmitgliedern, dass er gehen müsse, um sich mit seinen Freunden zu treffen, und dass sie sich später in der Bar, in die sie gingen, wenn alle anderen schon zuhatten, treffen würden. Es war einfach, sich durch die Menge zu bewegen, die inzwischen nicht mehr so dicht war, wieder aus einzelnen Teilen bestand. Max spürte, wie ihm Leute auf den Rücken klopften, wie sich ein Arm für eine Sekunde um ihn legte und wie ihm ein Typ etwas ins Ohr schrie, das er zwar nicht verstand, über das er aber trotzdem grinste. Sie waren gut gewesen. Man war zufrieden mit ihnen.

»Max!«, rief Helen und rannte in ihrem langen Rock und mit ihrem geflochtenen Haar auf ihn zu. Ihre Haut war dunkler als sonst, und ihre Augen glänzten. Max ließ sich von ihr umarmen. Ließ es zu, dass er für einen Moment in ihrem Geruch versank, dem Geruch von ihrer Haut, Patschuli, Baumwolle, Rauch und Seife.

»Gut, dich zu sehen, Kleine. Wie war es in Indien?«

»Super.«

»Ich will alle Details wissen.«

»Ich werde dich zu Tode langweilen«, warnte sie ihn.

»Niemals«, sagte Max und küsste sie auf die Wange, auf der er feuchte Schweißspuren hinterließ.

Als Nächster kam Lars, der ihm mit seiner mächtigen Pranke zu fest auf die Schulter schlug. »Grandios, verdammt grandios. Ich bin so stolz auf dich.« Seine Augen waren groß und er sah völlig high aus, aber das war bei Lars normal. Er war vor Begeisterung high. Nina signalisierte ihm durch ihren hochgereckten Daumen von ihrem Stuhl aus das Gleiche, was Lars gerade mit heftigem Schulterklopfen zum Ausdruck gebracht hatte.

Eddie knuffte Max mit dem Ellbogen. »Sieh dich an.« Eddie war total betrunken. Er drückte Max einen Plastikbecher mit warmem Bier in die Hand. Max trank gierig. Er wischte sich den Mund mit dem Handrücken ab und sah sie alle an.

»Da ist eben so ein Typ zu uns gekommen. Plattenfirma«, sagte er schnell.

»Was?«

»Er ist was?«

»Wer?«

»Was hat er gesagt?«

»Parlophone«, antwortete Max.

Helen schrie, und Max fing sie in seinen Armen auf. Das Bier spritzte.

»Scheiße, Kumpel, Scheiße«, sagte Lars und schüttelte den Kopf.

Nina kam näher, um ihn lachend zu umarmen. »Ihr bekommt also echt einen Vertrag?«

Max zuckte mit den Schultern. »Vielleicht«, obwohl er wusste, dass es so war. Eddie fluchte und boxte in die Luft. Er wäre fast mit einem Typen, der an der Bar stand, zusammengestoßen. Einem großen Typen mit vielen Tattoos. Lars zog Eddie weg und entschuldigte sich.

Helen schob sich in Max' Arm, den er um ihre Schultern legte. Sie passte perfekt dorthin. Ihre Haare kitzelten ihn in der Nase, als er sie auf den Kopf küsste. Alle lachten und redeten. Max hatte das Gefühl, das Blut in seinen Adern würde kochen, lebendiger und dynamischer pulsieren denn je. Er fühlte sich, als bestünde sein Körper aus glühenden Partikeln, aus Goldstaub, der sich für eine Weile zu dieser Form zusammengefunden hatte, doch für wie lange, wusste man nicht. Er fühlte sich unbesiegbar. Er drückte Helen fester an sich und versuchte, sich den Moment für immer einzuprägen. Im Gegensatz zu sonst, wo Max bemüht war, die Momente wieder zu vergessen, sobald sie vorbei waren.

Max spürte einen Finger in seiner Seite und als er sich umdrehte, sah er Rosie.

»Was habe ich verpasst?«

Helen sah unter Maxs Arm hervor. »Max hat vielleicht einen Plattenvertrag!«

Rosie sah Max an, sein Lächeln war unerschütterlich.

»Echt?«

Max nickte.

Rosie lachte, genau wie es Nina getan hatte. »Was für Neuigkeiten.«

Max stellte sein Bier auf der Theke ab und zog Rosie in seinen anderen Arm. Mit ihr waren sie komplett. Ein halbes Dutzend Freunde. So wie es sein sollte.

Wenn er später an diesen Moment dachte, wunderte Max sich immer wieder, wie genau er sich an die Gerüche erinnern konnte, an das Bier, den Schweiß, den Rauch und den Staub. Jetzt drangen The Cure *aus den Lautsprechern. Er fühlte die zwei Körper in seinen Armen, sah das blonde Haar vor seinem Gesicht und Helens glatten, gebräunten Arm unter seinen schwieligen Fingern. Und dann war da die Erinnerung an Rosies ernstes Gesicht. Als sie ihm ins Ohr flüsterte:*

»Max, das hast du verdient.«

KAPITEL 2

Juliette

In der Küche ist das Licht am besten. Besonders jetzt, am Nachmittag. Es bildet glänzende Lachen überall im Raum, mit Schattentupfern vom Laub der Linde draußen. Und es bewegt sich. Es tanzt sogar. Über Hände und Löffel und die abgenutzten grauen Bodenfliesen. Über den Brotteig, den Juliette gemacht hat. Es ist ihr Lieblingsraum im Haus. Es riecht nach Hefe und Mehl und dem heißen Ofen, aber auch nach den Steinen des Bodens, dem Metall der Wasserhähne, dem geflochtenen Zopf aus rosa Roscoff-Zwiebeln und dem Kupfer ihrer Lieblingskessel. Selbst nach der Mischung aus Gusseisen und Fett von dem *pillig*, der Backplatte, die für die Zubereitung von *crêpes* und *galettes* gebraucht wird. Die meisten Menschen würden diese Gerüche nicht voneinander unterscheiden können, doch Juliette sind sie so vertraut wie der salzig-süße Duft der Haut eines Geliebten.

Max hat das ganze schiefergedeckte, in traditioneller Rohsteinbauweise errichtete Bauernhaus modernisiert und einen Wintergarten aus hellem Holz mit großen Fenstern angebaut. Aber die Küche ist bis auf die Geräte noch so, wie sie einmal war. Die kleinen Fenster aus altem Glas haben keine Rollläden, die heruntergehen, wenn man auf eine Fernbedienung drückt. Die dicken abgenutzten Holzbalken bilden den Brustkorb der niedrigen Decke. Hier ist das Frühlingslicht genau so, wie es in der westlichen Bretagne, in Finistère, dem »Ende der Welt«, sein sollte – lieblich, in der Farbe von Kamillentee und gesprenkelt. Es drängt heiß und hell in den Raum.

Juliette drückt ihre Handflächen auf die mit Mehl bestäubte Arbeitsplatte und sieht vor sich durch das Fenster in den Garten. Er wird von blühenden Rhododendronbüschen, von Frühlingsblumen in Schneeweiß und mädchenhaftem Rosa und von alten Bäumen gesäumt, die Max stehen gelassen hat, und von einem knorrigen uralten Apfelstrauch, der sich gegen einen Zaun lehnt. Mitten auf dem Rasen sitzt das Mädchen, das heute Morgen mit Max' Freund Eddie gekommen ist. Beth. Eine Amerikanerin mit langen roten Haaren. Sie hat einen von Max' weißen Liegestühlen in den sonnigsten Teil des Gartens gezogen und macht es sich darauf bequem, hat ihre Zeitschrift zwischen den Lippen, während sie ihre zinnrote Mähne zu einem Knoten bindet. Juliette blinzelt, um das Muster auf ihrem weißen Bikini zu erkennen – kleine rosa Himbeeren, auf denen grüne Blätter wie Winterhüte sitzen. Eddie kommt hinzu und lehnt sich auf den Rücken des Stuhls. Juliette hat Eddies Namen kaum verstanden, als er ihr schnell die Hand geschüttelt hat. Er war sofort ins Haus gestiefelt, hat sich umgesehen und ständig »riesig!« ausgerufen. Dann hat er seine große Tasche mit einem lauten Rums im Wohnzimmer abgestellt. Juliette ist zu der Liste gegangen, die sie in die Vorratskammer geklebt hat und auf die sie »Eddie und ???« geschrieben hat (Max hatte sich an den Namen der Freundin nicht erinnern können). Sie ergänzt: *Beth*. Und in ihrem Kopf – nicht auf der Liste – notiert sie: *Amerikanerin. Rothaarig. Jung. Bikini mit Himbeeren.*

Eddie ist Engländer und aus London, genau wie Max. Seine Stimme erinnert Juliette an die ihres Vaters. Juliette beobachtet, wie Eddie sein Gesicht mit Sonnencreme einschmiert, bis zum Ansatz seines dichten, dunklen Haars. Seine Beine sind weiß, fast so weiß wie die nagelneuen Shorts, die er trägt. Juliette fällt das kleine Krokodil-Logo auf, hinten an der Hosentasche. Eddie dreht sich um, sieht sie und winkt. Juliette hebt die Hand, die jetzt mit Mehl bestäubt ist. Er sieht nicht so schlecht aus, denkt sie. Es ist nicht nett von ihr, sich über die Blässe seiner Beine zu amüsieren. Sie hat das letzte Jahr in Douarnenez verbracht, hat am Strand nach Meeresalgen gesucht, Lavendel geschnitten, Blätter geharkt und Fenster geputzt. Sie hat Farbe bekommen. Und ihr Haar ist heller geworden, ein Anflug von blond, was man durch den Haarschnitt besser sieht. Kurz, an den Ohren lockig und ein kleiner Pony. Sie wird es nie mehr hochdrehen müssen wie Beth und unter eine gestärkte weiße Kochmütze stecken. Sie wird vielleicht nie mehr eine Kochmütze tragen. Der Gedanke an Kochmützen erinnert Juliette an das Brot, das sie kneten und in Portionen zerteilen muss. Sie zieht die Schüssel zu sich hin und nimmt das Tuch weg. Der Teig quillt bereits über den Rand.

»Du heißt doch Julie, oder?«

Juliette dreht sich um und sieht, wie Eddie die Schale mit den Früchten inspiziert. Er nimmt sich einen Apfel.

»Juliette.«

»Richtig. Juliette. Sehr französisch.« Eddie grinst, wobei sich zwei Grübchen bilden. Sie verleihen ihm ein jungenhaftes Aussehen. Trotz des Bartschattens und den schimmernden grauen Strähnen in seinem Haar. Max hat erzählt, dass Eddie Geschäftsführer in einer Whiskey-Bar in einem kleinen Luxushotel ist. Juliette kann sich das gut vorstellen, die Gäste dürften ihn lieben.

»Ich bin Französin«, sagt sie.

»Du bist wirklich Französin? Von hier?« Eddie schlägt seine Zähne in den Apfel. »Du klingst nicht wie eine Französin.«

»Meine Eltern waren Engländer.«

»Ah. Dann bist du ein bisschen englisch.« Er sieht so zufrieden aus, dass Juliette lacht. Sie zuckt mit den Schultern, obwohl sie sagen möchte: »*Non. Je suis bretonne*«, was mehr bedeutet, als Französin zu sein, wie sie herausgefunden hat. Sie stellt sich vor, ihre Hände in dem süßen aufgegangenen Teig auf der Arbeitsplatte zu versenken, will sich aber nicht so schnell abwenden, dass es unhöflich wirken könnte.

»Max hat gesagt, dass er eine französische Köchin aus Paris eingestellt hat.«

»Das bin ich. Ich war eine französische Köchin in Paris«, sagt Juliette lächelnd. »Jetzt bin ich das bretonische Mädchen, das dafür sorgt, dass die Fenster geputzt sind.«

Woraufhin beide aus dem Fenster zu Beth hinaussehen. Eddie kommt mit dem Apfel in der Hand näher. Er sieht in ihre Schüssel.

»Brot«, erklärt Juliette. Sie stehen jetzt nebeneinander. Draußen sehen sie Beth, die in ihrem mit Himbeeren gesprenkelten Bikini wunderbar ins Bild passt.

»Wunderschön«, murmelt Edie. Juliette ist sich nicht sicher, ob er seine Freundin oder Max' Haus oder den Garten meint. Dann sagt er: »Er hätte uns schon früher hierher einladen sollen. Dieser Ort ist unglaublich.«

Juliette nickt. Sie erklärt ihm nicht, dass Max nur selten Gäste hat. Manchmal bringt er irgendein Mädchen mit, zu dem er überhaupt keine Beziehung zu haben scheint, das morgens dann mit Juliette mehr oder weniger krampfhaft Small Talk betreibt. Doch meistens kommt Max allein. Er fährt nachts oder am frühen Morgen in Paris los, schickt Juliette von unterwegs eine SMS, sodass sie genug Zeit hat, sich einen Mantel überzuwerfen und vom Haus ihrer Eltern mit dem Fahrrad hierherzukommen. Sie hat immer was zu essen im

Haus, Sachen, von denen sie weiß, dass er sie mag – *Andouille de Guéméné*, die berühmte geräucherte und getrocknete Wurst aus Schweinefleisch –, ihre Version der Piccalilli-Soße mit Blumenkohl aus der Region sowie Hartkäse, eingelegte Sardinen und Dosen mit selbst gemachten Crackern und *sablés* – falls er vor ihr ankommt. Sie bestellt mindestens zwei Dutzend Austern aus Cancale, wenn er länger als einen Abend bleibt, und entsprechend mehr, wenn er in Gesellschaft ist. Im Kühlschrank sind immer Champagner, gesalzene Butter und Cidre und in der Speisekammer Liköre, Gin und Whiskey, Buchweizen und Saint-Malo-Kartoffeln.

»Du kennst Max schon lange?«, fragt Juliette aus reiner Höflichkeit. Sie weiß, dass es so ist. Max hat ihr von seinen Freunden aus den Londoner Tagen erzählt, wie sie sich kennengelernt haben, hat jeden von ihnen ausführlich beschrieben. Sie hat ihn noch nie so begeistert erlebt.

»Wir waren zusammen in Camberwell. Das ist ein College für Kunst in London.«

Eddie hat seinen Apfel fast aufgegessen. »Ja, wir sind zusammen aufs College gegangen. Lars und Nina, Rosie und ich. Max hat allerdings mehr Party gemacht als studiert.«

Eddie hält das Apfelgehäuse am Stiel fest. Juliette erinnert sich an die restlichen Namen aus den Geschichten, die sie gehört, und von der Liste, die Max ihr diktiert hat.

Rosie und Hugo.

Nina und Lars und ihre Tochter, Sophie.

Eddie und ??? (Juliette hat die Lücke natürlich gefüllt.)

Helen.

Eddie lacht. »Um ehrlich zu sein, keiner von uns hat viel studiert. Die meiste Zeit haben wir uns irgendwo getroffen oder versucht, Sex zu haben.« Er sieht sich um, bis Juliette einen Schrank öffnet und ihm den Mülleimer zeigt. »Danke.«

Er wischt sich die Hände an seinem Hemd ab. »Max hat das lockere Leben dann zu seinem Beruf gemacht.«

Juliette nickt. Max Dresner, Gitarrist von *The Jacks*. Der Mann, der mit den beiden Marceau-Zwillingen zusammen war. Der Party-Boy. Das musikalische Genie. Das *enfant terrible*. Der Mann, den die Presse liebt, weil er so schön klischeehaft war – gutes Aussehen, schlechtes Benehmen. Aber Juliette weiß, dass Max' Persönlichkeit vielschichtiger und liebenswerter ist, als die Presse ihn hinstellt.

»Ich habe Helen vergessen«, sagt Eddie. »Du hast doch von Helen gehört, ja?«

Juliette nickt wieder. Max hat ihr von Helen erzählt. Wenn er von ihr sprach, ging ein ganz besonderes Strahlen von ihm aus.

Eddie lacht auf. »Geburtstagsparty zum Vierzigsten. Wiedersehensfeier. Wirklich nett! Ich nehme es ihm nicht. Aber wahrscheinlich will Max nur Helen wiedersehen.«

Er sieht wieder zu Juliettes Schüssel hin. »Sorry, du warst mitten in der Arbeit.«

Eddie lehnt sich herüber. Im Licht der Nachmittagssonne sieht der aufgegangene Teig besonders prall aus. Juliette verspürt den Drang, mit den Fingern darüberzustreichen, seine Festigkeit zu spüren, seine Widerstandskraft. Es erscheint ihr zu intim, das vor einem Gast zu tun. Ihre Finger zucken auf der Arbeitsplatte.

Eddie, der neben ihr steht, stößt in diesem Moment ein Johlen aus. Juliette folgt seinem Blick aus dem Fenster.

»Das ist meine kleine Lady!«

Neben Beths Stuhl im Gras liegt ein Stück Stoff mit kleinen Himbeeren darauf. Beth hat die Handflächen nach oben gedreht. Ihre Augen sind hinter dunklen Gläsern verborgen. Und ihre Brüste, groß und rund wie Juliettes Teig, sind der

Sonne entgegengereckt. Die Brustwarzen haben die Farbe von Karamell, die Haut darum herum ist elfenbeinfarben und makellos.

Eddie lacht laut. »Dieses Mädchen kennt keine Scham.«

Juliette zuckt mit den Schultern und lächelt. »Ist schon okay. Wir sind schließlich in Frankreich, schon vergessen?«

❧

»Eddies Braut hat ihre Möpse ausgepackt?«

Juliette schneidet das frisch gebackene Brot in dicke Scheiben. Sie hat bereits Platten mit Käse, aufgeschnittener *andouille* und *crudités* aus Frühlingskarotten und dem grünen Blumenkohl der Region mit einem *mingaux,* einem Frischkäse-Dip, zurechtgemacht. Sie hält mit dem Messer in der Hand inne, als ein Mann die Küche betritt. Die Sonne steht jetzt tiefer, hat den Ton von Clementinen angenommen und scheint ihr in die Augen.

Der Mann klatscht in die Hände, sein Gesicht hat sich in viele glückliche Falten gelegt. »Sorry!«, lacht er. »Ich dachte, du wärst eins der Mädchen. Ich bin Lars.« Bei seiner Größe muss er sich angesichts der niedrigen Decke fast ein wenig zusammenkrümmen.

»Juliette«, sagt sie. »Ich arbeite für Max als Haushälterin.«

»Oh, du Arme.« Lars schüttelt den Kopf in gespieltem Mitgefühl. Er hat zerzaustes rotblondes Haar. Als er blinzelt, fällt Juliette auf, dass selbst seine Wimpern blond sind.

»So schlimm ist es nicht.«

»Nun, dann bist du tapferer als die meisten.«

Lars streckt ihr die Hand hin, die Juliette schüttelt. Seine Hand ist mit Sommersprossen bedeckt, und seine Finger sind lang, wie der Rest von ihm.

»Willkommen in Douarnenez«, sagt sie und bietet ihm von der Platte mit Essen an.

»Danke«. Er strahlt und stapelt Käse auf Brot.

Zwei Frauen folgen Lars in die Küche. Sie sind gleich groß – die erste hat dunkle Haare und ist dünner als die andere, die blond ist und eine Sonnenbrille trägt. Das Gesicht der Dunkelhaarigen ist weich und rund, auch sie schüttelt Juliette fest die Hand.

»Ich bin Nina.«

»Sie ist mit mir hier«, fügt Lars hinzu.

»Rosie«, sagt die blonde Frau. Sie trägt einen Korb und an einer Hand einen rotgoldenen Ring mit einem großen Stein in der Farbe von Jadeit.

»Ich bin Juliette. Ich arbeite für Max«, wiederholt Juliette.

»Du Arme«, sagen beide Frauen zusammen und dann lachen sie gleichzeitig. Sie sehen sich absolut nicht ähnlich – Nina ist dunkel, selbstsicher und mollig, Rosie blond, höflich und schlank –, aber sie wirken wie Schwestern. Max hatte sie Juliette am Telefon beschrieben. *Nina – Verlegerin, super Mädchen, sehr clever, sie gehört zu Lars. Er ist ein prima Typ. Sie haben eine Tochter, Sophie. Lars ist Hausmann und Vater. Er würde alles für die beiden tun. Rosie – Juwelierin, ebenfalls talentiert. Unglücklicherweise mit Hugo verheiratet …*

»Genau das habe ich auch gesagt«, sagt Lars. Er legt Nina den Arm um den Rücken.

»Wer ist alles da?« Rosie stellt den Korb auf die Anrichte. »Kommt Helen später? Wann landet ihr Flieger aus New York?«

»Heute Abend«, antwortet Lars. »Wo ist Hugo?«

»Er holt das Gepäck aus dem Auto.«

»Wo sind die Jungen?«

»Bei meinen Eltern.«

»Gut gemacht«, sagt Lars kameradschaftlich und hebt die Hand, um Rosie abzuklatschen. »Dann sind wir für den Moment wir, du und Hugo, Eddie und …« Lars sieht Juliette an.

»Beth«, kommt sie ihm zu Hilfe.

»Richtig. Beth mit den Möpsen.«

Lars zeigt aus dem Fenster, und die beiden Frauen drängen sofort hin. Juliette tritt ihnen aus dem Weg. Sie sollte das Brot wohl besser auf den Tisch draußen stellen, bevor es kalt wird. Es schmeckt warm so gut, mit einem reichlichen Klecks gesalzener Guérande-Butter.

»Ach du Scheiße«, sagt Nina.

»Sie ist oben ohne«, murmelt Rosie und runzelt die Stirn. Sie schiebt sich eine Haarsträhne hinter das Ohr.

Juliette betrachtet die blonde Frau, die eine besorgte Miene macht. Juliette erinnert sich daran, was Max gesagt hatte: *Rosie und Eddie waren mal zusammen. Er war nichts allzu Ernstes. Aber manchmal frage ich mich …*

»Sie ist ein Knaller«, sagt Lars bewundernd. Nina versetzt ihm einen Schlag, und Rosie sieht ihn demonstrativ an.

»Wie alt ist sie?«, fragt Nina.

»Mitte zwanzig vielleicht?«

»Hör auf zu glotzen«, schimpft Rosie.

»Sie hat Wahnsinns…titten«, sagt Nina.

Nina dreht sich mit einem schiefen Lächeln zu Juliette um. »Ich wette, du hast schon Schlimmeres gesehen.«

Juliette erinnert sich an die junge Frau, die noch ziemlich betrunken vom Vorabend zum Frühstück herunterkam und an die andere, die ihre Schuhe nicht finden konnte. Juliette hatte ihr ein Paar alte Hausschuhe geliehen, die ihrem Vater gehört hatten und die sie mitgebracht hatte und trug, wenn sie Hausarbeit machte. Wunderschöne, kichernde, halb nackte junge Frauen mit seidenweicher Haut. Junge Frauen, die in Max verknallt waren und an ihm hingen wie die Kletten.

»Oben ohne ist in Frankreich okay«, sagt sie.

»Also, Mädchen! Oben ohne ist in Frankreich okay«, meldet sich Lars zu Wort.

Beide Frauen werfen ihm einen vernichtenden Blick zu.

Lars greift nach den Platten mit dem Brot, dem Käse und den *crudités*. »Sollen die auf den Tisch draußen, Juliette?«

»*Oui*«, sagt sie dankbar. »Bitte.«

Als Lars gegangen ist, holt Rosie zwei Flaschen aus ihrem Korb und rückt näher an Nina heran, die noch immer am Fenster steht. Juliette geht unterdessen zum Kühlschrank, um ein großes Tablett mit ganzen Sardinen mit silbernen Bäuchen herauszuholen.

»Alles okay?«, flüstert Rosie.

»Mir geht es gut. Wirklich«, sagt Nina. »Hör auf, dir Sorgen zu machen.«

»Ich kann nicht anders.«

»Aber das musst du. Sophie ist bei uns, und das soll ein schönes Wochenende werden. Mach dir lieber um sie Sorgen. Sie ist … sie hat eine schwere Zeit.«

»Das kannst du ihr nicht zum Vorwurf machen, Nina.«

Nina sieht zu Juliette hinüber. Sie salzt gerade die Sardinen und sieht Nina nicht an. Die Jahre, in denen sie ein Restaurant geführt und die persönlichsten Unterhaltungen mitbekommen hat, haben Juliette gelehrt, sich unsichtbar zu machen. Sie hat alles gesehen – Kämpfe, Geständnisse, Trennungen und Versöhnungen. So schnell erschüttert sie nichts. Das *Delphine* war in einem Kreis hochrangiger Politiker und Geschäftsmänner als Ort bekannt, an den man seine Geliebte mitbringen konnte. Es war klein, dunkel, intim, und es herrschte Diskretion.

Nina senkt die Stimme. »Wir sagen niemandem was. Nicht einmal Sophie, hörst du? Wir wissen noch nichts. Bitte, sag nichts. Nicht einmal Hugo.«

Die Tür geht auf, und ein dünner Mann mit Brille kommt herein. Er steht stocksteif da und schiebt seine Brille hoch, um sich in dem Raum umzusehen. »Redet ihr von mir?«

Rosie strahlt ihn an, vielleicht ein bisschen zu sehr. »Hugo! Nein. Kannst du wohl bitte die Flaschen in den Kühlschrank stellen?«

Hugo ist fast so groß wie Lars, doch sein Haar ist dunkel und etwas schütter, und die Falten in seinem Gesicht haben nichts Verwegenes, sondern lassen ihn erschöpft und resigniert aussehen.

»Sonst noch was?«, er klingt verärgert.

»Wie bitte?«

»Seit Paris kommandiert man mich nur herum.«

»Sei nicht albern.«

Hugo hebt die Stimme. »Hugo, halt an, damit ich hundert Fotos von dem Lavendel machen kann. Hugo, pass auf, was du sagst, lass deine Anspielungen ...« Hugo hält inne und zieht die Brauen hoch, als er Nina ansieht. Mit normaler Stimme sagt er: »Hallo, Nina.«

»Hallo, Hugo.«

»Das habe ich nicht gesagt.« Rosie blickt von Nina zu Juliette und wieder zu Hugo. »Nimm die einfach, ja?«

Juliette zeigt nach draußen. »In der Bar auf der Terrasse ist ein Getränkekühlschrank. Der hier ist voll mit Essen, fürchte ich.«

Hugo nimmt die Flaschen und geht zu Nina. Sie hebt den Kopf, als er sie auf die Wange küsst. Er sieht zu Juliette hinüber. »Hi, ich bin Hugo, der Ehemann, der macht, was man ihm sagt.« Rosie seufzt.

»Ich bin Juliette. Ich arbeite für Max. Schön, dich kennenzulernen.«

Hugo nickt. »Stellen wir unsere Sachen in irgendein Zimmer?«

»Ja.«

Juliette war davon ausgegangen, dass Max inzwischen hier sein würde, um seinen Gästen ihre Zimmer zu zeigen. »Es gibt oben vier freie Zimmer mit einem Doppelbett und ein freies Zimmer mit zwei Einzelbetten. Such dir eins aus.« Das kleine Schlafzimmer an dem alten Gang erwähnt sie nicht. Das ist ihrs. Max hatte ihr angeboten, eins der größeren, moderneren Zimmer zu nehmen, vor allem wenn nur sie und er im Haus waren, doch das hatte sie abgelehnt. Sie liebt das *Blaue Zimmer*, wie sie es getauft hat. Die Wände in der Farbe von Enteneiern sind dick und windschief, der Boden ist wie in der Küche aus Stein und stellenweise mit einem geflochtenen Läufer bedeckt, den sie aus dem Haus ihrer Eltern mitgebracht hat. Es ist klein, aber gemütlich, irgendwie nostalgisch, doch die Erinnerungen sind nicht ihre oder die ihrer Eltern. Die Wände halten Geräusche und Licht fern wie ein Mutterleib. Das einzige Fenster, das Holzläden mit quietschenden Scharnieren hat, ist aus altem Glas, wodurch der Blick verzerrt wird.

Nina beginnt, an den Fingern abzuzählen. »Ein Zimmer gehört Max, nehme ich an. Dann eins für Eddie und wie heißt sie noch gleich ... die Möpse ...«

»Beth«, sagt Juliette.

»Beth. Du und Hugo. Lars und ich. Das sind vier. Wo schläft Helen?«

Hugo schnaubt. »Machst du Witze? Bei Max, wenn es nach ihm geht.«

»Bisher ist ihm offensichtlich nicht danach«, sagt Nina. »Juliette, ist es in Ordnung, wenn Sophie auf der Couch schläft?«

»Ja, *pardon*«, antwortet Juliette. »Ich lege saubere Bettwäsche oben auf die Treppe. Im Musikstudio gibt es eine Schlafcouch, oder sie kann im Wohnzimmer schlafen, was immer du für am besten hältst. Das Studio liegt weiter von den Zimmern entfernt, dann hockt ihr nicht so nah aufeinander.«

»Oh, das wird ihr gefallen«, sagt Nina.

Hugo fügt mit saurer Miene hinzu: »Max wird ebenfalls begeistert sein. Er hat gedacht, dass wir ohne Kinder kommen.«

»Mein Gott, Hugo«, sagt Rosie.

»Bist du heute mit dem falschen Fuß aufgestanden, Hugo?«, fragt Nina.

Juliette erinnert sich, was Max gesagt hat. *Hugo ... er ist so ein verdammtes Arschloch.*

»Es war eine lange Fahrt. Meine Frau hat die ganze Zeit versucht, mir Benimmregeln einzubläuen.«

Nina lächelt süß. »Vielleicht hast du es ja nötig.«

Trotz der noch fehlenden Gäste – Max und Helen – bereitet Juliette das Abendessen zu. Heute Abend gibt es Fisch – Seezunge und Sardinen –, einen Salat mit Roter Bete, roséfarbener Grapefruit, Ziegenkäse und Minze, Frühlingsspargel mit Mandeln und einem Zitronendressing. Max hat ihr gesagt, dass sie die Mahlzeiten zwanglos gestalten soll, deshalb deckt sie draußen einen Tisch mit einfachem Silberbesteck, Teelichtern in Gläsern, einem Stapel Servietten und zwei kleinen Holzschalen mit *fleur de sel*-Flocken und schwarzem Pfeffer. Es ist bereits ein zerklüfteter Stapel von Austernschalen im Mülleimer. Die Gruppe hat die ersten bretonischen Austern probiert, die Juliette mit Zitronenscheiben als Vorspeise serviert hat. In der Küche brät Juliette Seezungenfilets in wenig

Butter in der Pfanne, wobei sie sich im Kopf Notizen zu ihren Gästen und ihren Essensgewohnheiten macht. Eddie und Nina können sich für Essen begeistern. Hugo ist eher der Akademiker. Er informiert alle darüber, dass man Austern in Monaten, in denen kein »r« vorkommt, nicht essen solle, und erklärt, dass vor allem der Ort Cancale für seine Austern berühmt ist. Rosie isst nur wenig, bevor sie von dem Gespräch abgelenkt wird. Beth, die jetzt ein kurzes, schwingendes Sommerkleid mit grauen und weißen Streifen trägt, ist neugierig, aber zögerlich. Bis auf Beth trinken alle viel von dem Muscadet, der von einem Winzer in Quimper stammt, der sich nie entgehen lässt, mit Juliette zu flirten, wenn sie ihre Bestellungen bei ihm aufgibt.

Max' Freunde, die um den von Kerzen erleuchteten Tisch versammelt sind, sind ungezwungen, aber höflich. Es geht zu wie in einer Familie. Eddie und Lars lachen und reden, während Nina und Rosie die Köpfe zusammenstecken und miteinander amüsiert flüstern. Beth und Hugo sind etwas außen vor. Sie sehen in ihre Drinks oder in den Abendhimmel. Das ist die Gefahr alter Freundschaften – angeheiratete Partner, mitgebrachte Bekannte bleiben ausgeschlossen. Lars ist offensichtlich für die Musik zuständig. Er wählt alte Sachen aus – *The Smiths, New Order, R.E.M., Stone Roses* …

Juliette wendet die Fischfilets. Sie fragt sich, ob die Gruppe das Essen zu simpel findet. Im Lauf des letzten Jahres ist ihre Küche ganz traditionell geworden. Ihre Zutaten kommen alle aus Douarnenez, solange es geht. Sardinen und andere Meeresfrüchte, Frühlingsgemüse, Joghurt und Käse stammen aus der Region. Sie hat es aufgegeben, experimentell, exotisch und Avantgarde zu sein. Es gefällt ihr nicht mehr. Jetzt kocht sie, wie sie es von Jean-Paul gelernt hat, der den gleichen Namen wie der Papst und wie der Modedesigner hatte, obwohl er weder gottesfürchtig noch an Mode interessiert war. Jean-Paul war in den Dreißigern gewesen, als Juliette ihn, kaum volljährig, kennenlernte. Juliette hatte ihn eine Zeit lang wirklich vergöttert – sein Alter, seine Missachtung von Konventionen und Regeln. Er war auf Meeren gefahren und hatte Städte gesehen, die Namen hatten, die wie Gewürze klangen. Juliette hatte sich immer beklagt, dass sich in Douarnenez nie etwas veränderte, sie empfand das als lähmend, doch Jean-Paul hatte nur gelacht. »Eines Tages wirst du genau das wollen, Juliette. Einen Ort, der sich nie verändert, der bei deiner Rückkehr noch genauso ist, wie du ihn verlassen hast.«

Trotz seiner vielen Reisen war Jean-Paul durch und durch Bretone. Er roch nach Meer, nach Jod und Salz und Tau wie eine Winterauster, und seine Haut war trotz seiner schwieligen Hände überraschend weich und glatt. Er war ein exzellenter Koch. Juliette denkt oft an ihn, besonders seit er vor einigen Jahren gestorben ist. Sie hat viel von Jean-Paul gelernt. Über das Kochen. Über sich selbst. Wenn sie die Augen schließt, kann sie sich wieder in der kleinen, sauberen, an eine Kombüse erinnernden Küche sehen. Den Geruch von heißer Butter und Knoblauch riechen, die Geräusche des Meeres und der Möwen hören.

Juliette öffnet die Augen. Sie nimmt die Seezunge aus der Pfanne und legt die Filets auf eine großen Platte und bringt sie zu der Gruppe hinaus.

Die Salate und die gegrillten Sardinen, begleitet von rosa Zwiebeln und Kräutern, stehen bereits auf dem Tisch. Juliette gibt die Teller herum.

»*Servez-vouz*, bitte, bedient euch.« Sie sieht, wie Eddie sich über den Fisch beugt, während Beth, die neben ihm sitzt, ihren Teller an die Brust drückt. Hugo nimmt zwei Stücke Fisch, und Rosie kaut auf einem Spargelkopf herum. Juliette geht zu

Beth und umfasst die Rückenlehne ihres Stuhls. Sie flüstert: »Das ist Seezunge. Sie ist sehr mild. Sie dürfte keine Gräten haben, ich denke, sie wird dir schmecken.«

Beth sieht zu ihr hoch, ihre Lippen sind geöffnet. Sie flüstert: »Warten wir nicht auf Max?«

Eddie neben ihr kichert. »Warte ruhig. Vermutlich ist ihm noch ein Groupie über den Weg gelaufen.«

Lars hebt den Kopf.

Nina lehnt sich zu Beth vor. »Hör nicht hin. Wir haben nur inzwischen gelernt, dass man auf Max besser nicht wartet. Er lässt sich nun mal leicht … ablenken.«

»Frauen«, sagt Eddie und grinst Juliette an.

Juliette lässt den Stuhl los. Sie richtet sich auf und lächelt.

»Kann ich euch noch etwas bringen?«, fragt sie in die Runde.

»Gibt es noch mehr Zitrone?«, fragt Hugo.

»Hier«, sagt Rosie und zeigt auf eine Schale mit Zitronenscheiben.

»Oh, richtig«, murmelt er.

»Sonst noch etwas?«, fragt Juliette.

Köpfe werden geschüttelt. Juliette beobachtet, wie Beth einen Bissen Fisch hinunterschluckt, bevor sie den Tisch verlässt.

Auf der Bar steht der Teller, den Juliette für sich selbst angerichtet hat. Ein Stück Fisch und etwas Brot. Es dürfte das beste Filet von allen sein. Das Filet, von dem sie sich vorstellt, dass Paol Reynaud, bei dem sie für gewöhnlich den Fisch kauft, es gratis dazugetan hat, extra für sie. Sie ist fast im Haus, als sie im Dämmerlicht an der Ecke Sophie entdeckt. Sie sitzt abseits auf einem Hocker. Das hellblonde Haar hängt ihr wie ein Tuch auf dem Rücken. Sie trägt ein graues Sweatshirt, das viel zu weit für sie ist. Juliette hält einen Moment inne. Dann nähert sie sich vorsichtig.

»Was für ein schöner Abend«, sagt Juliette.

Das Mädchen sieht in den Himmel und nickt. Es ist bald Vollmond, der Nachthimmel ist eher tiefblau als schwarz, die Sterne sind eher golden als silbern. Das Licht am Horizont ist zu einem Graugrün verblasst. Es schreien keine Möwen, doch die Luft riecht nach Meer. Juliette deutete auf ihren Teller.

»Hast du was gegessen?«

Der Kopf des Mädchens zuckt. Jetzt, wo sie ihr näher ist, sieht Juliette, dass ihre Haarspitzen schwarz gefärbt sind. Ungleichmäßig, als wären sie büschelweise per Hand in die Farbe getaucht worden, in ein Tintenfass. Ihre Finger greifen nach den Enden ihrer Ärmel, ihre Nägel sind abgekaut.

»Möchtest du …«, setzt Juliette an.

»Mir ist von der Autofahrt schlecht«, erklärt das Mädchen schnell. »Ich habe keinen Hunger.«

»Kein Problem«, sagt Juliette. Sie setzt sich ebenfalls auf einen Hocker und isst ein weiteres Stück von ihrem Fisch. Sie balanciert den Teller auf den Knien, um das Brot in der Mitte durchzureißen und die süßsaure Soße aufzunehmen. Sie lässt ein langes Schweigen zu.

»Du bist Juliette«, sagt das Mädchen schließlich.

Juliette lächelt und nickt.

»Ich bin Sophie.«

»Die Tochter von Nina und Lars.«

»Ja.«

Sophie sieht in ihren Schoß. Im Kopf beginnt Juliette mit der Zubereitung des Desserts. Sie hat ein selbst gemachtes Apfelsorbet fertig im Gefrierschrank, aber vielleicht könnte sie es noch mit Lambig begießen, einem Apfelbranntwein. Max' Lieblingsdessert, *kouign-amann*, wird sie für Samstag aufsparen, für den Abend seines Geburtstags, wenn alle zusammen feiern werden. Max hat keine Party und kein großes Aufheben gewollt, aber Juliette hat vor, ihn trotzdem mit seinen Lieblingsgerichten zu verwöhnen. »Was immer man dir sagt, Juliette, Vierzig sind nicht die neuen Dreißig«, hat Max zu ihr gesagt und das Gesicht zu einer Grimasse verzogen. Juliette hat ihm nicht erzählt, dass sie ihren Vierzigsten schon hinter sich hat.

Trotz seines Jobs und seiner Ungezwungenheit mit der Presse ist Max sehr reserviert. Er hat nur wenige enge Freunde, keine Familie, soweit Juliette weiß, und es zieht ihn gern an verlassene Orte. Er hat ihr erzählt, dass er dieses Bauernhaus nach einem Fotoshooting in der Stadt, am Hafen, gefunden hat. Als das Shooting vorbei war, ist er herumgelaufen. Ist immer weiter gelaufen, zeitweise an den Klippen und am Strand entlang. Juliette stellt ihn sich vor, wie er in einem schwarzen Jackett, eine Zigarette in der Hand, das Meer und den Strand betrachtet, den sie so gut kennt, den Kopf voller Gedanken und Musik. Er musste einige Stunden an der Küste entlanggelaufen sein, um in diesen Teil von Douarnenez zu kommen und das alte Bauernhaus zwischen den überwucherten Grundstücken zu entdecken. Das hat Juliette beeindruckt.

Die Häuser, die sich leicht verkauften, die die Auswärtigen ansprachen, waren im Zentrum und nicht hier draußen im Nirgendwo. Es waren die kleinen Häuser, wie das ihrer Eltern. In der Stadt, eingeklemmt zwischen anderen Häusern, im Herzen von Douarnenez. Ihre Eltern hatten ihr erzählt, dass sie damals in den Sechzigern zu viel für das Haus bezahlt hatten, doch heute war es zehnmal so viel wert. Es gehört nun offiziell Juliette, jetzt, da ihr Vater gestorben ist, so kurz nach ihrer Mutter. Es ging alles so schnell. Juliette konnte es manchmal noch gar nicht fassen. Plötzlich hatte sie ein Haus, aber keine Eltern, die es mit Leben füllten. Ein Haus, in dem sich ihre ganze Habe befand, jede Menge altes Gerümpel und tausend Erinnerungen. Nachdem ihr Vater gestorben war, hatte Juliette sich wegen der Haushälterinstelle an die zuständige Agentur gewandt. Sie trat ihren Dienst an, als Max gerade mit der Renovierung fertig geworden war, unmittelbar vor seiner nächsten Tournee. Die Arbeiten im Haus hat er alle selbst geleitet, von der Renovierung des Daches bis zu Auswahl der Messingtürknäufe, der weißen Bettwäsche und der Bodenläufer aus Jute. Die Küche war bis auf den Einbau von einigen Elektrogeräten relativ unberührt geblieben, und es hatte an Küchengeräten und Geschirr gefehlt.

»Das machen Sie«, hatte Max zu Juliette gesagt, was sie als Kompliment genommen hatte. Max hatte im *Delphine* gegessen, er vertraute ihr. »Kaufen Sie, was immer Sie wollen, und bezahlen Sie damit die Rechnungen.« Mit diesen Worten hatte er ihr eine silberne Kreditkarte in die Hand gedrückt.

Juliette sieht von ihrem Teller auf. Ein Lichtstrahl spiegelt sich in etwas, das in Sophies Schoß liegt, und Sophies Kopf ruckt nach oben.

»Ich …«, murmelt sie. Juliette sieht genauer hin. In Sophies Schoß liegen ein paar leere Austernschalen.

»Hast du etwas dagegen, wenn ich …?«, fragt Sophie.

Juliette betrachtet Sophies Gesicht. Die Wangen des Teenagers sind rosig und ihre Augen glasig. Ein müdes, hungriges Gesicht, Juliette kennt es gut. »Möchtest du ein paar Austern probieren?«, fragt sie vorsichtig.

»Oh. Nein. Ich esse keine Austern«, sagt Sophie, dann hält sie inne. »Ich sammle die Schalen. Das ist … ein Hobby … oder ich weiß nicht … irgendetwas, von mir.«

Juliette stellt ihren leeren Teller neben sich. Sie rückt näher, um besser sehen zu können. Sophie wendet ihren hageren Körper ein klein wenig Juliette zu und zeigt ihr die Schalen in ihrem Schoß. Aber da ist noch mehr. Eine zerbrochene Eierschale. Sie ist klein und blassgrün mit schwarzen Sprenkeln. Zwei Federn. Und etwas Glänzendes – eine verbogene Gabel.

»Die ist nicht von dir«, sagt Sophie schnell. »Sie lag am Straßenrand, als wir für … eine Pinkelpause angehalten haben.« Sie sieht Juliette in die Augen. »Ich klaue nicht.«

Juliette nickt. »Cool«, sagt sie.

»Ach, nur Müll.«

Eine Erinnerung durchzuckt Juliette. Blutige Handflächen, Müllsäcke, Männer, die sie fragend ansehen. Ihr Schmerz und ihre Verzweiflung.

»Nicht, wenn du es nicht dafür hältst«, sagt sie schließlich.

Sophies Wangen röteten sich noch mehr.

Juliette überlegt sich eine Strategie. »Hey, glaubst du, deine Eltern hätten etwas dagegen«, flüstert Juliette und beugt sich näher zu ihr hin, »wenn du ein ganz klein wenig Alkohol bekommst?«

Sophie blinzelt und hebt das Kinn. »Ich bin *fünfzehn*«, sagt sie, als wäre sie fünfzig.

Sophies Gesicht erinnert Juliette an die Fotografien im Haus ihrer Eltern. Das Mädchen ist so ruhelos in seiner Haut. Missmutig und auf Konfrontation aus, herausfordernd und voller Hoffnung und wünscht sich die ganze Zeit, woanders zu sein. Direkt unter der Oberfläche köcheln Ängste und verursachen ihr Bauchschmerzen.

»Ich mache heute Abend ein Sorbet mit Apfelbranntwein«, antwortet Juliette. »Ich denke, das ist kein Problem, aber ich halte es für besser, vorher zu fragen.«

Juliette steht auf und wischt Krümel von ihrer Hose. Dann greift sie nach ihrem leeren Teller.

»Es ist mit ziemlich viel Apfelbranntwein, um genau zu sein. Sag es niemandem.«

Sophie nickt.

»*Bon*. Ich bringe dir ein tauglicheres Besteck.«

Sie richtet ihren Blick auf die Gabel in Sophies Schoß und beobachtet, wie ein kleines Lächeln das Gesicht des Mädchens ziert. Juliette fühlt sich sofort schuldig, dass sie Sophie gesagt hat, dass sie ihren Eltern nichts sagen soll. Das Bewahren von Geheimnissen sollte ihre Aufgabe sein, nicht Sophies.

❧

Es ist Mitternacht, bis alle in ihren Zimmern sind. Alle, einschließlich Sophie, haben ihr Dessert gegessen und dann noch eine weitere Käseplatte – mit mildem Port-Salut, cremigem Saint-Paulin und weichem Mingaux, serviert mit Obst. Sie haben sich die Bäuche gehalten und wohlig gestöhnt, und Eddie hat gewitzelt, dass Juliette Teil einer Untergrundgruppe sein müsse, die Briten mäste, um dann Gästen in Paris ihre Körperteile zu servieren. Nina und Rosie waren betrunken, und Hugo hat Lars gesagt, dass er aufhören soll, ihnen nachzuschenken. Was alle drei, Nina, Rosie und Lars, veranlasst hat, Hugo zu sagen, dass er aufhören soll, so langweilig zu sein, und anschließend in Gelächter auszubrechen, bis Hugo gesagt hat, dass er ins Bett geht. Beth ist auf Eddies Arm eingeschlafen, direkt am Tisch, und dann ist auch Sophie mit ihrer sonderbaren Sammlung in ihrem Sweatshirt gegangen. Der Rest hat sich ohne Hugo, Beth und Sophie noch besser amüsiert. Nina, Lars, Rosie und Eddie haben zu der Musik gesungen, die Lars ausgesucht hat, sich aneinander gelehnt und auf immer seltsamere Dinge angestoßen.

Rosie: »Auf die Bretagne!«

Eddie: »Auf Max' verfickt großes Haus!«

Lars, während er auf den Tisch getrommelt hat: »Auf *The Jacks*!«

Und noch einen weiteren Toast, bevor Rosie seinen Oberarm geknufft hat und sie alle Beth angesehen haben, die immer noch schlief: »Auf oben ohne!«

Nina: »Auf Juliette! Dass sie uns wie die Könige bewirtet hat!«

Sie waren betrunken und albern wie Teenager.

❧

Jetzt, da alle glücklich in ihren Betten liegen, wischt Juliette den Tisch ab und stapelt die Stühle in drei Stapeln für den Fall, dass ein später Wind aufkommt. Dann steht sie auf der Terrasse und lauscht dem Geräusch der Wellen. *Chhhhr, schh, schh, chhhhre, schh, schh.* Tatsächich kommt jetzt eine Brise. Jetzt, wo ihr Haar kurz ist, kann sie den Wind besser spüren. Sie fragt sich, warum sie es nicht schon früher abgeschnitten hat. Die Leute sagen, dass es ihr steht, selbst ältere Frauen in der Stadt, die ihr Haar noch immer lang tragen, oft geflochten und hochgesteckt. Juliette fühlt sich mit den kurzen Haaren mehr wie sie selbst, aber manche Dinge über einen selbst lernt man später, als man es erwartet. Juliette hat es eines Abends selbst abgeschnitten, hat daran gedacht, wie ihr Vater den Hunden das Fell geschnitten hat nach ihren Lavendelölbädern. Juliettes Mutter hat es gehasst, wenn er die Cockerspaniels in der Badewanne gewaschen hat, aber ihr Vater wollte sie nicht draußen waschen, dazu war er zu vernarrt in sie. Juliette hat ihr Haar mit einer kleinen silbernen Schere abgeschnitten, die sie im Nähzeug ihrer Mutter gefunden hatte, nachdem ihr Vater gestorben war. Ihre Mutter muss sie regelmäßig geschliffen haben, weil sie so gut funktioniert hat.

Während sie in der Brise die Augen schließt, stellt Juliette sich die beiden vor, bevor sie krank wurden. Wie sie zusammen im Bett gesessen, sich eine Zeitung geteilt und Tee getrunken haben. Wie sie mit den Hunden spazieren gegangen sind, jeder mit einem. Und wie sie am Esstisch gesessen und sich begeistert Juliettes Geschichten von ihrem Leben in Paris angehört haben. Juliette stellt sich das Gesicht ihrer Mutter vor. Ihre fröhlichen, sichelförmigen Augen, ihre hohe Stirn und das spitze Kinn. Wie sie über einen Witz lacht, den Juliette gemacht hat. Die Haut voller Sommersprossen. Selbst ihre Hände hatten immer Sommersprossen. Und ihre Hände waren warm, wenn sie mit denen ihrer Tochter verschlungen waren, weich, wenn sie Juliettes Wangen streichelten und tröstend auf ihrem Rücken.

Juliette blinzelt und richtet sich auf. Sie ist müde. Sie geht zurück in die Küche und denkt über die Vorbereitungen für morgen nach. Als sie die Küchentür aufmacht, sitzt eine Frau auf der Arbeitsplatte, neben sich eine Flasche. Ihr Rücken ist Juliette zugewandt. Sie trägt eine schwarze 7/8-Hose mit einem leichten Pullover, vielleicht aus Kaschmir, und hat Lederballerinas an den übereinandergeschlagenen Füßen. Juliette räuspert sich. Die dunklen Haare der Frau, die zu einem schulterlangen Bob geschnitten sind, fliegen durch die Luft, als sie den Kopf dreht. Juliette sieht auf ihre rechte Hand, in der sie die Zigarette hält und an der ein Ring steckt, der dem von Rosie ähnelt, nur mit einem dunklen Stein.

»Scheiße. Sorry, dass ich rauche.«

Juliette guckt auf die Flasche. Tequila mit einem goldenen Aufkleber und einem blassen, aufgedunsenen Wurm auf dem Boden.

Die Frau lächelt schuldbewusst. »Die habe ich Max vor ungefähr einem Jahr gegeben, also erhebe ich nur Anspruch auf das, was einmal mir gehört hat.«

Ihre Augen sind genauso dunkel wie ihre Kleidung, ihre

Lippen ungeschminkt. Bevor Juliette etwas sagen kann, ergreift sie das Wort.

»Ich nehme an, dass du gewöhnlich niemanden in der Küche rauchen lässt. Max hat mir erzählt, dass du eine professionelle Köchin bist.«

»Max ist sehr nett. Ich *war* eine professionelle Köchin«, korrigiert Juliette, wringt den Wischlappen in der Spüle aus und hängt ihn über den Wasserhahn.

»Ich rauche nur diese eine, versprochen. Ich kenne mich hier nicht aus und wollte niemanden wecken.«

Juliette nickt. Sie denkt an Henri, den Bäcker, an ihre Unterhaltungen auf den Plastikkisten am frühen Morgen, wenn Paris gerade erwachte. Wie sie über das Fehlen der Zigaretten lamentiert und doch widerwillig zugegeben haben, dass es ihre Geschmacksnerven sensibler macht, wie sie sich bei einem starken Kaffee und Croissants, die noch so heiß waren, dass sie in ihren Fingern zerfielen, bemitleidet haben. Helen schiebt die Flasche Juliette hin.

»Ich habe ihn aus einer kleinen Stadt in Jalisco. Er soll berühmt sein. Trinkst du einen mit? Ich glaube, er hat irgendeinen blöden Namen – ›Big Cock Tequila‹ oder so.«

Die beiden Frauen schauen den Aufkleber an. Er zeigt einen Hahn. Juliette denkt nach. Sie ist ohnehin zu müde, um jetzt noch irgendwelche Vorbereitungen zu machen.

»Max fand das wahnsinnig komisch«, sagt die Frau, lacht und bläst Rauch Richtung Boden, von Juliette weg.

»Da wette ich drauf«, sagt Juliette. *»D'accord.«* Sie führt die Flasche an die Lippen. Der Tequila, der durch ihre Kehle rinnt, ist trocken, sauer. Sie hustet und lacht, die Frau lacht ebenfalls.

»Ich trinke nicht oft Tequila«, sagt Juliette und wischt sich die Lippen mit dem Handrücken ab. In der letzten Zeit hat sie abends gern einen *chouchenn* aus der Region getrunken, einen

Honigwein, der von den Imkern gemacht wird, die einen Stand auf dem Markt haben.

»Wahrscheinlich eine gute Idee.« Die Frau nickt. »Einigen der Leute, die ich getroffen habe, hätte es auch gutgetan, etwas weniger Tequila zu trinken.«

»Was hat dich nach Mexiko geführt?«

»Die Arbeit. Ein Künstler. Ich habe eine Galerie«, sagt sie und klopft Zigarettenasche auf eine Untertasse. »Er macht sehr große Skulpturen.« Sie blickt in die Ferne. »Es sind wunderschöne Stücke. Er verwendet viel gesammelte Materialien und leuchtende Farben. Sein Dorf ist so klein, dass man kaum von einem Dorf reden kann. Sie machen dort Tequila, mehr gibt's dort nicht. Obwohl ihm inzwischen viele bei seiner Kunst helfen. Das hat den Ort verändert. Ich bin nur zweimal da gewesen, doch der Unterschied …« Sie hört auf, in die Ferne zu gucken, und sieht Juliette an. Ihre Stimme ist weich und tief, man hört ihr das Rauchen an. Irgendetwas an ihrem Akzent, an der Art, wie sie die Vokale klingen lässt, erinnert Juliette sogar an die Stimme ihrer Mutter. Ihre Mutter, die so gern gelacht und trotz ihres furchtbaren Akzents alle in Douarnenez bezaubert hat.

»Es ist wirklich ruhig hier. In New York ist es nie so. Es gibt keine Stille in New York.«

»In Paris ist es nicht anders. Ich bin von hier, aber ich habe in Paris gelebt«, sagt Juliette. Juliette denkt an die Wohnung nahe der Rue Mouffetard, deren Fenster auf die Straße und den dauernden Krach hinausgingen – Tag und Nacht. Streitende Tauben, betrunkene, zeternde Paare, Motorräder, Gelächter, hochhackige Schritte, zarter Herbstregen. Jetzt wohnt jemand anders dort.

Die Frau schweigt. »Hat es lange gedauert, bis du dich … umgewöhnt hast?«

Juliette fällt der Anflug von Angst in ihrer Stimme auf. »Es kann sich zuerst einsam anfühlen«, antwortet sie. Die Frau nickt langsam. Sie ist nicht nur eine schöne Frau, sie ist auch ein Mädchen. Mit Ängsten direkt unter der Oberfläche. Juliette versteht, warum Max in sie verliebt ist.

»Juliette«, stellt sie sich endlich vor. »Ich arbeite für Max.«

»Helen.«

Juliette nimmt die Hand, die Helen ihr entgegenstreckt, wie sie das inzwischen gewöhnt ist, und stellt fest, dass sie kalt und weich ist, dem Satin einer Austernschale nicht unähnlich.

»Juliette«, sagt Helen leise. »Max hat mir viel von dir erzählt … Bin ich als Letzte angekommen?«

»Ja. Ich kann dir etwas zu essen machen, wenn du möchtest.«

Helen richtet sich auf und streckt sich. »Nein, mach dir keine Umstände, ich habe keinen Hunger. Ich habe im Flieger etwas gegessen.« Sie greift nach dem Tequila und trinkt aus der Flasche, ohne zu husten wie Juliette.

»Haben die anderen dich anständig behandelt?«

»Oh, ja.«

»Hugo auch?« Helen hebt eine Augenbraue.

»Ja«, sagt Juliette höflich. »Alle waren sehr nett.«

Helen lacht. Ihre Zähne sind nicht ganz ebenmäßig, wie Juliette bemerkt. »Das sind sie, nicht? Ich wünschte, ich wäre schon früher hier gewesen. Wir waren lange nicht mehr zusammen. Das letzte Mal vielleicht auf Rosies und Hugos Hochzeit … Nein, so lange kann es nicht her sein. Max hat die meisten von uns zur *Disque d'or*-Preisverleihung nach Paris eingeladen, aber ich glaube, Rosie war schwanger mit Patrick …«

Helens weiche, tiefe Stimme wirkt beruhigend. Juliette unterdrückt ein Gähnen.

»Sorry, ich …«

»Nein, ich sollte auch ins Bett gehen. Ich muss morgen früh meine Schwester abholen. Und du musst erschöpft sein.«

»Es war ein langer Tag«, gibt Juliette zu.

»Wo schlafe ich?«

»In dem Zimmer oben am Ende des Gangs, hinter den Badezimmern. Sophie ist auch in diesem Teil, im Studio.«

»Oh, die liebe, kleine Sophie, wie alt ist sie inzwischen?«

»Fünfzehn, glaube ich.«

»Fünfzehn«, sagt Helen und holt Luft. »Wie kann das sein?« Sie steht auf. »Danke, dass du mich meine Zigarette hast rauchen lassen. Ab jetzt draußen, Pfadfinderehrenwort.« Sie führt die Hand zum Herzen. Dann lacht sie laut. »Sorry, ich bin gar keine Pfadfinderin. Aber ich bin ehrlich, du kannst mir vertrauen.«

»Okay, ich vertraue dir«, erwidert Juliette.

»Wir sehen uns morgen?«, fragt Helen.

»Ich werde hier sein.«

Unmittelbar bevor Helen die Küche verlässt, sie hat die Hand bereits auf der Türklinke, dreht sie sich mit gerunzelter Stirn noch einmal um. »Hey, wo ist eigentlich Max?«

Juliette sieht sie an. Dann wirft sie einen Blick auf die Uhr an der Wand, bevor sie sich wieder Helen zuwendet. Offiziell ist jetzt der nächste Tag. Es ist sehr spät, selbst für Max' Maßstäbe. Aber Juliette ist weniger von Max' Abwesenheit irritiert, also davon, dass sie sich bis eben so gar keine Sorgen um ihn gemacht hat.

Doch Helen zuckt mit den Schultern. »Na ja. Kein Grund zur Beunruhigung«, seufzt sie. »Er ist immer spät dran. Er wird kommen.«

SAMSTAG – SAMEDI

KAPITEL 3

Rosie

Das klare Morgenlicht kriecht über Rosies Haut. Sie sind England so nahe, und doch fühlt sich alles ganz anders an. Selbst jetzt, wo sie noch halb wach ist. Die Wahrheit ist – alles fühlt sich französisch an. Das bretonische Licht erinnert Rosie an die Picknicks, die sie an den Frühlingsnachmittagen mit ihren Jungen veranstaltet hat, als sie noch klein waren. Wie sie eine Decke oder oft auch nur ein Handtuch im Garten ausgebreitet haben, um ihre Sandwichs und Erdbeeren zu teilen, den Spatzen Krümel hinzuwerfen. Das waren die besten Tage, diese Picknicktage, wenn Rosie nichts geplant hatte und die Zeit langsamer zu vergehen schien. Sie hatte so viel zu tun gehabt, als die Jungen noch klein waren, und sich manchmal gefragt, ob sie jemals groß werden würden, ob sie den Rest ihres Lebens Windeln wechseln und nachts zu ihnen gehen müsste, weil sie Angst hatten. Doch dann waren sie plötzlich größer gewesen, die Babytage waren vorbei. Deshalb hatte Rosie sich auch so nach Patrick gesehnt, ihrem letzten Kind. So herausfordernd jene Tage auch wieder waren, das dritte Mal, sie waren erfüllt gewesen. Erfüllt von Arbeit und Freude. Erfüllt von feuchten Babyküssen auf ihren Wangen und dem Klang tapsender, erster Schritte im Flur.

Rosie dreht den Kopf zu ihrem Mann hin. Sie kann nicht mehr einschlafen. Zu viele Jahre ist sie wegen der Jungen früh aufgestanden. Aber Hugo schläft tief und fest. Sein Mund steht offen, seine Beine sind gespreizt. Hugo hat sich im Bett nie kleiner machen müssen. Manchmal vermisst Rosie das schmale Einzelbett mit der dünnen Federdecke, das sie ins Babyzimmer gestellt hatten. Sie hatte schließlich Jahre darin geschlafen. Natürlich waren das Bett und das Babyzimmer überflüssig geworden, als die Kinder aus dem Alter heraus waren. Hugo hatte aus dem Raum ein Arbeitszimmer gemacht, das Einzelbett war für den Wohltätigkeitsflohmarkt einer Schule gespendet worden. Und überhaupt: Eine Ehefrau sollte mit ihrem Mann in einem Bett schlafen. Und es war wirklich nicht länger nötig, dass sie bei den Jungen schlief. Manchmal bekam sie regelrecht Herzschmerzen bei diesem Gedanken.

Rosie sieht zu der geschlossenen Tür hin. Sie hatte Helen letzte Nacht kommen hören, war aber nicht aufgestanden. Durch die Dielen und das undurchdringliche ländliche Schweigen hatte sie Gemurmel aus der Küche gehört. Zu leise, um sonst jemanden aufzuwecken, doch Rosie hatte einen leichten Schlaf. Ihre Ohren waren auf Wimmern und Flüstern eingestellt. Während sie im Dunkeln gelegen hatte, hatte Rosie versucht, einzelne Worte zu verstehen, was ihr aber nicht gelungen war. Rosie und Helen standen sich nicht mehr so nahe, wie sie das einmal getan hatten. Rosie und Nina sahen sich oft, doch Helen war anders, man wusste nie, wann sie sich meldete oder einfach auftauchte. Ein Überraschungsbesuch aus New York. Meistens war sie auf dem Weg sonst wohin. Auf dem College waren sie – Rosie, Nina und Helen – wie die Füße eines Stativs gewesen und hatten einander Halt gegeben. Rosie hatte Helen in einem Aktzeichnen-Kurs kennengelernt. Rosie – ambitioniert, aber ängstlich – und Helen – lässig und unbekümmert. Rosie hatte guten Grund, ängstlich zu sein. Sie wusste sehr genau, wie viel der Kurs kostete, Helen dagegen hatte keine Ahnung. Sie schien einfach nur von zu Hause wegzuwollen, zumindest am Anfang. Es war eigentlich nicht Helens Fehler, sie kamen aus unterschiedlichen Welten. Rosies Vater war Metzger, und ihre Mutter kümmerte sich um Rosie und ihre drei Brüder und den Haushalt. Helens Vater war dagegen ein wohlhabender Geschäftsmann, dessen streitlustiges Gesicht oft als Karikatur in den Zeitungen zu sehen war, und ihre Mutter sah aus wie ein Mitglied der königlichen Familie. Ein Mitglied der königlichen Familie mit Brustimplantaten. Trotzdem standen sich Rosie und Helen damals näher. Sie lachten viel zusammen, sie ergänzten sich.

Rosie war überzeugt gewesen, dass sie diejenige war, die die Dinge im Griff hatte. Rosie war die Erwachsene. Sie hatte einen Ehemann und drei Kinder. Sie hatte ein schönes Zuhause. Sie war im Eltern-Lehrer-Ausschuss, und ihr Kuchenstand auf der Schulfeier hatte Rekordeinnahmen erzielt. Sie ging an vier Tagen in der Woche ins Fitnessstudio und sah gut aus, jünger, als sie war, das wusste sie. Sie hatte vor langer Zeit aufgehört zu rauchen, und ihre Haut dankte es ihr. Sie hatte in ihrem Kühlschrank mehr als eine Flasche Wein und ein hart gewordenes Stück Parmesan. Sie pflanzte Gemüse an! Rosie beneidete Helen nicht um ihr Leben – ihr New Yorker Leben – mit ihrer Galerie, den Bars, die sie frequentierte, den Männern, die sie umschwirrten wie Motten das Licht. Rosie wünschte sich keine langen Nächte, keine verschlafenen Vormittage, keine teuren Markenklamotten, die nicht mit klebrigen Kinderfingern in Berührung kommen durften. Außerdem hatte Helen trotz der Männer, die von ihrer Flamme angezogen wurden – Maler mit wirren Haaren, Unternehmer, einmal ein Rennfahrer, Musiker, davon nicht wenige –, nie eine längere Beziehung zustande gebracht. Als würde sie einfach nicht finden, wonach sie suchte – trotz ihres Geldes, ihres Aussehens und ihres

Talents. Rosie fand Helen viel zu wählerisch. Sie hatte das Helen auch einmal gesagt, worauf sie nur gelacht hatte. Helen war das egal. Sie schien die normalen Dinge wie Heirat und Kinder nicht zu wollen. Das verwirrte Rosie. Sie führte ein so gänzlich anderes Leben. Wenn Rosie im Kinderzimmer auf Legos trat oder in einer Pipipfütze auf dem Badezimmerboden watete, war Helen in Guatemala und sah sich eine drei Stockwerke hohe Kunstinstallation an oder trank einen Whiskey in einem Jazzklub in Chelsea.

Und trotzdem liebten sie einander. Es hatte etwas damit zu tun, dass sie so alte Freundinnen waren. Sie waren mehr wie Familie als Freundinnen. Was immer auch passierte, sie hatten eine gemeinsame Vergangenheit. Außerdem tauschten sie sich öfter aus, seit Rosie *Fleet* gegründet hatte. Es war Helen, die Rosie dazu ermutigt hatte, ein kleines Geschäft daraus zu machen, statt es nur als Hobby anzusehen, nachdem Rosie ihr den Ring gemacht hatte. Den Ring mit dem Stein in der gleichen Farbe wie Max' Augen. Es war nicht ihre beste Arbeit, Rosie hatte seitdem viel mehr Praxis, aber sie mochte ihn noch immer. Die Frauen, mit denen Rosie heute befreundet war und die Kinder im Alter ihrer Jungen hatten, waren im Eltern-Lehrer-Ausschuss und besaßen ebenfalls große Gemüsegärten wie sie. Sie waren nett, konnten sich aber für ihre Schmuckstücke nicht begeistern. Eine von ihnen hatte sich ihr gegenüber einmal in diesem Sinne geäußert. Sie hatte gesagt, die Stücke seien ihr zu pompös, zu … roh. Ob Rosie wisse, was sie meine? Rosie glaubte es zu wissen.

In diesem Moment hört Rosie, wie eine Dusche angestellt wird, das Wasser prasselt auf den Boden. Und wie jemand darunter tritt. Hugo dreht sich, noch im Schlaf, zu Rosie um. Sie betrachtet seine weiche Haut, die unter dem Kinn schlaff ist, die Fältchen, die gewöhnlich seinen Mund einrahmen, jetzt aber durch die sanfte Hand des Schlafes gemildert werden. Hugo ähnelt ihren Söhnen, wenn er schläft. Seine Züge habe das Ernste, Scharfe verloren. In der letzten Zeit hat Rosie angefangen, Hugo im Schlaf zu beobachten, als würde sie jemanden suchen, der nicht mehr da ist, wenn Hugo erwacht. Manchmal, wenn sie auf einer von Hugos Medizinerkonferenzen sind und Rosie die anderen Ehefrauen sieht, die mit ihren manikürten Händen Champagnergläser halten und lauthals lachen, fragt sie sich, ob sie das Leben von jemand anderem gelebt hat. Im Grunde ist es doch so. Sie hat sich praktisch die ganzen letzten zwölf Jahre um kleine Kinder gekümmert, unter Schlafmangel gelitten, ist wie ein Zombie durchs Leben gestolpert. Erst jetzt, wo Patrick älter ist, hat sie das Gefühl, dass sich ein Nebel gelichtet hat, sodass sie ein eigenes Leben führen, ein Geschäft führen kann. Aber Rosie hatte ihr Leben für die Familie gewählt. Sie hatte Hugo gewählt. Rosie erinnert sich noch genau an den Moment in dem Pub, als Hugo ihr gesagt hatte, dass er Chirurg sei, und Rosie hatte ihm erzählt, ihr Vater sei ebenfalls Arzt. Rosie log so gut wie nie. Wenn man die kleinen Lügen, die man Kindern erzählte, nicht mitrechnete. Doch damals in diesem Pub hatte Rosie gelogen, ohne mit der Wimper zu zucken. Sie hatte es ganz bewusst getan. Sie hatte die Lüge in ihrem Kopf real werden lassen, um den Preis zu gewinnen, den sie vor sich sah. Hugo war so attraktiv, so lässig, so klug. Seine Stimme hatte diesen herrlichen, noblen Unterton, genau wie Helens Stimme. Er hatte ganz anders ausgesehen als die Typen, mit denen Rosie sonst Umgang hatte. Nicht wie Max oder Eddie, die immer zerknittert aussahen und ungewaschen rochen, die manisch lachten und sich aufführten wie kleine Jungs. Hugo war ein Gentleman. Hugo würde für sie sorgen. Rosie sah, was sie wollte, und griff danach. Rosie war an allem schuld. Mehr als Hugo.

Rosie dreht sich auf die andere Seite, der Wand zu. Die Sonne gewinnt an Stärke. Sie schließt die Augen und lauscht den Geräuschen des erwachenden Hauses – dem sanften Knarren und Ächzen, wie eine alte Dame mit schmerzenden Gelenken. Das Bauernhaus, wenn man es denn immer noch so nennen konnte, war fantastisch. Max hatte bei der Renovierung ganze Arbeit geleistet. Das moderne, offene Treppenhaus aus Eiche, die großen Fenster, die Messingbeschläge überall. Rosie zögerte, es sich einzugestehen, aber das Haus machte einen »erwachsenen« Eindruck. Max hatte Geschmack, was Design und Musik und junge Frauen anging, das war klar. Das waren Max' Spezialitäten. Rosie hört gedämpfte Stimmen, erkennt Ninas Flüstern und schlägt die Decke zurück. Sie öffnet die Tür und tritt auf den Flur hinaus. Nina lächelt sie an, frisch geduscht und angezogen.

»Wie hast du geschlafen?«, fragt Rosie ihre Freundin.

»Nicht schlecht. Ich bin ein bisschen verkatert und brauche einen Kaffee. Und du?«

»Gut«, lügt Rosie. »Es ist schön hier, fernab der Stadt, findest du nicht?«

»Ja, wirklich«, stimmt Nina zu. »Es ist so ruhig.« Sie sieht sich in der sauberen, leeren Küche um, die Hände in die Hüften gestemmt, dann geht sie zu der Espresso-Maschine, die auf dem Arbeitstisch gegenüber dem Küchenfenster steht. »Meinst du, ich bekomme die in Gang?«

»*Wenn* das jemand kann …«, sagt Rosie, setzt sich auf einen Stuhl und beobachtet Nina, die die Regler und Einstellknöpfe studiert. Vorsichtig dreht sie den Kolben mit dem Filter ab.

»Hast du Max letzte Nacht kommen hören?«, fragt Rosie. Nina geht jetzt die Schränke durch.

Nina schüttelt den Kopf.

»Ist heute nicht sein Geburtstag?«

Triumphierend hält Nina eine große, folienbeschichtete Packung Kaffee hoch, deren oberer Rand gefaltet und mit einer Klammer verschlossen ist. »Ja, ich denke schon.«

»Er ist der Erste von uns«, sagt Rosie. »Beschäftigt dich das?«

Nina schaufelt mehrere Löffel aus der Packung in den metallenen Filter. Sie schüttelt den Kopf. »Vierzig zu werden? Eigentlich nicht. Mich beschäftigt eher Sophie. Ich frag mich, mit wem sie im Netz chattet, wer ihre Freunde sind? Was wird, wenn sie mit der Schule fertig ist ... warum ist sie so wütend ...?« Nina dreht den Kolben wieder fest.

»Und du?«, fragt Nina und drückt auf einen Knopf. Die Küche wird von schnaubenden Geräuschen erfüllt – die Wut der Maschine, weil sie arbeiten muss.

Rosie denkt oft darüber nach. Sie hatte nicht damit gerechnet, dass sie das tun würde. Sie hatte noch ein paar Jahre, bevor es für sie so weit war. Für Hugos Vierzigsten hatte Rosie ein Überraschungsessen mit Arbeitskollegen, Eltern und einigen Freunden in einem Restaurant ausgerichtet. Drei Gänge, Reden, weiße Blumen als Tischschmuck. Es war ein Erfolg gewesen. Jeder hatte Rosie gesagt, dass sie sich selbst übertroffen hatte. Rosie hatte Hugo goldene Manschettenknöpfe und vier Angeln gekauft. Eine für ihn, drei für die Jungen. Aber sie hatten sie noch nicht ausprobiert. Hugo zog Fliegenfischen vor, und er war sich nicht sicher, ob die Jungen das mitmachen würden.

Rosie dachte vor allem daran, vierzig zu werden, wenn sie im Bad war und ihr Spiegelbild sah. Die Falten, die Schlaffheit der Haut, die dünner werdenden Augenbrauen, die Haare über der Oberlippe. Rosie zog dann Wangen und Bauch ein und drehte sich, um ihr erschlaffendes Hinterteil zu betrachten. Als die Jungen noch klein waren, hatte sie keine Zeit gehabt zu bemerken, wie die Jahre dahineilten, jetzt, wo sie sich selbst für die Schule fertig machten und mit Frühstück versorgten, war das Haus morgens schnell leer und ruhig, zu ruhig bis auf ein paar Stadtgeräusche – Mülltonnen, die geleert oder hereingeholt wurden, Hunde, die auf dem Bürgersteig vorbeiliefen, Jogger direkt dahinter, Fahrräder, Autos, Rotkehlchen in dem Baum vor dem Haus, Streitereien. Rosie begann, ihr Spiegelbild einfach überall zu sehen – in Türen, Weingläsern, Schaufenstern …

Der Kaffee kommt in einem zufriedenstellenden schwarzen Strahl aus der Maschine. Nina hält eine volle Tasse hoch und atmet den Geruch ein. Die Finger darum gelegt wie eine Umarmung.

»Ich mache mir Sorgen um dich«, antwortet Rosie und lenkt vom Thema ab.

Nina lächelt schwach. »Ach, Rosie, nicht doch. Mir geht es gut. Wie immer. Ich bin aus einem harten Holz geschnitzt.« Sie runzelt die Stirn. Nina ist nicht schlank wie Rosie. Sie hasst Fitnessstudios. Sie schickt Rosie YouTube-Videos von Leuten, die auf dem Laufband umkippen.

Rosie nickt. Nina ist zäh. Keine Frage. Aber Rosie erinnert sich an eine Zeit, die Zeit nach Sophies Geburt, wo Nina alles andere als zäh war. Sie hatte viel Blut verloren, sie hatte Transfusionen gebraucht, hatte eine Woche im Krankenhaus bleiben müssen. Und als sie schließlich nach Hause gekommen war, war Nina ein Schatten ihrer selbst gewesen, blass und dünn, zu dünn für eine Frau, die gerade ein Kind zur Welt gebracht hatte, und weinerlich, was ihr gar nicht ähnlich sah.

Lars und Rosie hatten sich abgewechselt, nach ihr und Sophie zu sehen, als wären beide Babys. Rosie hatte gekocht und das Essen vorbeigebracht, Lars Sophie mit der Flasche gefüttert und sie beruhigt und ihre Windeln gewechselt. Rosie hatte Lebensmittel eingekauft, wenn die Schränke leer waren, und sie beide hatten Nina unzählige Tassen Tee gebracht und ihre Laken gewechselt. Es hatte Monate gedauert, bis Nina wieder die Alte war. Und jetzt sprachen sie nicht mehr darüber. Rosie nicht, Nina nicht und Lars nicht. Als wäre es nie passiert.

Nina bläst in ihren Kaffee und streckt die Hand aus, um Rosies Kopf zu tätscheln. »Das soll ein Urlaub sein, schon vergessen?« Sie nippt an ihrem Kaffee. »Wenn du dir Sorgen machen willst, kannst du dir Sorgen um Max machen. Er lädt dazu ein, sich Sorgen um ihn zu machen. Er kommt zu spät, er hat sich wahrscheinlich irgendwo mit irgendeinem armen jungen Ding betrunken …«

Rosie nickt. Ein armes junges Ding, wie wahr. Max ist nicht nett zu den Frauen, mit denen er schläft. Er ruft sie nicht wieder an, er vergisst ihre Namen, und trotzdem schwärmen alle von ihm, egal was er tut. Irgendwie wissen die Frauen, dass er sich vielleicht nichts aus ihnen macht, dass sie im Bett aber auf ihre Kosten kommen werden. Im Grunde ihres Herzens hat Rosie nie aufgehört, sich zu wundern, wie viele Frauen Max ins Bett bekommt. Wie viele Frauen sich mit dem Wenigen zufriedengeben, dass er zu geben bereit ist. So gleichgültig, wie Max den Frauen gegenüber ist, mit denen er schläft, mutet es seltsam an, wie liebevoll und nett er zu den Frauen ist, mit denen er befreundet ist. Vor allem zu Helen. Max und Helen stehen sich so nahe, dass sie manchmal nicht einmal etwas sagen müssen, um zu wissen, was der andere denkt. Wenn sie zusammen sind, lachen sie die ganze Zeit. Sie gehen zusammen in Kunstgalerien, betrinken sich und diskutieren über Francis Bacon, den Max liebt und Helen nicht. Sie zünden eine Zigarette an und rauchen sie gemeinsam. Auf dem College hat Max kleine Drahtfiguren für Helen gemacht, die überall in ihrem Zimmer herumstanden, einmal sogar einen Pflanzenständer – aus der Schale einer Kokosnuss und einer Bettfeder –, und hat ihr Nachrichten in ihre Lehrbücher geschrieben. »Zum Teufel mit dir und deinem Existenzialismus« und »Helen Barnett hat großartige Titten«. Sachen, die Rosie ohne Ende geärgert hätten, hätte er sie, mit Kuli natürlich, in ihre Lehrbücher geschrieben, über die Helen jedoch laut gelacht hat. Es waren Liebesbotschaften. Max betete Helen an.

Die Leute sagten, dass Rosie und Nina wie ein Ei dem anderen glichen, doch wirklich ähnlich waren sich Max und Helen. Sie kamen aus verschiedenen Welten, aber sie glichen sich im Charakter. Beide waren sie wohl im Grunde ihres Herzens Einzelgänger, was wohl auch der Grund war, warum sie offensichtlich nicht miteinander schliefen. Rosie hat immer gedacht, dass sie keinen Grund hatte, sie zu beneiden. Sie liefen durchs Leben wie Betrunkene. Sie haben keinen Plan. Sie hatten nie einen Plan gehabt. Doch selbst ohne die beiden bisher gesehen zu haben, hat Rosie plötzlich das beunruhigende Gefühl, dass sie sich geirrt hat. Dass sie etwas haben könnten, das Rosie nicht mehr hat.

Dass, wenn jemand keinen Plan hat, sie dieser Jemand sein könnte.

❧

Sie hätten kein Paar sein sollen. Jedenfalls nicht in Rosies Vorstellung. Nicht, dass sie Eddie das sagte, als sie sich auf die Steine zurücklehnten, die sich in ihre Haut gruben. Es war Juni, und das Wetter war scheußlich. So war England. So war Brighton. Schmutziger Meeresgeruch in der Luft, der Gestank der nassen Holzplanken des Piers, nach Tabak und Schweiß von Eddie, natürlich. Eddie gehörte nicht zu Rosies Plan, und trotzdem waren sie hier. Wieder einmal. Er reichte ihr seine Zigarette.

»Eigentlich sollte Sommer sein. Oder fast. Das Wetter ist scheiße.«

Sein Haar war zu lang. Seine Jeans waren zu kurz. Sein Schweiß roch nach Zwiebeln und Salzwasser.

»Ja, echt scheiße«, bestätigte Rosie.

Eddie drehte sich auf die Seite, sah sie von oben bis unten an und lachte. »Ein schöner Anblick, Rosie.«

»Ich brauche eine Dusche.«

»Du siehst auch ohne gut aus.«

Nicht mehr lange und sie waren mit dem Studium fertig und Rosie würde irgendwo anders sein. Mit jemand anderem. Nicht unter dem Brighton Pier und sich eine Zigarette mit Eddie teilen.

»Geht Max im Moment eigentlich zur Uni?«, fragte Rosie, noch immer auf dem Rücken liegend.

Eddie blickte auf das Meer hinaus. In der Nähe stritten sich ein paar Möwen. Vielleicht um eine kalte Fritte. Ihre Schreie durchschnitten die Luft.

»Nicht oft«, antwortete Eddie. »Ich glaube nicht, dass er sich die Mühe macht. Er hat gute Auftrittsmöglichkeiten. Er hat gesagt, dass auf dem letzten Konzert ein Produzent war. Hat mit ihm gesprochen. Ein ziemlich bekannter anscheinend.«

»Er macht sein Studium nicht fertig?«

Rosie zitterte vor Kälte.

Eddie schüttelte den Kopf. »Ich bezweifle es.«

»Er sollte es zu Ende machen.«

»Ich denke, er ist mit seiner Musik glücklicher, um ehrlich zu sein.«

»Er gammelt zu viel herum. Er ist fast fertig.«

Rosie versuchte, nicht vorwurfsvoll zu klingen, aber ohne Erfolg.

»Er ist glücklich«, murmelte Eddie. Er griff in Rosies Haare. Das Gel festigte nicht mehr. Die Haare hingen schlaff herunter und fühlten sich hart an. »Mir gefällt das so«, sagte er.

»Schmutzig?« Rosie rümpfte die Nase. Sie hasste den Klang ihrer Stimme. Sie war zu sehr wie ihre Mutter, wenn sie sich im Spiegel ansah.

»Nein. Kurz«, antwortete Eddie.

Eddie und Rosie hatten sich das erste Mal im Pub geküsst, an einem Abend, an dem Max gespielt hatte. Es war nicht geplant gewesen. Es hatte am Cidre gelegen. Rosie trank sonst keinen Cidre, und ihr war seltsam zumute gewesen, das war ihre Entschuldigung, und als Eddie mit ihr zu reden begonnen hatte, war er ihr plötzlich anders erschienen. Vielleicht lag es daran, dass Max nicht bei ihm war. Rosie war sich nicht sicher, was Max anging. Er war leichtsinnig und direkt, er ging zu viele Risiken ein. Er steckte Helen mit seiner Art an. Er war die Art Mensch, vor der Rosies Mutter sie gewarnt hatte, und Rosie war geneigt, ihrer Mutter in diesem Punkt recht zu geben. Doch jetzt stand Max mit der Band auf der Bühne, und Eddie war allein. Er stellte Rosie Fragen. Er schien freundlich und lustig und nett. Umgänglich. Er schien interessiert. Es fühlte sich gut an, wenn jemand Interesse zeigte. Dann lehnte er sich zu nahe zu ihr hin, und seine Lippen waren einfach da, und er war durchaus attraktiv, das ja.

»Ist dir kalt?«, fragte Eddie, dessen Hand jetzt auf ihrer nackten Schulter lag. Sie hätte eine Jacke mitnehmen sollen.

»Ein bisschen«, räumte Rosie ein.

»Nimm meine Jacke.«

»Nein, es ist okay.«

Eddies Freundlichkeit ärgerte Rosie. Weil sie mit ihm Schluss machen sollte. Eddie war nett, aber er war nicht das, was Rosie vorschwebte. Er war nicht besonders klug, war kein bisschen ehrgeizig, hatte kein Ziel vor Augen. Er hatte nie eine Meinung zu tagesaktuellen Themen, aber als Rosies Bruder Simon ihn einmal getroffen hatte, hatten die beiden sich sofort die Köpfe heißgeredet – über Musik, Fußball und irgendeine lokale Brauerei. Simon sagte, Eddie sei ein toller Typ, aber Rosie wollten nicht bloß einen weiteren »tollen Typen« oder netten Kumpel. Sie wollte einen Mann. Einen richtigen, erwachsenen Mann.

»Eddie …«

»Mensch, Rosie, dir ist eindeutig kalt, jetzt nimm schon die Jacke«, unterbrach Eddie sie.

»Ich brauche sie nicht«, antwortete sie zitternd.

»Wenn du die Jacke nicht nimmst, wärme ich dich mit etwas anderem.«

»Ich will sie nicht, Eddie.«

»Ich habe dich gewarnt!«

Eddie hievte sich hoch und rollte sich auf Rosie und drückte sie noch tiefer in das Bett aus grauen Steinen.

»Mensch, verdammt, Eddie!«

»Ich habe es dir gesagt.«

Eddie lachte, und sein Atem war ihrem Gesicht ganz nahe. Sie konnte den Rauch und das Salz und das Fett von den Fritten riechen, die sie sich vorher geteilt hatten.

»Die Steine …«, protestierte Rosie mit gedämpfter Stimme.

Eddie schnüffelte an ihrem Hals. »Mein Gott, du riechst so gut, Rosie.«

»Geh von mir runter!«

»Du riechst nach Rosen«, sagte Eddie.

»Tu ich nicht. Ich rieche nach Kippen und Alkohol. Geh runter!«

»Nein. Du riechst gut. Ich schwöre es.«

Eddie begann, sie zu küssen. Kleine, würzige Küsse unter ihren Kiefer, die dicker und freigebiger wurden, als er sich der Spitze ihres Schlüsselbeins näherte. Rosie fühlte, wie ihr Körper, der nur aus Muskeln, Knochen und Widerstand zu bestehen schien, sie verriet.

»Eddie … lass das …«

Aber Rosies Proteste waren halbherzig, das merkte Eddie. Die Küsse wanderten an ihrem Schlüsselbein entlang. Rosie merkte, wie sich ihr Kopf ermutigend zurückneigte, nur ein bisschen.

»Du bist so kalt«, murmelte Eddie und ließ seine Hand sanft und langsam zu ihrem Oberteil wandern.

Rosie versagte die Stimme, genau wie ihre Vorsätze versagten. Alle Erklärungen, die sie eingeübt hatte – »Es hat nichts mit dir zu tun, sondern mit mir«, »Es war nie etwas Festes«, »Du wirst noch die Richtige finden, Eddie« –, schmolzen dahin und lösten sich unter seinen Küssen in Luft auf. In der Hitze von Eddies Atem auf ihrer Kehle, dem schleichenden Verlangen seiner Hand, die sich der abgetragenen Seide ihres BHs näherte. Rosie atmete schwer in Eddies Haar, merkte, wie ihre Augen sich schlossen, ihre Lippen sich hoben. Eddies Finger schoben sich in das Körbchen ihres BHs, berührten ihre Brustwarze, schlossen sich darum, ergriffen Besitz von ihr. Rosie hatte so kleine Brüste. Das hatten ihre einige Männer gesagt, mit denen sie zusammen gewesen war – die wenigen »richtigen« Männer.

»Du bist toll. Mein Gott bist du toll«, flüsterte Eddie auf ihrer Haut.

Eddie war nicht gut genug, ermahnte sich Rosie. Er war nicht Teil ihres Plans. Aber sie konnte unmöglich mit ihm Schluss machen.

KAPITEL 4

Max

Helen, in einer grünen Satinbluse, in der ihre Brüste wie aufreizende Hügel aussehen, auf die man seine Hände legen möchte, und einem schwarzen Rock und glänzenden schwarzen Absatzschuhen. Sie sieht mehr als schön aus (»hinreißend« trifft es vielleicht, doch »zum Ficken schön« ist alles, was Max denken kann, wenn er ehrlich ist). Dieses schwingende Haar, dieser sanfte, feuchte Mund, offen, lachend. Max zieht sie von allen weg. Zieht sie in einen Verschlag, in dem es nach Staub und Putzmitteln mit Zitrusgeruch riecht, der aber die Geräusche dämpft – das Geplauder und das Ha-ha-ha und das Tock-tock der Schuhe auf dem Parkettboden der Galerie. Ihr heißer Atem auf seinem Gesicht, ihre Brüste, die sich heben und senken. Der Duft ihres Nackens, ihrer Haut.

Er knöpft ihre Bluse auf, reißt den Rock hoch, zieht ihr den Slip herunter. Sie ist warm und feucht unter seinen Fingern, *mein Gott*. Ihr Mund auf seinem, er schmeckt nach ihren Zigaretten, nach Rotwein. Ihre Hand fährt in seine Hose, drängend, sucht, findet …

Max setzt sich zu schnell auf. Ihm ist schwindlig. Sein Kopf knallt gegen die Sonnenblende. Er reibt sich die Stirn und stöhnt. Er braucht eine Minute, um zu begreifen, wo er ist. Er sitzt in seinem Auto, der Sitz ist zurückgestellt. Sonnenlicht strömt durch die Windschutzscheibe herein. Sein Körper ist in einem sonderbaren Winkel gekrümmt. Hatte er einen Unfall? Max sieht aus dem Seitenfenster auf das Gras des Seitenstreifens, dann blinzelt er zum Kühler hin und sucht nach einem Schaden. Er schaut kritisch an sich hinunter. Beine, Weichteile, Rumpf, alles intakt. Dann erinnert er sich, wohin er unterwegs ist, und greift nach der Schatulle auf dem Beifahrersitz, dreht sie zwischen seinen Fingern hin und her. Er sieht sein Handy und berührt das Display, doch es bleibt schwarz. Tot.

Max lacht. Er muss auf dem Weg nach Douarnenez zum Schlafen an den Straßenrand gefahren sein. Wie ein alter Mann. Er ist ein alter Mann. Vierzig. *Heute.* Und obwohl vierzig nicht sehr alt ist, ist es doch alt, und Max fühlt sich verunsichert. Als würde er einen Abhang hinuntergleiten, immer schneller, und am Fuß dieses Abhangs ist nichts. Nicht einmal das Aufschlagen eines Körpers auf den Boden, sondern absolut nichts. Ein graues Nichts, das dumpf und feucht ist und schlaff. Schlimmer als ein benutzter Schwanz. Bei dem Gedanken greift er nach seinem. Er ist noch da.

Max fasst ins Handschuhfach, sucht unter der Garantie und einer alten Straßenkarte und zieht eine kleine Tüte heraus. Er taucht die Finger in den Puder darin, reibt ihn sich ins Zahnfleisch, und blinzelt. Ein Frauengesicht erscheint vor seinem inneren Auge. Die besorgte Miene seiner Nachbarin, der Sozialarbeiterin – Claudine. Er denkt an sein Gelübde, clean zu bleiben. Ärgerlich verscheucht er den Gedanken.

Ein alter Mann? Verdammt. Er lässt den Motor an, schaltet und tritt das Gaspedal durch und denkt an diese grüne Satinbluse.

Das Haus ist ein Wunder. Die alte Hälfte, das eigentliche Bauernhaus aus Stein, so grau wie die bretonischen Wolken, verbirgt die neuere Hälfte dahinter – aus Glas und frei liegendem Holz, mit Messing- und Kupferbeschlägen. Wie ein Schmetterling, der sich aus der Larve schält. Magisch. Max ist jedes Mal wieder begeistert, wenn er es sieht. Als wäre es komplett neu. Es ist die Art von Haus, die im *Architectural Digest* abgebildet ist. Er ist sich nicht sicher, ob die Einheimischen es mögen, doch Max kümmert sich nicht um gute nachbarschaftliche Beziehungen. Er bezahlt Juliette dafür, dass sie sich um alles kümmert und alle zufrieden sind, und sie leistet gute Arbeit. Außerdem macht sie einen klasse *kouign-amann*.

Als Max vorfährt, stehen ein Lieferwagen und drei fremde Autos sowie Juliettes kleiner blauer Renault vor dem Haus, der Max mehr wie ein Spielzeug als wie ein Auto vorkommt und älter als Max sein muss. Max kann nicht sagen, ob Helens Mietwagen unter den geparkten Autos ist, doch er steigt schnell aus, geht zur Eingangstür und stößt sie auf. Aus der Küche hört er Stimmen.

Max sieht Rosie zuerst. Sie trägt einen rosa Flanellschlafanzug mit Elefanten darauf und unterhält sich mit Nina, die ein dunkelblaues Leinenkleid und Sandalen anhat. Juliette steht am Arbeitstisch. Sie hat sich die Haare schneiden lassen. Sie sieht zu ihm herüber und lächelt.

»Herzlichen Glückwunsch zum Geburtstag, Max.«

Sowohl Nina als auch Rosie wirbeln herum, und Rosie schreit auf.

»Max!« Sie umarmt ihn fest, und Max muss wieder denken, wie klein Rosie ist. Klein und schlank wie ein Kind. Man würde nicht meinen, dass sie selbst drei Kinder hat, Jungen natürlich. Nina küsst ihn auf die Wangen, und Max atmet ihr Parfüm ein. Gardenien und noch etwas anderes. Sie verwendet es seit Ewigkeiten. Sie schenkt Max ein freundliches Lächeln, das in Max den Wunsch weckt, sich neben ihr hinzukauern und ihr all seine Geheimnisse anzuvertrauen.

»Herzlichen Glückwunsch zum Geburtstag«, sagen beide, dann lachen sie.

»Meine absolut hinreißenden Mädchen«, brummt Max und zieht beide an sich. »Du auch, Juliette, komm her«, sagt er und sieht zu ihr herüber.

»Es sieht so aus, als hättest du schon alle Hände voll zu tun«, scherzt Juliette. Sie schneidet einen Brioche-Laib auf und stapelt die Scheiben auf einen großen Teller. Ein Glas mit Marmelade steht auch darauf, mit einem Messer mit einem Elfenbeingriff.

»Unterschätz meine Hände nicht«, sagt Max.

»Wo warst du?«, fragt Nina. »Wir haben auf dich gewartet.«

»Wir haben dich den ganzen Abend angerufen«, fügt Rosie hinzu.

»Das Telefon war tot«, sagt Max mit einem Schulterzucken. Das Nickerchen erwähnt er nicht. »Was habt ihr ohne mich gemacht? Früh ins Bett gegangen, ohne Abendessen?«

»Genau«, antwortet Nina.

»Ich habe sie verpflegt. Ich schwöre es«, sagt Juliette.

»Das hat sie«, bestätigt Rosie und nickt. »Das Essen war unglaublich.«

»Willst du einen Kaffee?«, fragt Juliette Max.

»Ja, verdammt.«

Rosie geht wieder zu dem Barhocker, auf dem sie gesessen hat. Nina nimmt sich eine Scheibe von der Brioche und streicht Marmelade darauf. »Ein schönes Plätzchen hast du hier, Max.«

»Danke, Nina.«

»Wie fühlst du dich angesichts der großen Vier?«

Max unterdrückt eine Grimasse. »Okay. Gut. Es heißt Vierzig sind die neuen Dreißig.«

»Ja, aber das ist Bullshit«, antwortet Nina ironisch.

Max lacht. »Ich habe dich vermisst.«

»Du weißt, wo du mich findest. Du musst nur zum Hörer greifen und mich anrufen. Oder, noch besser, mir eine Fahrkarte nach Paris kaufen. Schon mal vom Eurostar gehört?«

»Hast *du* schon mal vom Eurostar gehört?«, kontert Max. »Du könntest mich besuchen kommen.«

»Ich kaufe mir keine Fahrkarte, um dich zu besuchen, wenn ich nicht weiß, wo du wann bist. Du könntest in Neuseeland herumtouren, ich habe schließlich keine Ahnung. Ich meine, du hast uns hierher eingeladen, und dann kommst du zu spät.«

Max berührt Ninas Wange. »Tut mir leid, Mama. Kannst du mir vergeben?«

Rosie lacht, doch Nina tut so, als wäre sie sauer. »Nein.«

Lars kommt in die Küche. »Max!«

»Lars, altes Haus!«

Sie umarmen sich fest. Dann fährt Lars Max über den kahlen Schädel, wuschelt die Haare, die da nicht sind. »Du musst dringend zum Friseur, Alter!«

»Sehr lustig. Die Mädchen scheint es nicht zu stören.«

»Ich wette, dass die Mädchen es lieben«, sagt Lars und blinzelt, wobei seine blonden Wimpern das Licht einfangen.

Nina schüttelt den Kopf. »Wie alt müssen wir werden, bevor du aufhörst, uns Mädchen zu nennen?«

»Habe ich euch beleidigt?«, fragt Max lächelnd.

»Mir macht das nichts. Es gibt mir das Gefühl, wieder jung zu sein«, sagt Rosie, die Finger um eine Teetasse gelegt.

»Ja, wieder fünf Jahre jung«, murrt Nina.

Lars geht zu ihr und küsst sie auf den Kopf. »Wie geht es dir angesichts der großen Vier?«, fragt er Max.

»Dein Mädchen hat mich das auch gerade gefragt.«

»Du bist der Erste«, stellt Lars fest.

»Ihr holt noch schnell genug auf.«

»Eine kleine Weile haben wir noch«, murmelt Rosie in ihren Tee.

»Du bist die Vorhut, Max, wir werden dir folgen«, sagt Lars.

»Gott steh uns bei«, antwortet Nina.

Max streckt die Brust heraus. »Nun, ich habe nicht groß vor, etwas zu ändern. Ich gedenke, mit derselben Diät und demselben Sport weiterzumachen und …«

»Diät? Sport?«, fragt Nina.

»Alkohol, Zigaretten, Drogen, Sex«, antwortet Lars, und alle lachen, einschließlich Juliette, die aus dem Fenster sieht.

»Genau«, stimmt Max zu. »Ich werde ein Buch darüber schreiben. Willst du es nicht herausbringen, Nina?«

Nina zieht eine Grimasse. »›Die Rock'n'Roll-Methode für ein frühes Grab‹?«

Max lacht. »Autsch!«

Juliette reicht das frische Brot und die Marmelade herum und serviert Max einen Kaffee. Rosie tätschelt Max' Arm und geht, um sich anzuziehen und nach Hugo zu sehen.

Nach ein paar Schlucken Kaffee räuspert sich Max. »Wo ist Helen?«

Lars lacht. »Ich habe mich schon gefragt, wie lange es dauert, bis du fragst.«

»Sie holt ihre Schwester ab«, sagt Juliette.

»Ach ja, richtig.« Max nickt und erinnert sich an die Nachricht auf dem Anrufbeantworter. Ihm wird schwer ums Herz. Er versucht, nicht enttäuscht zu sein. Doch sein Körper sehnt sich nach dem Traum, der heute Morgen viel zu schnell entschwunden ist. Die Seidenbluse, der Geruch ihrer Haut. Max schaudert und versucht, ihn abzuschütteln. Enttäuschung ist ein erbärmliches Gefühl. Absolut sinnlos. Eine Erinnerung blitzt in ihm auf. Der Atem seines Vaters in seinem Gesicht. *Sieh mich nicht so an! Welchen Grund hast du, traurig zu sein?* Max atmet schnell und kräftig durch. Er hat seine Freunde. Er liebt Rosie und Nina, er liebt Lars. Er hat Lars vermisst. Lars' Art, die Welt zu nehmen. Als gäbe es nie eine echtes Problem, als würde sich früher oder später alles richten.

»Wo hat Helen plötzlich eine Schwester her?«, fragt Lars.

»Ich glaube, es ist nicht ihre richtige Schwester«, sagt Max. »Sie ist die Tochter ihres Vaters.«

»Eine Halbschwester also«, sagt Nina.

»Nein, nicht einmal das. Ihr Vater hat doch diese Spanierin geheiratet, wie hieß sie noch gleich?«

»Ja, stimmt. Die, die aussah wie diese Schauspielerin … wie hieß *die* doch gleich?«

»Egal, sie hatte schon eine Tochter, als sie geheiratet haben. Soleil? Sie und Helen standen sich sehr nahe. Helen hat sie ein paar Jahre lang praktisch aufgezogen. Dann hat ihr Vater – wie hieß sie doch gleich …?«

»Mariposa!«, wirft Nina ein.

»Genau. Mariposa und Helens Vater haben sich getrennt. War ziemlich unschön.«

»Wie all seine Trennungen«, sagt Lars grimmig. Juliette räumt Schüsseln in die Spülmaschine, sieht jedoch auf, als er das sagt. »Entschuldige, Juliette, wir sind wirklich Lästermäuler.«

»*Non, non*. Es ist okay. Rede ruhig weiter.«

Nina dreht sich zu Max um. »Wie alt ist Soleil jetzt?«

»Ich bin mir nicht sicher. Mitte, vielleicht Ende zwanzig? Helen hat sie lange nicht gesehen. Sie hat etwas davon gesagt, dass Soleil eine schwere Zeit durchmacht.«

»Eine schwere Zeit?«

Max zuckt die Schultern, kaut auf seiner Brioche herum, er hat plötzlich furchtbaren Hunger. Das süße, mit Butter bestrichene Brot löst sich in seinem Mund auf. »Da musst du Helen fragen. Du weißt, wie ich mich an Einzelheiten erinnere. Eher undeutlich.«

»Helen hat gesagt, dass sie gegen Mittag zurück sein müsste«, sagt Juliette. »Soleil kommt mit dem Zug. Der nächste Bahnhof ist über eine Stunde entfernt.«

Max nickt, er lenkt sich selbst von seiner Ungeduld ab, indem er noch mehr Brot isst und beobachtet, wie Lars zusammen mit Juliette den Geschirrspüler füllt. Er nickt zu irgendeiner Melodie in seinem Kopf. Lars liebt Musik ebenso sehr wie Max. Er ist auch ein talentierter Bassist. Er hätte wahrscheinlich irgendetwas und irgendwer werden können, doch das ist nicht sein Ding. Das hätte bedeutet, dass er Nina und Sophie über lange Perioden hätte alleine lassen müssen, und das würde er nie tun.

Juliette entschuldigt sich und verlässt die Küche. »Ich fahre später zum Markt. Wenn irgendjemand mich begleiten möchte …«

»Ich komme mit«, antwortet Nina. »Und ich bin sicher, Rosie kommt auch gerne mit.«

Als Juliette die Küche verlässt, streckt Max die Hand aus und stupst Lars an, der sich gerade die Hände an einem Geschirrtuch abtrocknet.

»Tut gut, dich zu sehen.«

»Gleichfalls, Kumpel. Gleichfalls. Ich habe mir die *Tokio*-Tour von *The Jacks* angesehen, Teile davon waren online. Wirklich super. Ich kann nicht glauben, dass du immer noch Musik machst. Das ist wirklich dein Ding.«

»Ich mache immer noch Musik«, wiederholt Max.

»Das ist super.«

Max fühlt das Unbehagen, das ihn immer befällt, wenn einer seiner Freunde über seine Arbeit spricht. Lars und Nina haben Sophie bekommen, als sie noch sehr jung waren. Mit Mitte zwanzig. Sie war nicht geplant gewesen. Lars war mit Sophie zu Hause geblieben, während Nina ihre Karriere in der Verlagswelt weiterverfolgt hatte. Seitdem hatte Lars hier und da alle möglichen Jobs gemacht – im Einzelhandel, in der Gastronomie. Hin und wieder Schreinerarbeiten, doch er hat nie genug berechnet und wohl auch zu lange gebraucht, weil er ein ziemlicher Perfektionist ist. Zu Ninas Arbeit gehörten auch Dienstreisen, zu Buchmessen, Literaturtagen, Buchpräsentationen. Es war einfacher, wenn Lars zu Hause blieb. Trotzdem leuchten seine Augen immer noch, wenn er mit Max über seine Musik spricht, seine Arbeit. Max' Welt ist so anders, dass Max sich furchtbar und großartig zugleich fühlt. Manchmal besser als seine Freunde, das stimmt, aber auch wie ein Außerirdischer.

»Wie läuft es bei euch beiden?«, fragt er.

»Bei euch dreien«, verbessert Nina. »Wir haben eine Tochter im Teenageralter«, erinnert sie ihn. »Sie nimmt sehr viel emotionalen Raum ein.«

»Wo ist Sophie?«, fragt Max.

»Wahrscheinlich schläft sie noch.«

»Wahrscheinlich ist sie draußen und fotografiert, das sieht ihr ähnlicher«, sagt Lars. »Wir haben ihr eine Kamera geschenkt.«

»Wir haben gedacht, dass sie das geselliger macht«, fügt Nina hinzu. »Wenn sie ein Hobby hat, über das sie reden kann.«

»Sie redet«, murmelt Lars.

»Sie ist besessen von dem Ding.«

»Sie macht wirklich gute Bilder. Du musst sie dir mal ansehen, Max. Selbst Rosie findet das.«

»Bilder von toten Dingen«, sagt Nina.

»Von toten Dingen?«

»Ja, verrottende Ratten in Gullys, Vögel. Sie hat sich zu ihrem Geburtstag einen Kuhschädel gewünscht.«

»Ich denke, er ist von einer Antilope. Mit diesen Horndingern«, sagt Lars.

»Sie mag es gern makaber. Ist ein bisschen *emo-mäßig* drauf.« Nina macht mit ihren Zeigefingern Anführungszeichen in der Luft.

»War ihre Mami in dem Alter nicht *Siouxsie and the Banshees*-Fan?«, zieht Max sie auf.

»Ja! Das stimmt«, sagt Lars.

»Ach, hört auf. Die waren nicht so düster«, meint Nina.

»Doch, das waren sie. Du hast gesagt, dass deine Mutter regelmäßig einen Anfall bekommen hat. Das Make-up, das du getragen hast … die Haare ..«

Lars und Max lachen.

»Okay, okay, beruhigt euch. Ich habe mir keine Totenschädel zum Geburtstag gewünscht«, sagt Nina finster.

Max kann sich gut vorstellen, wie Nina in ihrem Beruf auftritt. Sie sagt unumwunden, was sie denkt. Vertritt klare Ansichten. Kein Wunder, dass Lars sich so sicher ist, dass alles gut wird. Sie wird dafür sorgen. Das Geheimnis ist, dass Nina trotz ihrer etwas dominanten Art sanft und liebevoll ist.

Lars lächelt Max an. »Sophie ist ein gutes Mädchen, wirklich. Dickköpfig wie ihre Mutter und kreativ dazu. Sie redet sogar davon, ans Camberwell College zu gehen, kannst du dir das vorstellen? Wir haben wirklich Glück.«

Nina sieht auf ihre Hände, die auf der Arbeitsplatte ruhen.

Max beobachtet, wie das Licht durch das Küchenfenster fällt. Er verbringt kaum jemals Zeit in der Küche, das ist Juliettes Domäne. Jetzt fällt ihm auf, dass es das schönste Licht im ganzen Haus ist. So sanft und gesprenkelt, wie es durch die Blätter der Linde fällt. Draußen auf dem Rasen sieht er ein Paar, das sich aneinander lehnt und an den Händen hält. Die Frau trägt Shorts in einem Blumenmuster, eine weiße ärmellose Bluse und hellbraune Sandalen. Ihr dickes rotes Haar ist mit einem Seidenschal zusammengebunden. Der Mann kratzt sich am Hinterkopf.

»Eddie. Da ist ja der Mistkerl«, sagt Max. Lars und Nina folgen seinem Blick. »Ist das sein amerikanisches Mädchen?«

»Mädchen«, mokiert sich Nina.

»Gestern hat sie ihre Titten ausgepackt«, fügt Lars hinzu.

»Oha. Stimmt das?«

»Das ist *la France*. Hier gehen die Frauen oben ohne«, sagt Nina.

»Gehst du auch oben ohne, Mama? Packst du auch deine Titten aus?«, fragt Max lachend.

»Irgendetwas beunruhigt mich daran, dass du von meinen Brüsten sprichst, während du mich Mama nennst«, sagt Nina trocken.

Lars lacht laut. »Ja, Kumpel, das *ist* seltsam.«

Max hebt in gespielter Kapitulation die Hände. »Ich war zu lange in Frankreich. Verstehst du? Das hat mich zum Perversling werden lassen.«

»Dazu bedurfte es wohl keiner Nachhilfe«, meint Nina.

»Ich sage ihr besser mal Guten Tag. Sie scheint genau meine Art Mädchen zu sein«, murmelt Max.

Als er geht, hört er Nina murmeln: »Sie ist *Eddies* Mädchen.«

KAPITEL 5

Juliette

Hugo, Rosie und Nina und Beth quetschen sich in den alten Renault von Juliettes Vater. Er ist in der Stadt leichter zu parken als der Lieferwagen, den sie nur in Ausnahmefällen nimmt, und Juliette ist ein Gewohnheitsmensch. Lars hat sich entschieden zu joggen, während Sophie am Strand Fotos macht, und Eddie und Max sitzen auf der Dachterrasse, klopfen sich auf die Schenkel und lachen, bis ihnen die Tränen hinunterlaufen. Helen und ihre Beinahe-Schwester sind noch nicht zurück.

Hugo sitzt mit verschlossener Miene hinten bei Rosie, Beth zwischen ihnen. Nina hat auf dem Beifahrersitz neben Juliette Platz genommen. Das Auto rumpelt über die Einfahrt und biegt auf die Straße ein, die ins Zentrum von Douarnenez führt. Sie schlängelt sich an der Küste entlang. Die Landspitze ist mit rosa Grasnelken und pflaumenfarbener Erika gesprenkelt. Juliette dreht ihr Fenster herunter, und kühle Frühlingsluft strömt herein und vertreibt den muffigen Geruch der Lederpolster, der sie so sehr an ihren Vater erinnert.

Nina und Rosie reden im Flüsterton miteinander über Sophie, sodass Juliette ihre Aufmerksamkeit Hugo und Beth zuwendet.

»Wo kommst du her?«, fragt Hugo die junge Frau.

»Aus Kentucky.«

»Oh. Das ist ein schöner Teil der Staaten.«

»Allerdings.«

Juliette kann das Lächeln in Beths Stimme hören. Sie hat eine langsame, aber angenehm bestimmte Art zu reden. Sie lässt sie etwas älter erscheinen, als sie ist. Bis jetzt hat sich die Oben-ohne-Amerikanerin nicht annähernd als laut und aufdringlich erwiesen, wie Juliette zunächst befürchtet hatte.

»Mit vielen Pferden, wie ich gehört habe«, antwortet Hugo.

Beth lacht. »Nicht von der nützlichen Sorte, obwohl – das sagt mein Vater. Er hält nichts von Pferderennen.«

»Was macht er beruflich?«

»Er ist Prediger.«

»Oh. Was für ein vornehmer Beruf«, sagt Hugo.

»Er ist ein vornehmer Typ, könnte man sagen. Aber auch ein bisschen erdrückend. Es ist besser, dass ich hier lebe und er dort.«

»Väter können schwierig sein«, murmelt Hugo.

»Jepp. Ich habe viele Brüder und Schwestern. Soll er ihnen gegenüber schwierig sein. Ich bin eins von elf Geschwistern.«

Hugo ist verblüfft. »Elf?«

»Ja. Eddie war auch ziemlich geschockt. Er hat befürchtet, ich wollte ihn nur vor den Traualtar zerren.«

»Ich glaube nicht, dass du da viel Glück hättest«, sagt Hugo.

Beth lacht wieder. Juliette wirft einen Blick in den Rückspiegel. Beth hat diese Zähne, die alle amerikanischen Touristen in Paris zu haben scheinen – perfekt weiß und gerade wie Würfelzucker in einer Schachtel.

Bald rückt die Stadt ins Blickfeld. Die Häuser drängen sich um den Hafen, wo Boote im Wasser hüpfen und Masten wie Metronome hin und her pendeln. Einige der Cafés haben geöffnet, Tische und Stühle stehen auf dem Fußgängerweg, ein paar Leute nippen an ihrem Kaffee oder lesen Zeitung. Die

Sonne steht noch nicht hoch am Himmel, und die Bedienungen tragen langärmelige Hemden. Juliette drosselt das Tempo, als die Straße enger wird. Sie fahren an Schaufenstern vorbei, an schwarz und blau und rot gestrichenen Türen. Eine dunkelhaarige Frau schiebt einen Kinderwagen über die Straße, während ihr kleiner Sohn nebenher trottet.

»Was für ein schöner Ort«, ruft Rosie begeistert aus. »Nina, kannst du dir hier ein *Fleet*-Atelier vorstellen?«

»*Fleet* ist Rosies Juweliergeschäft«, erklärt Nina Beth, und Juliette und fügt hinzu: »Sie ist unglaublich gut.«

»Unsinn. Ich mache das nur nebenbei. Ich bin hauptsächlich Mutter«, sagt Rosie. »Wir haben drei Jungs.«

Juliette nickt und konzentriert sich darauf, das Auto um ein Schlagloch herumzusteuern.

»Was machst du?«, fragt Hugo Beth.

»Ich bin Friseurin.«

»Aha.«

»Und du?«

»Ich bin orthopädischer Chirurg.« Er lacht kurz und seltsam. »Wir schnippeln also beide herum.«

»Hugo!«, ermahnt Rosie ihn von der Seite. »Das war jetzt nicht nötig.«

»Es ist mein Job.«

»Es ist okay«, versucht Beth zu intervenieren.

»Herumschnippeln ... das klingt grauenvoll«, murmelt Rosie.

»Ich kann davon die Rechnungen bezahlen, wie ich letztens wieder festgestellt habe.«

Juliette bekommt mit, wie Nina Hugo ansieht. Hugo erwidert den Blick.

»Guck mal die kleine Kirche da«, sagt Nina zu Rosie und zeigt aus dem Fenster. Rosie folgt Ninas Finger, und sie nehmen ihr Gespräch über Douarnenez und seine Schönheit wieder auf. Der Stein, die Farben, die kleinen Fenster, der Geruch nach gebackenem Brot.

»Es ist okay«, sagt Beth zu Hugo, der jetzt starr geradeaus sieht.

❧

Juliette parkt in einer Seitenstraße und zeigt auf das schmale Haus in der Nähe – ihr Elternhaus. Das schmale Gebäude steht eingezwängt neben anderen ähnlich schmalen Häusern.

»Das ist entzückend!«, ruft Rosie. »Wann sind deine Eltern hierher gezogen?«

»In den späten Sechzigern. Vor meiner Geburt.«

»Ich verstehe warum. Wirklich hübsch.«

»Wie ist es drinnen?«, fragt Nina.

»Klein«, antwortet Juliette kurz angebunden und versucht, nicht zu schroff zu klingen. Sie will sie nicht ins Haus bitten. Es ist immer noch unaufgeräumt. Ein Ort, an dem der Pausenknopf gedrückt worden ist. Alles ist in einer Art Starre verharrt.

»Die Markthallen sind direkt die Straße hinunter. Es ist nicht weit.«

Sie wartet und beobachtet, wie sie ihre Handtaschen und Handys an sich nehmen, bevor sie den Renault abschließt und ihnen den Weg zeigt zu dem kleinen, überdachten Markt. Im Sommer ist es hier geschäftiger und lauter, mit vielen Touristen und Extraständen, an denen es *galettes* mit Käse und Schinken gibt und in Schokolade getauchte Erdbeeren und Eis in Hörnchen. Jetzt, im Frühling, ist gerade genug los, dass die Geräusche der Stadt noch zu hören sind – jemand übt Klavier, Hunde bellen, ein Skateboard rollt über die Steine. Juliette kennt alle Standbesitzer mit Vornamen. Sie redet mit Marcel über seinen Sohn, mit Anton über sein schlimmes Knie, mit Élodie über das Buch, das sie gerade gelesen hat und das sie das nächste Mal nicht vergessen darf mitzubringen, um es ihr auszuleihen. Während Juliette in ihrer hellbraunen Hose, die sie bis zu den Knöcheln aufgerollt hat, den flachen Schuhen und dem graugrünen Oberteil mit dem weiten Halsausschnitt die Gänge entlangbummelt, spricht sie die Sprache, die für sie am natürlichsten ist, die Sprache, in der sie denkt und träumt. Und sie fühlt sich gut. Sie fühlt sich schön. *Jolie.*

Während die anderen die Umgebung erkunden, kauft sie die Lebensmittel – Lauch, Käse, Ente, Kräuter, Frühlingsrhabarber, nahezu fluoreszierenden grünen Blumenkohl, noch mehr Meeresfrüchte, dunkle, glänzende Gurken, eine ziemlich schlimm aussehende *andouille*-Wurst und in leuchtendem goldenem Öl schwimmende Oliven. Sie schleppt ihre Einkäufe nicht mit sich herum, sondern ordert, was sie haben möchte, und die Händler lagern die Ware hinter ihren Ständen, sodass sie sie abholen kann, wenn sie mit allem fertig ist. Sie wählen die besten Früchte für sie aus, den festesten Fisch mit den klarsten Augen, die dicksten Bündel Sauerampfer. Das ist die Belohnung, dass sie sich an Namen und Schicksalsschläge und Söhne erinnert und die Interessen der Leute kennt.

Nina und Rosie gesellen sich zu ihr, als sie sich dem letzten Stand nähert, einem Tisch voller Gläser mit Honig in den verschiedenen Schattierungen des Sonnenscheins, von Weizen bis Ocker. Juliette sieht sich nach Beth um, kann sie aber nirgendwo entdecken. Hugo schlendert als Letzter hinter ihnen her. Er hat seine eigene Einkaufstasche. Juliette hat mitbekommen, wie er Käse probiert und Fruchtstücke und Scheiben von in der Sonne getrockneten Tomaten gekostet hat. Er trägt auch eine Einkaufstüte.

»*Ça fait tellement longtemps que je ne t'ai pas vue!*«, ruft

Odette, die Frau, die den Honig verkauft und küsst Juliette auf die Wangen.

Juliette lächelt, als Odette ihr von ihrer letzten Reise nach Afrika erzählt. Sie hört halb ihr und halb dem Gespräch zwischen Nina und Rosie zu.

Nina hat die Arme verschränkt.

»... aber das Essen war eine Enttäuschung, das kann ich dir sagen. Ich konnte es kaum erwarten, wieder mein Brot und meinen Käse zu essen, Juliette, die Milchprodukte dort sind furchtbar. Wirklich furchtbar ...«, sagt Odette.

Rosie hat sich zu ihrer Freundin vorgebeugt, hält sie am Handgelenk fest. »Nina, du musst herausfinden, was los ist.«

»Das werde ich. Aber nicht jetzt.«

»Aber ...«

Rosie sieht aus, als würde sie gleich weinen. Juliette sollte nicht zuhören, aber sie kann nicht anders. Sie versucht, sich auf Odette zu konzentrieren.

»Deine *maman* war verrückt nach Buchweizenhonig, das weißt du ja. Und dein Vater war verrückt nach diesen Hunden.«

»Ja, da hast du recht. Er hat sie wirklich geliebt«, erwidert Juliette.

»Ich war ja so erschüttert, als ich hörte ...«

»Danke. Ja, es war ... schwierig«, Juliette spürt, wie sie zusammenzuckt, es ist ihr noch immer nicht möglich, die richtigen Worte zu finden. Falls es sie denn überhaupt gibt.

»Möchtest du etwas Buchweizenhonig?«

»*Non, merci.*«

»Ich packe dir eine Flasche *chouchenn* mit in die Tüte, meine Liebe.«

»Danke, Odette.«

Juliette sieht wieder zu Rosie und Nina hin.

»Ich weiß, dass du dir Sorgen um mich machst. Aber es ist alles in bester Ordnung, Rosie. Okay?«

»Nachdem Sophie auf die Welt gekommen ist …«

»Du bist ja besessen von dem Thema. Mach dir lieber Gedanken über deine eigenen Probleme.«

»Was willst du damit sagen?«

»Ich weiß, dass du unglücklich bist. Du bist seit Ewigkeiten unglücklich. Und jetzt, wo die Jungen groß sind …«

»Nina, nein, sag das nicht.«

»Oh, ich liebe Honig«, murmelt Beth, die plötzlich neben Juliette steht.

Nina und Rosie drehen sich zu ihr um und sehen sie an. Juliette bekommt mit, wie Rosie einen Blick auf Beths knappe Shorts wirft, auf die langen, schlanken Beine.

»Hi«, sagt Beth fröhlich zu den beiden Frauen.

Rosie runzelt die Stirn.

Juliette reicht Odette ein paar Scheine.

Hugo schließt sich der Gruppe an und schaut von einem zum anderen. Seine Wangen sind gerötet. »Ist das nicht großartig?«

Nur Beth stimmt ihm zu. Rosie und Nina werfen sich vorwurfsvolle Blicke zu. Rosies Hand gleitet an Ninas Arm herunter.

»Stimmt!«, sagt Juliette strahlend. »Seid ihr so weit, dass wir gehen können?«

»*Oui*«, singt Beth.

»*Bon*. Ich sammle jetzt meine Sachen ein. Vielleicht kannst du mir dabei helfen, Hugo, und dann gehen wir zurück zum Auto. Zu Mittag gibt es heute Kaiserhummer und Artischocken, *galettes*, Lauchtarte, zwei Salate und *gâteau breton* mit Beeren.« Sie zählt die Gerichte an den Fingern ab.

»Hmmm!«, macht Rosie. Ihre Stimme ist ein wenig zu hoch. Sie hält jetzt Ninas Ellenbogen fest.

Nina will gerade etwas sagen, als ein Mann aus einem Geschäft auf der anderen Straßenseite ruft: *»Mademoiselle! Excusez-moi.«*

Der Mann hält eine Papiertüte in der Hand und steht in einer Tür in einem steinernen Torbogen. Juliette erkennt Pierre, den Apotheker. Nur Juliette und Hugo sehen in seine Richtung. Juliette winkt. Sie mag gar nicht daran denken, wie viele Pillen und Tabletten sie bei Pierre abgeholt hat, mit den Namen ihrer Eltern auf den weißen Fläschchen. Pierre sieht von einer Seite zur anderen. Wahrscheinlich ist er allein in der Apotheke und will den Raum nicht allein lassen. Er winkt erneut und hält eine Tüte hoch. Hugo läuft zu ihm. Als er bei ihm ist, gibt Pierre ihm die Tüte und zeigt auf Beth. Juliette beobachtet, wie Hugo sich auf Französisch mit ihm zu unterhalten scheint. Pierre klopft ihm sogar auf die Schulter. Beth tritt schnell auf Hugo zu, als er zurückkommt.

»Das ist für dich«, Hugo gibt ihr die Tüte, die sie entgegennimmt und in die Tasche stopft, die sie über die Schulter gehängt hat.

»Danke.«

»Du sprichst Französisch?«, fragt Juliette.

»Ja«, erwidert Hugo. »Ich habe in Paris gelebt, als ich Arzt in der Fachausbildung war. Ist schon eine Weile her.«

»Das habe ich nicht gewusst.«

Hugo zuckt mit den Schultern.

»Das ist cool«, sagt Beth bewundernd.

Juliette fällt auf, dass Nina schon zum Auto gegangen ist. Rosie hat dieselbe Richtung eingeschlagen und versucht, sie einzuholen. Hugo dreht sich zu Juliette um und erinnert sie daran, dass sie Hilfe bei den Einkäufen wollte.

»Tu as besoin d'aide pour les courses?«

Es ist seltsam, denkt Juliette, dass es einem so vorkommen kann, als hätte ein Mensch eine andere Persönlichkeit, wenn er eine andere Sprache spricht. Sie zieht den französischen Hugo vor. Sein Name klingt in ihrem Kopf ohne das »H« wie ein völlig anderes Wort.

❧

Sophie wartet an der Einfahrt, als Juliette zum Haus einbiegt. Sie zupft an einer Lavendelpflanze. Ihr hagerer, langer Körper steckt in einem zu weiten T-Shirt, und sie trägt enge graue Jeans und schwarze Turnschuhe. Das Haar hängt ihr ins Gesicht.

»Hey, Soph«, sagt Rosie. »Wir haben *pain au chocolat* gekauft.« Sie schwenkt eine Tüte aus dem Fenster. Juliette beobachtet, wie Sophie sie künstlich anlächelt.

»Super«, sagt sie. »Hi, Onkel Hugo.«

»Hi, Sophie.« Hugo ist bereits ausgestiegen, er hält Beth die Tür auf, die mit ihren ewig langen Beinen herausklettert. Sie drückt ihre Handtasche fest an sich und lächelt Sophie an.

»Du kennst Beth?«, fragt Nina ihre Tochter.

Sophie lächelt matt. »Du hast uns gestern Abend vorgestellt, Mum.«

»Oh, ja, richtig.«

Juliette erinnert sich an eine Zeit, als alles, was ihre Mutter gesagt hat, ärgerlich oder seltsam oder beides war. Als sie, genau wie Sophie, sich jeden Fehler gemerkt hat. Eine nie endende Manöverkritik. Heute tut es ihr leid.

»Wo ist dein Vater?«, fragt Nina.

»Ich weiß es nicht«, sagt Sophie vorwurfsvoll. »Als ich zurückkam, waren alle verschwunden.«

Beth und Rosie steuern auf das Haus zu, während Juliette zum Kofferraum geht und Hugo Tüten anreicht, die ins Haus getragen werden müssen.

»Ist Helen zurück?«, fragt Nina Sophie.

»Ich weiß es nicht. Ich weiß nicht, wie Helen aussieht.«

»Doch, das tust du. Du erinnerst dich doch an deine Tante Helen.«

»Nein, tue ich nicht.«

»Sie lebt in New York. Sie hat eine Galerie. Max und Helen sind … Sie ist eine gute Freundin.«

Sophie sieht trotzig aus. Juliette nimmt die restlichen Tüten und macht vorsichtig den Kofferraum zu.

»O Soph, du musst dich doch an …«

»Nein!«, unterbricht Sophie sie. »Wie willst du wissen, an was ich mich erinnere? Ist ja wohl meine Erinnerung. Voll bescheuert.«

Sophie streicht sich das babyweiche Haar aus dem Gesicht. Die schwarzen Spitzen, die wie Federn aussehen, sollen der Welt sagen, dass sie kein Baby mehr ist. Juliette sieht in die andere Richtung, zur Buchshecke, die die Einfahrt säumt, zu den Apfelbäumen, deren Blätter in der Ferne erzittern. Eine leuchtende Scheibe zwischen den Ästen lenkt sie für einen Moment ab.

»Okay, sie ist eine Freundin von uns, und sie bringt ihre Schwester mit«, ergreift jetzt Nina das Wort.

»Wie alt ist sie?«

»Helens Schwester? Fünfundzwanzig, denke ich? So in etwa?«

»Dann bin ich das einzige Kind hier.«

»Wie bitte, Liebling?«

»Ich begreife es nicht, Mum. Ich hätte bei Ella bleiben können. Ihre Mum hat gesagt, dass es okay ist. Was soll ich hier eigentlich?«

»Wir wollten Spaß haben, als Familie …«, Ninas Stimme verliert sich.

Da ist wieder dieser Lichtblitz. Juliette überlegt, was das sein könnte. Sie fragt sich, ob in dem Baum ein Spiegel hängt, um die Vögel zu verscheuchen.

»Hörst du mir überhaupt zu, Mum?«

»Wie bitte?«

»Du hörst mir nicht zu.«

»Ich habe nur gerade …« Nina sieht auch zu den Bäumen hin. Juliette kann ein Paar Beine ausmachen. Ein Paar nackte Beine. In Shorts.

»Mum!«

»Da ist jemand im Baum«, murmelt Nina.

Juliette sieht ihn jetzt auch. Ein Junge. Oder richtiger jemand, der gerade aus dem Jungenalter herausgewachsen ist. Er hat zerzaustes braunes Haar und sonnengebräunte Haut. Er trägt ein Hemd, dessen Ärmel hochgerollt sind. Das Blitzen kommt von seinem Handgelenk. Die Sonne spiegelt sich im Glas seiner Uhr.

»Ich gehe ins Haus«, schnaubt Sophie.

»Sophie!«, ruft Nina ihrem Rücken hinterher.

Sophie wirbelt herum. »Ja?« In ihrer Stimme schwingt etwas Drohendes mit.

»Entschuldigung, Liebling.« Nina hebt die Hände. »Wir werden uns eine schöne Zeit machen, okay? Sieh dir dieses großartige Haus an, und das Essen ist fantastisch …«

Sophie guckt weiter teilnahmslos geradeaus.

»Der Strand ist ganz nah. Wir können schwimmen gehen«, sagt Nina vorsichtig.

»Ich hasse Schwimmen.«

»Du hasst Schwimmen *nicht*«, beharrt Nina. »Du bist immer gern schwimmen gegangen. Du hattest diesen grün-weißen Badeanzug … als du noch klein warst. Erinnerst du dich nicht mehr?«

»Siehst du!«, sagt Sophie. »Mein Gott, du hältst mich für ein Baby. Du denkst, ich weiß nichts. Und du tust es schon wieder. ›Erinnerst du nicht mehr?‹«

»Aber so ist es.«

»Nein, Mum, ist es nicht«, sagt Sophie ernst.

Juliette vermutet, dass Sophie ihre ganze Frustration an ihrer Mutter auslässt. Als würde sie es verdienen, als hätte sie sich das irgendwie selbst zuzuschreiben, weil sie Sophie auf die Welt gebracht hat. Dass sie mit ihr spricht, als wäre sie die unerträglichste Person auf Erden. Und Nina, die gewöhnlich so selbstsicher ist und alles im Griff hat, ist seltsam passiv in Gegenwart ihrer Tochter. Versucht, sie zu besänftigen, sehnt sich nach ihrer Liebe.

»Ich hasse Schwimmen«, sagt Sophie noch einmal.

»Sophie!«

Juliette beobachtet, wie die Vogelfederhaarspitzen über den Rücken von Sophies T-Shirts wirbeln, als sie sich in Bewegung setzt und Nina ihr folgt. Das ist ein Streit, der sich immer wieder wiederholt. Juliette dreht sich wieder zu den Bäumen um und winkt mit der freien Hand dem sechzehnjährigen Sohn des Nachbarn im Baum zu.

»*Bonjour,* Étienne.«

»*Bonjour,* Juliette.«

Lars ist in der Küche, als Juliette hereinkommt. Er steht am Arbeitstisch und isst, und er trägt noch immer seine Laufsachen. Nina tritt zu ihm, sie reicht ihm genau bis zum Kinn.

»Ich bin verschwitzt«, warnt er.

Nina zuckt mit den Schultern und küsst ihn trotzdem. »Hat Sophie dich gefunden?«, fragt sie.

»Sie ist hereingekommen, hat mich angesehen, als wäre ich ein Stück totes Fleisch, und ist wieder gegangen«, antwortet Lars.

»Schön, dass sie nicht nur mich zu verabscheuen scheint«, sagt Nina seufzend. »Es tut mir leid, dass du dir das alles anhören musstest, Juliette.«

»Kein Problem«, sagt Juliette und räumt die Lebensmittel in den Kühlschrank. Das mag sie besonders. Von der Jagd nach Hause zu kommen.

Nina trinkt aus Lars' Wasserglas. »Sie hasst es, hier zu sein. Sie möchte bei Ella sein. Und sie ist sauer, weil ich ihr gesagt habe, dass sie sich an Helen erinnert, obwohl sie gesagt hat, dass sie das nicht tut …«

»Hm?«, macht Lars.

»Vergiss es.«

»Sie erinnert sich nicht an Helen? Quatsch. Sie erinnert sich an Helen.«

Nina runzelt die Stirn. »Genau das habe ich ihr auch gesagt.«

»Ich spreche mit ihr.« Lars greift wieder nach seinem Glas.

»Wie war das Laufen?«

»Gut. Ich habe Eddie mitgenommen, und wir sind zum Strand runtergelaufen. Es ist unglaublich hier, Nina. Dieser weite, unberührte Strand, die Möwen … Wir waren ganz allein. Herrlich. Eddie dagegen …«, Lars lacht. »Ich dachte, er würde den Geist aufgeben.«

»Nina lacht. »Vom Alkohol gestern Abend?«

»Vermutlich. Ich habe das Tempo ziemlich reduziert, aber er hat trotzdem auf halber Strecke schlappgemacht. Als ich hierher zurückkam, war er … nun ja, sieh ihn dir an.«

Lars zeigt in den Garten hinaus. Eddie liegt auf dem Rücken im Gras, Arme und Beine von sich gestreckt, die Sonnenbrille auf der Nase. Alle lachen.

»Du lieber Himmel«, sagt Nina und wischt sich die Augen. »Er wird sich nie ändern.«

Sie beobachten, wie Beth sich ihm nähert und sich über ihn beugt. Eddie hebt den Kopf, um sie zu küssen. Beth runzelt die Brauen, berührt seine Stirn mit der Hand und streicht sein Haar zurück.

»Wie lange gibst du den beiden?«, murmelt Nina. Lars' Hand liegt in der Biegung von Ninas Rücken.

Juliette geht zum Kühlschrank zurück.

»Ich weiß es nicht. Sie scheint anders zu sein.«

»Du bist ein Optimist«, sagt Nina sanft und lehnt sich an ihn.

»Das ist wahr«, bestätigt Lars und küsst sie auf den Kopf.

»Seht euch die beiden Turteltäubchen an«, säuselt Helen von der Tür her.

Lars und Nina breiten gleichzeitig die Arme aus, und sie stürzt sich hinein.

»Hi, Juliette«, ruft sie.

»*Bonjour,* Helen«, antwortet Juliette lächelnd.

»Du siehst so umwerfend aus wie immer«, sagt Lars und hält Helen eine Armlänge von sich weg. Sie trägt ein langes schwarzes Kleid, Ledersandalen und eine Halskette aus langen, unförmigen silbernen Objekten.

»Das könnte er jeden Morgen zu mir sagen«, sagt Helen zu Nina. »Wie geht es euch?«

»Uns geht es gut. Es ist schön, wieder mit allen zusammen zu sein. Es ist schön, Ferien zu haben.«

»Hört, hört.« Helen nickt. »Ich habe Sophie noch gar nicht gesehen. Wo ist sie?«

Nina zieht die Schultern hoch. »Irgendwo. Es missfällt ihr zutiefst, mit uns hier zu sein. Vor allem mit mir.«

»Ach ja?«

»Teenager machen nicht gern Ferien mit ihren Eltern.«

Helen runzelt die Stirn. »Nein …«

»Es tut uns gut, zusammen zu sein«, sagt Lars.

»Ja, natürlich«, antwortet Helen und tätschelt Lars liebevoll den Arm. »Es ist auch für *uns* alle schön, zusammen zu sein. Es ist lange her. Wann haben wir uns das letzte Mal gesehen?«

»Auf Rosies und Hugos Hochzeit?«

»Das ist Jahre her. Jahrzehnte.« Nina schüttelt den Kopf.

»Aber wir alle …? Möglich«, sagt Helen. »Wie geht es den beiden übrigens? Rosie und Hugo, meine ich. Ich bin an ihrem Zimmer vorbeigekommen, und es hat sich so angehört, als würden sie streiten.«

»Worüber?«

»Keine Ahnung. Vielleicht hat Rosie ihm gesagt, dass er nicht alles über alles wissen muss. Und er, dass sie so tut, als hätte er von nichts und niemandem eine Ahnung. Ich habe mich nicht eingemischt.« Helen pflückt eine Weintraube aus der Obstschale neben ihnen und steckt sie sich in den Mund.

Nina runzelt die Stirn. »Du kennst sie. Sie streiten immer. In letzter Zeit vielleicht ein bisschen mehr.«

Helen beißt auf die Weintraube. »Ist Hugo immer noch so ein Arschloch?«

Lars lacht. »Immer heraus damit. Sag einfach, was du denkst.«

»Er ist ein Arschloch.« Helen zuckt mit den Schultern.

»Er kommt sich wie das fünfte Rad am Wagen vor, wenn wir alle zusammen sind. Du und Max machen das nicht besser«, antworte Nina.

»Ich denke immer noch, dass Eddie und Rosie …« murmelt Helen.

»Hoho!«, sagt Lars lachend. »Das gehört der Vergangenheit an.«

»Was die Sache für Hugo nicht besser macht.«

Lars stimmt ihr zu. »Hugo ist okay, Helen. Ein bisschen steif und so, aber er kümmert sich um unsere Rosie.«

»Das sollte er auch besser.«

»Sei nett!« Nina droht lachend mit dem Zeigefinger.

»Okay«, stöhnt Helen. Sie klingt jetzt genau wie Sophie.

»Und egal was ist, verlier bitte kein Wort über Eddie und Rosie. Denk an Hugo«, flüstert Nina.

»Kein Wort verlieren? Also doch! Ich habe dir doch gesagt, dass da etwas ist …«

Nina sieht sie streng an. »Helen Barnett, da ist nichts. Rein gar nichts. Eine alte Geschichte, wie Lars schon sagte. Eddie ist mit einer Freundin hier.«

»Die dort?« Helen nickt zum Fenster hinaus.

»Sie heißt Beth«, sagt Lars.

»Wir sollten uns bemühen, dass sie sich nicht unwohl fühlt, Und Hugo auch nicht«, sagt Nina mit Nachdruck.

Helen schüttelt den Kopf. »Unwohl? Hugo? Hugo doch nicht.«

»Du hast gesagt, dass du nett sein willst.«

»Na, gut, das nehme ich zurück«, sagt Helen störrisch.

Juliette meldet sich zu Wort: »Helen? Hast du Max schon begrüßt? Er kann es kaum erwarten, dich zu sehen.«

Helen dreht sich zu Juliette um. »Noch nicht. Wo ist er?«

»Er war draußen hinter dem Haus«, antwortet Lars. »Aber es kann auch sein, dass er duscht. Er ist erst vor ein paar Stunden gekommen.«

»Warum so spät?«

Juliette zuckt diplomatisch mit den Schultern. Sie erwähnt nicht, dass er nach Alkohol und Schweiß gestunken hat.

Helen lacht, ihre gute Laune ist zurück. »Ich finde ihn. Soleil bringt gerade unsere Sachen aufs Zimmer. Sie kommt gleich runter.«

»Die mysteriöse Schwester«, sagt Lars.

»Genau die«, erwidert Helen.

KAPITEL 6

Max

Als Max unter der Dusche an Eddie denkt, muss er lachen. Dem Himmel sei Dank, Eddie, dass es dich gibt. Alter Chaot! Der immer noch *Star-Wars*-Figuren sammelt. Der sich in Perth in betrunkenem Zustand einen Gecko auf die Arschbacke hat tätowieren lassen. Der seine Eltern dazu gebracht hat, dass sie ihm weiterhin die Krankenkassenbeiträge bezahlen. Der in der Liebe alles falsch macht, was man falsch machen kann.

Max meldet sich nicht oft genug bei Eddie, aber es scheint nie eine Rolle zu spielen, wenn sie sich wiedersehen. Es ist, als wäre die Zeit stehen geblieben. Sie sind noch immer dieselben unvernünftigen Jungs. Sie werden immer Jungs sein, trotz ihres Alters, ihrer Jobs oder ihrer Pflichten. Max fühlt sich besser, wenn er mit Eddie zusammen ist. Weniger wie ein Versager. Die Mädchen, Nina und Rosie, sind großartig, doch manchmal kommt Max sich in ihrer Gegenwart wie ein Außerirdischer vor. Als hätte er sein Leben nicht richtig im Griff. Von Eddie kommt keine Kritik.

Helen schafft es, in beide Welten zu passen. Rosie und Nina lieben sie, aber das tun Eddie und Max und Lars auch. Sie fühlt sich mit ihnen allen wohl. Wenn sie ein Zimmer betritt, sieht keiner weg, nicht einmal Hugo. Auf sie kann man sich freuen, klar, aber es ist mehr als das. In Helens Gegenwart fühlen sich die Leute gut, sie bringt die Leute zum Lachen, sie weiß, wie man die Welt zu einem freundlicheren Ort macht. Ein paarmal ist sie nach einem Auftritt aufgetaucht, unangekündigt. Max wäre fast geplatzt vor Stolz und Glück.

Auf dem College waren die drei Mädchen praktisch unzertrennlich. Helen hatte Rosie mit Nina und dem Rest der Gruppe bekannt gemacht, nachdem Helen und Rosie sich in einem Seminar kennengelernt hatten. Max erinnert sich an die schüchterne, fleißige, schöne Rosie zusammen mit der unkonventionellen, rebellischen Helen. Wenn Rosie eine Rose war, wie ihr Name das nahelegte, dann war Helen eine duftende, leuchtend blühende Orchidee. Nina lag irgendwo dazwischen. Nina arbeitete hart fürs College, feierte aber auch bis zum Exzess. Alle drei liebten Tori Amos und Björk. Sie diskutierten über Politik, Kunst und was in der Stadt so lief. Sie lasen Margaret Atwood, *Der Report der Magd*, und *Mitternachtskinder* von Salman Rushdie und tauschten diverse zerlesene Taschenbücher von Danielle Steel aus. Sie tranken Malibu und Cola und billigen Wein aus Pappkartons. Rosie war wettbewerbsorientiert und albern, wenn sie betrunken war, Nina schläfrig und süß und Helen zügellos und anhänglich. Alle drei tanzten gerne.

Max' Erinnerungen an diese Zeit sind so lebendig. Rund ein Jahrzehnt unter einer Glasglocke. Eingefangen, kristallklar, wunderschön und konserviert. Warum diese Jahre so leuchtend und vollkommen sind und alles andere, das seitdem passiert ist, verschwommen und nichtssagend erscheint, weiß Max nicht genau. Es kann nicht nur an den Drogen liegen. Max hat auch damals Drogen genommen und viel getrunken, wenn nicht sogar mehr. Vielleicht ist der Grund der, dass er älter und müder ist. In der letzten Zeit ist er selbst seiner Arbeit müde geworden, obwohl er das vor niemandem zugeben würde. Mit

The Jacks zu spielen war ein Traum, wie kann er dessen überdrüssig sein? Was sollte er sonst tun? Es gibt nichts, worin Max sonst gut ist.

Max gefällt der Gedanke nicht, dass die Erinnerungen unter der Glasglocke seine besten Jahre gewesen sein sollen und dass ab jetzt nur noch weniger großartige auf ihn warten, verschwommene. Nein. So wird es nicht kommen. Er hat einen Plan. Einen großen Plan. Er wird sein großartiges Leben weiterführen, es wird sogar noch großartiger werden. Wenn das Leben ein Spiel ist, wird er gewinnen. Er hat gute Karten.

Max tritt aus der Dusche und trocknet sich halbherzig ab. Er zieht eine Unterhose und Shorts an, geht mit nacktem Oberkörper in die Diele, das T-Shirt in der Hand. Er registriert Geräusche in Helens Zimmer und merkt, wie sich ein Lächeln auf seinem Gesicht ausbreitet, noch bevor er sie sieht. Als er in der Türöffnung steht, dreht sich eine kleine Gestalt mit braunen, zu einem riesigen Dutt hochgesteckten Haaren zu ihm um. Sie trägt ein bauchfreies Oberteil in leuchtendem Orange. Ihre Haut ist haselnussbraun. Sie erwidert seinen Blick, fast ein wenig streitlustig. Grüne Augen, Sommersprossen auf der Nase. Sie sieht auf seine Brust.

»Entschuldigung, ich habe gedacht, du wärst Helen.«

»Du musst Max sein.« Sie lächelt nicht.

»Soleil?«

Sie nickt.

»Schön, dich kennenzulernen«, sagt Max und ordnet seine Gedanken.

Soleil blinzelt, dann packt sie weiter ihre Kleider aus. Sie liegen ordentlich gefaltet in einem hellblauen Koffer, der aussieht wie vom Flohmarkt. Max fällt auf, dass ihr Dutt aus Dreadlocks ist, die sich wie Schlangen umeinander winden.

Max hatte jemand Jungen und Schüchternen erwartet, jemand Verletzlichen. Helen hatte gesagt, dass Soleil eine schwere Zeit durchmacht. Junge Frauen, die eine schwere Zeit durchmachten, waren in der Regel genau Max' Fall. Sie hält inne und sieht ihn an.

»Das ist dein Haus, richtig?«

»Ja. Gefällt es dir?«

»Ich finde, du hast damit die Landschaft verschandelt, wenn ich ehrlich sein soll.«

Max wünscht sich plötzlich, er hätte sein Shirt angezogen. Er verschränkt die Arme. »So?«

»Das alte Haus muss wirklich schön gewesen sein, so wie es einmal war.«

»Es fiel in sich zusammen«, sagt Max defensiv.

»Alte Häuser tendieren dazu, das zu tun. Man sollte sie restaurieren und nicht etwas Neues bauen, das nicht in die Umgebung passt.«

»Das nicht in die Umgebung passt ... aha.«

»Es ist wie Frankensteins Monster.«

»Frankensteins Monster. Oha.« Auf das hier war Max nicht vorbereitet.

Soleil schweigt einen Moment. »Die Küche ist allerdings schön.«

»Na denn.«

Sie stehen eine unangenehme Weile schweigend da, den Koffer mit den Kleidern zwischen sich.

»Helen sagt, dass du Musiker bist«, sagt Soleil.

»Gitarrist. Bei *The Jacks*.« Max versucht, bescheiden zu klingen, aber das funktioniert nicht. Verdammt. Wenn es sie nicht beeindruckt, dass er einer der Jacks ist, wird sie nichts beeindrucken. Sein Haus ist wie Frankensteins Monster? Nein. Das Haus ist großartig. Jedem gefällt das Haus.

»Es gibt mehrere Jacks?«, fragt Soleil.

»Bitte?«

»Du hast bei *The Jacks* gesagt?«

»Ja. *The Jacks* … Verdammt, meinst du das ernst?«

Soleils Gesicht verdunkelt sich.

»Du hast noch nie von *The Jacks* gehört?«

»Sollte ich das?«

Max lacht, aber es ist nicht das Lachen, das es werden sollte – das ironische, sorglose Lachen. Das Lachen, das sagt: »Du bist urkomisch, Schätzchen.« Max' Lachen klingt trocken und bitter wie Herbstblätter, die über den Bürgersteig fliegen, und gibt ihm das Gefühl, alt zu sein. Er wünschte in diesem Moment, er könnte eine Linie Koks ziehen, aber er erinnert sich an das Versprechen, das er sich gegeben hat, in Gegenwart der anderen nichts zu nehmen. Er reißt das Ruder herum. »Helen hat gesagt, du machst gerade eine schwere Zeit durch.«

Soleil verschränkt die Arme. »Ach ja?«

»Du machst keine schwere Zeit durch?«

»Sehe ich aus wie jemand, der eine schwere Zeit durchmacht?«

Max wirft die Hände in die Luft. »Ich versuch lediglich, etwas Konversation zu machen.«

Soleil zuckt mit den Schultern. »Das musst du nicht. Nicht meinetwegen.«

»Dann lasse ich dich jetzt weiter auspacken.«

Max wartet auf eine Erwiderung. Doch es kommt keine Entschuldigung, kein »Danke für die Einladung«. Er schüttelt den Kopf und zieht sich sein T-Shirt an.

»War nett, dich kennenzulernen!«, ruft er ihr zu, als er schon in der Diele ist. Irgendetwas in seiner Stimme erinnert ihn an seine Kindheit, erinnert ihn – er wagt es kaum zu denken – an seinen Vater. An den Sarkasmus, den er verströmte wie einen Gestank, wenn er betrunken war. Die Wut, die Bitterkeit, der Glaube, dass die Welt ihm etwas schuldete.

❧

Helen lässt Max an Texte von Elbow denken. Das sind die Songs, die er selber gerne geschrieben hätte. Wahre Poesie. Direkt, ehrlich, schonungslos und doch voller Hoffnung. *To back a horse that's good for glue …* Er würde auch gern in einem »Orangenwäldchen« heiraten, seiner Braut gestehen, dass er zu »dickköpfig, egoistisch und zu alt« ist …

In jedem Raum, den sie je betritt, gibt es nur noch sie.

»Max. Da bist du ja.«

Ihr Lächeln ist verführerisch und weiß. Ihr Haar glänzt. Sie breitet die Arme aus, und er lässt sich umarmen, der perfekte Kreis. Sie schlingt die Arme um ihn und drückt ihn an sich und lacht, und der Klang ist Musik in seinen Ohren, eine Musik, die schöner ist als alles, was er je geschrieben hat.

Sie riecht wie Zigaretten und Seife und Marmelade und Blumen.

Sie riecht wie Liebe.

»Wie geht es dir?«

»Besser, jetzt, wo ich dich sehe.«

»Du alter Charmeur.«

»So alt nun auch wieder nicht.«

»Du bist jetzt vierzig, Maxie.«

»Glaubst du, das hätte ich vergessen?«

Sie hält ihn kurz von sich weg. »Du siehst gut aus für vierzig.«

»Nein, Scheiße.«

Sie kichern beide. Als Max eine Familie gebraucht hatte, war Helen seine Familie gewesen. Seine Schwester, Freundin, Tante, immer für ihn da. Egal, wie viel Mist er gebaut hatte.

Lars kommt mit einer Schüssel vorbei. »Ihr zwei habt euch also gefunden«, sagt er mit einem Augenzwinkern.

Max denkt an die Schatulle in seiner Tasche, in seinem Zimmer, und an seinen »großen Plan«, und sein Herz beginnt zu rasen. »Das haben wir«, antwortet er.

Helen drückt seinen Arm. »Sollten wir Juliette nicht bei dem Mittagessen helfen?«

»Ja, du hast recht.«

»Und dann ein Spaziergang am Strand und eine Zigarette und so tun, als gäbe es nur uns.«

»Perfekt.«

Max möchte sie wieder an sich ziehen, ihren Körper an seinem spüren, doch er lässt sie los, und ihre Hand gleitet seinen Arm hinunter in seine Hand, und er hält sie fest. Bei ihrer Berührung fühlt sich seine Haut warm und elektrisch an. Lebendig.

Sie führt ihn in die Küche.

❧

Juliette hat ein Festessen zubereitet. Der Tisch draußen ist mit französischem Leinen und glänzenden Gläsern, schwerem Silber und Wildblumensträußen aus dem Garten eingedeckt. Duftende Lavendelstängel, Dillwedel, Rosmarinzweige, Büschel von hellgrünen Hortensien, silbrige Salbeiblätter. Die Teller sind voll beladen mit Essen von den Servierplatten. *Galettes* gefüllt mit Kaiserhummer und Artischocken in Sahnesoße. Eine riesige Lauchtarte, garniert mit frischem Basilikum, und zwei Salate – Panzanella und ein grüner mit Entenscheiben und zerstoßenen Walnüssen. Eine übervolle Platte mit Meeresfrüchten aus der Region. Max greift nach Juliettes Hand, als sie vorbeigeht, und bedankt sich bei ihr, aber sie lächelt nur und zuckt mit den Schultern, als wäre es nichts. Juliette ist das Beste an diesem Haus, seinem Frankenstein-Monster.

Max sieht zu Soleil hinüber, die mit Sophie spricht. Sophie, an die er sich als Fünfjährige erinnert und die jetzt aussieht, als sei sie zwanzig, obwohl er weiß, dass sie fünfzehn ist. Es ist ihr Ausdruck, die Art, wie sie den Mund verzieht – genervt, enttäuscht, sie weiß so viel und fürchtet sich vor mehr, als sie zugeben würde.

Soleil scheint das Essen zu genießen, obwohl Max sie noch nicht lächeln sehen hat. Sie faltet eine *galette* und schiebt sie sich mit ihren kleinen braunen Fingern in den Mund, als hätte sie tagelang nichts gegessen. Helen, die neben ihr sitzt, hat ihr die Hand auf die Schulter gelegt. Sie lacht Max an, und er hebt als Antwort sein Glas.

Hugo, der natürlich am Kopf des Tisches sitzt, obwohl es nicht sein Tisch ist, beugt sich vor, um Max die Hand zu schütteln. »Hi. Max.«

»Hi, Hugo.«

»Herzlichen Glückwunsch zum Geburtstag.«

»Danke, Kumpel.«

Es ist formell, und es ist gezwungen. Hugo, der Chirurg, der Gebildete, der etwas Besseres ist, scheint sich unwohl zu fühlen. Das freut Max. Es freut Max auch, dass Hugos Haare langsam dünner werden, sein Gesicht mehr Falten hat, sein Ausdruck bitterer ist. Max hofft, dass Rosie ihn nicht oft vögelt, hofft, dass sie ihm nicht länger einen bläst. Sie hat während des ganzen Essens kaum einmal zu ihrem Mann hingeschaut, hat stattdessen mit Nina geflüstert, wie die beiden das immer tun, als würden sie irgendetwas planen. Als Hugo aufsteht und sich entschuldigt, nimmt niemand groß Notiz davon.

Max sieht wieder zu Helen hin. Elbow-Songtexte klingen ihm wieder in den Ohren. Verdammt, die drücken es einfach besser aus, als er es je könnte.

Veilchen explodieren … als unsere Blicke sich finden … Wolken von Staren …

Er sollte netter sein. Vornehmer.

Er muss sich ermahnen, freundlich zu sein.

Max greift nach der Platte mit den Meeresfrüchten. Ein Arrangement von Austern in ihren Schalen, großen Seespinnen und einem roten, glänzenden Hummer. Juliette zeigt Beth gerade, wie man *un bigorneau* mit einem Zahnstocher aus dem Gehäuse holt. Max lächelt Beth wohlwollend an und schlürft eine Auster. Das ist ein Zeichen, dass er erwachsen ist, er isst jetzt Austern. Die Cancale-Austern sind klein und klar und sehen harmlos aus. Eine gute Auster schmeckt nur nach Felsen und Meer. Frisch, salzig, delikat. Wie eine Frau, die sich auf seinem Bett räkelt.

Eddie schlägt Max auf den Rücken. »Hey, Kumpel, erinnerst du dich an diese Weihnachtsparty in Borough?«

Nina und Rosie schauen herüber.

»Erzähl«, ermutigt ihn Max.

Eddie räuspert sich. »Wir waren in dem alten Pub beim Markt. Die Typen waren Banker …«

»Anwälte«, sagt Nina.

»Anwälte. Du hast recht. Natürlich. Heiße, clevere Mädchen in superkurzen Röcken, und die Männer … alles Wichser.«

Beth, Eddies Mädchen, lacht. Sie trägt ein Kopftuch über ihrem roten Haar, blau mit weißen Blumen. Es steht ihr wirklich gut. Natürlich erinnert sich Max an die Weihnachtsparty, aber er will, dass Eddie erzählt.

»Wir waren alle furchtbar betrunken. Ihr Mädchen habt dieses grauenhafte Zeug getrunken. Schorle? Was war da drin?«

»Nicht viel Wein. Kein guter Wein, so viel ist sicher«, murmelt Rosie.

»Wir waren so betrunken. Ich habe versucht, Rosie ins Bett zu kriegen ...«

Max sieht zu Hugos Platz hin, aber der ist leer.

»Hast du?«, Nina runzelt die Stirn. »Aber ...«

»Ja, ich weiß. Es war vorbei, aber ... nun ja, du kennst mich. Ich konnte nur denken, *verdammt, ich liebe sie, ich muss sie haben!*« Eddie klatscht in die Hände. Rosie lacht und wird rot, sie freut sich. Beth sieht in den Garten hinaus.

Max schluckt die Sorge hinunter, dass er, was Helen angeht, genauso ist. Ein bisschen armselig. Ein bisschen peinlich. Aber es ist anders. Max braucht Helen, aber sie braucht ihn auch. Er sieht zu ihr hin, doch sie spricht mit Soleil. Schade. Das ist eine gute Story. Sophie, die neben ihnen sitzt, hat ihre Kamera ausgepackt und macht Fotos. Es ist so eine kleine, auf alt gemachte. Sie richtet sie auf Max und drückt. Er blinzelt und lächelt, doch sie hat sie schon auf Juliette gerichtet, die geschäftig Platten abräumt.

»Sie hat sich nicht breitschlagen lassen«, seufzt Eddie.

»Rosie war mit diesem Anwalt im Besenschrank, oder?«, fragt Max lächelnd.

»War sie das? Gut, dass ich das damals nicht gewusst habe. Es hätte mir das Herz gebrochen.«

»Oh, bitte«, Nina verdreht die Augen.

»Egal, wir waren alle blind, einschließlich dir und Lars, soweit ich mich zurückerinnere ...«

»Mit Sicherheit nicht«, sagt Lars in gespieltem Ernst.

»Nein, natürlich nicht«, spottet Eddie. »Egal, dann waren wir eben *alle* betrunken, vor allem Max. Max wollte Helen um jeden Preis beeindrucken …«

»Wie gewöhnlich«, sagt Nina.

»Hey!«, protestiert Max.

»Wie gewöhnlich«, wiederholt Eddie. »Und dann hat er irgendwie, Gott weiß wie, den Party-Weihnachtsmann überredet, mit ihm das Weihnachtsmann-Outfit gegen seine Klamotten zu tauschen.«

Max schmunzelt. Eddie zwinkert ihm zu.

»Die ganze Nacht haben Mädchen auf seinen Knien gesessen, und er hat ihnen gesagt, ob sie böse oder lieb waren.«

»Genial«, sagt Lars.

»Absolut genial, nur dass das Helen, die in irgendeine Diskussion über Hilfe für Afrika oder die Reduzierung der Finanzierung von Kunst oder irgendeinen anderen Scheiß vertieft war, überhaupt nicht interessiert hat. Also verschwindet Max, um irgendwo etwas Qualitätszeit mit einer dieser reizenden Frauen in den kurzen Röcken zu verbringen. Womöglich im Besenschrank?«

Eddie schüttelt den Kopf. »Ich kann nicht glauben, dass ich nie Sex in einem Besenschrank hatte.« Er dreht sich zu Nina um, als würde Max nicht neben ihm sitzen. »Glaubst du, Max hat hier einen Besenschrank?«

»Ich glaube nicht, dass Max in den letzten Jahren einen Boden gefegt hat. Da musst du schon Juliette fragen.«

»Ich bin immer noch da!«, sagt Max.

»Gute Idee«, sagt Eddie zu Nina, als wäre er das nicht.

»Zurück zu der Geschichte«, fordert Nina.

»Ja. Da haben wir also Max, der irgendwo, sagen wir im

Besenschrank oder wo auch immer, vögelt, stockbesoffen wie ein Molch, und irgendwann geht das Mädchen, und er hat den Schrank, oder was immer es ist, ganz für sich, und er ist betrunken und müde, und das Weihnachtsmannkostüm ist warm und kuschelig, und er schläft ein. Was großartig ist. Nur dass die ganze Bar leer und abgeschlossen ist, als er aufwacht!« Eddie prustet.

»Und wie ist er rausgekommen?«, fragt Nina lachend. Sie kennt die Antwort bereits.

»Er musste aus dem Toilettenfenster steigen und über einen Zaun springen! In dem verdammten Weihnachtsmannkostüm. Die Hauptstraße in einem Weihnachtsmannkostüm entlanglaufen!«

Inzwischen können sich alle vor Lachen kaum halten. Helen sieht endlich herüber.

Eddie fügt hinzu, »Hast du nicht erzählt, dass irgendein Kind in der U-Bahn seine Mutter gefragt hat, ob der Weihnachtsmann krank ist?«

»Ja, da war ein Kind, und mir war verdammt schlecht«, lacht Max und schüttelt den Kopf.

Nina seufzt. »Ich würde liebend gern die Fotos von der Überwachungskamera sehen. Ein betrunkener Weihnachtsmann, der sich aus einem Toilettenfenster zwängt …«

»Redet ihr über diese Weihnachtsparty in Borough?«, fragt Helen. Soleil, die neben ihr sitzt, sieht sie alle an.

»Mein Gott, warst du bescheuert«, Helen lacht. Wenn er an diese Weihnachtsparty denkt, sehnt Max sich danach, wie sie damals waren. Es kommt ihm wie ein anderes Leben vor, in dem sie jung und albern waren, unbelastet.

Juliette reicht kleine Teller und Kuchengabeln herum. Beth steht auf und geht zu Sophie, die im Garten sitzt. Ihre Wangen sind gerötet.

Als die anderen ihre Gespräche wieder aufnehmen, Hugo wieder zurück ist, merkt Max, dass Lars ihn ansieht.

»Du vermisst das«, sagt Lars.

Max nickt.

»Wie auch nicht.«

»Wir hatten Spaß«, antwortet Max.

»Manchmal möchte ich jedes Jahr streichen, das seitdem vergangen ist, und wieder dort sein. In diesem Leben. Alles war so leicht.«

»Ich weiß, was du meinst.«

»Aber …«, Lars sieht mit so viel Liebe zu seiner Tochter hin, die im Gras sitzt, dass Max fast zusammenzuckt. »Dann hätten wir Soph nicht.«

Sophie scheint ein Foto von ihrem benutzten Teller zu machen – Überreste der Tarte, mit Dressing getränkte Salatblätter, klebrige verschmierte Sahnesoße –, während Beth ihr die Haare flicht.

»Nein«, sagt Max, obwohl er es im Grunde nicht versteht. Er erwischt Nina dabei, wie sie zu ihnen herübersieht. »Du hast einen Guten abbekommen, Nina«, sagt er und neigt den Kopf in Lars' Richtung.

»Als ob ich das nicht wüsste.« Ihr Gesicht ist weich und sanft.

»Hey, hey«, meint Lars. »Ich bin immer noch Single.«

Max nickt. »Wann machst du endlich einen ehrbaren Mann aus ihm, Nina?«

»Mir ist er unehrenhaft lieber«, antwortet Nina lächelnd.

Lars hatte Nina einen Antrag gemacht, als sie schwanger war. Nina hatte zunächst Ja gesagt. Sie hatten sogar angefangen, die Hochzeit zu planen, doch als Sophie auf der Welt war, war plötzlich alles anders gewesen. Als hätte Nina genug damit zu tun, Mutter zu sein.

Max' Eltern waren verheiratet. Er weiß das von einem der Fotos, die er hat mitgehen lassen, über die er mit dem Daumen gerieben hatte, als würde das die Frau darauf lebendig machen, sie reanimieren. Doch sie ist in Schwarz-Weiß gefangen. Das dunkle Haar steht von ihrem Kopf ab, zwei steife Locken auf jeder Seite ihrer dunklen, starr geradeaus gerichteten Augen. Ihre Hände sind hinter einem kleinen Blumenstrauß versteckt, und sie sieht aus, als hätte sie keine Füße, weil ihr Kleid bis über die Schuhe reicht. Ihr Gesicht ist das größte Rätsel. Max hat es immer wieder betrachtet, nach Hinweisen gesucht. War sie glücklich? Hatte sie Angst? War sie real? Ihr Gesicht verrät nichts. Als wäre es aufgemalt. Max weiß nicht, ob seine Mutter seinen Vater heiraten wollte. Er weiß nicht, ob sie ihn geliebt hat. Auf dem Foto ist sie eine Schaufensterpuppe. Wächsern, tot. Der Gedanke an Anträge und Hochzeiten lässt Max' Herz rasen. Weckt in ihm das Verlangen nach einem starken Drink.

»Wie oft hast du ihr einen Antrag gemacht, Lars?«, fragt Max.

»Oh, zu oft, um mich zu erinnern«, antwortet Lars und stößt theatralisch die Luft aus. »Wenn du jemals mit dem Gedanken spielst, komm zu mir, ich bin Profi.«

Max lacht beunruhigt.

Lars gießt Muscadet in die Gläser in seiner Nähe und gibt die Flasche weiter. Max schenkt sich ein großes Glas ein und trinkt, genießt das Prickeln auf der Zunge und die Kälte an den Zähnen.

Zwei Gestalten treten aus dem Garten in Max' Blickfeld. Er blinzelt seine Nervosität und seine Erinnerungen fort. Zwei Frauen, sie kichern. Beth und Sophie kommen aus dem Garten zurück. Sophie lächelt tatsächlich. Sie hat schöne Zähne, denkt Max. Ninas Zähne, um genau zu sein. Und die Sommersprossen von Lars, sie schimmern durch ihr Make-up hindurch. Blaue Augen und schlanke Finger von ihrem Vater, kräftige Knöchel von ihrer Mutter. Es erstaunt Max immer wieder, dass Sophie aus Nina und Lars gemacht ist. Dass sie aus ihnen besteht. Er findet das verwirrend. Es weckt in ihm die Frage nach den Bestandteilen, aus denen er gemacht ist. Einem Tyrannen und einem Geist.

»Deine Haare!«, ruft Rosie.

Max sieht genauer hin. Sophies Haare sind zu einem Zopf gebunden, der sich um ihre Stirn windet. Die schwarzen Spitzen sind bis auf ein oder zwei eingeflochten. Kleine helle Strähnen, zu kurz um zu halten, gucken heraus und fangen das Licht ein. Sie verleihen ihr eine Art Heiligenschein.

»Entzückend, Liebling«, sagt Lars.

»Du siehst wunderschön aus«, stimmt Helen zu. »Wie eine griechische Göttin.«

»Wie Athene«, spezifiziert Hugo.

»Danke«, murmelt Sophie und sieht erst zu Boden und dann zu Nina hoch. »Schön, dass jemand es bemerkt hat.«

»Hat Beth das gemacht?«, fragt Nina sanft.

»Sie ist Friseurin«, antwortet Sophie und sieht Beth an.

»Sie hat so einen schönen Nacken«, sagt Beth mit ihrem rollenden Kentucky-Akzent.

»Ja«, stimmt Nina schnell zu.

Sie beginnen, über anderes zu reden. Die Hauspreise in London. Versicherungen. Gärten. Doch Max denkt immer noch ans Heiraten und an Familie und sieht Nina an, wie sie weiter ihre Tochter anguckt, mit ihren hochgesteckten Haaren. Ninas Augen füllen sich mit Tränen. Max will die Hand nach ihr ausstrecken, als Nina aufsteht, zu schnell. Das Glas in ihrer Hand fällt und zerspringt auf der Tischplatte. Nina schwankt, sie stützt sich am Tisch ab, Scherben bohren sich in ihre Handfläche. Sie zuckt zusammen. Sieht Max an. Dann lässt sie sich mit einem Laut zurück auf ihren Stuhl fallen wie jemand, der einen Faustschlag abbekommen hat. Luft entweicht ihre Lunge, der Schmerz wird folgen.

KAPITEL 7

Juliette

Auf dem Tischtuch ist Blut. Zwei große Flecken und mehrere kleinere Spritzer.

Juliette kümmert sich um Ninas Schnittwunden, Helen hilft ihr. Sie sind nicht tief, aber schlimm genug. Helen kommt mit einer Schüssel mit warmem Wasser und einem weichen Tuch, ohne dass jemand ihr gesagt hat, wo sie das findet. Sie weist Max an, die antiseptische Lösung zu holen, von der Juliette gesagt hat, dass sie im Badezimmeranbau neben ihrem Zimmer vorne im Haus ist. Beth tröstet Sophie, die blass geworden ist beim Anblick des vielen Blutes, erklärt ihr, dass es schlimmer aussieht, als es ist, dass schon bald die natürliche Gerinnung einsetzen wird. Soleil geht und kommt mit einer Tube Ringelblumensalbe zurück, die sie zu Juliette auf den Boden stellt, die sich vor Nina gehockt hat. Rosie muss sich abwenden. Sie kann das Weinen nicht unterdrücken. Nina macht ein gequältes Gesicht, bekräftigt aber immer wieder in Rosis Richtung, dass ihre Hände in Ordnung seien, dass alles in Ordnung sei … Hugo steht auf der Seite, groß und mit gerunzelter Stirn.

Helen und Juliette nehmen jeweils eine Hand und inspizieren sie auf Glassplitter hin, wobei sie jede Handfläche vorsichtig mit einem Tuch abwischen.

»Es ist halb so wild«, sagt Hugo. Es klingt herablassend.

Rosie wirft ihm einen wütenden Blick zu, sieht dann wieder zu Helen und Juliette. »Seht nur zu, dass die Wunde sich nicht entzündet.«

»Danke, Hugo«, sagt Helen gepresst. Juliette sieht kurz auf Helens Finger, während sie mit den Fingerspitzen über Ninas Handfläche fährt.

Hugo führt die immer noch schniefende Rosie schließlich weg, den Arm um ihre Schultern gelegt.

»Es ist alles in Ordnung«, protestiert Nina noch einmal und versucht, ihre Hände wegzuziehen. »Es ist nur der Schreck. Es geht mir gut. Ehrlich.«

Juliette hält ihre Handgelenke fest. »Das muss verbunden werden.«

Max bringt das Antiseptikum, wie ihm aufgetragen worden ist. Juliette gießt eine Kappe voll in die Schüssel mit Wasser. Sie und Helen tauchen abwechselnd ein Tuch hinein und reinigen die Wunden. Soleil schneidet das Pflaster in Streifen. Nina braucht zwei an der rechten Hand und drei an der linken.

»Bist du okay, Mum?«, flüstert Sophie.

»Es geht mir gut, Liebling. Wirklich.« Sie hält ihre Handflächen hoch. »Siehst du?«

»Du hast nur …«, beginnt Lars.

»Ich habe nur das Gleichgewicht verloren. Es ist nichts. Die Hitze, der Wein … Es ist nichts.«

Lars und Sophie nicken.

»Vielleicht brauchst du etwas Meeresluft?«, schlägt Soleil vor.

Juliette sieht den Neuankömmling an. Sie versucht, Helen in Soleil zu sehen, aber natürlich sind sie verschieden. Soleil hat nichts von Helens Schönheit, obwohl Soleil sehr schön ist. Helens Schönheit entspringt ihrer Wärme. Soleil dagegen ist kühl und distanziert, exotisch und unberechenbar. Sie ist unverblümt und distanziert und im Moment seltsam hilfsbereit.

»Gute Idee«, begeistert sich Beth. »Ich glaube, Hugo ist mit Rosie in die Richtung gegangen.«

Max sieht Nina an. »Wie wäre es mit einem Strandspaziergang?«

»Danke, aber ich denke, ich bleibe einfach noch etwas hier sitzen. Und ihr geht. Dann komme ich mir nicht mehr ganz so dämlich vor.«

Sophie sieht ihre Mutter an. »Möchtest du, dass ich bei dir bleibe …«

»Nein, Liebling, du gehst mit.«

»Ich bleibe bei dir«, sagt Lars, zieht sich einen Stuhl heran und streicht ihr das Haar aus dem Gesicht. Max sieht zu Helen hin. Juliette nimmt die Schüssel und das Papier von dem Pflaster. Sie steht auf, um nach drinnen zu gehen.

»Gehst du mit, Juliette?«, fragt Helen.

Juliette sieht schnell zu Max. »Äh. Nein. Ich räume besser erst einmal auf … das Geschirr vom Mittagessen.« Juliette mag die Tischdecke nicht erwähnen, in der sich das Blut bereits dunkel verfärbt.

»Bist du sicher?«

»Ja.«

»Dann helfe ich dir«, sagt Helen.

Max runzelt die Stirn und zieht an Helens Arm. »Sie kommt gut zurecht, Helen, das hat sie selbst gesagt.«

»Nein, hat sie nicht«, sagt Helen. »Ich helfe.«

»Ich komme zurecht«, sagt Juliette und sieht ihren Chef an. Max schaut Helen an, geradezu flehend.

»Ich will sichergehen, dass mit Nina alles in Ordnung ist. Geh du mit, Max.«

»Aber du hast gesagt …«, sagt Max gereizt. Er sieht Juliette an.

»Es ist okay, Helen, wirklich, das ist mein Job«, sagt Juliette schnell.

»Komm, sei nicht blöde«, wendet Helen ein. »Niemand macht gern den Abwasch, verdammt. Ich helfe dir.«

Eddie ruft nach Max. »Kommst du? Zeig uns das bretonische Vogelvorkommen.«

Woraufhin Max sich zu einem Lächeln zwingt und antwortet: »Ich bin auf dem Weg.«

Helen folgt Juliette mit der Schüssel mit dem blutigen Wasser in die Küche und gießt es in die Spüle. Überall auf den Arbeitsflächen stehen Teller und Platten. Helen beginnt, sie in die Spülmaschine zu räumen. Juliette füllt die Reste in kleinere Schüsseln und deckt sie mit Folie ab.

»Danke«, sagt Juliette.

»Das ist okay.«

Juliette fällt auf, dass Helen die Teller völlig planlos eingeräumt hat und dass einige der Gläser falsch herum in der Spülmaschine stehen. Sie werden sich mit Wasser füllen, wenn sie die Maschine anstellt.

»Ich habe gehört, du hattest ein Restaurant in Paris?«, fragt Helen.

»Ja, das stimmt.« Juliette deckt eine kleine Schüssel mit Panzanella-Resten ab.

»Wie hieß es?«

»*Delphine*. Wie das Tier. Aber es ist hier auch ein weiblicher Vorname.«

»Max hat gesagt, dass du einen köstlichen Nachtisch zubereitest. Wie heißt er doch gleich …«

»*Kouign-amann?*«

»Ja, Kwin…?«

Juliette lächelt. »*Kouign-amann.*« Sie mag den Klang von Helens Stimme. Britisch und amerikanisch zugleich, ein wenig kratzig, wahrscheinlich vom Rauchen, wie Sandpapier. »Es bedeutet Butterkuchen«, erklärt sie. »Er besteht eigentlich nur aus Teig und Butter, viel Butter, und Zucker, aber der Trick ist das Karamellisieren. Er schmeckt ein bisschen wie Croissants, ein bisschen wie eine Brioche, und er ist furchtbar klebrig.«

»Hmmm.«

»Die reinste Kalorienbombe«, gibt Juliette zu.

Helen lacht. »Das klingt perfekt.«

»Douarnenez ist berühmt für seinen *kouign-amann*. Er kommt ursprünglich von hier. Ich habe schon als Kind gelernt, ihn zu backen. Inzwischen bekommt man ihn auch woanders. Er ist einfach zu machen, wenn man erst weiß, wie es geht. Es gibt einen *chocolatier*, der in seinen Geschäften in Paris Hunderte davon verkauft, alle in unterschiedlichen Geschmacksrichtungen. Aber ich mache ihn in keinen anderen Geschmacksrichtungen. Für mich gibt es nur eine Geschmacksrichtung.«

»Du bist eine Traditionalistin.«

Juliette zögert. »Ja, was den *kouign-amann* angeht, stimmt das. Er ist … ich weiß nicht … perfekt, wie er ist.«

»Bis auf die paar Kalorien«, scherzt Helen.

»Wir sind Franzosen, wir machen uns über so etwas keine Gedanken. Das ist kein Thema.«

»Vermisst du es manchmal? Paris? Oder das Restaurant?«

Juliette zögert. Natürlich ist sie das schon vorher gefragt worden. Louis, der auf Juliettes Ermutigung hin vom Restaurantmanager zum Restaurantbesitzer aufgestiegen war, hatte sie das besorgt gefragt, wie auch ihre Freunde und Bekannten. Sie hatte ein Repertoire an Standardantworten, die alle der

Wahrheit auswiechen. Denn die Wahrheit ist wie ein geschliffener Diamant, sie hat viele Seiten. Ja, nein, immer und nie. Alle Antworten sind teilweise wahr und keine ganz. Manchmal vermisste sie den Küchenlärm im *Delphine*, das geschwisterliche Verhältnis zu den anderen Köchen, die laut und lachend konsumierten Drinks am Ende einer langen Schicht. Manchmal vermisste sie die Lichter von Paris, selbst den funkelnden Eiffelturm, diesen skelettartigen Ganzjahresweihnachtsbaum, den so viele andere hassten. Sie vermisste die Beschaulichkeit des *Musée de l'Orangerie* an einem Wochentag, wenn sie einen ihrer seltenen freien Tage hatte, das frisch aus dem Ofen kommende Gebäck aus Henris *boulangerie*, die Art, wie er von seinem Hund sprach, als wäre er ein Kind. Sie vermisste ihre Freunde. Sie vermisste es, für flüchtige Momente wichtig zu sein, etwas Besonderes zu sein. Und dann, zu anderen Zeiten, vermisste sie gar nichts. Sie hatte immer gedacht, sie würde Paris stärker vermissen. Das letzte Mal, als sie da war, kurz nach dem Tod ihres Vaters, hatte sie sich in ein Café gegenüber dem *Delphine* gesetzt. Sie hatte beobachtet, wie die Mitarbeiter ankamen, wie die Lebensmittel geliefert wurden, wie der Rollladen hochgezogen wurde. Sie hatte sich vorgenommen, im *Delphine* alles zu regeln, für die Zeit ihrer Rückkehr, wenn ihr Vater erst wieder gesund wäre. Doch stattdessen war sie in dem Café sitzen geblieben. Der Kaffee in ihrer Tasse war kalt geworden. Der Stadtverkehr hatte eingesetzt mit seinem ewig gleichen Lärm. Doch sie hörte ihn nur wie aus großer Ferne. Sie sehnte sich nach ihrer Mutter, ihrer Liebe, ihrer Klugheit. Sie sehnte sich nach dem Menschen, der in ihrer Erinnerung schon jetzt zu verblassen drohte. Es war grausam, wie sehr sich der Mensch nach Nähe sehnt. Juliettes Sehnsucht verursachte ihr physische Schmerzen. Louis, ihr Restaurantmanager, hatte recht mit seinen Lebensmaximen. Besonders was den Punkt mit den Politikern anging. Aber das war das Problem mit dem Herzen, es akzeptierte keine Regeln, mit Vernunft musste man ihm nicht kommen. Wie sie dort so saß und ihr altes Leben wie ein Zuschauer betrachtet, erfüllte Juliette ein Gefühl großer Leere und Kälte, und sie erkannte mit Schrecken, dass ihr Herz nicht mehr Paris gehörte.

»Ich bin nach Douarnenez zurückgekommen, als meine Mutter gestorben ist«, sagt Juliette schließlich. Sie antwortet, so ehrlich, wie sie sein kann, wenn sie die Frage nicht direkt beantworten will.

»Oh, das tut mir leid.«

»Du konntest es nicht wissen.«

»Sind deine Eltern …«

»Mein Vater ist kurz darauf gestorben. Wir haben nicht einmal gewusst, dass er auch krank war. Er hatte sich um meine Mutter gekümmert.«

»Ich verstehe.« Helens Stimme ist sanft.

Eine Weile arbeiten sie schweigend, während Helen versucht, weitere Teller in das chaotische Durcheinander zu klemmen, das sie mit den schon eingeräumten Tellern angerichtet hat. Juliette beobachtet sie aus dem Augenwinkel und räumt fachmännisch den Kühlschrank um, um Platz für die neuen Schüsseln zu schaffen.

»Und du? Du hast eine Galerie?«

»Ja.«

»Das muss fantastisch sein.«

»Ja«, sagt Helen. »Das war es einmal …«. Sie sieht auf. »Alles ist sehr viel kommerzieller geworden, viel erfolgsorientierter als früher. Ich meine, ich liebe die Malerei wirklich. Ich habe auch selbst gemalt, aber dafür habe ich heute keine Zeit mehr.«

»Das ist schade.«

»Wahrscheinlich, ja. Ich weiß gar nicht, ob ich es noch in mir habe, um ehrlich zu sein.«

»Natürlich hast du das.«

Helen lacht. »Ich bin mir da nicht so sicher.«

»So etwas verliert man nicht.«

»Es fühlt sich aber ein bisschen so an.«

»Es ist noch da«, macht Juliette ihr Mut.

Nach dem Tod ihrer Mutter hatte sie für sich und ihren Vater gekocht. Sie hatte schwierige Telefonanrufe getätigt und ein Geschäft verkauft. Geholfen, ein Begräbnis auszurichten. Und ein weiteres kurz darauf. Sie hatte gelernt, dass unmögliche Dinge möglich waren. Selbst entsetzliche unmögliche Dinge.

Helen richtet sich auf. »Hat Max dir erzählt, dass wir uns alle in Camberwell kennengelernt haben? Einem Kunst-College?«

»Ja. Hat Max auch gemalt?«

Helen schüttelt den Kopf. »Max hat fotografiert. Er war wirklich gut. Jetzt fließt alles in seine Musik und seine Texte ein, aber er hat fantastische Fotos gemacht.«

»Was ist mit den anderen?«

»Also, Rosie war unglaublich. *Ist* unglaublich. Groß in handwerklichen Dingen. Auch wenn sie gar nicht so wirkt. Nina hat nicht mit uns studiert. Sie hat Journalismus studiert und war mit Lars zusammen, was naheliegend ist. Lars hatte Bildhauerei als Hauptfach wie ich, hat sich aber vor allem für Keramik interessiert. Eddie hat Grafikdesign studiert.« Helen lächelt bei der Erinnerung vor sich hin.

»Ihr habt euch nahegestanden«, sagt Juliette.

»Sehr. Es war … ich weiß nicht … eine ganze eigene Zeit. Verstehst du? Wir haben Party gemacht. Bis zum Exzess. Wir haben billigen Wein getrunken. Wir haben Musik gehört und über Kunst diskutiert, bis es hell wurde. Wir haben vergessen zu essen. Wir haben nicht geschlafen. Wir haben untereinander die Kleider getauscht. Wir haben Hunderte von Zigaretten geraucht.«

Juliette kann es vor sich sehen. Jüngere Ausgaben von Rosie und Nina, die flüstern und kichern, wie sie das auch jetzt noch tun. Von Lars und Eddie, die die Musik auswählen. Von Max, der raucht, und von Helen, die auf seinem Knie sitzt. Der Raum ist dunkel und warm, riecht nach Imbissbudenessen, Tabak, Fett und Salz, nach verkleckertem Rotwein. Strahlende junge Gesichter. Das Leben liegt vor ihnen.

»Wir hatten nichts«, sagt Helen. »Kein Geld, keine Verpflichtungen, keine Hypotheken, keine Kinder. Wir hatten nur uns.«

»Max spricht mit sehr viel Wärme von euch allen.« Bis auf Hugo, aber das sagt Juliette nicht. Von Rosie, »gepriesen seien ihre Baumwollsocken«, und Nina, »die uns alle unter Kontrolle hat«, von Lars, »der anständigste Typ unter der Sonne«, und Eddie, »lustig, *so* lustig, mehr ein Bruder als ein Kumpel«. Und Helen.

»Tut er das? Und was sagt er?«, fragt Helen.

»Ich weiß, dass er euch alle sehr mag. Sehr.«

Helens Augen werden schmal. »Hat er dich zur Geheimhaltung verpflichtet?«

»Nein.«

Helen lacht. »Es ist okay, du musst nichts sagen.«

Lars steckt den Kopf in die Küche, blinzelt mit seinen langen sandfarbenen Wimpern.

»Hey.«

Helen hält inne, einen schmutzigen Teller in der Hand.

»Hey«, wiederholt Lars. »Ich bringe Nina gerade hoch. Damit sie sich etwas hinlegen kann.«

»Wie geht's ihr?«

»Es geht ihr gut. Sie ist nur müde.«

»Sie arbeitet zu viel«, sagt Helen.

Lars nickt. »Ist mit euch alles in Ordnung? Juliette? Brauchst du Hilfe?«

»Alles okay. Danke. Helen hilft mir.«

Lars wirft einen Blick in die Spülmaschine. »Ja, das sehe ich. Sieht ganz nach Helens Werk aus.«

»Wie meinst du das?«, fragt Helen.

»Tochter reicher Eltern«, flüstert Lars Juliette zu. »Weiß sich in Poloklubs zu bewegen, aber nicht, wie man mit einer Spülbürste umgeht.«

Juliette muss grinsen, während Helen die Augen verdreht. »Fick dich, Lars.«

»Fick dich selbst, Helen«, antwortet Lars. Er zwinkert ihnen zu und geht.

Helen und Juliette sehen beide in die Spülmaschine.

»Nicht so toll, oder?«, murmelt Helen.

»Na ja«, sagt Juliette vorsichtig.

Dann brechen beide in Gelächter aus.

»Ich bin in so was nicht gut. Max und ich … wir sind nicht sehr praktisch veranlagt.«

»Du hast dich um Ninas Hände gekümmert. Du warst großartig.«

»Oh, ja. Eine Krise, weißt du. Das ist etwas anderes.«

»Dann bist du in Krisen gut. Das ist doch was.« Juliette denkt daran, wie viele Krisen es im letzten Jahr gegeben hat. Eine nach der anderen, wie Dominosteine.

»Aber nicht sehr hilfreich, wenn der Abwasch gemacht werden muss. Du weißt schon, im Alltag.«

»Gib mir den.« Juliette nimmt Helen den Teller aus der Hand. »Ich bin gut darin, den Abwasch zu machen.«

»Max hat wirklich Glück«, seufzt Helen. Sie lehnt sich gegen die Arbeitsfläche, schlägt einen schlanken Fuß über den anderen und bläst ihr schwarzes Haar zurück, das ihr ins Gesicht gefallen ist.

»Ja, das hat er«, stimmt Juliette ihr zu.

DOUARNENEZ, 2012

Sie saßen zusammen auf der Kaimauer und sahen hinunter zum Hafen, flaschengrün und salzig. Ein paar Touristen betraten gelangweilt eines der vertäuten Museumsschiffe. Louis öffnete die braune Papiertüte, sah hinein, rümpfte die Nase. Louis' erste Reaktion war immer Ablehnung. Er war von Natur aus skeptisch. Er holte das Stück Kuchen mit zwei spitzen Fingern heraus und biss hinein. Juliette sah, wie sich seine Miene aufhellte.

»Sehr gut.«

»Siehst du!«

Louis sah sich um. »Das ist vielleicht das Beste an diesem Kaff.«

»Du hast wirklich noch nie kouign-amann *gegessen?«*

Louis nahm einen zweiten Bissen und schüttelte den Kopf. »Nein. Und ich korrigiere: Es ist eindeutig das Beste an diesem Kaff.«

Juliette sah hinunter auf ihre Schuhe.

»Abgesehen von dir, natürlich«, fügte Louis hinzu. »Verzeihung.«

»Danke, dass du gekommen bist. Ich weiß, es ist ein weiter Weg.«

»Ich hab mich unmöglich benommen. Ich vermisse dich.« Louis zögerte. »Wir alle vermissen dich.«

»Nun, das weiß ich zu schätzen. Aber ich ertrage Paris einfach nicht mehr. Nicht im Moment jedenfalls.«

»Das schöne, nach Hundekacke stinkende Paris? Also wirklich.« Louis grinst spöttisch und stößt sie an.

»Du liebst die Stadt.«

Louis seufzt. »O ja. Allerdings.«

Einige der Touristen auf dem Boot sehen zu ihnen hoch. Sie sprechen Englisch. Juliette schnappte Fetzen ihrer Gespräche auf.

Ich dachte, es wäre wärmer … Hast du nicht gesagt, dass es wärmer sein soll …

Juliette beobachtet eine Möwe, die auf einem Poller im Wasser hockt, vor sich einen Fischlaib, auf den sie mit ihrem leuchtend roten Schnabel einhackt.

Und was kann man hier sonst so machen? Gibt es noch mehr als dieses Schifffahrtsmuseum? Gibt es irgendwo einen Markt?

»Und was ist mir dir?«, fragte Louis.

Sardinen? Um Gottes willen, nein! Sardinen stehen mir bis hier. Bitte, lass uns zurück zur Pension gehen.

»Juliette?«

Juliette räusperte sich. »Ich kann nicht zurückgehen, Louis.«

Louis knüllte die Papiertüte zusammen. »Warum nicht?«

»Du weißt, warum.«

»Die Besprechung? Vergiss die Besprechung.«

Dusolliers Besuch war alles andere als gut verlaufen. Die Besprechung war entsprechend schlecht ausgefallen. Nein, sie war eine Katastrophe gewesen. Sie wurden als mittelklassig, langweilig und lahm hingestellt. Von vierzehn möglichen Punkten hatte das Delphine *fünf bekommen, die Mindestpunktzahl, um überhaupt in dem Restaurantführer erwähnt zu werden.*

»Gegen ein Urteil des Gault-Millau kannst du nicht in Revision gehen.«

»Es ist nicht deine Schuld. Schließlich ging es um deine Mutter, Herrgott.«

»Es ist trotzdem meine Schuld«, entgegnete Juliette ihm entschlossen. »Aber es ist nicht nur das.«

»Ist es …« Louis zögerte. »Ist es wegen deinem Vater?«

Juliette ließ den Kopf hängen. Es war so schnell mit ihm bergab gegangen. Er war abgemagert, redete kaum noch. Erst der Bauchspeicheldrüsenkrebs, dann auch noch die Leber. Juliette hätte es längst wissen müssen. Die Zeichen waren da, aber sie hatte sie ignoriert, wie auch ihr Vater sie ignoriert hatte. Jetzt, da ihre Mutter nicht mehr war, verließen ihn alle Kräfte. Er schwand dahin. Eines Morgens wachte Juliette auf und hatte das Gefühl, er könnte einfach verschwunden sein. Nur sei Pyjama würde in seinem Bett liegen, eine leere Hülle.

»Zusammen könnten wir es schaffen. Du könntest pendeln, wenn du hier was zu erledigen hast …« Louis ließ nicht locker.

Louis' Eltern lebten noch und waren beide rüstig. Seine Mutter war immer formvollendet frisiert, sein Vater verließ das Haus nur im Dreiteiler mit Einstecktuch. Sie saßen kerzengerade am Tisch, sie ritten, spielten Tennis und führten ihre wohlhabenden Freunde ins Delphine aus. Sie lachten viel, wenn auch auf eine künstliche Art, wie sie reichen Leuten eigen ist.

Juliette schüttelte den Kopf. »Nein, es ist nicht nur mein Vater.«

Louis schnippte einen Kuchenkrümel von seinem Daumen.

Die Möwe hob den Kopf, der Schnabel verschmiert von Fischinnereien.

»Eine gewisse bekannte Politikerpersönlichkeit?«

Juliette stieß einen gequälten Laut aus. Sie fühlte sich schuldig. Der Gesundheitszustand ihres Vaters sollte ihr mehr am Herzen liegen. Der Verlust ihrer Mutter. Aber was ihr vor allem zu schaffen machte, war der Verlust ihrer großen Liebe. Es war egoistisch, aber sie konnte es nicht ändern. Vielleicht zog sie aus diesem Schmerz sogar einen gewissen Trost, vielleicht war es einfacher, mit ihm umzugehen. Aber es war nicht einfach. Es war grausam.

»Ich habe dir gesagt …«

»Louis. Dafür ist es jetzt zu spät«. Sie ließ ihn nicht ausreden. Es war in der Tat zu spät. Juliette hatte ihr Herz verschenkt, trotz Louis' Warnung. Schließlich war es gekommen, wie er prophezeit hatte.

»Entschuldigung. Merde.« Louis seufzte. Sein Gesicht war wie von Schmerzen verzerrt. »Ich weiß nicht, was ich machen soll.«

Juliette drückte seine Hand. »Ist schon gut, Louis.«

Sie beobachteten beide, wie die Touristen sich gegenseitig beim Verlassen des Bootes halfen. Es schwankte. Landratten. Sie würden es nicht lange in Douarnenez aushalten. Hier musste man seetüchtig sein. Man musste die Schönheit großer grauer Wolkenmassen zu schätzen wissen, den Nebel, der alles wie hinter Milchglas verschwinden ließ, die aggressiven Schreie der Möwen. Man musste schwindelfrei sein, um auf den Klippen am Ufer entlangzubalancieren. Und wenn man sich die Hände vom Klettern aufgeschürft hatte, brannte das Salz in der Wunde …

»Ich habe über das Delphine nachgedacht«, begann Juliette schließlich erneut. »Du solltest den Namen ändern.«

»Wie bitte?«

»Ein Imagewechsel. Ein echter Neuanfang.«

»Juliette …«

»Und ich finde, du solltest alleiniger Besitzer werden.«

»Juliette!«

»Ich will es dir ja nicht schenken.« Juliette hob abwehrend die Hand. Ich verkaufe es dir. Ich kann damit ein paar Schulden begleichen. Ich nehme an, deine Eltern … Wie auch immer, ich mach dir natürlich einen guten Preis.«

»Das kann ich nicht tun.«

»Ich habe mir das gut überlegt.« Juliettes Stimme war fest.

»Aber es steckt so viel Herzblut von dir darin. Ich kann doch nicht …« Louis war blass geworden. Seine Augen suchten die ihren. »Das ist dein Restaurant, Juliette. Es ist dein Delphine.*«*

Juliette lächelte ihn warm an. Sie sah zu der Möwe, die jetzt ihre Flügel ausbreitete und mit dem halb verzehrten Fisch im Schnabel davonflog.

»Nein, ist es nicht«, sagte sie traurig.

KAPITEL 8

Max

Max drückt die Zehen in den Sand, drückt sie durch die pudrige Schicht hindurch in den kalten, harten Sand darunter. Das ist kein tropischer Strand. Max war auf seinen Reisen an vielen tropischen Stränden gewesen. Mango-Lassi-Drinks, das Geräusch der Grillen, Meerwasser, so warm wie ein Wannenbad. Frank, der Sänger von The Jacks, besitzt sogar eine Insel in den Bahamas. Als wäre er Richard Branson. Frank ist der arrogante Sohn einer entsetzlichen Mutter, aber ein charismatischer Frontmann. In seinen Stovepipe-Jeans, lang und dünn, sprintet er über die Bühne wie ein junger Mick Jagger.

Douarnenez ist nicht die Bahamas. Keine Insel, der Frank einen Namen gegeben hat, der auf Sanskrit »Hoffnung« oder »Freiheit« oder so einen Bullshit bedeutet. Hier bläst der Wind mit einer erfrischenden Kühle vom Meer her, die Möwen schweben und flattern wie Laken an einer Leine in der Luft. Der Himmel ist matt und grau und unbewegt. Max liebt das. Es fühlt sich ein bisschen wie England an, aber es ist nicht England. Und das ist für Max perfekt.

Max hatte Paris vor ungefähr zehn Jahren zu seinem dauerhaften Wohnsitz gemacht. Er hatte es eigentlich nicht geplant, doch der Steuerberater hatte ihnen geraten, weniger Zeit in Großbritannien zu verbringen, wenn sie nicht die Hälfte ihrer Einnahmen an das Finanzamt verlieren wollten. Einige der Typen hatten sich in den Staaten niedergelassen. Frank hat eine Adresse in Bangkok, da seine Frau aus Thailand stammt, Max ist in Paris gelandet. Natürlich hatte er New York in Erwägung gezogen, aber damals gab es den »großen Plan« noch nicht. Damals war er mit der Inszenierung des Plans *vor* dem »großen Plan« beschäftigt, zu dem vor allem Kokain und französische Frauen gehörten.

Helen sollte mit ihm an diesem Strand sein. Sollte in ihrem dünnen Kleid frieren, sodass Max den Arm um sie legen konnte. Eine Zigarette mit ihr teilen konnte, wie sie auf dem College ihre Joints geteilt hatten. Sie sollte sich an ihn kuscheln und zu ihm hochsehen, mit ihrem süßen, leicht überstehenden Zahn, dem Haar, das zitronenfrisch und rauchig zugleich roch. Max versucht, nicht zu schmollen. Es gibt nichts Schlimmeres als einen schmollenden Mann. Es lässt ihn wie ein kleines Kind aussehen. Das hat sein Vater ihm gesagt.

Max blickt von seinen Füßen im Sand hoch und stellt fest, dass die anderen bis auf Rosie und Hugo weit vor ihm sind. Sophie hebt irgendetwas aus dem Sand auf. Soleil hat ihr Schlangenhaar heruntergelassen und geht allein. Eddie hält Beth an der Hand. Beth lacht und stupst ihn in die Seite. Sie hat ungefähr die gleiche Größe wie Rosie. Max erinnert sich noch an die Zeit, als Rosie an seiner Seite war. »Rosie + Eddie«, »Lars + Nina« – das war damals wie in Erz gemeißelt. Die Liebe schien möglich, schien erstrebenswert. Max sieht zu Rosie und Hugo hin, die näher gekommen sind. Wie seltsam es ist, dass Rosie jetzt mit jemand anderem zusammen ist, mit jemand anderem Kinder hat. Besonders wenn dieser Jemand Hugo ist.

Rosie und Hugo trödeln, und der Wind trägt ihr Gespräch zu Max herüber. Sie haben ihm den Rücken zugewandt, und sie sind ohnehin zu sehr in ihre Unterhaltung vertieft, um es zu bemerken. Hugos Hände stecken in den Taschen, und Rosie geht mit gesenktem Kopf und verschränkten Armen neben ihm her.

»Du lässt mich dauernd mit deinen Freunden allein«, beklagt sich Hugo.

»Wann?«

»Beim Mittagessen, um nur ein Beispiel zu nennen.«

»Hast du dich nicht mit Eddie unterhalten?«

»Er wusste nicht, wo Madagaskar liegt.«

»Warum habt ihr über Madagaskar geredet?«

»Darum geht es nicht.«

»Ich bin mir nicht sicher, ob ich weiß, wo Madagaskar liegt«, gesteht Rosie.

Hugo zuckt zusammen. »Mein Gott, sag das nicht, Rosie. Du weißt, wo Madagaskar ist.«

»Nicht genau. Bei Afrika, oder?«

Hugo seufzt. »Ja.«

»Du bist zu streng mit allen«, sagt Rosie. »Wen kümmert es, wenn er nicht weiß, wo Madagaskar liegt?«

»Das gehört zum Allgemeinwissen.«

Max widersteht dem Drang, sich einzumischen. Er möchte für Eddie eintreten, und für Rosie. Rosie hasst Konfrontationen. Das ist eine bekannte Tatsache. Sie ist das gute Mädchen, das sich immer an die Regeln hält.

»Es ist nicht der Maßstab für einen guten Menschen, ob er eine gute Allgemeinbildung hat, Hugo«, sagt Rosie barsch.

»Es heißt aber nicht ohne Grund *Allgemein*bildung.«

»Na und?«

Max blickt auf und sieht Rosie die Augen verdrehen. Sie sieht erschöpft aus. Arme Rosie. Sie hätte bei Eddie bleiben sollen. Eddie mag in einigen Dingen ein bisschen beschränkt sein, aber er ist kein Arschloch.

»Dass er nicht weiß, wo Madagaskar ist, macht Eddie nicht zu einem schlechten Menschen. Du tust so, als wäre er vorbestraft.«

»Na ja …«

»Das reicht jetzt«, warnt Rosie.

»Ach, jetzt willst du mir den Mund verbieten.«

Sie bleiben stehen, und auch Max zögert. Er hat zu viel gehört. Aber er kann jetzt nicht einfach die Ohren verschließen. Und falls Hugo die Hand gegen Rosie erhebt, hat er eine Entschuldigung, ihn zusammenzuschlagen. Ein befriedigender Gedanke. Hugo stößt mit der Spitze seines Schuhs gegen einen Stein im Sand.

»Himmelherrgott, Hugo!«, sagt Rosie hitzig und geht wieder weiter.

Hugo greift nach ihrem Arm. »Rosie.«

Max öffnet den Mund, doch Rosie kommt ihm zuvor. »Was?«, ruft sie.

Das ist nicht die Rosie, die Max kennt. Das ist Rosie, nachdem sie Jahre mit jemandem wie Hugo verheiratet war. Max bleibt in der Nähe, beobachtet und wartet.

»Sprich nicht so mit mir!«

»Ich spreche mit dir, wie ich will!«, schimpft Rosie. »Hör auf, dich meinen Freunden gegenüber wie ein Arschloch zu benehmen.«

»Was ist nur in dich gefahren?«

»Du magst meine Freunde nicht. Gut. Aber mach mir die Zeit mit ihnen nicht kaputt. Ich *will* hier sein. Ich *will* hier mit *ihnen* sein. Mir ist es egal, ob Eddie weiß, wo Madagaskar ist …«

»Rosie.« Leise und warnend.

Sie redet weiter: »Mir ist es egal, ob er weiß, wo sein verdammter Meniskus ist. Er ist mein Freund, Hugo. Ich *mag* diese Menschen.«

»Das ist mir klar«, faucht Hugo. Er lässt ihren Arm los. »Ich bin immer nach diesen Leuten gekommen, von Anfang an.«

Rosie starrt ihn an. »Mach dich nicht *lächerlich*!«

»Du hast sie mir immer vorgezogen.«

»Machst du Witze?« Rosie sticht ihrem Mann den Finger in die Brust. »Ich habe dir die letzten zwanzig Jahre den Vorzug gegeben! Alles drehte sich um dich. Hugo fucking Winstall. Orthopädischer Chirurg. König des verdammten Dschungels.«

»Ich sorge dafür, dass Essen auf den Tisch kommt!«, schreit Hugo mit rotem Gesicht.

»Aber du stellst es nicht auf den Tisch! Du hast nie den Tisch gedeckt, nie das Essen gekocht, warst zum Essen kaum zu Hause. Einmal habe ich einen neuen Tisch gekauft, und du hast es sechs Monate lang nicht bemerkt. Sechs Monate!«

Eine Brise fährt in Rosies Haar und peitscht es ihr vor das Gesicht. Max ist wie gelähmt, er beobachtet die Szene, die sich vor seinen Augen abspielt.

»Wag es nicht, meiner Arbeit die Schuld zu geben. Meine Arbeit ernährt uns. Meine Arbeit hat das Haus bezahlt, das du haben wolltest, sie zahlt die Ausbildung unserer Söhne. Ohne meine Arbeit hätten wir uns Patrick nicht leisten können. Tu nicht so, als hättest du das alles nicht gewollt. Du wolltest das alles. Du wolltest zu Hause bleiben, du wolltest drei Kinder …«

Rosie wirft die Arme hoch. »Darauf läuft es immer hinaus! *Du wolltest das, Rosie.* Als würde das rechtfertigen, dass du ein solcher … Wichser bist.«

Rosie »Wichser« sagen zu hören gefiel Max, doch gleichzeitig fühlte er sich nicht ganz wohl dabei fühlt.

»Verdammt, Rosie!«

Hugo schüttelt den Kopf, als hätte Rosie ihn enttäuscht. Als wäre sie ihm peinlich.

»Ich habe dir alles gegeben. Alles, wonach du verlangt hast. Und du, du behandelst mich wie … wie ein *Geschwür*, wie einen Virus, der dich krank macht.«

»Oh, Hugo.« Rosie sieht zum Himmel hoch. »Wird das jetzt das ›Warum haben wir keinen Sex?‹-Gespräch? Wirklich? Wieder?«

»Du ignorierst mich!«

»Ich bin *müde*«, erwidert Rosie. »Alles, was ich zu geben habe, gebe ich den Jungs. Ich mache das Essen und im Haus sauber, kümmere mich um die Schule, mache mir Gedanken, ob Henry seine Fußballschuhe dabei hat … Da ist nichts mehr übrig, Hugo.«

»Aber es reicht für deinen Laden.«

»Fang nicht damit an!«

»Unsere Ehe ist dir weniger wichtig als dein Geschäft. Siehst du das nicht?«

Rosie hebt den Zeigefinger. »Das ist das Einzige. Das Einzige, das mir gehört. Fang nicht damit …«

»Du verzichtest also lieber auf …«

»Sei still!«, schreit Rosie.

Hugo schüttelt weiter den Kopf, dann sieht er auf das Meer und auf seine Füße und wieder hoch. »Und wo passe ich da hinein? Hä? Wo passe ich da hinein, Rosie?«

Rosie reibt sich die Stirn. »Hugo …«

»Wo bin ich auf der Liste? Da sind die Jungen, okay, da ist dein Laden …« Er zählt an seinen langen Chirurgenfingern mit. »Wo bin ich? Hm? Oh, und wir dürfen nicht vergessen, Nina zu der Liste hinzuzufügen …«

Rosie wirft ihm einen mörderischen Blick zu. Hugo fährt trotzdem fort.

»Du sprichst fast jeden Tag mit ihr, nicht? Das ist sehr viel mehr, als mir zuteilwird. Ich bekomme gesagt, dass ich daran denken soll, den Müll rauszubringen und für die Schuluniformen zu bezahlen. Der verdammte Müll … die verdammten Rechnungen! Nina bekommt mehr von dir als ich, dein Ehemann.«

»Lass Nina aus dem Spiel, Hugo!«

»Warum? Sie steht auf der Prioritätenliste weit über mir. Ihr esst mindestens einmal pro Woche zusammen zu Mittag. Das sind mehr Verabredungen als mit dem Menschen, dem du dein Jawort gegeben hast.«

Rosie schüttelt den Kopf. Max hat sie nie so wütend erlebt. Sie bleibt stehen und wirft einen Blick zurück zum Haus, und als sie das tut, sieht sie Max. Ihr Gesicht ist blass und wuterfüllt. Max sollte nicht da sein. Er sollte nicht mithören. Doch Rosie blickt schnell an ihm vorbei den Strand hinunter. Sie geht Richtung Haus.

»Rosie«, murmelt Max.

Ihr Blick ist leer.

»Alles in Ordnung?«

Sie zeigt mit dem Finger auf ihn. »Du hast es richtig gemacht, Max. Du hast nicht geheiratet. Heirate *nie*. Es ist ein Witz.«

»Ich …«

»Ein verdammter Schwindel.«

»Rosie?«

Aber Rosie beschleunigt das Tempo. Sowohl Max als auch Hugo sehen ihr nach.

»Nina ist meine beste Freundin, Hugo!«, ruft Rosie ihm über die Schulter zu, ihre Stimme ist den Tränen nahe.

»Du gehst jetzt nicht weg. Stopp!«, befiehlt Hugo.

Aber sie reagiert nicht. Und trotz seiner vornehmen, sonoren Stimme, seiner Erziehung und seiner Arroganz sieht Hugo aus, als könnte er sich im nächsten Moment auf den Boden werfen und mit den Beinen strampeln, wie Kinder tun, wenn sie keine andere Möglichkeit mehr sehen, ihren Willen durchzusetzen. Hugo sieht erbärmlich aus.

Max geht an ihm vorbei auf die anderen zu, und keiner der beiden Männer äußert ein Wort.

Max atmet tief die kalte Seeluft ein. Der salzige Geschmack fährt in seine Kehle. Rosies Worte spuken in seinem Kopf herum. *Heirate nie! Heirate nie!* Max sieht geradeaus, wo Sophie irgendetwas aus dem Sand aufhebt. Als Sophie zu Max hochsieht, erinnert sie ihn an das Mädchen auf ihrem fünften Geburtstag. Nina hat ihm zu allen Geburtstagspartys von Sophie Einladungen geschickt. Ihre erste fand im Haus von Ninas Eltern statt. Ihre zweite war ein Picknick im Hyde Park. Ihre dritte stand unter dem Motto »Piraten«. Zu ihrer vierten gab es eine pinkfarbene Einladung mit einer auf der Rückseite des Umschlags gestempelten Fee. Zu ihrer fünften hatte er es endlich geschafft. Er hatte eine Pause in seinem Tourneeplan, und es war Juli, der Monat, in dem man Paris verließ. Er kam direkt von einer Tournee durch die Staaten und hatte ihr am Flughafen in Los Angeles einen Teddy gekauft. Er war sich blöde vorgekommen, als er ihn mit ins Flugzeug genommen hatte, doch in seinem Handgepäck war kein Platz gewesen, weil er Kleider und Waschsachen hineingestopft und ihrem Manager das restliche Gepäck überlassen hatte. Er war nicht ganz nüchtern gewesen bei seinem Entschluss, nach London statt nach Paris zu fliegen, doch er hatte den ganzen Flug über geschlafen, und nachdem er am Flughafen ein Krabbensandwich hinuntergeschlungen hatte, hatte er sich wieder ziemlich frisch gefühlt.

Sophie hatte der Teddy gefallen. Sie war wahrscheinlich schon zu groß für Teddybären, sagte das aber nicht. Alle hatten sich gefreut, ihn zu sehen. Helen war nicht da gewesen, aber Nina und Lars und Rosie und Eddie. Sie waren für ihn wie Familie. Sie waren für ihn wie Zuhause. Max war nicht klar gewesen, dass er das brauchte.

Sophies Ausdruck jetzt ist hoffnungsvoll und vorsichtig zugleich. Sie fragt sich, ob sie ihm vertrauen kann, kann sich aber offensichtlich nicht entscheiden. Für Max ist es ein beunruhigender Blick. Er ist Anbetung gewöhnt, auch Verachtung, eindeutige Verhaltensweisen, doch Sophies Mädchengesicht verunsichert ihn. Und Verunsicherung ist das Letzte, was er jetzt gebrauchen kann, nachdem er Rosies und Hugos Streit mit angehört hat.

»Was sammelst du da?«, fragt Max und tritt näher.

Sophie öffnet ihre Hand und zeigt es ihm. Muscheln, eine Krebsschere, vertrockneter Seetang.

»Cool«, sagt er dümmlich.

Max könnte sich abwenden und zum Haus zurückgehen, aber Hugo ist in die Richtung gegangen, und Max will nicht mit ihm zusammentreffen. Eddie und Beth sitzen in der Düne und küssen sich. Max mag sie nicht stören. Eddie ist ein mieser Küsser. Das sieht Max sogar auf die Distanz.

»Haben sie sich gestritten?«, fragt Sophie. Sie nickt in Hugos Richtung, der den Weg zurück zum Haus eingeschlagen hat. Rosie ist bereits nicht mehr zu sehen.

Max fragt sich, ob er lügen soll. Die Regeln, wie man mit Kindern spricht, waren ihm nie klar. Man hat ihm gesagt, dass man Kinder nicht belügen soll, aber er ist seine ganze Kindheit über belogen worden. *Deine Mutter kommt zurück. Dein alter Herr liebt dich, das weißt du doch. Alles wird gut.* Ach, ja?

Sophie wirkt nicht besorgt. Sie hebt ein kleines, weißes

Schneckengehäuse aus dem Sand auf. Eine perfekte, fast transparente Spirale.

»Streiten sie sich oft?«, fragt Max.

Sophie zuckt mit den Schultern. Sie sieht Max nicht an, sondern das Gehäuse. »Scheint so.«

Ein Stück den Strand hinunter blickt Soleil aufs Wasser. Der Wind weht ihr Haar in dicken Ringellocken nach hinten. Sie sieht aus wie eine Gestalt aus einer Sage, eine keltische Kriegerin. Sie blickt zu ihnen her.

»Ich weiß nicht, warum überhaupt irgendjemand heiratet«, murmelt Sophie, als hätte sie Rosies Rat gehört.

»So? Und warum nicht?«

»Es ist dumm. Es klappt nie.« Sophie hält das Schneckengehäuse zwischen Daumen und Zeigefinger und zerdrückt es zu vielen kleinen weißen Splittern.

»Was ist mit deinen Eltern?«

»Sie sind nicht verheiratet.«

Das vergisst er immer wieder. »Ja, aber praktisch sind sie das.«

Sophie zuckt mit den Schultern. Max ist ein wenig beruhigt. Von jeder Regel gibt es Ausnahmen.

»Auf Dauer klappt es nie«, wiederholt Sophie im Flüsterton.

Max ist auf eine seltsame Weise erleichtert, als Soleil sich zu ihnen gesellt. Ihre Brustwarzen sind unter dem bauchfreien orangefarbenen Seidenoberteil deutlich zu sehen. Es hat ein Paisleymuster. Max versucht, nicht auf ihre Brust zu starren.

»Ziemlich windig«, sagt sie.

Sophie blickt auf und nickt.

»Gehen alle zurück?«

Sie hält Ausschau nach Hugo, der fast beim Haus ist. Max

sieht zu Eddie und Beth, aber die liegen im Sand, und wenig fehlt, dass sie es gleich dort an Ort und Stelle treiben.

»Ja, vielleicht ist es an der Zeit zurückzugehen«, sagt Max schnell.

»Ich sollte mal nach Mum sehen.« Sophie sieht auf die Sammlung in ihrer Hand.

»Gute Idee«, stimmt Max zu.

Sie gehen gemeinsam, Sophie trottet hinter ihnen her.

Helen sollte an diesem Strand sein, denkt Max ein weiteres Mal und gesteht sich einen kurzen Moment des Schmollens zu.

Dann sagt Soleil: »Ich brauche einen Drink.«

LONDON, 1990

Sie rauchten im Bett. Damals gab es diese Werbung, die klarmachte, dass man genau das nicht tun sollte. Aber Max und Helen taten aus Prinzip nicht, was man von ihnen erwartete. Von ihrer Herkunft hätten sie nicht unterschiedlicher sein können, doch die Ablehnung ihres alten Lebens verband sie. Sie waren trotzig, wütend, unangepasst. Gewöhnlich musste Max darüber lachen. Vor allem, wenn Helen redete. An ihrem Tonfall konnte sie nichts ändern. Er war wie geschliffenes Kristall, wie die Facetten eines Diamanten. Helen konnte ihre Herkunft einfach nicht verleugnen. Sie klang immer nach Polo, schweren Teppichen und Holzpaneel. Helen kam nicht nur aus einer anderen Welt, sie kam von einem anderen Planeten. Max hätte ihr vierundzwanzig Stunden am Tag zuhören können.

Helen blies Rauch an die Decke. Das Zimmer war ohnehin ver-

mieft. Es war kalt, deshalb lagen sie unter der Bettdecke. Die Heizung taugte nichts. Weil aus dem Dachboden nie eine Wohnung hatte werden sollen, vermutete Max. Es hatte nichts anderes als ein Abstellraum in einem großen, alten Haus sein sollen. Helen rückte näher an ihn heran, legte ihre kalten, nackten Füße auf seine. Max protestierte. Helen lachte.

»Weichei.«

»Verdammt. Es ist kalt.«

»Mit Sicherheit hast du es auch früher schon kalt gehabt. Stell dich nicht so an.«

»Jede Sozialwohnung ist besser geheizt als das hier.«

»Man muss einfach die Körperwärme nutzen.« Helen lachte. Max warf ihr einen Blick zu.

»Ich habe nur Witze gemacht«, sagte sie, noch immer kichernd. »Wie sind die so, die Sozialwohnungen.«

»Betreibst du Feldforschung?«

»Wie meinst du das?«

»Bist du eine Oberstufenschülerin, die herausfinden will, wie das gemeine Volk so lebt?«, fragte Max.

Helen legte den Finger auf die Lippen und tat, als würde sie nachdenken. »Ja.«

Max lachte. »Sie sind beschissen. Sozialwohnungen sind scheiße.«

»Aber wärmer als das hier?«

»Überall ist es wärmer als hier. Selbst der verdammte Nordpol ist wärmer.«

Seit Max Helen kennengelernt hatte, hatten sie sich oft gesehen. Fast jeden Tag. Gewöhnlich war Max anders. Max freundete sich mit Leuten an, aber sie kamen und gingen wie Ebbe und Flut. Er ließ sich auf niemanden ein. Max wurde nervös, wenn er jemanden zu oft sah. Wenn dieser Jemand zu wichtig für ihn wurde oder er für ihn. Es war besser weiterzuziehen. Außerdem konnte er bes-

ser mit neuen Leuten. Neue Leute kannten seine Geschichten nicht, waren nicht wütend, dass er zu spät kam oder dass er hin und wieder stank, regelmäßig betrunken oder zugedröhnt war oder beides. Neue Leute fanden ihn spaßig und talentiert und komisch und unkonventionell. Sie sahen Max' Unzuverlässigkeit als Teil seiner Kreativität und Max nicht einfach als Wichser.

»Neulich habe ich eine deiner Arbeiten gesehen, Max. Bertie hat sie aufgehängt. In ihrem Büro.«

Bertie war Ms. Bertrand. Max nickte. Er hatte es auch gesehen. Es war ein Foto, das Max an der Themse gemacht hatte. Es war eins seiner nicht ganz korrekten Fotos. Der Fokus richtete sich auf die Person im Hintergrund, einen Stadtstreicher, der auf einer Bank ein Schläfchen hielt. Ein Typ mit nur einem Schuh und schwarzen Zehennägeln und einem offenem Mund voller Löcher, wo Zähne hätten sein sollen. Der Vordergrund war verschwommen, eine Taube, die abhob und dabei Federn ließ. Irgendetwas an dem Mann hatte Max an seinen Vater erinnert. So sehr, dass Max ihn beinahe geweckt hätte. Geweckt und in sein zahnloses Gesicht geschlagen. Aber er war nicht Max' Vater. Es war nicht sein Gesicht. Nur ähnlich.

»Echt super«, sagte Helen.

Max zuckte mit den Schultern. Er konnte besser mit Komplimenten umgehen, wenn er betrunken war. »Hast du Whiskey?«

Helen lehnte sich aus dem Bett und hob eine Flasche hoch. Sie gehörte ihrem Vater. Sie hatte seinen teuren Alkohol geklaut, und Max und die anderen hatten ihn getrunken. Sie reichte sie ihm. Das Glas der Flasche war dick, der Whiskey hatte eine gute, kräftige Farbe. Max öffnete den Verschluss, und Helen kroch zurück unter die Decke, näher an ihn heran. Der Geruch des Whiskeys erfüllte das Zimmer. Max nahm einen großen Schluck. Er brannte angenehm. Helen drückte ihre Zigarette aus und griff nach der Flasche. Max gab sie ihr.

»Vater hat gesehen, wie ich sie genommen habe«, gestand sie, bevor sie einen Schluck nahm. Sie schüttelte sich, als der Whiskey durch ihre Kehle rann.

»Hast du Ärger bekommen?«

Max' Vater hätte ihn zu Brei geschlagen, wenn Max seinen Fusel genommen hätte. Was Max trotzdem gelegentlich getan hatte, weil, na ja, scheiß auf ihn.

Helen schüttelte den Kopf. Ihr Haar war lang und verfilzt. »Er hat nichts gesagt. Er hat mich nur beobachtet.«

»Glück gehabt.«

Helen lachte. »Eher nicht. Es wäre besser gewesen, wenn er wütend geworden wäre. So hat er mir gezeigt, dass ich eine Niete bin. Eine Versagerin. Eine Enttäuschung.«

»Ja?«

Helens Leute benahmen sich seltsam. Max versuchte immer noch, sie zu verstehen. Er wurde nicht schlau aus ihnen. Helen zündete sich eine neue Zigarette an. Sie rauchte mehr als Max.

»Ja. Aber das ist nichts Neues«, sagte Helen. Sie rauchte ein paar Züge, dann drehte sie ihren Kopf zu Max hin. Sie pflückte einen Krümel Tabak von ihrer Zungenspitze. Jetzt hatte Max wieder die Whiskeyflasche in der Hand.

»Ich habe ein Problem, Max. Ich habe nicht dein Talent«, sagte sie leise.

»Das stimmt nicht.«

»Doch. Ich weiß, ich bin nicht untalentiert. Aber nicht so talentiert wie du. Dein Talent ist etwas Besonderes, es ist authentisch. Ich kann nicht anders, als das zu kopieren, was ich vorher schon mal gesehen habe. Ich bin darauf konditioniert, zu gefallen und Dinge zu imitieren. Ich habe zu viel gesehen …«

»Ich weiß nicht, was ich mache. Es ist mir nicht wichtig genug«, sagte Max.

»Aber es funktioniert. Ich habe es gesehen.«

Rauch stieg in Kringeln von ihrer Zigarette auf.

»Ich weiß nicht, ob es das ist, was ich tun möchte«, sagte Max.

Helen nickte. »Ich muss irgendwas auf die Beine stellen, um von meinem eigenen Geld leben zu können. Ohne seine Hilfe, ohne sein Geld.«

Helen sprach viel von ihrem Vater. Max war ihm nie begegnet. Er war wie ein Geist, der Helen heimsuchte, ein unsichtbarer Schatten, der immer da war.

»Und seinen Whiskey«, fügte sie hinzu, griff nach der Flasche und trank.

Es faszinierte Max, dass jemand, der so reich war, so verletzlich sein konnte. Damit hatte er nicht gerechnet. Er konnte nicht glauben, dass jemand aus einer Welt, in der es teuren Whiskey gab und große Landhäuser, in der man sich gewählt ausdrückte – dass so einer ihm so ähnlich war. Er sah Helen an, die sich auf ihrem Bett zurücklehnte. Die Decke war rosa, offensichtlich hatte sie sie von zu Hause mitgehen lassen. Sie war alt, schmutzig, roch nach Rauch und Schlaf mit offenem Mund. Unter ihr trug Helen einen braunen Rollkragenpulli, der ihr bis zum Kinn reichte. Ihr dunkles, weiches Haar war einfach überall – unter ihr, unter Max, auf allen Kissen. Vielleicht war Helen nicht das schönste Mädchen, dem Max je begegnet war. Dafür war sie zu seltsam und wild und ungepflegt und wirkte zu gequält. Sie lachte wie ein Mann und rasierte sich nicht die Beine. Doch ihre Augen leuchteten wie keine anderen. Ihr Körper neben seinem ließ ihn ein Verlangen spüren, wie er es noch nie empfunden hatte. Sie war ein Wunder, ein etwas ramponiertes Wunder. Max fühlte sich seltsam in Helens Gegenwart. Seltsam auf eine kribbelnde, lebendige Weise.

Max spürte die Wirkung des Whiskeys in seinem Blut. So war es besser. So fühlte er sich mehr wie er selbst. Er lehnte sich an Helen und spürte ihren Atem auf seiner Wange. Warm und ein wenig feucht. Sie war hier. Max drehte seinen Kopf. Seine Lippen berührten ihre, für einen kurzen Moment. Weich und einladend. Max' Körper sang. Sein Kopf drehte sich. Er rückte näher heran, ohne nachzudenken. Doch Helen rückte in die andere Richtung. Ihre Finger berührten seine Lippen.

»Nein, Max.«

Max hatte plötzlich das Gefühl, in der Luft zu hängen.

»Bitte nicht. Ich kann nicht.« Helens Stimme war den Tränen nahe.

»Ich …«, setzte Max zu einer Erklärung an, aber es gab keine Erklärung.

»Es ist alles, was ich habe. Es ist zu wertvoll. Wenn wir das tun, ist das Chaos vorprogrammiert. Du wirst es kaputtmachen, oder ich werde es kaputtmachen. Genau das wird passieren.«

Max öffnete den Mund, um zu protestieren. Sie konnten es tun. Sie konnten es schaffen. Doch eingehüllt in den Geruch von Rauch und Whiskey und ungewaschenen Laken, wusste Max, dass das nicht stimmte.

»Ich würde es kaputtmachen«, sagte Helen wieder mit flehentlicher Stimme. »Ich will es nicht kaputtmachen.«

Max suchte verzweifelt nach einer scherzhaften Formulierung, und er wünschte, es wäre ihm irgendwie egal. Wünschte, er würde nicht denken: »Ich bin nicht gut genug für sie«, während genau dieser Gedanke in ihm pulsierte, ihn durchströmte wie ein Gift. Zumindest waren das vertraute Gedanken. Sein Körper schien sie aufzusaugen.

Max räusperte sich. »Whiskey?«, fragte er, und Helen reichte ihm die Flasche.

»Ich kann mir dir schlafen«, flüsterte Helen, und Max zuckte kurz zusammen. »Aber dann kann ich dich nicht lieben.«

Max sah sie an. Er betrachtete ihr Gesicht. Irgendetwas in ihm verstand es. Obwohl er sich gleichzeitig dumm und verängstigt fühlte. Verängstigt, weil er sich jetzt, wo er wusste, dass es Helen *gab, nicht sicher war, ob ihm irgendjemand je wieder genügen würde, es je mit ihr würde aufnehmen können. Einen Moment überlegte er zu gehen, Helen nie wiederzusehen. Doch dann sagte Helen mit dünner Stimme, mehr zu sich selbst als zu ihm: »Und wenn wir es jetzt nicht kaputtmachen, dann bleibt es vielleicht heil … für später.«*

Max führte die Whiskeyflasche an die Lippen. Die Lippen, die Helens Lippen geschmeckt hatten. Die Lippen, die Helens Lippen und Gesicht und Hals und Haut die ganze Nacht küssen wollten, bis die Sonne aufging, um dann den Tag über zu schlafen wie Fledermäuse, umeinander gewickelt, und sich in der nächsten Nacht wieder zu küssen, immer wieder. Wieder und wieder. Max würde fast alles dafür geben. Uni, Alkohol, Drogen, Zigaretten, vielleicht sogar seine Musik.

Max nahm das Wort »später« in sich auf wie ein kostbares Kleinod. Er steckte den Schmerz und die Verwirrung weg, die sich ohnehin so normal anfühlten, damit konnte er leben, und lachte sie an.

»Okay«, sagte er. Als wäre es keine große Sache.

KAPITEL 9

Rosie

Als Rosie vom Strand zurückkommt, wird es bereits dunkel, obwohl es erst fünf Uhr ist. Sie geht über den Weg, der zum Hintereingang von Max' Haus führt. Er ist mit weißen Muschenschalen bestreut, die bei jedem Schritt knirschen. Das Geräusch gefällt ihr. Es passt zu ihrer Wut.

Am Rand der Terrasse sieht sie Nina auf einem Stuhl sitzen. Sie trägt weite Kleider. Sie hat den Kopf zur Seite geneigt und die Augen geschlossen. Ihre Wangen sind rosig, ihre Frisur sitzt schief, und ihre Füße baumeln ohne Schuhe in der Luft. Neben sich hat sie ein fast volles Glas Champagner stehen.

Nina schlägt die Augen auf, als sie sich nähert, und sagt schläfrig: »Rosie?«

»Hey«, antwortet Rosie. Ihre Stimme klingt heiser.

Juliette, die an einem der Büsche mit der Gartenschere arbeitet, richtet sich auf und winkt ihr zu.

»Hi, Juliette.«

»Kann ich dir etwas zu trinken bringen?«, fragt Juliette.

Rosie wirft einen Blick auf Ninas Champagner. Bevor sie antworten kann, schiebt Nina ihn ihr hin. »Nimm meinen.«

Rosie lässt sich neben ihrer Freundin nieder und nimmt das schlanke Glas entgegen.

»War es schön am Strand?«, murmelt Nina. »Ich habe den

Möwen zugehört … Riecht die Luft hier nicht gut? Ich sollte runter gehen. Aber ich glaube, ein Sturm kommt auf.«

Rosie sieht ihre Freundin an. Eigentlich ist sie der Typ Mensch, der wie der Blitz unten am Strand ist, Sturm oder nicht, zerschnittene Hände oder nicht. Der Typ Mensch, der in die Gezeitentümpel springt, den Finger in Seeanemonen steckt und Krabben aufsammelt.

Rosie schließt gequält die Augen. *Nina bekommt mehr von dir als ich.*

»Rosie!«, sagt Nina alarmiert.

Juliette geht mir ihrer Gartenschere weiter, um etwas weißblättrigen Salbei zu schneiden.

»Bitte«, hört sie Nina flehen. »Du darfst jetzt nicht die Nerven verlieren.«

Rosies Wut ist verraucht. Da ist nur Traurigkeit und eine entsetzliche Angst, die sie wie kaltes Quecksilber durchströmt. Hugo hat recht. Nina bekommt mehr von ihr. Nina beantwortet Rosies E-Mails innerhalb von Minuten und geht ans Telefon, wenn man sie anruft. Sie kennt die Namen aller Lehrer ihrer Söhne, ihre Lieblingskuscheltiere und vermutlich sogar ihre Schuhgrößen. Sie hat mit ihr die Vor- und Nachteile glutenfreier Kost erörtert, hat sie bei der Auswahl der Sofakissen beraten. Als mal wieder der Rinderwahn umging, hat sie nicht wie Hugo davon gesprochen, dass dies den Pfund negativ beeinflussen könnte, sondern sie hat sofort Rosies Vater, den Metzger, angerufen und gefragt, ob er dadurch in Schwierigkeiten gerate. Sie braucht Nina nie um etwas zu bitten, sie hilft ihr einfach so. Eine Schachtel mit Rosies Lieblingsmuffins, ein kleiner Schwatz zwischendurch, eine Umarmung, eine schnelle Tasse Tee …

Nina streckt die Hand aus, tätschelt Rosies Handrücken. »Es ist okay …«

»Ich brauche dich …«

Rosie kann kaum sprechen. Der Schmerz schnürt ihr die Kehle zu.

»Ssssch, sssch …«, macht Nina. »Nicht hier, Rosie, bitte.«

Als die anderen zurückkehren, steht Rosie auf dem oberen Treppenabsatz, einen Gin Tonic in der Hand, und sieht aus dem Fenster. Sie hat sich kaltes Wasser ins Gesicht geklatscht, und der Gin Tonic zeigt ebenfalls Wirkung. Hugo geht sofort ins Haus. Die Hände in den Taschen vergraben, sein Gesichtsausdruck so finster wie die sich ballenden Regenwolken, stürmt er an Nina und Lars vorbei. Rosie weiß, dass er sich sofort eins von Max' Büchern schnappen wird, irgendeinen Bildband über Architektur. Damit wird er sich bis auf Weiteres in dem großen Ohrensessel im Wohnzimmer vergraben. Max und Soleil kommen als Nächste. Max zuerst, dann Soleil, direkt hinter ihm. Rosie betrachtet Soleils schlanke Figur, ihre glatte, an braune Butter erinnernde Haut. Max bleibt bei Nina stehen und inspiziert ihre Hände, die sie widerwillig hochhält, wobei sie die Augen verdreht und einen Moment wie ihre Tochter aussieht. Max küsst Nina auf den Kopf, als Soleil sich abwendet und ins Haus geht. Eddie und Beth schlendern den Weg herauf, Hand in Hand. Rosie nimmt einen großen Schluck von ihrem Gin Tonic. Beth streicht eine Strähne ihres roten Haars hinters Ohr, lächelt schüchtern und lehnt sich enger an ihren Freund.

Rosie streicht durch ihr eigenes Haar. Früher war es dichter. Sie hat immer versucht, es mit Gel zu bändigen, und beim Friseur hat sie es regelmäßig ausdünnen lassen. Nach den Schwangerschaften ist sie das Problem auf jeden Fall los.

Rosie beobachtet, wie Eddie Beth loslässt, als sie die Terrasse betreten. Eddie nutzt seine freie Hand, um Max einen Klaps auf den Hintern zu verabreichen. Max, tut, als würde er Ninas Glas nehmen und nach ihm werfen wollen, doch Nina haut ihm auf die Finger und verscheucht ihn. Beth hat die Hände in die hinteren Taschen ihrer Shorts gesteckt und wippt auf den Füßen. Sie verfolgt das Geplänkel der Männer wie ein Fußballmatch. Eddie, der einen Witz macht, Max, der Lars aufzieht, Lars, der Eddies Witz kommentiert. Das Lächeln in Beths Gesicht erlahmt. Sie flüstert Eddie etwas zu, und kurz darauf gehen sie zusammen Richtung Haus. Die Übriggebliebenen, Max, Nina und Lars, warten eine Sekunde, dann stecken sie wie auf Kommando die Köpfe zusammen und tuscheln aufgeregt. Rosie weiß, dass sie über die beiden reden.

Rosie hört Schritte auf der Treppe.

»Hi, Rosie.«

Sie zwingt sich, es nicht zu tun, aber sie kann es nicht lassen. Sie starrte gebannt auf Beths langen Beine, und erst dann sieht sie ihr in die Augen. Es sind die Shorts. Sie sind so verdammt kurz.

»Hi Beth.«

»Schön am Strand, nicht wahr? So wild.«

»Hmmmm«, macht Rosie. »Es zieht ein Gewitter auf.«

»Stimmt. Zeit reinzukommen. Ich werde erst mal duschen.«

Eddie erscheint auf der Treppe. Er ist etwas außer Atem.

»Ich dusche auch noch vor dem Abendessen.« Eddie nickt, dann lächelt er Rosie an.

Rosie sieht in ihr Glas, als Beth in ihr Zimmer geht. Sie klimpert mit den Eiswürfeln. Eddie bleibt bei ihr stehen, sieht aus dem Fenster.

»Du bist nicht lange geblieben.«

Rosie denkt an Hugo, die Worte, die er ihr an den Kopf geworfen hat, die hasserfüllten Gedanken, die sie für sich behalten hat. »Es ist frisch geworden.«

»Nicht besonders warm, das stimmt.« Eddie nickt. »Aber ein super Haus, findest du nicht?«

»Ja, super.«

»Max fällt immer wieder auf die Füße.« Eddie schüttelt den Kopf. »Dieses Haus sollte in einem Magazin gezeigt werden.«

»Er hat wirklich ganze Arbeit geleistet. Mir gefällt auch die Stadt.«

»Wie war es auf dem Markt?«

»Beeindruckend. Nett. Beth hat er gefallen, glaube ich.«

»Ja. Das ist genau ihr Ding. Sie geht in Borough jedes Wochenende auf den Markt. Sie sagt, so was gibt es in den Staaten überhaupt nicht. Sie kauft *Eccles Cakes*. Glaubt man das?«

Rosie verzieht das Gesicht. »Ich mag keine Rosinen.«

Eddie lacht leise. »Ja, ich erinnere mich.«

Durchs Fenster sieht Rosie Sophie. Sie kommt den Weg vom Strand herauf. Sie geht langsam. Der stärker werdende Wind spielt mit ihrem Haar, während sie konzentriert vor sich auf den Boden schaut. Rosie räuspert sich. »Gehst du nicht mit ihr? Mit Beth? Zum Markt?«

»Ich muss viel arbeiten.«

»Die Whiskey-Bar.«

Eddie nickt. Sie verfolgen beide, wie Sophie etwas aufhebt und in ihr Sweatshirt legt, das sie wie eine Schürze leicht anhebt. Sie sieht sich um. Sie scheint etwas entdeckt zu haben und erhebt sich. Rosie folgt ihrem Blick und sieht den Jungen von nebenan, der sich ihr nähert. Die Ärmel seines Strickpullovers reichen ihm bis über die Hände.

»Wie läuft es so?«

»Die Bar? Gut.« In Eddies Stimme schwingt Stolz mit. »Ich bin übrigens Teilhaber.«

Sophie und der Junge unterhalten sich jetzt, jedenfalls vermutet Rosie das. Sophie hält mit einer Hand ihr Sweatshirt, die andere hat sie am Mund, offensichtlich kaut sie an einem ihrer pinken Fingernägel. Der Junge starrt auf seine Füße.

Rosie sieht Eddie an. »Teilhaber?«

»Zu dreißig Prozent gehört die Bar mir.«

»Dreißig Prozent. Das ist …« Rosie spürt wieder diese schreckliche Traurigkeit. Sie holte tief Luft. »Das ist großartig. Wirklich, Eddie. Großartig.«

Eddie lächelt. »Danke, Rosie.«

Sie sehen beide nach draußen. Der Junge hockt sich hin und hebt etwas auf. Eine Muschel vielleicht oder einen Stein. Er hält ihn vor sich, dreht ihn mit den Fingern. Dann wirft er ihn zurück in den Sand. Der Junge lacht.

»Ich musste an die Zeit denken, als wir zusammen waren …« Rosie zögert. Sie spürt wieder die kalten Steine in ihrem Rücken, riecht den Zigarettenrauch, die Seeluft. Eddies warme Lippen, feucht auf den ihren, die Hitze seines Körpers, die durch die Kleider zu spüren war. Ein früheres Leben – ein Leben ohne Hugo, ohne ihre Söhne. Eine andere Rosie. Eine mit dichtem Haar.

»Wie meinst du?«

»Nichts. Nicht so wichtig.«

Sophie hat sich abgewendet. Macht Anstalten zu gehen. Der Junge kratzt sich am Hinterkopf. Dann streckt er eine Hand aus und zupft Sophie am Ärmel.

»Ich sollte nach unten gehen«, murmelt Rosie.

»Was geht da vor sich?«, fragte Eddie mit leiser Stimme.

»Mit Sophie?«

Rosie betrachtet das Mädchen. Sie presst das Sweatshirt enger an ihren Bauch, fährt mit der Zunge über ihre Lippen, dann lächelt sie. Sie hat gerötete Wangen. Es hat zu regnen begonnen. Erste Tropfen sprenkeln die Fensterscheibe.

»Junge Liebe«, sagt Rosie mit Wehmut in der Stimme.

❧

Während Juliette das Essen zubereitet, sitzen sie im Wohnzimmer und hören Musik, die Max aussucht. Hugo in seinem Ohrensessel tut, als wäre er ganz in den Architekturband versunken. Rosie weiß, dass er diese Art von Musik verabscheut. Rosie versucht, ihn nicht zu beachten.

»Nina! Erinnerst du dich?«, ruft Lars.

»Kennst du den Song, Soleil?«, fragt Helen ihre Schwester, die den Kopf schüttelt.

Max sieht Soleil an, die auf der Lehne des Sofas thront. »Musst du kennen. *The Cure*. Du kennst doch *The Cure*.«

»Das war vor meiner Zeit.«

Helen lacht. »Sie ist zu jung, Max.«

»Ja, aber *The Cure* sind Klassiker. Jeder sollte *The Cure* kennen.«

Eddie zeigt auf Beth und sagt stolz: »Beth kennt *The Cure*.«

»Siehst du!«, schwärmt Max.

»Ich hatte einen guten Lehrer«, sagt Beth und neigt den Kopf in Eddies Richtung.

»Muss ich sie kennen?«, fragt Soleil Helen.

»Auf jeden Fall«, kommt Max ihr zuvor.

»Nein, musst du nicht«, murmelt Rosie und sieht Beth an.

Nina wirft ihr einen Blick zu. Sie hatte ihre Füße in Lars' Schoß gelegt.

»Sie waren ziemlich berühmt, als wir jung waren. Das ist lange her«, sagte Helen.

»*Ziemlich* berühmt?«

»Sie ist zu jung«, beschwichtigt ihn Helen.

»Das ist so, als würdest du sagen, jemand ist zu jung, um Shakespeare zu kennen«, beschwert sich Max.

»So jung bin ich nun auch wieder nicht«, murrt Soleil.

Lars wechselt das Thema. »Was machst du, Soleil? Helen sagt, du bist auf dem College?«

»Ich war auf dem College.«

»Was hast du studiert?«, fragt Rosie.

»Umweltwissenschaften.«

»Soleil macht ihren Doktor«, fügt Helen hinzu.

»Wow«, sagt Eddie.

»Ich war dabei, ihn zu machen«, korrigiert Soleil.

»Du willst ihn nicht fertig machen?«, fragt Nina und richtet sich in den Kissen auf.

Soleil zuckt mit den Schultern. »Wahrscheinlich nicht.«

»Das weißt du doch noch nicht«, sagt Helen.

»Die Uni ist nicht alles«, sagt Max und sieht in die Runde. »Ich habe mein Studium nicht beendet. Lars ebenfalls nicht. Und ihr Übrigen, Hand aufs Herz, braucht einer von euch wirklich seinen Abschluss?«

»Ja, ich«, antwortet Nina.

»Im Grunde ist es Zeitverschwendung«, sagt Max, ohne auf Nina einzugehen. »Und Großbritannien gibt massenhaft Steuergelder dafür aus. Seht euch die USA an, die geben nicht annähernd so viel für höhere Bildung aus.«

Nina schüttelt den Kopf. »Ich finde nicht, dass es Zeitverschwendung ist.«

»Außerdem stürzen wir uns einfach so hinein. Wenn es mehr kosten würde, würden wir unsere Entscheidungen vielleicht besser durchdenken.«

»Manchmal denke ich, ich hätte ein Jahr aussetzen sollen«,

grübelt Rosie. »Zwischen Highschool und College. Ich habe eher zu viel nachgedacht.«

»Die Gesellschaft profitiert von Bildungsbürgern«, wirft Soleil ein.

»Dem stimme ich zu«, sagt Nina und Helen nickt.

Max sieht Helen an, dann Soleil. »Ja, aber gebildet in was?«

»In allem Möglichen. Die Kosten niedrig zu halten, ermöglicht es den Leuten, auf ihren eigenen Interessen basierende Entscheidungen zu treffen.«

»Das ist lächerlich«, widerspricht Max. Er nimmt einen großen Schluck von seinem Glas.

»Max«, murmelt Helen mit gerunzelter Stirn.

»Was zu einer glücklicheren, vielfältigeren Gesellschaft führt«, schlussfolgert Soleil.

»Und schließlich läuft es darauf hinaus, dass die ganze Bevölkerung einen Abschluss in französischer Kunst des Mittelalters hat.«

»Das wohl eher nicht«, unterbricht ihn Soleil.

»Oder in Keramik.« Max zeigt auf Lars.

»Autsch.« Lars lacht träge. Er massiert verträumt Ninas Füße.

»Ach komm, was soll uns das bringen? Was wir brauchen, sind praktische Fähigkeiten.«

»Seit wann legst du so viel Wert auf praktische Fähigkeiten?«, fragt Rosie.

Max sieht verärgert aus, obwohl er es zu verbergen versucht.

»Die Forschung hat deutlich gezeigt, dass der Bildungsstand einer Bevölkerung alle möglichen positiven Auswirkungen hat, besonders im Hinblick auf die Frauen«, erklärt Soleil.

»Ja? Und welche?«, fragt Max.

»Gesundheit, vor allem die der Kinder. Zufriedenheit. Ein hohes Bruttoinlandsprodukt. Es ist eine ermutigend einfache

Gleichung mit wenigen Unbekannten. Lass den Leuten Bildung zuteilwerden, und die Dinge verbessern sich.«

Max lacht in seinen Drink.

Helen sieht ihn verwirrt an. »Seit wann bist du ein Tory?«

»Bin ich nicht.«

»Wen hast du gewählt? Bei der letzten Wahl?«, fragt Soleil.

»Das ist privat. Außerdem lebe ich hier. In Frankreich.«

»Aber du wählst doch trotzdem, oder?«

Max sagt nichts.

»Max!«, ruft Helen, als müsste sie ihn wecken.

»Er sollte nicht wählen dürfen«, sagt Soleil.

»Ach ja, und warum nicht?«, gibt Max zurück.

»Ich schätze, du zahlst keine Steuern in Großbritannien. Das ist einer der Gründe, warum du in Frankreich lebst, richtig?«

»Ich zahle Steuern!«, sagt Max mit großen Augen.

»Aber nicht so viel, wie du solltest«, kontert Soleil.

Lars lacht.

Nina muss grinsen. »Ich denke, du hast deinen Meister gefunden, Max.«

»Ich muss doppelt Steuern zahlen«, seufzt Beth.

Max sieht auf. »Ich zahle meine Steuern. Was ich tue und wo ich lebe, ist absolut legal.«

Soleil zuckt mit den Schultern. »Ich habe nicht angedeutet, dass du irgendetwas Illegales tust.«

»Zu Recht, das tue ich nämlich nicht.«

»Aber es besteht ein Unterschied zwischen einer gesetzlichen Verpflichtung und einer moralischen. Wenn du etwas zur britischen Politik sagen und dich über das politische System beklagen willst, einschließlich der Finanzierung von Bildung, musst du auch dazu beitragen.«

Eddie klatscht in die Hände.

Max streckt den Oberkörper durch. »Na, wenn schon. Du würdest die höhere Bildung also allen zugänglich machen? Dann hättest du eine Bevölkerung, die sich auskennt mit Töpferei und Renaissance-Handtaschen und …«

»Kein Grund, unsachlich zu werden. Ich sage nur, dass das Studium für alle frei sein sollte«, antwortet Soleil.

»Weißt du, wie viele Leute das ausnutzen würden?«

»Ich hoffe alle.«

»Und wer soll das bezahlen?«

»Alle.«

Rosie beobachtet Soleil. Ihre Miene hat sich kein bisschen verändert. Völlig gelassen, fast ausdruckslos.

»Da spricht das verwöhnte Kind reicher Eltern«, sagt Max.

»Max. Sei nicht ungerecht«, sagt Helen schnell.

»Hast du nicht selbst von den niedrigen Studiengebühren profitiert?«, fragt Nina. »Max, du bist auf ein Kunst-College gegangen. Wie hättest du das finanzieren wollen, wenn es teurer gewesen wäre? Meinst du nicht, dass du davon profitiert hast? Selbst wenn du dein Studium nicht beendet hast?«

»Genau das meine ich. Ich habe es nie gebraucht. Es war verschwendete Zeit.«

Das ist zu viel für diese Stunde des Tages. Es ist noch zu hell, und noch ist nicht genug Alkohol in ihren Adern, um dem Ganzen die Schärfe zu nehmen. Sophie merkt, dass Max darunter leidet, nicht alles unter Kontrolle zu haben. Nicht der glückliche, ruhende Pol im allgemeinen Chaos zu sein.

»Aber so hast du uns kennengelernt«, hörte Rosie sich sagen. Ihre Stimme klingt unsicher, verletzt.

Max antwortet nicht.

Lars hebt den Kopf, um Soleil anzusehen. »Wenn du so eine große Verfechterin der Bildung bist, warum willst du dann deinen Doktor nicht fertig machen?«

»Genau«, murmelt Max.

Soleil blickt zu Max, und Rosie sieht ein erstes Aufblitzen von Ärger über ihr Gesicht huschen. »Die Universität hat meine Forschung nicht genehmigt.«

»Warum?«, fragt Lars.

Soleil räuspert sich. »Die offizielle Erklärung war, dass sie nicht in den Rahmen und Aufgabenbereich des Instituts für Umweltwissenschaften passt und dass das Thema zu breit angelegt sei.«

»Soleil hat sich damit beschäftigt, wie sich der Verzehr von biologisch angebauten Lebensmitteln auf das Gehirn und die Entwicklung von Kindern auswirkt«, sagt Helen stolz.

»So ungefähr«, antwortet Soleil.

»Das klingt interessant«, sagt Rosie.

»Nützlicher als Keramik«, fügt Lars freundlich hinzu.

»Sie haben gesagt, dass es zu schwierig sein würde, Kontrollgruppen zu etablieren, dass die Forschungsperiode zu lange und zu teuer wäre und dass das Thema mehr mit Ernährungsmedizin zu tun habe«, erklärt Soleil.

»Sehr bedauerlich«, sagt Beth.

»Da gebe ich dir recht«, meint Helen und nickt.

»Und was war der inoffizielle Grund?«, fragt Max.

»Wie bitte?«

»Du hast gesagt, das war der offizielle Grund. Was war der inoffizielle?«

Soleil hebt das Kinn und sieht Max an. »Ich habe meinen Professor gevögelt.«

Eddie verschluckt sich an seinem Drink und beginnt zu husten.

»Und dann habe ich eines Tages nicht mehr mit ihm gevögelt.«

Ein kurzes Schweigen entsteht.

»Wo ist Sophie?«, murmelt Nina und sieht sich um.

Soleil redet weiter: »Das hat ihm nicht gefallen.«

»Nun«, sagt Lars mit einer Spur von Bewunderung in der Stimme. »Das erklärt es.«

»Das habe ich nicht gewusst«, murmelt Helen.

Ein neuer Song beginnt. Max greift nach der Fernbedienung und stellt die Lautstärke höher. Das Gespräch kommt zum Erliegen. Lars steht auf, um nach seiner Tochter zu sehen.

Max hält Juliette sein Glas hin. »Kann ich noch einen Drink bekommen?«

KAPITEL 10

Max

Sie ist die uncharmanteste Person, der er je begegnet ist. Und Max ist wirklich schon so einigen uncharmanten Menschen begegnet. Ein paar Riesenarschlöchern. Doch Soleil übertrifft sie alle. Und das absolut Irritierende an Soleil ist, dass sie so aussieht, als könnte sie durchaus charmant *sein*. Sie ist klein und süß. Genau der Typ Frau, mit der er normalerweise schläft. Vielleicht will ein Teil von ihm auch genau das tun, was Max nur noch mehr ärgert.

Er erhebt sich und geht zu Nina, die vor einem der hohen Regale steht, die vor allem mit Büchern über Fotografie gefüllt sind.

»Was für eine Nummer«, murmelt Max, während Nina mit dem Zeigefinger an den Buchrücken entlangfährt.

»Was meinst du?«

»Soleil.«

Nina runzelt die Stirn. »Du hättest sie nicht als Kind reicher Eltern hinstellen sollen.«

Max blickt finster drein.

»Ich denke, das hat Helen geärgert«, fügt Nina hinzu.

»Sie hat mich provoziert«, antwortet Max gereizt.

»Sie ist jung«, sagt Nina. »Hey, du hast ein paar wirklich schöne Bücher hier.«

»Was heißt hier jung?«, sagt Max. »Sie ist kein Teenager mehr.«

»Erzähl mir nichts über Teenager«, meint Nina fast schon wehmütig.

»Sie ist unverschämt«, beharrt Max.

»O Max.«

Max sieht vor sich auf den Boden. Er hat nicht viel Erfahrung mit Müttern. Nina dürfte die Einzige sein. In ihrer Stimme schwingt die bittersüße Mischung aus Liebe und Enttäuschung mit. Bei der man sich selbst augenblicklich gut und schrecklich zugleich fühlst.

»Doch, das ist sie.«

»Sie ist Helens Schwester.«

»Das fällt verdammt schwer zu glauben«, murmelt Max.

»Vielleicht solltest du versuchen, netter zu ihr zu sein.«

»Ich sehe nicht ein, warum ich das tun sollte. Sie sollte versuchen, nett zu *mir* zu sein.«

Nina dreht sich zu ihm um. Sie sieht ihn mit gerunzelter Stirn an. »Du klingst wie Hugo.«

»Mein Gott, Nina!«

Nina bricht in Gelächter aus.

»Nimm das zurück.«

Ninas Stimme wird weicher. »Du kannst nett sein, Max. Es ist dein Geburtstag. Amüsier dich. Mit Sicherheit gibt es Wichtigeres, womit du dich beschäftigen kannst, als über Soleil nachzudenken. Du wirkst angespannt, nicht wie du selbst.«

Max sieht zu Helen. Sie sitzt am Tisch, hat den Kopf in die Hand gestützt. Sie lächelt über etwas, das Rosie sagt. Er schaut ihre Hand an und holt tief Luft.

Soleil thront nach wie vor neben Helen auf der Couchlehne, steif und gerade.

»Ich bin okay«, sagt Max. »Ich muss mich nur ein bisschen entspannen, nicht? Du hast recht.«

Nina tätschelt seine Schulter und wendet sich wieder den Büchern zu.

Max sieht auf den Drink, den Juliette ihm gebracht hat. Tequila mit viel Eis. Man sollte ihn in kleinen Schlucken trinken. Er legt den Kopf in den Nacken und nimmt einen ordentlichen Schluck, der in seiner Kehle brennt. Es fühlt sich genau richtig an.

The Cure.

The Smiths.

Jane's Addiction.

R.E.M.

Das sind die Giganten. Max kennt jeden ihrer Songs in- und auswendig kennt. Jeden Beat, jeden Moment zwischen den Beats, jede kleine Unvollkommenheit. Max taucht in die Musik ein. Er schwimmt darin. Sie ist für ihn greifbar und doch flüssig, wie die Seide des Wassers auf der Haut. Sie erfüllt ihn. Sie macht ihn ganz.

Die Musik ist sein Retter, das ist ihm klar und wahrscheinlich auch jedem anderen. Es hatte ihm nichts ausgemacht, dass sein Vater ihn damit aufgezogen hatte. Einmal hat er sogar eine Platte auf seinem Kopf zerbrochen. Die Musik ist in Max' Blut und wird immer dort sein. Die Musik ist die eine Konstante. Das, worauf er zählen kann. Die Musik hat Max am Leben erhalten. Sie ist besser, schlimmer und wilder als jede Droge, die er je genommen hat.

Als der Song verklingt und Paul Simon, der Meister, »Graceland« anstimmt, kommt Sophie mit ihrem Vater ins Zimmer. Mit leicht unscharfem, leicht betrunkenem Blick registriert er, dass Sophies Haare und Kleider nass sind.

»Du bist nass«, sagt Nina auf der Couch.

»Ich habe zwanzig Minuten an die Tür geklopft.«

»Oh, Entschuldigung, Liebes. Die Musik …«

»Ja, echt Scheiße!« Sophie wirft Nina einen vernichtenden Blick zu.

»Sophie, nicht in diesem Ton.«

Sophie schüttelt den Kopf, das nasse Haar klebt ihr am Gesicht. »Hört euch mal reden«, murrt sie.

Lars lacht. »Gut gegeben. Ich hole dir ein Handtuch.«

Sophie sieht Nina demonstrativ an. »Danke, Dad.«

»Warum bist du nicht einfach hintenherum gegangen? Wir hätten dich gesehen.« Nina zeigt auf die großen Glastüren.

Sophie verschränkt die Arme.

»Hast du Hunger?«, fragt Nina und wechselt das Thema.

»Den ganzen Tag wird hier nur gegessen und getrunken«, murmelt Sophie.

Lars kommt mit einem großen Handtuch zurück, das er seiner Tochter umlegt. Nina steht auf und beginnt, Sophies Arme zu reiben.

»Mum!«

»Du holst dir eine Erkältung.«

Sophie lässt sich in einen Sessel fallen, außer Reichweite ihrer Mutter.

»Du solltest duschen und dir etwas Trockenes anziehen«, sagt Nina.

»Schon okay.«

»Sei nett zu deiner Mutter«, weist Lars sie zurecht. Sophie sieht zu Boden.

Ein neuer Song.

»Wow!«, schreit Lars. Er wirft die Fäuste in die Luft, schließt die Augen und nickt mit dem Kopf.

Eddie sieht beifällig herüber. »Oasis.«

»O mein Gott«, murmelt Sophie.

»You're my wonderwall!«, singen alle im Raum mit.

Max möchte laut lachen, doch der Tequila hat ihn müde gemacht. Helen lächelt ihn an, und bei diesem Lächeln fühlt er sich wie ein Junge, der ein Geschenk zum Auspacken bekommen hat. So soll es sein. So rettet die Musik Menschen das Leben. Lars zwinkert Sophie zu, die die Augen verdreht. Nina geht zurück zur Couch und lacht über Lars, der tanzt oder was immer er dafür hält. Helen wirft sich mit einer Kopfbewegung das Haar über die Augen. Es erinnert Max an ein Mädchen, das er einmal gekannt hat. Intensiv und sexy und mit hinreißenden Wangenknochen. Oder vielleicht hat sie ihn auch an Helen erinnert. Helen, die der Maßstab ist, an dem jede gemessen wird.

Eddie spielt Luftgitarre, greift in die imaginären Saiten, alles falsche Noten. Max lacht und schlägt sich auf die Oberschenkel. Als er aus dem Fenster guckt, sieht er, dass auch das letzte Licht inzwischen verblasst ist. Aber der Regen lässt wenigstens langsam nach.

»Kate Bush!«, ruft Helen.

»The Clash!«, übertönt Eddie sie. Helen, die sich eine Zigarette angezündet hat, obwohl Max normalerweise niemanden im Haus rauchen lässt – weil es dann riecht, als wäre er auf Tournee –, bläst Eddie Rauch ins Gesicht, und er tut, als würde er ersticken.

»›Fleetwood Mac‹?«, bettelt Rosie.

Alle stöhnen. Ein Running Gag.

Nina, die keine Vorschläge macht, sieht ihre Freunde an. Sie hält vornehm ein volles Weinglas in der Hand, ihre Augen sind glasig. Die anderen beginnen über die Musik zu diskutieren, doch Nina hält sich heraus, beobachtet alle, liebt alle. Sieht alle an, als wären sie etwas Besonderes, etwas Einzigartiges. Sie erinnert Max an eine dieser alten Fotografien von Elizabeth Taylor, speziell an die Aufnahme, die er auf dem College in seinem

Zimmer hängen hatte. Sie ist wunderschön, gelassen und … nun, zerbrechlich? Max neigt den Kopf. Er ist betrunken. Nicht sehr betrunken, aber betrunken. Er sieht sie nicht klar. Zerbrechlich ist kein Wort, das zu Nina passt. Nina ist zäh. Tüchtig. Zuverlässig. Aber irgendetwas an ihr, an dem Licht, lässt sie aussehen, als sei sie zart, als könnte sie sich einfach so, still und leise, in Nichts auflösen.

Sie dreht sich zu ihm um, und ihr Ausdruck verändert sich, der Zauber ist gebrochen.

»Alles okay, Max?«, fragt sie, ihr Gesicht ist wieder so, wie Max es in Erinnerung hat. Hübsch, aber ernst. Erleichterung durchflutet ihn.

»Was willst du hören?«, fragt er sie.

Nina sieht zu Hugo hin, der ins Zimmer gekommen ist und dem Juliette ein Glas gegeben hat. Er steht hinter der Couch, auf der Rosie sitzt. Max wünscht sich, er könnte aus der Addition »Rosie + Hugo« eine Subtraktion machen.

»Leg ›Fleetwood Mac‹ auf«, sagt Nina. »Hugo hasst sie.«

»Dann eben ›Fleetwood Mac‹«, antwortet Max lächelnd.

Das Älterwerden ist für Max zu plötzlich gekommen. Er hat es nicht bemerkt. Die Jahre sind vorübergeeilt. Er hat sich nie über sein Alter Gedanken gemacht. Aber jetzt kann es vorkommen, dass ihm ein wenig mulmig zumute wird, wenn er in den Spiegel schaut. Er ist nicht hässlich. Er hat genug Selbstvertrauen, um das zu wissen. Die Frauen wollen ihn immer noch vögeln. Das ist eine Tatsache. Doch wenn er sich selbst sieht, sieht er plötzlich auch jemand anderen. Seinen Vater. Das ist der Grund, warum Max manchmal wie ein erzkonservativer Tory klingt. Er ist bestimmt keiner, aber manchmal hat er einfach das Gefühl, dass die Welt ihm was schuldet. Und das war genau die Mentalität seines Vaters. Sein Vater war bei allem, was er tat, immer nur auf seinen Vorteil bedacht. Er war im Grunde ein Nichts, ein armseliges Würstchen, das durch eine brutale Kindheit traumatisiert war. Jemand, der sich nach fünf Minuten in der Armee als Kriegsheld betrachtete. Jemand, der immer nur an sich gerafft hat, der in seinem ganzen Leben aber praktisch keine Steuern gezahlt hat. Sein Vater: ein Betrüger, ein Lügner, ein Schläger. Zu altern und ihm immer ähnlicher zu werden, das widerte Max an. Gab ihm das Gefühl, dass die Dinge außer Kontrolle gerieten. Ließ ihn öfter zu Drogen greifen. Obwohl nichts sich verändert hat, wachte Max jetzt oft in der Nacht mit trockenem Mund auf, befühlte sein Gesicht, seine Arme, untersuchte seine Beine, seinen Schwanz. Als könnte er in seinen Träumen verschwinden, von dieser Welt entschwinden, ohne die Dinge getan zu haben, die er hatte tun wollen …

Helen tätschelt sanft sein Bein.

»Das ist schön, nicht?«

»Fantastisch«, erwidert er leise.

Helen strahlt. Sie liebt diese Menschen genauso sehr wie er.

Helens Kindheit war so komplett anders gewesen, und doch gab es Gemeinsamkeiten. Zwei Eltern, die addiert weniger als ein Elternteil waren. Die sie entweder ignoriert oder ihr den Eindruck vermittelt hatten, dass sie nie, absolut nie, gut genug sein würde. Helens Vater, entsetzt über ihre College- und dann ihre Berufswahl, vertrat die Ansicht, dass Künstler die Blutegel der Gesellschaft seien und dass sie mit Helen zum Gespött werden würden. Obwohl das »Camberwell College of Arts« vor Jahren seinen Namen geändert hatte und unter seinen Alumni diverse berühmte Künstler waren, nannte ihr Vater es immer noch »Kunst- und Handwerksschule«. Das Schlimmste aber war, dass ihr Vater nicht nur die Kunst als solche ablehnte, sondern Helens künstlerischen Anstrengungen im Besonderen. Der dunkle Stich des Zweifels hatte wahrscheinlich dazu geführt, dass Helen heute eine Kunstgalerie hatte, statt selbst auszustellen. Helens Mutter, die sich nicht für Kunst interessierte, beklagte sich über Helens Aussehen. Sie sagte ihr, dass ihre Sachen zu dunkel, zu wenig körperbetont, nicht feminin genug seien, dass manche Mädchen vielleicht ohne Make-up auskämen, Helen aber nicht zu ihnen gehöre. Helen war nicht die Tochter, die sie erwartet, die sie sich gewünscht hatte, obwohl nur der liebe Gott wusste, was für eine Tochter sie glücklich gemacht hätte. Sie benutzten Helen abwechselnd als Schachfigur bei ihren Manipulationen oder vergaßen völlig, dass es sie gab. Sie gehörte zum Haus, lebendes Inventar.

»Ich habe etwas für dich«, sagt Helen zu Max.

»Ich habe auch etwas für dich.«

Max lächelt.

»Ja? Aber es ist dein Geburtstag.«

Max zuckt mit den Schultern.

»Gut, ich zuerst«, sagt sie.

»Okay.«

Helen tätschelt erneut sein Bein, bevor sie aufsteht und nach oben geht. Max sieht ihr nach. Das Rascheln ihres Rocks, ihre schlanken Waden, die Art, wie sie ihr Hinterteil unter dem weichen, dunklen Stoff bewegt. Er möchte sie gegen eine Wand drücken und den Rock bis zur Taille hochschieben, die Wärme ihrer Oberschenkel unter seinen Handflächen spüren.

Als sie aus seinem Blickfeld verschwunden ist, sieht er auf ihre Seite der Couch. Soleil sitzt immer noch auf der Lehne. *Sei nett.* Er lächelt sie gezwungen an. Sie lächelt zurück.

Unbegreiflich, wie jemand wie Helen und diese Soleil aus ein und derselben Familie kommen können. Soleil kommt eindeutig nicht nach ihrer Schwester. Max erinnert sich, dass sie gar keine richtigen Schwestern sind. Ihre Verwandtschaft verdankt sich unvorhergesehenen Umständen, Zufällen. Sie teilen nicht mehr als eine Geschichte, eine Geschichte, die sie sich nicht selbst ausgesucht haben.

Helen gehört nicht zu Soleil. Helen gehört zu ihm.

Max lehnt sich zu ihr herüber. »So. Auf was stehst du sonst noch?«

»Außer was?«, fragt Soleil.

Professoren-Vögeln, will er sagen und muss bei dem Gedanken beinahe lachen. »Außer Uni?«

»Oh.«

Soleil trinkt einen Schluck Gin. Max kann es riechen. Er liebt den Geruch von Gin.

»Ich denke, ich stehe wirklich auf die Uni«, murmelt sie. »Und auf ... Yoga. Umweltschutz. Aquarellieren«

»Aquarellieren?«, fragt Max lachend.

»Ja, Aquarellieren.«

»Was malst du?«

»Blumen.«

»Mein Gott, ich dachte, ich wäre alt«, murmelt er.

»Ich finde es beruhigend«, erwidert sie eisig.

»Okay. In Ordnung.«

»Worauf stehst du?«, fragt Soleil Max.

Auf deine Schwester, denkt er.

»Meine Arbeit nimmt fast meine ganze Zeit in Anspruch. Ich bin viel auf Tournee.«

»Gefällt dir das?«

»Die Arbeit? Oder die Tourneen?«

»Beides.«

Max sieht sein Glas an. »Ich liebe meine Arbeit. Die Tourneen liebe ich nicht mehr so, wie ich es einmal getan habe.«

»Ist es einsam?«

»Ja, es ist einsam«, antwortet Max langsam und versucht, das Selbstvertrauen nicht zu verlieren, das er noch vor einem Moment empfunden hat. Er liebt es, auf der Bühne zu stehen. Er liebt es, Musik zu machen. Aber er hasst das viele Herumreisen, das dauernde Herumsitzen und den ewigen Kater am nächsten Tag, der immer schlimmer zu werden scheint. Außerdem missfallen ihm zunehmend die Leute, die er trifft. Eine Parade von in die Jahre gekommenen PR-Frauen mit Make-up, das wie die Glasur einer Hochzeitstorte auf ihren Gesichtern klebt, hoffnungsvollen Mädchen mit Rehaugen, die bei einem Radioquiz gewonnen haben, jungen Männern, die so tun, als würde sie das alles nicht interessieren und die ihm ihre Demos andrehen wollen. Max sehnt sich danach, zur Ruhe zu kommen. An einem einsamen Ort. Er möchte mehr schreiben. Viele Stücke der *Jacks* der letzten Zeit kommen ihm vor wie schlechte Coverversionen von früheren Songs. Max hat das unangenehme Gefühl, dass sie nur noch eine Masche reiten. Obwohl er das noch niemandem gesagt hat. Erst recht nicht Frank.

»Aber es macht Spaß. Man sieht die Welt …«

Das ist etwas, das Max nach Dutzenden, Hunderten von Interviews gelernt hat. Nicht klagen. Er führt ein privilegiertes Leben. Man muss dankbar sein. Und das ist er.

Soleil nickt. »Ich habe mir eure Musik angehört. Also, ich habe sie gegoogelt.«

»Ja?« Er würde nicht fragen, aber er weiß, dass es die Höflichkeit gebietet: »Und, gefällt sie dir?«

»Sie ist okay.«

»Bring dich nicht um vor Enthusiasmus«, brummt Max und schüttelt den Kopf.

»Ist einfach nicht mein Ding.«

»Und was ist dein Ding?«

»Weiß es nicht. Ich höre mal dies und mal das«, sagt Soleil.

»Aber nicht *The Jacks* und *The Cure*.«

»Ist das nicht … offensichtlich? Bei mir?«

Max dreht sich um, um sie richtig anzusehen.

»Vor allem die neueren Sachen nicht«, fügt sie hinzu.

»Du weißt, dass ich die meisten Songs geschrieben habe?«

»Einige sind gut.«

»Welche?«

»Der von den Sternen und dem Mädchen.«

»›It Takes A Tiny Light‹?«

»Ja.«

Das war eine von Max' Balladen. Frank hatte sie nicht auf dem Album haben wollen.

»Und der mit der Schildkröte.«

Beide Songs sind alles andere als Tophits der *Jacks*. Sie sind zu düster und zu direkt. Nicht kommerziell genug.

»Hast du Lieblingssongs?«

»Ich bin auf meine ganze Arbeit stolz«, sagt Max defensiv.

»Ich mag einige der neueren Titel nicht«, sagt Soleil.

»Das hast du bereits gesagt.«

Max leert sein Glas. Er sieht nach Juliette, doch sie muss in der Küche sein. Er spürt das bekannte, innere Verlangen nach etwas Stärkerem als Alkohol. Max ist Kritik gewohnt. *The Jacks* hatten viele schlechte Besprechungen, das gehört dazu. Aber Kritik von jemandem, der in seinem Wohnzimmer sitzt, ist er nicht gewohnt. Er sieht zur Treppe, hält nach Helen Ausschau. Als er sie nicht findet, wendet er sich wieder Soleil zu.

»Du kannst ganz schön unverschämt sein, weißt du das?«

Soleil blinzelt ihn an.

»Das ist mein Haus. Das sind meine Freunde. Das ist *mein* Geburtstag.«

Ihr Blick wird starr. »Ich war nur ehrlich.«

»Ich habe dich nicht darum gebeten, ehrlich zu sein.«

»Doch, hast du. Du hast mich gefragt, was ich denke.«

»Ich hatte nicht damit gerechnet, dass du so verdammt negativ bist.«

»Ehrlich«, beharrt sie.

Max reibt sich das Gesicht. »Mein Gott.«

»Vielleicht war ich etwas zu hart, was dein Haus angeht.«

»Ja, warst du.« Max wartet. »War es das?«

»Was sollte sonst noch sein?«

»Danke für die Einladung? Entschuldige, dass ich mich so negativ über deine Musik geäußert habe? Entschuldige, dass ich so nervig bin.«

»Ich war ehrlich«, sagt Soleil erneut. »Warum haben die Leute immer ein Problem mit Ehrlichkeit?«

Wäre Soleil ein Mann gewesen, hätte Max ihr wahrscheinlich längst eine reingehauen. Er hätte die Schuld auf den Tequila schieben können.

»Es gibt Ehrlichkeit, und es gibt Unverschämtheit, verdammt«, sagt er.

»Willst du damit sagen, dass ich nicht sagen sollte, was ich denke? Dass ich nur sagen sollte, was höflich ist?«

Helen taucht neben Max auf. »Hey, ihr beiden.«

Beide sehen zu ihr hoch.

»Alles klar?«

Max lächelt gequält, und Soleil schweigt.

Juliette schenkt ihm nach, und Max nickt dankbar. Sie taucht aus dem Nichts auf und weiß genau, was er wann braucht. Wenn Max einen Käse oder ein Gericht erwähnt, das er mag, bekommt er es das nächste Mal, wenn er kommt, serviert. Eddie hatte ihn damit aufgezogen, dass er Juliette heiraten sollte, da sie so gut für ihn sorgt. Max hatte gelacht, aber er sollte vielleicht ihr Gehalt erhöhen. Jetzt, wo er darüber nachdenkt, ist er sich nicht hundert Prozent sicher, was er Juliette überhaupt bezahlt.

»Danke, Juliette.«

»*De rien*. Ich serviere das Abendessen in einer Stunde. Passt das? Ich muss noch mehr Meeresfrüchte besorgen.«

»Super«, antwortet Max und zeigt ihr den gereckten Daumen.

Helen kichert.

»Was?«

»Du bist betrunken.«

»Ist das schlimm?«

Vielleicht sollte er einen Gang runterschalten. Er trinkt immer zu viel, wenn er kein Koks nimmt. Er würde was drum geben, wenn er jetzt eine Linie ziehen könnte. Er sieht Eddie an. Eddie würde ihm Gesellschaft leisten.

Helen lehnt sich zurück und legt ihre Füße in seinen Schoß.

»Bitte.« Sie reicht ihm ein in schwarzes Geschenkpapier eingeschlagenes Paket.

»Ist das für mich?«

Es hat die Größe einer edlen Weinflaschenverpackung, ist aber leichter.

»Es ist nichts, was du brauchst.«

Max stellt seinen Tequila hin. Das schwarze Geschenkpapier ist mit lauter kleinen Totenschädeln verziert. Er fährt mit dem Daumen drüber. Die Schädel sind reliefartig ins Papier geprägt. Max zieht die rote Satinschleife auf.

»Vorsichtig. Nicht kippen«, warnt Helen.

Er öffnet die Vorderseite des Kartons, der zum Vorschein kommt.

In dem Karton ist eine Topfpflanze. Nur dass der Topf aus einer halben Kokosnuss besteht. Gestützt wird die Pflanze von einer alten Bettfeder, deren Draht mit verschiedenfarbiger Wolle umwickelt ist.

»Ein Bubikopf. Die Pflanze, meine ich.«

Max holt sie aus dem Karton. An den grünen Ranken, die über den Rand der Kokosnussschale hängen, sitzen unzählige kleine Blätter. Max merkt, dass jemand hinter ihm steht.

»Was ist das?« Eddie beugt sich über den Rücken der Couch.

»Ein Bubikopf«, wiederholt Max und starrt die Pflanze an.

»Passt super zu deinem Einrichtungsstil«, scherzt Eddie. Helen dreht sich um und stößt ihn fort. Max wünscht sich, er wäre mit Helen allein, irgendwo, wo es dunkel und still ist.

Max fährt mit dem Finger über die Wolle. Sie ändert ihre Farbe von senffarben zu mintgrün, gefolgt von Rot, Braun und Pink.

Helen stößt ihn mit dem Zeh an. »Erinnerst du dich?«

Er sieht zu ihr hin. »Natürlich erinnere ich mich.«

»Erinnern an was?«, fragt Eddie.

Hau ab, Eddie.

»Max hat mir so eine Blumenstütze gebastelt, als wir auf dem College waren.«

»Echt? Ich habe gar nicht gewusst, dass du handwerklich begabt bist, Kumpel.«

»Du kennst mich. Ich bin ein Multitalent.«

»Ich hatte eine Illustrationsprüfung verhauen. Erinnerst du dich?«, fragt Helen.

Max nickt.

»Und mein Vater hat sich mal wieder aufgeführt wie der letzte Arsch.« Helen wendet sich an Eddie. »Max hat mir die Pflanze gebracht und dazu eine Flasche Wodka. Und alles war nicht mehr so schlimm.«

»Wow«, sagt Eddie und klopft Max jovial auf die Schulter.

Verpiss dich, Eddie.

Helen beugt sich zu Max hin. »Das hat er immer getan. Dafür gesorgt, dass alles nicht mehr so schlimm ist. Nicht, Max?« Sie greift nach seiner Hand, ihre Finger verflechten sich ineinander. Er wünscht, Helen könnte seine Gedanken lesen.

Ich liebe dich. Ich brauche dich. Du bist die Richtige, du. Das warst du immer. Sei die Meine.

Eddie hängt über der Couch und sieht sie beide mit einem albernen, betrunkenen Lächeln an.

»Sie ist wunderschön«, sagt Max leise.

KAPITEL 11

Juliette

Es ist halb neun, als Juliette die Meeresfrüchte serviert. Nur das Beste von Paols reicher Auswahl. Sie füllen drei große, mit Eiswürfeln bedeckte Platten. Kleine leuchtend rote Krustentiere, junge Seespinnen in ihrer ersten Schale, *moussettes* genannt, dünne schwarze *bigourneaux,* Rankenfußkrebse, die wie kleine prähistorische Monster aussehen, Austern ... Eine wahre Pracht und Augenweide.

Sophie kommt in die Küche, als Juliette die Beilagen vorbereitet – Sträußchen aus Gartenkräutern und saftige, duftende Zitronenscheiben. Ihr Haar ist noch nass, und ihre Lippen sind so blass und grau wie die Austern, die Juliette gerade aus der Schale gelöst hat.

Die Musik aus dem Wohnzimmer ist durch die dicken Steinwände, die die Küche umgeben, gerade noch zu hören. Juliette lächelt: »Magst du Musik?«

Sophie verdreht die Augen.

»Meine Eltern haben Burt Bacharach gehört«, sagt Juliette.

»Kenn ich nicht.«

»Da hast du nichts verpasst.«

Nachdem sie die Meeresfrüchte angerichtet hat, beginnt Juliette mit der Zubereitung der anderen Gerichte. Geschickt entfernt sie die äußeren Blätter einer Artischocke.

»Leben deine Eltern hier? In Douarnenez?«, fragt Sophie.

Juliette nickt. »Sie haben hier gelebt. Meine Eltern sind tot.«

Sophie runzelt die Stirn. »Dann bist du hier geboren?«, fragt sie.

»Ja. Ich bin hier aufgewachsen und später nach Paris gegangen. Ich bin zurückgekommen, um mich um meinen Vater zu kümmern.« Juliette legt die Artischocke auf eine Platte. »Ich hätte nie gedacht, dass ich hier noch einmal leben würde.«

»Eine ziemlich kleine Stadt.«

»Du lebst in London?«, fragt Juliette.

»Ja.«

»Douarnenez ist sehr klein im Vergleich zu London. Aber im Vergleich zu London ist vieles klein, nicht?«

»Kennst du … hier irgendwie … alle?«, fragt sie.

Juliette dreht sich zu Sophie um. Sophie richtet den Blick schnell auf einen Teller. »Nicht alle. Aber ziemlich viele«, sagt Juliette.

Sophie schiebt mit der Fingerspitze ein paar Eiswürfel herum. Sie mag eindeutig nicht in der Lounge bei den Erwachsenen sein. Juliette erinnert sich an dieses Gefühl. Fünfzehn ist ein schwieriges Alter, das ewig zu währen scheint. Manchmal fühlt sich Juliette in der Gesellschaft Erwachsener immer noch unwohl – der korpulenten, rechthaberischen Männer, die auf den Stühlen der Bars sitzen, der Frauen, die sich in den Friseursalons treffen und über die Nachbarinnen tratschen, die ihre Männer verlassen haben, und über Berühmtheiten, deren Kinder ungewöhnliche Namen tragen. Obwohl Juliette in Douarnenez geboren ist, kommen ihr die Leute oft fremd vor.

Als sie mit den Artischocken fertig ist, legt Juliette ein großes Stück gebuttertes und mit Knoblauch gespicktes Lamm auf ein Bett aus graugrünen Bohnen. Der kräftige Geruch von rohem Knoblauch und gesalzener weicher Butter macht Juliette hungrig.

»Und wer wohnt nebenan?«, fragt Sophie und zeigt lässig Richtung Garten.

Juliettes Blick folgt ihrer Hand. »Nur zum Beispiel«, sagt Sophie und versucht, beiläufig zu klingen. Was ihr misslingt.

Juliette wäscht sich die Hände. »Im Haus nebenan? Paol und Mari Reynauld. Sie haben zwei Jungen und ein Mädchen. Paol ist Fischer – einer der wenigen Fischer, die es hier noch gibt – und Mari Lehrerin. Sie sind in Ordnung. Ich kaufe die Meeresfrüchte immer bei Paol.«

»Oh, okay«, antwortet Sophie.

Juliette sieht das Mädchen an, nass und dünn wie ein Schilfrohr. Sie denkt an Étienne in dem Baum vor dem Haus. Ein Junge, im Körper eines jungen Mannes. Das Blitzen seiner Zähne. Die ungelenken Bewegungen.

Sie blickt zur Decke. »Ich glaube, der älteste Sohn hilft Paol in den Ferien mit den Booten. Ich kann mich nicht an seinen Namen erinnern …« Sie lügt, um sie zu testen.

»Étienne«, flüstert Sophie.

Juliette lächelt. »Richtig. Étienne.«

Sophies Wangen laufen rot an.

Deshalb ist das Mädchen also so durchnässt, sinniert Juliette, während sie das große Stück Lamm in den Ofen schiebt. Juliette erinnert sich an die Gefühle, die sie empfinden muss. Den beschleunigten Atem, das klopfende Herz, das Gefühl, keine Bodenhaftung zu haben. Diese Gefühle sind ihr in der Tat im Moment sehr vertraut. Juliette empfindet so etwas wie Zuneigung zu dem dünnen, sich unwohl fühlenden Mädchen, das vor ihr in der Küche steht, ihr im Weg steht.

»Douarnenez … ist schön. Obwohl es so klein ist. Der Strand ist cool.«

Juliette nickt. »Er ist rau, aber schön. Finde ich.«

»Ja. Rau.«

»Fährst du immer mit deinen Eltern in die Ferien?«

»Ja. Wir machen nicht oft Urlaub.«

»Hast du ein enges Verhältnis zu deinen Eltern?«, fragt Juliette sanft.

»Zu meinem Dad schon, würde ich sagen. Zu meiner Mum nicht so.«

»Deine Mum arbeitet?«

»Ja, aber daran liegt es nicht. Es ist … ich weiß nicht. Vielleicht bin ich mehr wie mein Vater. Oder mein Vater vertraut mir irgendwie mehr. Er weiß, was ich kann. Er weiß, dass ich kein Kind mehr bin.« Sie hält einen Moment inne. »Ich bin kein Kind mehr«, sagt sie ein wenig zu energisch.

Juliette nickt, sie versteht. Das ist die Last, ein Einzelkind zu sein oder ein spätes Kind. Ihre Eltern hatten sich Juliette so gewünscht, dass sie sie mit Samthandschuhen angefasst hatten. Juliette hatte gewusst, dass sie sie anbeteten, doch das hatte es oft nur noch schlimmer gemacht, schwieriger, eine Erwachsene zu sein und eigene Entscheidungen zu treffen. Juliette war sich durchaus bewusst gewesen, dass ihre Entscheidungen sie möglicherweise enttäuschen könnten. Sie hatte sie geliebt, und sie hatten sie geliebt, aber es hatte sich kompliziert angefühlt. Jetzt, wo es sie beide nicht mehr gab, kam es ihr plötzlich sehr einfach vor.

»Brauchst du Hilfe beim Tischdecken?«, fragt Sophie, ihre Stimme ist jetzt weich.

»Das wäre wunderbar«, antwortet Juliette. Sie greift nach einer Platte mit Meeresfrüchten und beobachtet, wie Sophie eine andere nimmt. Als sie die Küche verlassen, murmelt Sophie: »Das mit deinen Eltern tut mir wirklich leid, Juliette.«

Juliette dreht sich um und lächelt sanft. »Mir auch.«

Wie die meisten der neuen Räume in Max' Haus, verfügt auch das Esszimmer über eine Fensterfront, die vom Boden bis zur Decke reicht. Der Regen hat lange, seidige Linien auf den Scheiben hinterlassen, die sich in den Weingläsern spiegeln, die Juliette und Sophie zu jedem Gedeck stellen. An der gegenüberliegenden Wand hängt ein riesiges Schwarz-Weiß-Foto von einer Frau. Sie hat den Kopf nach vorne geneigt, das lange, lockige Haar weht ihr ins Gesicht und hoch bis zu den Ohren, als würde sie fallen. Der Himmel hinter ihr ist düster. Regenwolken ballen sich zusammen. Sie steht in einem dünnen weißen Kleid im hohen Gras.

Als der Tisch gedeckt ist und die Meeresfrüchte aufgetragen sind, zündet Juliette Kerzen in kleinen Messingschalen an und stellt sie in die Mitte des Tischs und auf das Büfett. Sie beobachtet, wie Sophie mit den Fingerspitzen über die Maserung des Tisches fährt und in die Astknoten drückt. Max mag es lieber, wenn kein Tischtuch auf dem Tisch liegt. Sie hat beobachtet, wie Max genau das Gleiche getan hat, und auch Juliette hat sich vorgestellt, dass die Mulden und Risse Flüsse sind, hat daran gedacht, nach kleinen Muscheln und Steinen zu suchen, um sie in die Spalten zu drücken. Der Seidenglanz des Holzes hat sie an den seidigen Glanz eines Flusses denken lassen, ihre Hand im grünen Wasser, über dem eine Trauerweide schwankt. Die Sonne auf ihren Beinen, das Geräusch des Wassers, das über die Steine fließt. Jemanden an ihrer Seite. Jemanden, der ihr Haar streichelt.

»Alles fertig für die Geburtstagsgäste?«

Max hält sein Glas fest umschlossen, er schwankt ein wenig. Helen hat sich bei ihm eingehakt. Sie trägt noch immer das lange Kleid, ist aber inzwischen barfuß. Sie lächelt Juliette an.

Juliette nickt. »Alles fertig. Setzt euch, wo immer ihr mögt.«

Max setzt sich an die Mitte des Tischs und zieht für Helen einen Stuhl vor. Sophie bleibt stehen.

»Setzt du dich zu uns, Sophie?«, fragt Helen.

»Danke, aber ich sollte mich besser umziehen«, sagt Sophie und sieht an ihren nassen Kleidern herunter. Die anderen kommen herein, als sie das Zimmer verlässt. Eddie und Beth, Nina und Lars (er hält ihre heile Hand), Rosie, Soleil und als Letzter Hugo. Sie setzen sich auf ihre Plätze, und Juliette schenkt Wein ein. Zu den Meeresfrüchten wieder Muscadet aus der Region.

Sobald der Wein eingeschenkt ist, stellt Juliette weitere Flaschen in Eiskübeln auf das Büfett und fordert alle auf, sich zu bedienen. Sie muss die Topfblume zur Seite schieben, die Max auf das Büfett gestellt hat, denn sie braucht den Platz für die Gerichte. Der Blumentopf besteht aus einer halben Kokosnuss, und die Stütze für die Pflanze ist offensichtlich eine alte Matratzenfeder, die mit bunten Wollfäden umwickelt ist. Juliette fährt mit dem Finger an den flauschigen Streifen entlang, genau wie Sophie es an den Maserungen des Holzes getan hat. Sie spürt, dass jemand neben ihr steht, dreht sich um und sieht Helen, den rechten Arm vor dem Körper, in der linken Hand ein Weinglas.

»Ich weiß. Eigentlich passt sie hier nicht hin.«

»Du hast sie gemacht?«

»Ja.« Helen lacht mit weit offenem Mund.

»Das ist schön.«

»Nett von dir. Aber du musst das nicht sagen.«

»Nein, wirklich«, beharrt Juliette. »Bei Max gibt es sonst nicht viel … Farbe.«

Sie sehen sich beide im Raum um. Das große Foto, die hellen Wände, die hellgrauen Vorhänge, die breite Fensterfront.

»Ich wohne in einem Saustall«, murmelt Helen.

Juliette fragt sich, ob sie betrunken ist. Wahrscheinlich ein bisschen.

»In meiner Wohnung herrscht das reinste Chaos«, fährt Helen fort. »Hausarbeit ist nicht mein Ding. Ich bin nicht gut darin. Ich kann keine Ordnung halten.«

Juliette zwinkert ihr zu. »Ich bin auch nicht so ordentlich. Ich meine, in meinem eigenen Haus. Eigentlich ist es das Haus meiner Eltern … Sauber ja, aber ordentlich nein.«

»Du gehörst nicht zu diesen straff durchorganisierten Leuten? Du weißt schon, alles hat seinen Platz, und alles steht an seinem Platz?«

»Wie kommst du denn darauf?«

»Ich weiß nicht. Du wirkst so, als hättest du alles unter Kontrolle.«

Juliette lacht. Das ist so weit von der Wahrheit entfernt, wie es nur geht. »Und das kommt von einer Frau, die so aussieht.« Sie zeigt auf den schicken Bob, das elegante Kleid. Selbst Helens Zehennägel sind lackiert, in einem sanften Teerosenton. Juliette hat weder die Zeit noch die Lust, ihre Zehennägel zu lackieren. Helens Füße sind klein, schlank und blass.

»Das täuscht«, antwortet Helen. »Mehr als das schaffe ich nicht. Ich lasse mir einen guten Haarschnitt verpassen und trage Schwarz. Mich anziehen ist alles, was ich kann. Im Grunde genommen bin ich eine Fünfjährige.«

»Okay, *ich* habe nicht alles unter Kontrolle«, sagt Juliette bestimmt.

Helen lächelt. »Jetzt fühle ich mich besser.«

»Und ich bin mir sicher, deine Wohnung ist kein Saustall.«

»Doch, das ist sie«, versichert ihr Helen. »Aber ich mag es so. Ich denke, ich bin inzwischen zu alt, um mich zu ändern.«

»So etwas kommt vor«, stimmt Juliette zu und denkt an das Haus, das immer noch voll mit den Sachen ihrer Eltern ist. Sie hätte sich längst davon trennen sollen, von den Sachen und von Douarnenez.

»Ich würde gerne mitkommen, wenn du das nächste Mal in die Stadt fährst«, sagt Helen. »Ich möchte es sehen. Douarnenez erinnert mich so sehr an England. Die Küste …«

»Wir nennen sie *Cornouaille*, wie Cornwall. Es besteht eine enge Verbundenheit mit diesem Teil des Landes.«

»Hugo hat etwas in der Richtung gesagt.«

Beide sehen zu Hugo hin. Er hat sich auf einen Stuhl fallen lassen und trommelt mit den Fingern auf dem Tisch.

»Er ist nicht … so richtig mit euch befreundet, oder?«, fragt Juliette vorsichtig.

»Das könnte man so sagen.«

»Er ist …«

»Er ist ein Wichtigtuer. Ist es das Wort, das du gesucht hast?«

Juliette presst die Lippen zusammen.

»Ist schon okay, ich war immer die Direkte.«

Helen sieht zu Soleil, die mit einer silbernen Gabel und ernster Entschlossenheit eine Krabbenschere bearbeitet. »Scheint in der Familie zu liegen. Egal, ja, Hugo ist … anders.«

Juliette schweigt erneut.

»Wir könnten netter sein«, sagt Helen, und ihr Lächeln verblasst. »Es ist nur so, dass wir Rosie wirklich lieben. Zu sehr, wahrscheinlich. Sie ist eine erwachsene Frau. Sie kann ihre eigenen Entscheidungen treffen. Aber sie ist die Jüngste von uns. Nicht viel jünger, aber es kommt einem so vor. Sie hatte eine gute Kindheit.« Helen zögert. »Sie glaubt immer noch, dass es das gibt – glücklich bis an ihr Lebensende.«

Juliette nimmt eine Flasche aus dem Eiskübel, öffnet sie und schenkt Helen nach.

»Glaubst du nicht daran?«

Helen zuckt mit den Schultern. »Ich würde es gerne. Ich möchte es. Ich habe es nur nie irgendwo erlebt. Du?«

Juliette denkt an ihre Mutter, wie sie ihre Hand nach der Hand ihres Vaters ausstreckt, wie ihr Vater die kleine Hand ihrer Mutter in seine nimmt. Wie beide sich zu ihr umdrehen. Mit weit geöffneten, hoffnungsvollen Augen. Sie wollen nur das Beste. Juliette spürt die vertraute Schuld.

»Einmal«, antwortet Juliette. »Na ja, nein, wahrscheinlich mehr als einmal, aber einmal mit Sicherheit.«

»Da hast du Glück.«

»Vermutlich.« Juliette stellt die Flasche zurück in den Eiskübel. »Obwohl ich mich manchmal frage, ob es das nicht schwerer macht. Ich glaube, dass man bis ans Lebensende zusammen glücklich sein kann. Ich weiß nur nicht, ob das auch für mich gilt. Ich weiß nicht, ob ich …« Sie hält inne. *Es verdiene,* hätte sie beinahe gesagt. Die Worte bleiben in ihrem Mund. So wie die Wahrheit. Wie eine scharfe Mentholpastille, glatt und hart. Die Aromen füllen den ganzen Mund und steigen mit einem unangenehmen Brennen in die Nase.

»Ich würde gerne daran glauben«, sagt Helen erneut.

Juliette rechnet halb damit, dass Helen zu Max hinsieht. Juliette hat sie zusammen beobachtet. Wie Helen sich auf der Couch an ihn lehnt, die Hand nach ihm ausstreckt, wenn er in Reichweite ist. Max guckt Helen an, wie ein Kind jemanden auf dem Jahrmarkt ansieht, der in einem dieser Tierkostüme steckt. Hingerissen, verwirrt, entzückt, auf der Suche nach der Person darunter.

Juliette kennt das Gefühl, und sie kennt auch das Gefühl, das der Enthüllung folgt. Die große Ernüchterung, die grausame Enttäuschung. Wie oft kann man einem Menschen das Herz brechen? Juliette hat das Gefühl, dass sie ihre Quote bereits erreicht hat, dass sie es nicht überleben würde, wenn sie es noch einmal erleben müsste. Nicht nach dem, was in Paris geschehen ist mit ihrer großen Liebe. Nicht nach dem Verlust ihrer Eltern.

Doch Helen sieht nicht zu Max, sie sieht zu dem Foto an der Wand hin. Sie zeigt mit ihrem Weinglas darauf. »Hey. Man kann die Brustwarzen der Frau sehen.«

»*Oui*«, antwortet Juliette lächelnd.

»Ist mir gerade erst aufgefallen«, sagt Helen. »Ha! Genial.«

»*Oui*«, sagt Juliette wieder. Sie lachen beide.

Juliette serviert das Hauptgericht. Lamm. Artischocken. Bohnen. Lars hilft ihr, die Teller herumzureichen. Geplauder und das Klappern der Teller, Vorlegezangen und des Bestecks vermischen sich.

»Sophie?«, hört Juliette Nina fragen.

Sie ist in einem neuen XXL-Pullover und engen Jeans heruntergekommen. Auf ihrem Teller liegt ein Stück Brot, das sie in Stücke gerissen hat und mit Daumen und Zeigefinger zu Krumen zerrupft und zerreibt. Ihre Augen sind weit aufgerissen, ihre Wangen rosig. Juliette kennt den Namen, der ihr auf den Lippen liegt.

»Ja?«, antwortet Sophie.

»Lamm?«

»Nein.«

»Aber du hast nichts gegessen«, beharrt Nina.

»Ich habe in der Küche was gegessen«, hört Juliette Sophie lügen. Sie weicht den Blicken von beiden aus.

Nina senkt die Stimme. »Liebling, du hast fast das ganze Wochenende nichts gegessen.«

»Ich habe in der Küche was gegessen«, sagt Sophie noch einmal, herausfordernd.

Juliette fragt sich, ob Sophie aus den Gründen nichts isst,

aus denen sie gestern Abend und zum Frühstück nicht viel gegessen hat oder aus neuen Gründen. Gründen, die etwas mit einem Jungen zu tun haben, der alle anderen Gedanken verdrängt. Der schuld daran ist, dass ihr schwindlig ist und dass sie glücklich ist und den Bauch voller Schmetterlinge hat. Juliette fängt Ninas Blick auf, doch Max fordert zuerst ihre Aufmerksamkeit.

»Was ist das noch mal für ein Lamm, Juliette?«

»*Pré-salé*. Salzmarschlamm.«

»Stimmt. Wie kommt dieses Tier zu seinem Namen? Trinkt es Salzwasser?«

Hugo erhebt die Stimme. »Es ernährt sich von Marschgras, das in Meerwasser wächst.«

»Marschgras?«, fragt Rosie.

»Hugo hat recht«, antwortet Juliette. »Es ist ein besonderes Lamm, das du nur in diesem Teil von Frankreich bekommst. Die Bestimmungen sind sehr streng. Das Lamm muss sich mindestens siebzig Tage von diesem Gras ernährt haben. Sonst darf man es nicht als *pré-salé* bezeichnen.«

Sophie sieht Juliette an, dann nimmt sie sich eine kleine Scheibe und legt sie auf ihren Teller.

»Es ist das beste Lamm, das ich je gegessen habe«, sagt Helen.

Lars nickt. »So, so.«

Juliette beobachtet, wie Max' Blick zu Helen wandert und dann wieder zu ihr.

»Danke, Juliette, alles ist super. Wie immer.«

»*Il n'y a pas de quoi.*«

»Was hat sie gesagt?«, fragt Beth Eddie.

»Das heißt ›keine Ursache‹«, übersetzt Hugo seufzend und schiebt mit der Gabel eine Bohne auf seinem Teller herum.

»Herzlichen Glückwunsch zum Geburtstag«, murmelt sie

diskret, woraufhin Max sie anlächelt. Max sieht von Juliette zu Beth. Sie trägt heute Abend eine schöne Kette mit einem Hufeisenanhänger, und ihr glänzendes rotes Haar ist sanft gewellt. »So, Beth«, sagt Max mit leicht vom Alkohol schwerer Stimme. »Du bist also das neue Mädchen. Du musst uns mehr von dir erzählen.«

Beth lächelt vorsichtig. »Was willst du wissen?«

»Was macht ein so schönes Mädchen wie du mit einem so hässlichen Strolch wie Eddie?« Max legt den Kopf in den Nacken und lacht.

»Hey«, ruft Eddie.

»Ignorier ihn einfach«, rät Nina Beth. »Max ist ein ungehobelter Klotz.«

»Aber es stimmt doch. Sieh sie dir an. Sie ist hinreißend.«

»Du bist betrunken«, sagt Rosie müde.

Max sieht Beth an und nimmt einen großen Schluck Wein. Er zeigt mit dem Weinglas auf sie. »Damit übertriffst du dich selbst, Kumpel.«

»Autsch«, sagt Eddie noch immer lächelnd. »Weil sie so schön ist, oder weil ich so hässlich bin?«

»Beides«, antwortet Max.

»Charmant«, murmelt Nina und schüttelt den Kopf. »Juliette, gib ihm keinen Wein mehr.«

»Das ist mein Wein«, sagt Max herausfordernd.

»Wie habt ihr beide euch kennengelernt?«, fragt Rosie.

»Oh, das ist ziemlich uninteressant«, antwortet Beth.

»Er hat ihr leidgetan«, sagt Max und lacht wieder.

»Lass es gut sein, Max«, murmelt Nina. »Erzähl es uns, Beth«, fährt sie an die junge Frau gewandt fort. »Wir kennen alle unsere Geschichten. Wir können sie nicht mehr hören.«

»Wir haben uns in einem Friseursalon kennengelernt«, sagt Eddie und streckt die Hand nach Beth aus.

»Wo ich arbeite«, fügt Beth hinzu.

»Ich wette, du wirst die ganze Zeit angebaggert«, sagt Lars, aber auf eine nette Weise, irgendwie wie ein großer Bruder.

Beth zuckt mit den Schultern. »Ich schenke dem keine Beachtung. Die Menschen sind anders beim Friseur. Sie wollen umsorgt werden, wollen, dass man ihnen zuhört. Dann fühlen sie sich gut.«

»Ich liebe meinen Friseur«, gibt Rosie zu. »Ich würde ihm bis ans Ende der Welt folgen. Wenn er nach Australien ginge, würde ich wohl umziehen müssen.«

»Na, prächtig«, murmelt Hugo.

»Ich habe keinen Friseur«, sagt Soleil.

»Ja. Das sieht man«, murmelt Max.

Nina nickt Rosie zu. »Mir geht es genauso. Mein Friseur ist ein schwuler Japaner. Ich würde mit ihm Kinder bekommen, wenn er mich fragen würde.«

»Mum, das ist voll peinlich«, stöhnt Sophie. Juliette stellt fest, dass sie das Lamm aufgegessen hat, das sie sich auf den Teller getan hat.

»Ernsthaft«, kichert Nina. »Diese Kopfmassagen … wenn er meine Haare shampooniert … o mein Gott …«

»Mum!«

Nina und Lars lachen beide.

»Machst du gute Kopfmassagen?« fragt Max Beth.

Seine Stimme ist ein betrunkener Singsang. Die Aufmerksamkeit wendet sich wieder ihm zu. Rosie rutscht unangenehm berührt auf ihrem Stuhl herum. Juliette beobachtet Beth. Sie lächelt höflich, dann wendet sie sich an Eddie.

»Was meinst du, Liebling?«

Eddie lacht und ahmt Nina nach. »O – mein – Gott.« Er zieht Beth enger an sich. »Ich habe mir alle vierzehn Tage die Haare schneiden lassen.«

»Sie waren ziemlich kurz«, gibt Beth zu.

»Schließlich habe ich meinen ganzen Mut zusammengenommen und sie eingeladen. Ins Kino. In diesen Film mit …«

»George Clooney«, beendet Beth den Satz.

»Richtig. Den ganzen Film über habe ich gedacht, was für ein Idiot ich bin. Sie dazu einzuladen, sich George Clooney anzusehen und zu hoffen, dass ich ihr danach noch gefalle.«

Beth lacht. »Das hast du.« Sie küsst ihn auf die Wange. »Das hast du.«

»Das ist süß«, sagt Nina leise. Lars greift nach ihrer verbundenen Hand, als wäre sie ein kranker Vogel, und hält sie behutsam in seiner. Dann streckt er die Hand aus und reibt sanft ihren Rücken. Helen beobachtet beide. Sie sieht zu Juliette hinüber. Juliette weiß, was sie denkt. Sie würde ihre Antwort gerne revidieren, was das »glücklich bis an ihr Lebensende« angeht. Sie hat es gesehen. Lars und Nina.

Max steht von seinem Stuhl auf. Er fällt um. »Ups!«

»Ich mache das«, sagt Juliette und eilt herbei.

»Ich muss pinkeln«, erklärt er.

»Max hat ziemlich was gebechert«, sagt Lars an Helen gewandt, als Max das Zimmer verlassen hat. »Oder?«

»Ich bin nicht seine Aufpasserin. Es ist sein Geburtstag.«

»Er war nicht nett zu Beth«, sagt Rosie.

»Schon gut«, sagt Beth gut gelaunt, obwohl sie auf Juliette heute Abend einen müden Eindruck macht.

»Vielleicht hat er ein Problem damit, vierzig zu werden?«, meint Rosie.

»Vielleicht ist er einfach nur ungehobelt«, sagt Hugo, woraufhin Helen ihn wütend ansieht.

»Max trinkt zu viel. Na und? Das ist nichts Neues«, sagt sie. »Du weißt nicht alles über sein Leben, über ihn.«

»Sein Leben ist nicht schlecht, Helen«, sagt Lars.

»Vielleicht. Aber einsam«, antwortet sie leise.

»Er sorgt schon dafür, dass er nicht zu lange einsam ist«, sagt Nina mit einem neckischen Grinsen.

»Hey, erinnert ihr euch an die Strickmütze mit dem Kleingeld?«, sagt Eddie kichernd.

»Was haben wir getrunken?«, fragt Lars.

»Das weiß allein Gott. Was hat er uns zu trinken *gegeben?*«, stöhnt Helen.

»War es nicht Whiskey mit irgendwas? Mit irgendwas Scheußlichem und Cremigem, wie Kahlúa?«, sagt Rosie.

Nina lacht. Ein breites, wunderschönes Lachen, fällt Juliette auf. Eine rosa Pfingstrose in voller Blüte. Sie lächelt sie an.

»So hat es jedenfalls ausgesehen, als es wieder herausgekommen ist, soweit ich mich erinnere«, sagt Nina und zeigt auf Rosie, die ebenfalls lacht. Hugo sieht enttäuscht zwischen den beiden hin und her.

Juliette beginnt, die leeren Teller einzusammeln. Soleil steht auf, um ihr zu helfen.

»Was hatte es mit der Mütze auf sich?«, fragt Juliette.

»Die war voller Kleingeld, voller Münzen«, antwortet Helen.

»Aha?«

»Er hat in einem Pub gearbeitet und sein Trinkgeld gesammelt. Er hat alles in eine Strickmütze getan …«, beginnt Eddie.

»Die er sich mal zugelegt hatte, nachdem Rosie und ich ihm die Haare geschnitten hatten«, unterbricht ihn Helen.

»Und als die Mütze voll war«, fährt Eddie fort, »hat er uns alle in den Pub eingeladen und sie mitten auf den Tisch gestellt und gesagt, dass wir das ausgeben, bis wir alle …«

»Eddie«, warnt Nina und neigt den Kopf in Sophies Richtung.

»Helen hat auf dem Tisch getanzt, erinnert ihr euch?«, sagt Lars. »Die Leute im Pub haben dich mit offenem Mund angestarrt.«

»Oh, bitte«, antwortet Helen und verdreht die Augen.

»Besonders ihr drei«, fügt Nina hinzu und sieht Eddie und Lars demonstrativ an, wobei der Dritte im Bunde wohl Max war.

»Max hat uns huckepack nach Hause reiten lassen, stimmt's, Rosie?«, sagt Helen.

»Richtig. Mein Gott, er war so witzig. Wie haben wir es damals nur geschafft, so viel zu trinken? Ich kann das nicht mehr.«

Eddie schnaubt. »Spricht für dich. Ich habe die Ausdauer eines Rennpferds.«

Beth reibt ihrem Freund die Schulter. »O Liebling …«, sagt sie so entschuldigend, dass alle lachen.

Lars schlägt auf den Tisch. »Die Ausdauer von was, Beth? Sag uns die Wahrheit?«

Helen und Nina stimmen mit ein. »Ja, sag es uns, Beth, die Ausdauer von was?«

Rosie nimmt einen großen Schluck aus ihrem Glas und sieht weg.

»Eine Lady genießt und schweigt«, murmelt Beth.

»Hey, hey!«, wirft Eddie ein. »Das reicht. Ihr bedrängt mein Mädchen.«

»Ich fühle mich nicht bedrängt, Liebling«, sagt Beth neckend. Eddie zieht sie auf seinen Schoß und legt ihr eine Hand auf den lachenden Mund. Als Eddie die Hand wieder wegzieht, kichern beide, und Beths Lippenstift ist verschmiert.

»Wir geben nicht auf«, warnt Helen und zwinkert Beth zu.

Die Musik setzt wieder ein. »Love will tear us apart« von Joy Division. Juliette summt mit. Nina lehnt sich auf ihrem

Stuhl zurück. »Ich denke, wir können Max für die Verrücktheit unserer Jugend verantwortlich machen«, sagt sie wehmütig. Alle um den Tisch nicken.

»Er hatte immer Geld für Fusel«, sagt Eddie bewundernd.

»Aber für nichts anderes«, meint Helen und schüttelt den Kopf.

»Hast du nicht einmal seine Miete zahlen müssen?«, fragt Rosie.

»Mehr als einmal.« Helen wendet sich an Juliette. »Er hat sich verändert seit damals.«

Hugo gibt ein leises Stöhnen von sich.

Helen wirbelt zu ihm herum. »Wolltest du etwas sagen, Hugo?«

»Hugo«, zischt Rosie warnend.

»Nein«, antwortet er, räuspert sich und erwidert Rosies Blick.

Helen sagt zu Juliette: »Er konnte nicht gut mit Geld umgehen, er hatte nie welches. Heute ist das anders.«

»Er hat es immer für uns ausgegeben«, sagt Nina.

Helen nickt. »Er hätte sein letztes Pfund für uns ausgegeben – um uns etwas zu kaufen, das uns glücklich macht. Was zu essen. Bücher …«

»Bier«, fügt Eddie hinzu und hebt sein Glas.

Hugo steht auf. »Ich gehe ins Bett.«

»Es gibt noch Dessert. Der Geburtstagskuchen«, sagt Juliette.

Hugo hebt die Hand. »Danke, aber ich bin voll. *C'était délicieux.*«

Juliette nickt. Helen blickt auf den Tisch.

»Gute Nacht«, sagt Rosie, als Hugo ihr einen Kuss auf die Wange gibt. »Ich komme später.«

»Ja«, antwortet er munter.

Die Musik wechselt, und jeder scheint zur gleichen Zeit zu trinken. Juliette beobachtet, wie Sophie ein paar Bohnen von ihrem Teller isst. Nina fragt Helen: »Zu was hast du an dem Abend auf den Tischen getanzt?«

»Zu Pulp«, antwortet Eddie für sie.

»Oh, tatsächlich? Ich erinnere mich nicht ...«, setzt Helen an, bevor sie anfängt zu lachen.

»Richtig«, stimmt Lars zu. »Zu ›Common People‹.«

»Sag nichts«, fleht Helen Juliette an und lacht so sehr, dass ihr die Tränen kommen.

»Stilvoll«, sagt Rosie lachend.

»So bin ich nun mal.« Helen nickt in gespieltem Ernst. Sie lachen und sehen in ihre Drinks. Halten inne. Lauschen der Musik, verlieren sich in Erinnerungen.

Dann ist ein scheußliches Geräusch zu hören. Juliette nimmt den Geruch wahr. Scharf und säuerlich. Jeder dreht sich sofort zu Beth um. Auf dem Boden eine Pfütze Erbrochenes.

»Sorry«, sagt Beth kleinlaut.

Alle sind von ihren Stühlen aufgestanden. »Ich hole ein Tuch«, sagt Soleil. Juliette geht zu Beth, die ein wenig blass aussieht. Eddie reibt ihr den Rücken. Nina reicht ihr ein Glas Wasser. Lars und Helen versuchen, das Gröbste mit Stoffservietten aufzuwischen. Vom unteren Ende des Tisches ist ein angeekeltes Stöhnen zu hören. Juliette lässt ihren Blick über das Schlachtfeld schweifen – Wein- und Biergläser, eine Kerze, die in einer leeren Flasche steckt, zu Bällen zusammengeknüllte schmutzige Servietten. Sophie steht mit verschränkten Armen da.

»Erwachsene«, murmelt sie.

Nina richtet sich auf. »Sophie?«

»Erwachsene sind voll peinlich«, sagt sie mit Nachdruck und verlässt das Zimmer.

Max läuft an ihr vorbei, als er zurückkommt. Seine Augen sind gerötet, während er sich die Bescherung auf dem Boden ansieht. Er klatscht in die Hände und lacht laut. »Beth! Ha! Ha!«

Worauf alle zu ihm hinsehen.

Soleil kommt zurück und reicht Beth einen nassen Waschlappen. Als sie ihn an den Mund presst, sieht sie sich schuldbewusst um. Juliette fängt ihren Blick auf. Die junge Frau wirkt so zerbrechlich. Ihre rotes Haar, das das blasse Gesicht umrahmt, ihre weit geöffneten Augen. Sie scheint sich ertappt zu fühlen, und plötzlich begreift Juliette. Die Tüte vom Apotheker. Die Übelkeit. Beths fragender Blick: Was soll ich nur tun?

Aber Juliette ist gewiss nicht die Richtige, die ihr jetzt mit Rat zu Seite stehen kann. Sie war nie schwanger.

KAPITEL 12

Max

»Entschuldige die Sauerei«, sagt Eddie zu Max.

Max und Eddie bleiben im Esszimmer, während Beth sich wieder herrichtet und ins Wohnzimmer verschwindet.

Max zuckt mit den Schultern. »Ist nur der Fußboden.«

»Aber es ist so ein stilvolles Haus. Ich meine das ernst ... entschuldige«, wiederholt Eddie.

Max erinnert sich an Soleils Kommentare. Über das Haus und *The Jacks*. Er schwenkt das Glas in seiner Hand und merkt, wie dieses Verlangen wieder aufblüht und stärker wird. Das macht ihn nervös. Es gibt ihm zu sehr das Gefühl, seinem Vater ähnlich zu sein.

Max wird dieses Wochenende keine Drogen nehmen. Das hat er sich geschworen. Das Zeug, das er im Auto genommen hat, hatte dem Ganzen nur die Spitze nehmen sollen. Und es war für dieses Wochenende das Letzte gewesen. Er schaffte ein Wochenende ohne. Er wollte nicht, dass die anderen den Eindruck bekamen, dass er ein Problem hat. Außerdem hat er kein Problem.

»Hättest du jemals gedacht, dass du hier landest?«, fragt Eddie und lehnt sich auf seinem Stuhl zurück.

»Ich hätte nie gedacht, dass ich je aus Grahame Park herauskomme, Kumpel.«

Max hat die Worte »Grahame Park« lange nicht ausgesprochen. Gewöhnlich versucht er, sie nicht einmal zu denken. Das ist einfacher so. Denn wenn er sie denkt, blitzen die Bilder der Vorortsiedlung wieder in seinem Kopf auf. Die endlosen Reihen von Backsteinwohnblocks. Die öden Straßen. Die Gesichter der Leute, die zu lange dort gelebt haben. »Ich hätte auch nicht gedacht, dass ich je vierzig werde.«

Eddie nickt. »Für vierzig siehst du ziemlich gut aus, Max.«

»Danke.« Max verändert seine Position. Er hasst diese Art von Gespräch. Eddie meint oft, Max Komplimente machen zu müssen und dabei fühlt er sich unwohl. »Ich lass es dich wissen, wenn ich meine Meinung ändere und plötzlich auf Männer stehe«, scherzt er. Eddie lacht, und das bricht den Bann. Die Bilder von Grahame Park, die Gesichter zerstieben.

Max wechselt das Thema. »Du hast eine gute Wahl getroffen«, sagt er und nickt zum Wohnzimmer hin, zu Beth.

»Ja. Das hast du schon mal gesagt«, grinst Eddie. »Weit über meinem Durchschnitt.«

»Hey. Ich nenne die Dinge beim Namen«, antwortet Max.

»Ja, ich weiß«, sagt Eddie. »Sie ist jung, sie ist sexy, und sie ist keine Spinnerin. Ich meine, sie ist wirklich sehr nett.«

»Davon gibt es nicht viele.«

»Sie erinnert mich manchmal an Rosie. Bevor sie …« Er bricht ab.

»Du meinst Hugo?«

Eddie macht eine vage Handbewegung. »Wie auch immer. Wir lachen zusammen. Sie versteht meine Art von Humor.«

»Aha. Das stimmt also nicht mit ihr.«

Eddie lacht. »Fick dich.«

Max hebt sein Glas, als wäre es ein Toast.

»Bei dir stehen die Mädchen Schlange, nehme ich an, oder? Für Typen wie mich ist das nicht so einfach.«

Juliette kommt ins Esszimmer und nickt den beiden Männern zu. Sie hat ein Tablett in der Hand. Hugo und Eddie verfolgen, wie sie es hoch mit Tellern und Gläsern und schmutzigen Servietten belädt, bevor sie wieder geht.

Max wackelt mit dem Bein. Jetzt ein Linie Koks … Er legt eine Hand auf das Bein. Dann dreht er sich zu Eddie um. »Was hältst du von Soleil?«

Eddie zuckt mit den Schultern. »Ich weiß nicht.«

»Eine Zicke, oder? Nina würde mir nicht zustimmen, aber sie ist eine Zicke.«

Eddie guckt ausdruckslos vor sich hin.

»Sie hat zu mir gesagt, dass mein Haus ein Monstrum ist. Ha!« Max lacht kurz und bitter.

»Also, das stimmt nicht …«

»Und sie hasst *The Jacks*.«

»Oh.« Eddie überlegt und nimmt einen Schluck. Er hat das Glas fast ausgetrunken. »Aber sie ist Helens Schwester.«

»Nein. Nicht im eigentlichen Sinn.«

»Nein, da hast du recht. Nicht im eigentlichen Sinn«, stimmt Eddie ihm zu.

»Sie ist …«, Max sucht nach einer Möglichkeit zu erklären, was er meint. *Ätzend. Boshaft.* »Grässlich«, fasst er es schließlich unzureichend zusammen. Nicht einmal über Hugo hat Max sich bisher so geärgert wie über Soleil. Was ungewöhnlich ist in Anbetracht der Tatsache, wie sehr Max Hugo verabscheut.

»Ich weiß nicht«, sagt Eddie vorsichtig. »Ich meine, sie ist schon irgendwie … heiß?« Er sieht Max an. »Auf ihre Art. Ich meine, sie ist nicht mein Typ, aber du weißt schon …«

Max nickt, er gibt ihm widerwillig recht. »Ja, ich weiß. Mein Typ ist sie auch nicht, aber sie hat was.«

Eddie hält sein Glas hoch. »Noch einen Drink? Ich hole uns einen Drink.«

Max sieht seinen Freund an, der aufsteht. Der gute, alte Eddie. Eddie holt Max seit Jahren Drinks. Seit Jahrzehnten. Sie hatten lustige Zeiten zusammen. Als sie gemeinsam durch Australien gereist sind. Auf diesem Trip hatte Eddie Max fast in den Wahnsinn getrieben. Manchmal war er einfach *zu* nett. Nicht auszuhalten. Aber sie hatten immer Spaß gehabt, immer etwas zu lachen gehabt. Hatten nicht die tiefschürfenden, bedeutungsvollen Gespräche geführt, die Max mit Helen führte, aber so waren Jungs nicht. Solche Gespräche führte Max nur mit Helen. Sie ist anders, eine andere Kategorie. Doch wenn Eddie in der Nähe ist, weiß Max, dass er eine gute Zeit haben wird. Eddie wird zu jeder Tages- und Nachtzeit etwas mit ihm trinken, wird jeden Unsinn, jeden ausgelassenen Spaß mitmachen. Er ist sein Kumpel.

»Wie wäre es mit was Stärkerem?«, sagt Max, bevor Eddie das Zimmer verlassen hat.

Eddie zögert. »Ich weiß nicht … Beth geht es nicht gut … ich …«

Max lacht. »Du magst sie.«

»Ja. Ich mag sie.«

»Komm schon, Kumpel«, drängt Max.

»Ich habe aufgehört.«

»Ernsthaft?«

»Sie ist sonst nie krank«, antwortet Eddie, er fühlt sich unwohl.

Max zeigt zum Wohnzimmer hin. »Alle kümmern sich um sie. Nina, Rosie, Helen, Juliette. Ein ganzes Team. Es wird ihr bald wieder besser gehen.«

»Ja«, sagt Eddie vorsichtig.

»Hey, Kumpel«, setzt Max an. Er sollte das nicht sagen. Er hat sich etwas geschworen. Eddie hat Nein gesagt, Max sollte es dabei belassen. Doch er will verdammt sein, wenn dieses

Verlangen nicht stärker wird und ihn wahnsinnig macht. Ihm das Gefühl gibt, wie sein Vater zu sein. Wie er auf dem Balkon in Grahame Park gestanden hat. Auf Max gewartet hat, um ihm eine Tracht Prügel zu verpassen.

Max fühlt, dass es falsch ist, bevor er es sagt. Aber er sagt es trotzdem.

»Komm schon. Es ist mein Geburtstag.«

Max riecht den *kouign-amann,* als er auf der Terrasse steht und sich eine Zigarette anzündet. Wenn der Geruch eine Farbe wäre, wäre sie Honig, das Gelb des Sonnenscheins an einem Sommernachmittag, wenn er ein Sound wäre, »The National«, laut gespielt. Verdammt, er fühlt sich besser. Er hatte Entspannung gebraucht. Okay? Genau das hatte Nina doch gesagt, und Nina hatte immer recht.

Max hört ein Husten unter sich. Soleil steht mit einem Drink in der Hand im Gras. Sie schaut in die Ferne. Sie ist ein Schatten, ein Scherenschnitt aus schwarzem Papier von einer Frau mit einem Glas in der Hand. Max fühlt sich ziemlich high. Er fühlt sich einen Kopf größer als sonst, fühlt sich, als könnte er jeden Moment abheben.

Er geht die Stufen zu ihr hinunter.

»Eine schöne Nacht«, sagt er. Er klingt alt. Das bringt ihn zum Lachen. Der schwarze Scherenschnitt wendet sich nicht um.

»Es ist Vollmond«, sagt sie und hebt ihr Glas zum Himmel.

Max nickt und bietet ihr seine Zigarette an. Soleil nimmt sie. Es erinnert Max daran, wie Helen in dem Alter war, wie sie beide in dem Alter waren, wie sie im Bett gelegen und sich eine Zigarette geteilt haben.

»Herzlichen Glückwunsch zum Geburtstag.«

»Danke«, antwortet Max. Sie gibt ihm die Zigarette zurück.

»Man kann das Meer hören.«

Max nickt. »Ich dachte, du magst den Ort nicht.«

»Das habe ich nicht gesagt«, widerspricht ihm Soleil. »Ich habe gesagt, dass mir nicht gefällt, was du mit dem Haus gemacht hast. Das ist ein Unterschied.«

»Aha.« Max zieht an der Zigarette.

»Douarnenez ist schön. Das Meer, der Garten, Juliette, die Vögel … Ich mag das alles.«

Max antwortet nicht. Er sieht zum Mond hoch. Er kann Formen sehen. Er kann ein Gesicht sehen. Das Gesicht einer Frau vielleicht. Soleil rückt ein wenig näher. Max gibt ihr wieder die Zigarette.

»Du bist ziemlich kratzbürstig.«

»Wie bitte?«

Max lacht. Er hatte es nicht laut sagen wollen. Soleil sieht ihn wütend an. Er kann bei diesem Licht nicht sagen, ob sie wütend guckt, aber natürlich tut sie das. Max ist das egal.

»Ich habe versucht, nett zu sein«, murmelt Soleil.

»Kratzbürstig kann nett sein.«

Max' Körper gehorcht ihm nicht. Er will nicht aufrecht stehen. Er schwankt von einem Bein auf das andere.

»Du bist betrunken«, sagt Soleil vorwurfsvoll.

Max lacht wieder. So nah und im Schein des Mondes sieht Soleils Haut wunderschön aus. Dunkel, glänzend und glatt. Wie eine Rosskastanie. Straff. Fest und seidig. Pailletten auf ihrem Kleid blitzen und funkeln. Sie sind kleine Sterne, sie sind kleine Schuppen. Sie könnte ein Fabelwesen sein, eine Meerjungfrau, ein Reptil. Ein Wunsch, eine Illusion.

»Wenn du wirklich nett sein willst, weißt du …«, beginnt Max, »könntest du dir mehr Mühe geben.«

»Ach ja?«

Soleils Stimme klingt herausfordernd.

»Ja«, murmelt Max und streckt die Hand nach ihr aus.

Frauen mögen das. Sie wollen, dass man ihnen sagt, was sie tun sollen. Sie wollen gezeigt bekommen, wo 's langgeht. Geführt werden, wie bei einem Walzer. Max drückt seine Lippen auf diese schöne Haut. Sie ist so glatt, wie er sich das vorgestellt hat, und sie schmeckt nach etwas. Nach Meerwasser vielleicht. Nach Patchuli.

»Was soll das?«

Max fährt mit der Zunge darüber. Sie schmeckt nach etwas, an das er sich erinnert, und sie fühlt sich wie die Schale einer Frucht an, eines Apfels. Kalt und weich zugleich. Max möchte hineinbeißen.

»Hör auf!«

Max hört sie und hört sie gleichzeitig auch nicht. Soleils Stimme ist wie die gedämpften Geräusche einer Party im Nebenzimmer.

Wie ein Apfel, denkt Max, und beißt hinein. Dann taucht eine Erinnerung an Helen in seinem Kopf auf, strahlend und lebendig. Helen im Bett, Helen, die lacht. Helen, die ihm eine Whiskeyflasche reicht …

»Verschwinde, du Arschloch!«

Max stolpert und fällt. Seine Beine fühlen sich wie Wackelpudding an. Seine Lust ist fehl am Platz. Mit offenem Mund fällt er ins Gras. Das riecht Max. Gras. Herrliches, frisches Gras. Er drückt das Gesicht hinein, lacht. Dann ist Soleil neben ihm, über ihm. Er weiß nicht genau, woher sie gekommen ist.

»Du Wichser. Du verdammter … *Wichser.*«

Soleil ist Max' Gesicht ganz nah, er spürt den Sprühnebel ihrer Worte.

»Was ist dein verdammtes Problem?«, stößt Max aus. Soleil dreht ihr Glas um und leert es über seinem Kopf aus. Er spürt die Nässe und den bitteren Chiningeschmack auf seinen Lippen. Er wischt sich die Augen. Er kann nicht richtig sehen. Es ist zu dunkel. Aber da sind Sterne, sie kommen näher.

»Ich bin nicht bescheuert, Wichser. Ich sehe, wie du meine Schwester ansiehst.«

Max blinzelt, noch immer halb blind.

»Ich weiß, dass du glaubst, sie zu lieben. Jeder weiß das. Aber weißt du was? Du wirst nie, niemals gut genug für sie sein. Du hältst dich für einen großen Rockstar? Du bist ein Nichts. *Ein Nichts.*«

Max hört die Stimme seines Vaters in seinem Kopf. Als würden Kochtopfdeckel gegeneinander geschlagen. Hart und metallisch und böse. *Ein Nichts. Du bist ein Nichts.* Max greift nach den Sternen, schlägt auf sie ein und bekommt einen Arm zu fassen. Er zieht ihn zu sich.

»Fick dich, du Arschloch.«

Er knurrt, holt mit der anderen Hand aus und prügelt auf den ein, der am anderen Ende des Arms ist. Er hört ein Stöhnen, bevor er erneut zurückfällt, das Gleichgewicht verliert. Etwas bewegt sich im Gras. Schritte. Er öffnet die Augen und sieht zwei Gestalten auf der Terrasse. Eine aus Sternen gemachte und eine andere, die sie festhalten will, als sie vorbeiläuft.

Max drückt seinen Kopf in das weiche Gras, atmet das feuchte Grün ein. Alles, was er braucht, ist eine Mütze voll Schlaf. Das hilft immer. Was seinen Vater anging, hatte er es nicht besser verdient. Das wird ihm eine Lehre sein, denkt Max, das wird dem Arschloch eine Lehre sein.

»Max?«

Jemand drückt sanft seine Schulter.

»Max?«

Max hebt den Kopf. Jemand hilft ihm, sich umzudrehen.

»*Merde*«, flucht die Person, die jetzt versucht, ihn aufzusetzen.

»Hey, Juliette.«

»Ich habe nach dir gesucht. Die anderen haben gedacht, du seist ins Bett gegangen. Was machst du hier draußen?«

»Ich wollte …«, Max reibt sich das Gesicht und versucht, sich zu erinnern. »Ich wollte eine rauchen.«

Juliette hilft ihm auf die Füße.

»Komm, ich bring dich hinein.« Juliette legt Max' Arm über ihre Schultern, und zusammen mühen sie sich die Terrassenstufen hoch. Juliette ist stark und standfest, trotz ihrer geringen Größe.

»Juliette, du bist ein Schatz.«

»Danke, Max«, sagt sie schnaufend.

Sie gehen die Stufen hoch ins Haus. Juliette lässt Max los, während sie die Türen schließt. Drinnen ist es warm. Max ist wieder sicherer auf den Beinen. Juliette geht in die Küche, und als sie zurückkommt, hat sie eine Tasse Kaffee und ein Stück Baguette mit Schinken und Käse in der Hand.

»Hier«, sagt sie. »Das macht dich wieder nüchterner.«

Max nickt und setzt sich auf einen Stuhl. Juliette stellt den Kaffee und das Baguette auf einen kleinen Beistelltisch. Max streckt die Hand nach dem Kaffee aus.

»Iss erst etwas«, sagt Juliette. »Der Kaffee ist noch zu heiß.«

Max tut, was ihm gesagt wird. Er hat noch immer keine Ahnung, was eigentlich los ist, doch es hat sich stets als am besten erwiesen, einfach abzuwarten, bis einem die Details wieder einfallen. Kein Grund, zu schnell wieder nüchtern zu werden, sich an Dinge zu erinnern und womöglich eine schlechtes Gewissen haben zu müssen.

»Habe ich immer noch Geburtstag?«, fragt Max, während er auf dem Baguette herumkaut. Juliette hat es mit Senf bestrichen. Er prickelt in der Nase. Juliette sieht auf die Uhr und schüttelt den Kopf.

»Es ist schon nach Mitternacht.«

»Dann bin ich jetzt offiziell vierzig.«

»Offiziell«, sagt Juliette. Sie lässt ihn nicht aus den Augen. Das Brot tut Max gut. Ein paar Minuten sitzen sie schweigend da, während Max weiterkaut. Juliette reicht ihm den Kaffee, als er fertig gegessen hat. Max nippt vorsichtig daran.

»War der Geburtstag schön für dich?«

Max nickt. Obwohl er sich an das meiste nicht erinnert. Das wird später kommen. Er wird ausschlafen und sich morgen erinnern. Max zeigt Juliette den hochgereckten Daumen. »Alles nach Plan gelaufen. Danke.«

Juliette runzelt die Stirn. »Nun, da muss ich dir etwas gestehen.«

Max spürt einen Ansatz der Schuldgefühle, die sonst erst am nächsten Tag kommen. Es ist zu früh, oder zu spät, für Geständnisse.

»Ich habe den *kouign-amann* anbrennen lassen.«

»Oh.«

»Es tut mir leid.«

Max hält den Kaffee gegen sein Knie und lacht. »Ist das alles?«

»Ich habe mich mit Helen unterhalten. Ich habe noch nie einen *kouign-amann* anbrennen lassen.«

Max schwenkt seine freie Hand. »Scheiße, Juliette, ich dachte, es wäre was Ernstes. Dass sich jemand verletzt hat oder so. Es ist okay. Es ist schließlich nur ein Kuchen, oder?«

»*Oui*«, antwortet Juliette und sieht seltsam schuldbewusst aus. Max beugt sich vor, tätschelt ihre Schulter. Er spürt das

Essen in seinem Magen, das Koffein arbeitet sich langsam durch seinen Blutstrom. Er reicht Juliette seine leere Tasse.

»Ich weiß, wie Helen ist. Sie redet gern.«

Jetzt ist Helen wieder in Max' Kopf. Helen, die lacht. Helen, die eine Auster in ihren Mund gleiten lässt. Helen, die ihm etwas schenkt. Eine Topfpflanze. Helen. Helen. Helen. Ihr Name hämmert in Max' Kopf wie ein Herzschlag.

Er steht auf.

»Geht's? Schaffst du es nach oben?«, fragt Juliette.

Helens Kopf an seiner Schulter. Helen, die im Bett mit ihm raucht. Helen, wie er sie das erste Mal gesehen hat. Ihre schlanke Gestalt, ihr dunkles Haar, das wie eine Wolke hinter ihr herwehte. Die kräftigen Augenbrauen, das Lächeln, die langen blassen Finger, verschlungen mit seinen.

Helen auf der Terrasse. Die Hand ausgestreckt nach der glitzernden Frau. Die ihrer Schwester etwas zuruft.

»Soleil! Bleib hier!«

Die ihr nachläuft.

Max spürt einen Schmerz in der Herzgegend, er bekommt kaum Luft. Die Erinnerung kehrt zurück. In Fragmenten. Wie Glasscherben am Strand – von Wellen blind geschliffen. Hat er alles kaputt gemacht?

»Max?«, ruft Juliette.

Aber er ist auf der Treppe.

Bei jedem Schritt sieht Max Helen in all ihren Inkarnationen vor sich: das Mädchen im Park, an dem Tag, an dem er sie das erste Mal gesehen hat, in einer Bar, wo sie sich ein Bier kauft, mit den Beinen in der Luft, als sie von der Mauer in den Sand gefallen ist und laut gelacht hat. Ihre Finger um ein Weinglas geschlungen, ihre Lippen um eine Zigarette. Helen auf hohen Hacken auf einer Vernissage. Wie jeder den Kopf nach ihr dreht, wenn sie einen Raum betritt, ihre Körperhaltung, ihr wiegender Gang. Helen, wie sie die Hand nach einem ihrer Freunde ausstreckt, wie sie die Augen schließt, wenn sie jemanden umarmt, wie sie ihren Kopf an Max' Schulter lehnt, wie ihr bei einem Lachanfall plötzlich die Luft wegbleibt und sie diese lustigen, keuchenden Geräusche von sich gibt und sich die Hand auf die Brust drückt. Helen, betrunken, auf dem Badezimmerboden, kichernd. Helen auf dem Trampolin, das Lars und Nina für Sophie gekauft hatten, als sie noch klein war. Mit wehenden Haaren und flatternder Bluse. Helen, wie sie ihn anlächelt. *Helen.*

In ihrem Zimmer ist es dunkel, doch Max findet das Bett.

»Max?«, sagt sie. Mit der Stimme, zu der er jeden Morgen aufwachen möchte. Leise, ein wenig heiser.

»Helen … Es tut mir so leid.«

»Max?«, sagt sie erneut.

Max' Brustkorb fühlt sich an wie in einem Schraubstock. Er kann nicht sprechen. Stattdessen betet er, er betet, sie möge ihn verzeihen. Dass er es wiedergutmachen kann. Die Finger umklammern die Schatulle in seiner Hand.

»Ich war betrunken. Ich wusste nicht, was ich tue …«

»Ach Gott, Max«.

Max setzt sich auf die Bettkante. In seinem Kopf dreht sich alles.

Bitte, bitte, bitte.

»Ich hätte nicht gedacht, dass du etwas an ihr findest.« Helens Stimme klingt sonderbar. Verletzt, verwirrt. Max wünscht, er könnte ihr Gesicht sehen. Aber er wagt es nicht, Licht zu machen.

»Das ist es nicht«, murmelt Max. »Ich meine … sie ist schließlich deine Schwester …«

Er möchte sagen: *Ich habe versucht, etwas an ihr zu finden, wollte sie mögen, aber Tatsache ist, dass ich sie nicht mag. Ich hasse sie. Die einzige Frau, die ich will, bist du …*

»Ich verstehe nicht …«

»Es tut mir einfach leid.« Es ist ihm ernst, und es schmerzt. Er umklammert die Schatulle, dass sich die Ecken in seinen Handballen graben. Er muss es wiedergutmachen. Er muss einfach.

Helen holt tief Luft. »Na schön.«

Max watet. Atmet ruhiger, versucht, einen klaren Kopf zu bekommen.

»Ich hab versucht, mit ihr zu reden. Aber sie ist wütend.«

»Zu Recht.« Max schluckt.

»Sie ist in letzter Zeit aber über alles Mögliche wütend …« Helens Stimme wird weicher. »Ich weiß nicht, was ich noch tun soll.«

»Du bist ihr eine gute Schwester.«

Helen seufzt. »Nicht gut genug.«

»Bitte sag das nicht!«, fleht Max.

»Meine Familie … Es ist alles ein einziger Krampf. Und ich hatte gehofft, Soleil und ich …«

»Es ist nicht deine Schuld. Ich hab es vermasselt. Ich bin ein Idiot.«

Helen schweigt. Sie reckt sich. »Ich glaube, ich bin noch betrunken. Wir sollten jetzt schlafen.«

»Ich muss mit dir über etwas reden.« Seine Stimme klingt flehend.

»Morgen.« Sie scheint bereits wieder einzuschlafen. »Alles wird gut werden. Mach dir keine Sorgen.«

»Ja«, sagt Max. »Alles wird gut werden.«

Er holt tief Luft, dann sucht er nach ihrer Hand, öffnet sanft die Finger und legt die Schatulle mit dem Ring hinein.

Eine Weile herrscht Schweigen.

»Max?«

»Ich liebe dich, seit ich dich kenne, Helen. Ich liebe alles an dir. Alles Gute, jeden kleinen Fehler, alles. Es gibt niemanden, den ich mehr liebe.«

»Max …« Ihre Stimme ist dünn und zart wie Seidenpapier.

»Niemanden sonst, Helen. Nur dich. Du bist meine Familie. Du bist alles, was ich habe. Du bist die Einzige, die ich will.«

Max sucht im Dunkeln ihr Gesicht und streichelt mit dem Finger ihre Wange. Wunderschöne Helen.

»Ich will mit dir aufwachen, Helen. Ich will neben dir einschlafen. Ich will alles mit dir teilen. Alles.«

Bitte. Sei die Meine.

Max sucht Helens Lippen. Er fährt mit den Fingerspitzen darüber. Er beugt sich zu ihr hin. Um diese Lippen auf seinen zu spüren.

»Max.«

Das Gewicht des Wortes. Es ist solide. Es ist ein Anker.

»Max.«

Es gräbt einen Graben zwischen ihnen.

»Ich …«

Das passiert nicht.

»Nein. Es tut mir leid«, sie gerät ins Stocken. »Ich kann nicht.«

SONNTAG – DIMANCHE

KAPITEL 13

Max

Das Sonnenlicht scheint Max ins Gesicht. Er blinzelt. Der Strand. Aber er scheint sich zu entfernen. Lässt Max im Zentrum einer großen Leere zurück. Er presst die Augen zusammen und öffnet sie wieder, doch das grelle Licht ist noch schlimmer. Ein langer weißer Strand, die Luft pulsiert vor Hitze, keucht wie ein Tier. Er liegt halb angezogen auf dem Rücken und ist in Schweiß gebadet. Er setzt sich auf und schlingt die Arme um seine Knie, fühlt, wie sich die Sandkörner in seine Haut drücken wie kleine Diamantsplitter. Das ist nicht Douarnenez.

Am anderen Ende des langen Strands sieht er etwas Dunkles, Schwankendes. Schimmerndes.

Eine Person? Ein Tier? Ein Fabelwesen?

Max versucht, etwas zu erkennen. Eine Sinnestäuschung vermutet er. Oder vielleicht braucht er doch eine Brille, wie Frank von der Band einmal gemeint hat. Jetzt sind da Beine. Und ein Körper. Und ein dunkler Kopf. Oder sind es die Haare?

Haare.

Dunkle Haare.

Die Gestalt trägt einen Badeanzug. Sie hat ein Handtuch in der Hand und eine Brille auf. Eine Sonnenbrille. Sie kommt auf ihn zu.

Der schwarze Badeanzug hat keine hohen Beinausschnitte. Sie hat eine Art, sich zu bewegen, die Max an Marilyn Monroe erinnert. Woran erinnert ihn dieser Gang? Richtig – an den Gang von Models auf dem Laufsteg.

Max wartet, dass sie ihn anspricht. Es selbst würde kein Wort herausbringen. Seine Zunge fühlt sich wie ein trockener Waschlappen an. Er blinzelt und starrt die Frau an und will, dass sie näher kommt. Eine heiße Brise weht Max Sand über die Beine.

Sie ist ein Engel, denkt Max. Obwohl sie keine Flügel und keinen Heiligenschein hat. Sie bringt etwas Gutes. Das weiß Max. Nichts Greifbares, natürlich, aber … etwas. Eine Ladung Schicksal, Glück. Ein Engel in einem Badeanzug. Eine Göttin. Eine Botin.

Jetzt ist sie bei ihm, sie lächelt noch immer. Sie ist nahe genug, dass Max ihre Zähne sehen kann. Ihre Lippen sind orangerot angemalt. Ihre Brille hat ein Schildpattgestell, ihr Badeanzug lauter Falten oder Rüschen oder wie immer diese Dinger heißen, die wie Kräuselwellen an ihr herunterzurieseln scheinen. Ihre Haut ist blass. Blass wie Vollmilch, französische Milch, die gute.

Max' Herz pocht.

Sie setzt ihre Sonnenbrille ab. »Max?«

Nein.

Max möchte den Kopf wegdrehen. Sie kann es nicht sein, weil Max nicht weiß, wie sie aussieht. Nein. Er kennt sie nur zweidimensional. Von Fotos. Die Sonne verbrennt seine Haut, nimmt ihm den Atem. Max will, dass sie aufhört zu lächeln. Das Lächeln ist zu freundlich.

Nicht du.

Die Frau sieht ihm ins Gesicht. Sie ist es. Obwohl sie nicht ganz klar zu erkennen ist, wie ein unscharfes Foto, aber sie ist es.

»Max?«

Es ist die Stimme, die nicht passt. Die Stimme, die Max aus anderen Träumen kennt.

»Max? Ist alles okay?«

Aus einer anderen Welt.

Helen.

Max setzt sich zu schnell auf. Ihm wird schlecht, und er kämpft mit dem Würgereiz. Die Fensterläden im Zimmer stehen weit offen, und Sonnenlicht strömt herein. Helen sitzt auf seiner Bettkante. Sie legt ihm die Hand auf den Arm, beruhigt ihn, fordert ihn auf, sich wieder hinzulegen.

»Verdammt«, sagt er und blinzelt.

Helens Haar ist nass, und sie trägt eine weiße Hemdbluse und dunkelblaue Shorts. Sie sieht aus, als wäre sie auf einer Jacht. Sie sieht aus wie ein Titelbild. Hochglanz. Max atmet durch die Nase ein. Er riecht sich selbst. Sauer und schmutzig.

»Du hast schlecht geträumt.«

Er reibt sich die Augen, ist noch immer halb an diesem Strand. Seine Augen fühlen sich an, als wären sie voller Sand.

»Geht es dir nicht gut?«

Er schüttelt den Kopf. »Ich brauch was zu essen. Danach geht's mir bestimmt besser.«

»Juliette macht gerade Frühstück«, antwortet Helen.

»Frühstück?«, fragt er und schüttelt den Kopf, der voller Steine zu sein scheint. Max hat das nagende Gefühl, dass es irgendetwas gibt, woran er sich erinnern sollte. Helen lächelt sanft. Es erinnert Max an die Frau aus dem Traum.

Ihre Zähne, ihren Lippenstift.

Helen wendet sich ab. Sieht aus dem Fenster. Max beobachtet, wie ein Tropfen Wasser aus Helens Haar ihren Nacken hinunterläuft und weiter auf ihre Bluse. Er will ihm mit dem

Finger folgen. Oder mit der Zungenspitze. Dieser Gedanke ist besser, vertrauter. Das Gefühl hüllt ihn ein wie ein sauberes Hemd. Beruhigt seinen Herzschlag.

»Ich hätte schon vorher einmal herkommen sollen. Früher«, sagt Helen.

»Wir sind alle sehr beschäftigt«, sagt Max mitfühlend, entschlossen, kein Arschloch zu sein. Er wird liebevoll und nett sein. Er kann das. Er weiß es. Er nimmt Helens Hand in seine.

Helen sieht ihn wieder an. »Ja. Aber fragst du dich jemals, was du mit deinem Leben anfängst? Ich meine, warum du tust, was du tust?« Helen sieht auf Max' Hand und flüstert: »Manchmal habe ich das Gefühl, dass mein Leben mich lebt und nicht umgekehrt.«

Max möchte nicken. Er möchte sagen: Ich weiß genau, was du meinst. Möchte der Feststellung Gewicht geben. Damit sie in ihr wiederklingt, etwas in ihr berührt und dieses Gefühl, lebendig zu sein und zu staunen, hervorruft, das sich einstellt, wenn man ein Feuerwerk ansieht, das an einem dunklen Himmel explodiert.

»Weißt du, was ich meine. Du verstehst das, oder?« Helen sieht ihn eindringlich an.

Max' Gedanken beginnen wild zu kreisen.

Soleil. Vergangene Nacht. Die Schatulle.

Sein Magen verkrampft sich.

»Manchmal ... manchmal fühlt es sich so an, als wäre ich einfach in meinem Leben aufgewacht«, sagt Helen. »Als würde ich nur darin herumstolpern, ohne zu verstehen, wer all die Entscheidungen getroffen hat, die mich an diesen Punkt gebracht haben, verstehst du? Ich weiß, dass ich das war, aber was habe ich mir dabei gedacht? Was habe ich gewollt? Ich muss ein paar Entscheidungen treffen, Max.«

Max sieht sie weiter an. Mein Gott, ist sie schön. Selbst mit ihrer traurigen Miene.

Helen atmet tief durch. »Ich konnte nicht Ja sagen.«

Max fügt die letzten Erinnerungsstücke ins Puzzle der vergangenen Nacht ein. Er braucht ein paar Momente dazu. Ein paar schmerzhafte Momente. Helens Wange unter seinen Fingern, ihre Lippen. Ihre Stimme – sich entschuldigend, einmal, zweimal – jedes Mal stößt sie eine Art Dolch in seinen Leib. Wie er in der Dunkelheit zurück in sein Zimmer gestolpert ist, die Schatulle auf den Boden geworfen hat, diese blöde Schatulle, in die er all seine Hoffnungen gesetzt hat.

Er fühlt sich jetzt wirklich, als würde er krank.

Max sucht nach den richtigen Worten. Den Worten, die Helen zeigen, dass er es versteht, es wirklich versteht, dass es keine große Sache ist. Aber natürlich ist es das.

»Das ist ziemlich schwerer Tobak so früh am Morgen, was?«

Max, du bist so ein Narr.

»Ich musste wissen, ob alles mit dir in Ordnung ist.« Sie sieht gequält aus.

Der Raum schwankt, und Max' Kopf hämmert.

»Mir geht's gut, mir geht's wirklich gut«, lügt er. »Alles in Ordnung.«

Der Moment birst wie ein Teller auf dem Boden.

Verdammt, denkt Max. *Verdammt, verdammt, verdammt.*

»Ich sollte Soleil suchen«, sagte Helen zögernd.

»Nein. Bleib«, sagt Max, seine Stimme klingt gepresst, verzweifelter, als er es will.

»Und Juliette ist wahrscheinlich alleine unten und macht Frühstück.« Helen richtet sich auf, bereit aufzustehen. »Und ich sollte wirklich …« Sie lässt seine Hand los. »… meine Schwester suchen.«

»Bleib hier«, bettelt Max. Er schwankt gefährlich auf dieser dünnen Linie zwischen cool und erbärmlich.

Das passiert nicht. So geht der Plan nicht.

Helen steht auf. »Wir sehen uns unten.« Sie wendet sich zum Gehen.

»Es tut mir leid!«

Helen ist an der Tür stehen geblieben, die Hand auf dem Türgriff. Max' Scham wächst ins Unermessliche.

»Ich muss einfach nachdenken.«

Max zögert. »Okay«, sagt er schließlich.

Helen öffnet die Tür. »Lass mich einfach … nachdenken.«

Max nickt.

Das Gefühl, als wäre eine einzelne Saite angeschlagen worden. Hoffnung. Keimende Hoffnung.

KAPITEL 14

Rosie

Rosies Hände stecken im warmen, seifigen Wasser. Juliette hat sie zwar gebeten, es zu lassen, aber es gibt ihr etwas zu tun, den Abwasch zu machen. Etwas Vertrautes. Etwas Sicheres. Sie wischt mit einem Spüllappen über eine Platte und sieht durch das Fenster in den Garten. Eine Brise geht durch die Blumen und Blätter. Sie beobachtet, wie sich die Äste der Linde bewegen.

»Morgen.«

Beth hebt die Hand in Juliettes Richtung, die das Frühstück vorbereitet. Juliette sieht blass und müde aus, Beth jung und strahlend. Sie trägt eine türkisblaue kurze Hose mit einem passendem Oberteil und roten Lippenstift. Ihr Haar ist zu Victory Rolls hochgesteckt.

»*Bonjour*«, antwortet Juliette.

Beth greift nach dem Spüllappen, der über dem Wasserhahn hängt.

»Du musst nicht …«, sagt Rosie.

»Ich habe letzten Abend eine ziemliche Sauerei angerichtet.«

»Wie geht es dir?«

»Sehr viel besser. Entschuldigung noch mal.«

Rosie zuckt mit den Schultern. »Ich habe drei Jungs. Mich kannst du nicht damit aus der Ruhe bringen.«

Beth lacht zaghaft.

»Das ist keine Einladung, es wieder zu tun«, warnt Rosie.

»Ich habe begriffen«, antwortet Beth.

Die Frauen stehen Schulter an Schulter. Rosies Blick wandert über Beths Kleidung und Haare, zu ihren nackten Füßen hinunter und wieder hoch. »Mir gefällt dein Outfit.«

»Danke. Habe ich selbst genäht«, sagt Beth achselzuckend.

»Du kannst nähen?«

»Ein bisschen. Meine Mama hat es mir beigebracht.«

»Offensichtlich ziemlich gut«, sagt Rosie.

»Danke.«

»Wo ist Eddie?«, fragt Rosie.

»Der schläft seinen Rausch aus.«

»Das kann eine Weile dauern.«

Mit gesenkten Köpfen lächeln sie beide vor sich hin.

»Er ist in der Küche keine große Hilfe«, räumt Beth ein.

»Stimmt«, antwortet Rosie.

»Als ich bei ihm eingezogen bin, habe ich jede Tasse und jeden Teller und jeden Topf im Schrank gespült. Sie waren alle schmutzig.«

Rosie nickt.

»Aber er ist immer zu Späßen aufgelegt«, fügt Beth schnell hinzu. »Er bringt mich zum Lachen.« Sie greift nach einem der größeren Töpfe, taucht ihn ins Wasser und beginnt, ihn mit dem Lappen zu waschen.

»Er hat uns immer zum Lachen gebracht«, antwortet Rosie. »Eddie und Max. Sie sind unsere Clowns.«

Juliette holt eine Schüssel aus einem Schrank und geht zu ihrem Hackbrett zurück.

»Wie habt ihr euch kennengelernt, Hugo und du?«, fragt Beth, nimmt zwei Teller und gibt Rosie einen zum Abwaschen.

Rosie sieht auf den Teller. »In einem Pub.«

»Bist du schon lange verheiratet?«

»Ja«, antwortet Rosie. Und denkt: *ewig lange.* Gestern Abend sind sie mit den Rücken zueinander eingeschlafen und haben so getan, als würde es den anderen nicht geben. Hugo hasst es, wenn sie zu viel trinkt. Hugo hasst es, wenn sie Spaß hat. Rosie wischt mechanisch über den Teller.

»Überlegt ihr … zu heiraten?«, fragt sie, ohne Beth anzusehen.

»Oh, nun ja. Ich weiß nicht«, Beth hält inne und presst die Lippen aufeinander. »Ich weiß nicht, wie ich zum Heiraten stehe.«

»Hmmm.«

»Verheiratet zu sein scheint …«, setzt Beth an.

»Schwierig«, beendet Rosie den Satz für sie. »Ja, es ist schwierig.«

Beth nimmt sich ein Geschirrtuch von einer Stange, tritt neben Rosie und trocknet die Platten ab, die Rosie gespült hat.

Rosie kommt sich alt vor. Beth ist so jung. Wer weiß, wie ernst es ihr und Eddie ist. Sie sieht zu Juliette.

»Was ist mit dir, Juliette?«

»*Pardon?*«

»Was hältst du von der Ehe?«

»Ich habe mir nie groß Gedanken darüber gemacht.«

»Warst du mal verheiratet?«

»Oh.« Juliette scheint die Frage ein wenig zu überraschen. »Nein, ich war nie verheiratet.«

Die Tür geht auf. Alle drei Frauen drehen sich um und sehen Eddie hereinkommen.

»Ladys«, begrüßt er sie und gibt Beth einen Kuss aufs Ohr.

»Hey«, sagt sie und wird rot.

Rosie räuspert sich. »Wie kommt es, dass du um diese Zeit

schon auf bist?« Sie gibt Eddie ein Geschirrtuch, das er sich über die Schulter legt.

»Ich bin immer um diese Zeit auf. Stimmt's, Beth?«

Beth lächelt und schüttelt den Kopf.

»Ich steh auf, jogge eine Runde. Ich mache mir einen Kohl-Smoothie. Ich mache meine Yogaübungen.«

Eddie fährt sich mit einer jungenhaften Geste durch das dichte Haar. Rosie spürt einen Anflug von Neid. Die gleiche Anzahl von Jahren ist an ihnen vorbeigezogen, und Rosie fühlt sich alt, während Eddie immer noch etwas von einem Teenager hat.

»Immer der Clown. Wie hältst du das nur aus?«, fragt Rosie Beth.

Beth sieht Eddie zärtlich an. Eddie hebt die Handflächen. »Mädels, bitte! Streitet euch nicht um mich, das ist mir unangenehm.«

Beth kuschelt sich an seine Seite, und Eddie streckt die Hand nach Rosie aus und zieht sie mit Schwung an seine andere Seite. Rosie kreischt, und Beth kichert.

»So ist es besser. Wir sollten uns alle vertragen, was meint ihr?«

Juliette blickt zu ihnen herüber und lächelt.

Die Tür öffnet sich erneut. Hugo sieht das Trio am Spülbecken. Er starrt Rosie an.

»Ach, meine schönen Musen«, sagt Eddie mit einem dramatischen Seufzer. Er hat Hugo noch nicht bemerkt. »Meine Vergangenheit …« Er küsst Rosie auf den Kopf. »Und meine Gegenwart …« Er küsst Beth auf den Kopf. Rosie beobachtet, wie Beths Lächeln verblasst, während sie auf die Bodenfliesen sieht. Sie weiß, dass Beth erwartet hat, dass Eddie »Zukunft« sagt.

Als Rosie ihren Mann sieht, wirft er ihr einen eisigen Blick zu. »Hugo?«

Hugo dreht sich um und schlägt mit der Hand gegen die Tür.

»Hugo?«

Alle sehen der langen Gestalt nach, die die Küche verlässt.

»Hugo!«, ruft Rosie, diesmal lauter.

Die Tür knallt zu.

»Scheiße«, seufzt Rosie und geht ihm nach. Sie drängt sich an Helen und Max vorbei, die gerade in die Küche kommen. Helen trägt eine weiße Hemdbluse und blaue Shorts. Max hat Falten von dem Kissen auf der Wange.

HAMPSTEAD HEATH, 1999

»Rosie?«

Rosie lag auf einer Picknickdecke, eine dunkle Jeansjacke unter dem Kopf.

»Hm?«

»Ich bin schwanger.«

Rosie setzte sich auf. Etwas abseits spielten Lars, Eddie und Helen Fußball. Helen trug einen langen Rock und viele Armreifen. Sie stellte sich denkbar ungeschickt an, aber die Jungs waren auch keine großen Künstler. Alle lachten, und Helens Armreifen klirrten, wenn sie lief, und Eddie versuchte, Lars ein Bein zu stellen.

Rosie drehte sich zu Nina um. »Bist du dir sicher?«

Nina lachte. Breit und tief und klar, wie sie das immer tat. Sie griff in ihre Handtasche und warf Rosie das Teststäbchen zu. »Absolut sicher.«

Rosie betrachtete es. Das Stäbchen war so leicht. So unbedeutend, nicht viel größer als ein Kugelschreiber. Doch da waren die beiden blauen Streifen, und das Diagramm daneben erklärte, was sie bedeuteten. Rosie drehte es um, als könnten auf der Rückseite noch weitere Informationen sein. Als könnte es ein Witz sein. Nina nahm es ihr vorsichtig aus der Hand und steckte es zurück in die Tasche.

»Wie …?«

»Was glaubst du denn, wie?«, gab Nina zurück.

Nina griff nach dem Behälter mit dem Reissalat mit dicken Rosinen und aß ein paar Gabeln. Beide beobachteten, wie Helen hinfiel, kicherte und Lars ihr die Hand hinstreckte, um ihr wieder aufzuhelfen. Max sprach mit irgendeinem Mädchen, das ein Autogramm von ihm wollte. Seit das Album herausgekommen war, war er viel unterwegs gewesen, zuletzt in den Staaten. Er war durch Wüsten gefahren, hatte Cowboyhüte und verspiegelte Sonnenbrillen gekauft, Marihuana geraucht, in immer größeren Hallen gespielt und mit dünnen, schönen Mädchen mit langen, glatten Haaren geschlafen.

»Was willst du machen?«, fragte Rosie.

»Im Lotto gewinnen«, antwortete Nina.

»Nina!«

»Ist Prinz William zu jung, um zu heiraten?«

»Ja.«

»Schade.«

Rosie wollte so viel auf einmal sagen – du bist nicht verheiratet, du hast nicht genug Geld, Lars hat keinen ordentlichen Job, du hast kein Haus, du bist erst vierundzwanzig – doch Nina unterbrach ihre Gedanken.

»Alles wird gut, Rosie.«

Rosie beobachtete, wie Nina von dem Salat aß. Sie war zu ruhig. Rosie sah zu Lars. Er war beschwipst. Er trabte über das Gras, wie er das immer tat, als könnte er jeden Moment über seine eigenen langen Beine stolpern. Lars war liebenswert, aber niemand, mit dem *man gemeinsam eine Existenz aufbaute. Das Gleiche traf auf Eddie zu und war genau der Grund, warum Rosie mit ihm Schluss gemacht hatte. Lars würde sich nicht so um Nina kümmern, wie sie es verdiente. Nina war so klug, bodenständig und selbstbewusst. Irgendwann konnte sie es zur Verlegerin bringen. Lars dagegen war kein bisschen ehrgeizig. Er arbeitete in einem Schallplattengeschäft. Er arbeitete schon seit Jahren in demselben Laden. Stundenweise während des Studiums und jetzt ganztags. Die Bezahlung war grauenhaft, und es gab keinerlei Aufstiegschancen. Der Geschäftsführer, Bob, mit dem »ZZ Top«-Bart und seinen unzähligen schwarzen T-Shirts würde seinen Posten nicht räumen, bis er tot umfiel, mitten im Laden. Rosie arbeitete derzeit auch im Einzelhandel, aber das war etwas anderes, sie hatte andere Optionen. Sie hatte Hugo.*

Max winkte dem Fan-Mädchen zum Abschied und nahm Helen huckepack auf den Rücken, während er den Fußball Eddie und Lars zukickte. Seine Sonnenbrille rutschte ihm die Nase hinunter. Max sah gut aus. Er trug sein Haar jetzt kurz rasiert, und seine Lederjacken waren neu, nicht länger abgetragen und miefig. Das Rockstardasein bekam ihm. Helens nackte Füße guckten unter ihrem Rock hervor, grün vom Gras, mit einem Silberring am zweiten Zeh. Sie hüpfte auf und ab, als Max dem Ball nachjagte. Sie lachte mit zurückgelegtem Kopf und konnte sich kaum noch festhalten.

»Die beiden«, sagte Rosie.

»Die beiden«, stimmte Nina zu.

»Sie sollten endlich ein Paar werden.«

Nina lachte. »Findest du?«

»Du nicht?«

»Sie kommen mir mehr wie Bruder und Schwester vor.«

»Aber Max will doch mit ihr schlafen. Man riecht ja förmlich die Dings«, Rosie suchte nach dem Wort, das Hugo einmal gebraucht hatte, »die Pheromone, die er verströmt.«

»Sie sind sich zu ähnlich. Es würde alles kaputt machen.« Nina runzelte die Stirn.

Rosie beobachtete, wie Helen schließlich ins Gras fiel. Sie lachte japsend, als Max auf sie rollte. Sie stieß ihn weg, und er fiel auf der anderen Seite von ihr hinunter, auf den Rücken. Er schob die Hand in seine Jeanstasche und holte ein Päckchen Zigaretten heraus.

»Helen weiß das. Aber sie kann nicht von ihm lassen.«

Rosie sah ihre Freundin an. »Meinst du? Ist das nicht irgendwie gemein?«

Nina zuckte mit den Schultern. »Sie liebt ihn. Auf ihre Weise.«

Eddie und Lars spielten weiter Fußball, während Max und Helen im Gras lagen und Rauch in den blauen Himmel bliesen. Eddie hielt eine Bierflasche in der Hand. Lars kickte den Ball in eine Gruppe von Mädchen, und das, das mit Max gesprochen hatte, warf ihn zurück. Rosie versuchte, sich Hugo mit ihnen vorzustellen, versuchte, sich vorzustellen, wie Eddie, Lars und Hugo zusammen Fußball spielten. Hugo mochte Fußball, er war Chelsea-Fan. Aber irgendwie konnte Rosie sich Hugo nicht mit ihnen vorstellen. Hugo hätte heute eigentlich dabei sein sollen, aber er wurde im Krankenhaus gebraucht. Rosie empfand immer einen gewissen selbstzufriedenen Stolz, wenn Hugo weggerufen wurde, wenn er gebraucht wurde. Er war wichtig. Er war erfahren. Er kannte sich mit Lyrik aus. Er war gebildet. Er hatte die Dinge im Griff. Außerdem sah er in einem Anzug so gut aus. Er würde auf ihrer Hochzeit fantastisch aussehen. Hugo hatte ihr noch keinen Antrag gemacht, aber das würde er noch tun. Rosie wusste bereits, welchen Ring sie wollte und welches Kleid und welches Haus, mit einem Zimmer für die Kinder. Sie sah alles vor sich.

Ein Lied erklang im Kassettenrekorder, den sie mitgebracht hatten, und Rosie beobachtete, wie Lars rhythmisch die Arme bewegte. Lars Begeisterung sprang auf seinen ganzen Körper über, ließ ihn mit den Gliedern wild um sich schlagen.

»Ja. Stell lauter, Nina«!«, rief er.

Nina streckte die Hand nach dem Rekorder aus. Rosie warf verstohlen einen Blick auf ihren Bauch. Er sah noch genauso aus wie immer. Und doch wuchs Leben in ihm heran. Rosie schüttelte den Kopf. Kein Geld. Kein Haus. Kein ordentlicher Job.

»Alles okay?«, fragte Nina und sah sie prüfend an.

»Ja …«

»Sag es einfach, Rosie. Du runzelst die ganze Zeit die Stirn.«

Sie wollte wissen, ob Lars sich jetzt einen anständigen Job suchen würde, ob sie heiraten würden. Doch stattdessen sagte sie: »Ich verstehe es einfach nicht«, und fasste damit die Wahrheit in einem Satz zusammen.

Nina seufzte und lehnte sich zu ihr herüber, legte ihren Kopf auf Rosies Schulter: »Ich habe auch Angst. Aber wir schaffen das. Irgendwie.«

»Aber Lars …«

Er bewegte die Faust jetzt zu der Musik in der Luft auf und ab. Er sah wirklich wie eine Art Karikatur aus.

»Ich liebe ihn, Rosie.«

»Aber …«

»Er ist ein Netter.«

Eddie schloss sich ihm an. Er hüpfte durch das Gras, verschüttete sein Bier. Rosie starrte ihn an. Helen setzte sich auf und nickte im Takt. Max gab Helen die Zigarette und lachte über die beiden tanzenden Männer.

»Aber kann er dir das geben … was du willst?«

Nina hob den Kopf und sah Rosie an. »Was will ich mehr, Rosie?«

KAPITEL 15

Max

Max starrt vor sich hin. Er sitzt am Rand der Terrasse und lässt die Beine baumeln wie ein Kind. Die Wolken über ihm sind dünn und streifig, als wären sie mit einem trockenen Pinsel gemalt, der Rasen unten ist dunkel und üppig. Juliette bringt ihm Kaffee in einer großen Schale, bestreut mit Kakaopulver, und dicke Scheiben Brot mit geschmolzener Butter und wohlriechender Erdbeermarmelade. Max nimmt ein Stück Brot, beißt hinein und kaut. Max ist es gewohnt, Gedanken und Gefühle zu meiden, die ihm nicht förderlich sind, Gedanken, bei denen er sich unwohl fühlt. Die Urteile der anderen, das beunruhigende Gefühl, dass er zu viel trinken könnte. Gedanken an seine Mutter, seinen Vater, seine Kindheit. An Grahame Park. All das. Es gibt einen Ort, ein tiefes schwarzes Loch, in das er das alles hineinkippt. Doch die Erinnerungen an letzte Nacht bedrängen ihn nur in einzelnen zusammenhanglosen Teilen. *Das Glitzerkleid, Helens Hand, Gras an seinem Gesicht, seinen Lippen.* Scham schlägt über ihm zusammen.

Max beobachtet Sophie am Rand des Gartens. Sie hat sich die Haare gekämmt und etwas Make-up aufgetragen, oder zumindest nimmt Max das an. Von dort, wo er sitzt, ist das schwer zu sagen. Sie trägt ein Kleid. Max winkt. »Hi«, ruft er, doch Sophie antwortet nicht. Beth kommt von der anderen

Seite des Gartens auf sie zu, sie hat einen Blumenstrauß in der Hand. Sie stehen nebeneinander, halten Ausschau. Reden, aber Max kann nicht hören, was sie sagen, sie sind zu weit weg. Sophie sieht auf ihre nackten Füße.

Frauen verwirren Max. Immer wenn es ihm gelingt, sie irgendwie zu verstehen, tun sie irgendetwas, das ihn nur mehr verwirrt. Sie beginnen, Forderungen zu stellen. Wollen zum Bespiel, dass Max ihnen Versprechungen macht. Dass er ihnen persönliche Dinge schenkt. Irgendwas. Einen Beweis, dass Max ihnen gehört. Kann ich das Buch haben? Das T-Shirt? Hast du was dagegen, wenn ich mir diese Schallplatte borge? Und dieses ewige Fotografieren … Der Arm ausgestreckt, das Handy in der Hand, die Lippen auf seine Wange gedrückt. Das Überprüfen ihres Gesichts auf dem Display. Das Höherhalten des Handys, das Richten, das Kichern, das Fotografieren des Kicherns. Und dann, danach, der chaotische Teil, wo alles auseinanderfällt. Max will mit alldem nichts zu tun haben. Den Tränen und den Fragen. Den Gesprächen am späten Abend, in der Dunkelheit, die sich immer nur im Kreis drehen. Max ist in Gedanken schon bei dem nächsten Gig, dem nächsten Ort, dem nächsten Drink. Er ist nicht grausam. Jedenfalls denkt er das. Sie haben beide etwas davon. Sex. Ein T-Shirt. Ein Selfie. Ein Blowjob. Es rechnet sich für sie beide, so sagt er sich.

Juliette und die Mädchen, Helen und Nina und Rosie, decken draußen den Tisch für den Brunch. Max sieht flüchtig zu ihnen hinüber, versucht, Helen nicht anzusehen, die sich bei Juliette entschuldigt.

»Ich habe gerade mein Handy gecheckt. Tut mir leid, ich wusste es nicht.«

Nina hat die Hand voll Besteck. »Sie ist abgereist? Hat sie gesagt warum?«

Helen schüttelt den Kopf, aber sieht zu Max. Die Scham verursacht ihm Magenschmerzen.

»Lag es an uns?«, fragt Rosie.

»Nein! Nein, bestimmt nicht … das glaube ich nicht …«

Max hört die Sorge in ihrer Stimme.

»Sie ist in Gedanken wohl einfach bei anderen Dingen«, sagt Nina beschwichtigend. »Die Uni … ihre nächsten Pläne … Vielleicht braucht sie etwas Zeit für sich allein. Um nachzudenken.«

»Um nachzudenken, ja«, wiederholt Helen.

Max vermeidet ihren Blick.

»Tut mir leid, Juliette. Sie wird also nicht mit uns essen. Sie sitzt schon im Zug nach Paris.«

»Bestimmt ist alles in Ordnung mit ihr«, versichert Rosie.

»Sie hat von einer Freundin gesprochen, die in Paris wohnt …«, murmelt Helen.

Max schließt die Augen, zwingt die Gedanken zurück in diesen dunklen Winkel seines Geistes. *Atmen. Nicht denken.* Die Meerluft ist frisch und sauber riechen, kein Vergleich mit Paris mit seinen Abgasen, dem Staub und dem Dreck. Den Hoffnungen und Ängsten. Max' Gedanken wandern durch seinen Körper. Max macht ein paar tiefe Atemzüge und öffnet die Augen. Sophie und Beth haben sich ins Gras gesetzt, Sophie mit übereinandergeschlagenen Beinen und krummem Rücken, Beth kniet hinter ihr. Beth flicht Sophies Haar zu einer Art Krone. Die schwarzen Spitzen schimmern hindurch.

Juliette tritt zu Max und legt ihm eine Hand auf die Schulter. »Das Essen ist fertig.«

Ein Leinentischtuch ist auf dem Tisch draußen ausgebreitet, die Ecken sind mit kleinen silbernen Tropfen beschwert, die an Klammern hängen. Die Gläser funkeln im Licht des späten Morgens, und das Silber glänzt wie Spiegel. Helen und

Nina haben Rosen in niedrige Vasen gestellt, und Rosie hat in jede Serviette einen Rosmarinzweig gerollt. Eine Brise weht in Max' Nacken, als er nach einem Stück von dem warmen Brot greift.

In Frankreich hat Max Dinge gegessen, die er sich in England nicht einmal hätte vorstellen können – Austern, mild und salzig, Strandschnecken, nach Lakritz schmeckenden Fenchel, weichen Rahmkäse mit reifen Früchten. Für den Brunch heute bringt Juliette dampfende Töpfe mit in Cidre und Kräutern gekochten Muscheln heraus, Sardinen und violetten Artischocken aus der Region, mariniert in Knoblauch mit dünnen Minzestreifen. Max isst mit ernster Mien, versucht, Helen nicht zu beachten, die leise mit Juliette redet.

Es herrscht eine sonderbare Stimmung. Irgendwie aufgeladen. *Accelerando,* kommt Max in den Sinn. Ein Trommelwirbel, der immer schneller wird. Die Menge wird unruhig. Fiebrig. Verzweifelt. Fordernd. Fordernd. Fordernd. Als könnte es so oder so ausgehen – als könnte es zu einem Song werden oder sich in nichts auflösen –, und jeder wird verrückt vor der brennenden Hoffnung, dass ein Song daraus wird. Das Timing ist alles.

Max sieht sich am Tisch um. Rosie hört Lars zu, der eine lange Geschichte erzählt, und Hugo starrt sie vom unteren Ende des Tisches aus an. Nina versucht, Hugo in ein Gespräch über seinen Sohn, Patrick, zu verwickeln.

»Es ist ein schwieriges Alter«, hört Max sie sagen.

»Jedes Alter ist schwierig«, antwortet Hugo.

»Sie brauchen einfach ihre Mama«, sagt Nina. »Bis auf Sophie, sie war von Anfang an ein Papakind.«

Max sieht zu Sophie hinüber, die jetzt mit am Tisch sitzt. Sie sieht mit leicht offenem Mund in den Garten hinaus, als würde sie auf jemanden warten.

»*Ich* will ihre Mama«, sagt Hugo mit sonderbarer Stimme. Nina und Max blicken sich an. Hugo sieht trotzig aus.

»Ihr denkt alle, ich wüsste es nicht«, sagt er, ohne jemanden speziell anzusehen. »Aber ich bin nicht blöd. Ich sehe, was da läuft! Wie Eddie rumflirtet. *Mit meiner Frau!*«

»Was?«, fragt Max halb lachend. Er schaut sich am Tisch um. Diverse Augenpaare blicken zurück. Kein anderer lacht. Rosie und ein paar andere hören nicht einmal zu. Beth macht große Augen.

»Ich weiß, was ihr denkt! Ihr denkt, lieber Eddie als ich!«

»Hugo!«, zischt Nina. Sie neigt den Kopf zu Sophie hin, die jetzt ebenfalls Hugo ansieht.

»Ich bin kein Trottel. Ich weiß, was die beiden hinter meinem Rücken treiben.«

Nina beugt sich zu Beth hinüber. »Es tut mir leid, Beth.« Dann sagt sie mit gesenkter Stimme zu Hugo: »*Verdammt*, Hugo. Hier läuft überhaupt nichts *hinter deinem Rücken.*«

Beths Wangen sind so rot geworden wie ihre Haare. Sie blinzelt und sieht sich um, ohne etwas zu sagen, versucht, das alles zu verstehen.

»Eddie und Rosie, sie sind nichts … als Freunde.«

Hugo funkelt sie an. »Nein? Aber sie waren mal mehr als bloße Freunde.«

»Das ist tausend Jahre her, Kumpel«, protestiert Max.

Sophie sieht zwischen den drei Erwachsenen hin und her. »Was?«

Nina schüttelt den Kopf. »Nichts. Rosie und Eddie sind einmal miteinander gegangen. Vor ewig langer Zeit.« Sie versucht, unbeschwert zu klingen. Max sieht Beth an, die langsam wieder eine normale Farbe bekommt.

»Ach so«, sagt Sophie und zuckt mit den Schultern. »Das.«

Hugo sieht wütend in die Runde. »Ha! Natürlich. Ihr wisst es. Jeder weiß es. Und ich habe den Plan durchkreuzt, richtig? Wenn es nach euch gegangen wäre, dann wären sie natürlich zusammengeblieben!«

»Jeder weiß *was?*«, fragt jetzt Helen und sieht Hugo mit verengten Augen an.

»Das von Eddie und Rosie. Verdammt«, antwortet Hugo.

»Halt!«, sagt Max und hebt die Hände.

»Hugo!« Rosie starrt erst ihn wütend an, dann sieht sie zu Sophie hinüber.

»Alles okay«, sagt Sophie gleichgültig. »Ich weiß es bereits.«

»Seht ihr!«, schreit Hugo.

»Wir haben darüber gesprochen …«, beginnt Rosie.

Lars unterbricht sie: »Hey, Mann, pass auf, was du sagst! ich denke nicht …«

Hugo ignoriert ihn.

Eddie hält die Handflächen hoch. »Immer mit der Ruhe, Hugo. Wie Nina gesagt hat – das ist wirklich ewig her.« Er sieht kurz zu Beth hin, bevor er hinzufügt: »Sie ist mein Mädchen, sie, Mann.«

»Ja, für diese Woche«, murmelt Hugo.

Rosie fängt Beths Blick ein. »Hör nicht auf ihn, Beth.«

»Ja, hör nicht auf mich, Beth. Niemand tut das. Tritt dem Club bei«, schnaubt Hugo.

»Hugo, bitte!«, fleht Rosie.

»Bitte was?«, schreit Hugo.

Helen antwortet für sie. »Hör auf, dich wie das letzte Arschloch aufzuführen.«

Max' Atem geht schneller. Genau das ist es – *Accelerando*. Hugo richtet sich in seinem Stuhl auf. »Wie bitte?«, sagt er, sein Gesicht ist fleckig, seine Augen sind weit aufgerissen.

»Du hast es gehört. Hör auf, deine Frau zu tyrannisieren. Hör auf, alles auf dich zu beziehen. Wir haben genug davon.« Helen lehnt sich in ihrem Stuhl vor.

»Ihr wisst nicht das Geringste von mir«, faucht Hugo.

»Ist das so?«, fragt Helen und stößt ihn mit dem Zeigefinger an. »Wir wissen, dass du der Grund bist, dass es Rosie schlecht geht. Das ist alles, was wir wissen müssen.« Sie sieht Max an. »Stimmt's?«

»Stimmt«, antwortet Max. Sein Herz klopft. Seine Hände sind unter dem Tisch zu Fäusten geballt. Es fühlt sich gut an, dass Helen seine Rückenstärkung braucht, dass sie wieder im selben Team sind.

Ich möchte ihm eine reinhauen, denkt er, *ich möchte ihm eine reinhauen.* Er hat das Gefühl, wieder auf dem Schulhof zu sein, in Grahame Park.

»Helen …«, murmelt Nina. Sie streichelt Rosies Rücken.

»Was?«, fragt Helen. »Helen, was?«

»Es ist ihre Ehe«, sagt Nina leise.

»Mein Gott!«, schreit Helen, schüttelt ihre dunkle Mähne und betont es noch einmal, »Hugo ist ein Arschloch. Er ist immer ein Arschloch gewesen.«

Max nickt. *Ich möchte ihm eine reinhauen, ich möchte ihm eine reinhauen.* Es juckt ihm in den Fingern.

»Du weißt nichts von mir, Helen!«, brüllt Hugo. »Oder von der Ehe. Oder von jeglicher Art von Verpflichtung. Und *du*«, Hugo zeigt auf Max, während er aufsteht, »du schon gar nicht, verdammt.«

Max steht ebenfalls auf, und sie mustern einander.

Ich möchte ihm eine reinhauen!

Doch Hugo sinkt zurück auf seinen Stuhl. »Also, ich bleibe hier sitzen. Du kannst dich verpissen, Helen.«

»So kannst du nicht mit ihr reden, Kumpel«, warnt Max

und haut auf den Tisch. »Das ist verdammt noch mal *mein* Haus. Und mein Geburtstag.«

Helen ist auch aufgestanden. Max und Helen stehen nebeneinander.

»Hugo, *wage* es ja nicht, Rosie weiter zu tyrannisieren. *Mich* kannst du nicht herumkommandieren. Deine Frau hat mit Eddie geschlafen, na und, das ist ewig her. Hast du keine Vergangenheit? Verdammt noch mal. Finde dich damit ab!«

»Hört auf!«, schreit Rosie plötzlich. »Ihr alle … bitte!«

»Noch mehr Geheimnisse, Rosie?«, brüllt Hugo sie an.

»Mensch, Hugo, das ist keine große Sache«, sagt Eddie besänftigend. »Das war, bevor du überhaupt nur in Sichtweite warst. Wie Helen sagt, es gehört der Vergangenheit an.«

Hugo schüttelt den Kopf. »Ich bin nicht blöd. Ich merke doch, wie ihr mich alle anseht. Als wäre ich nicht gut genug für Rosie. Als würdet ihr nur darauf warten, dass ich mich verpisse. Und sogar Rosie …« Seine Stimme wird leiser. Er scheint in sich zusammenzusacken. »Sie spricht ja kaum noch mit mir, berührt mich nicht mehr.«

Nina zieht Rosie enger an sich. Sie weint. Max sieht es an ihren bebenden Schultern.

»Verdammt noch mal!« Max ballt die Hände zu Fäusten. Hugos Lippen zittern. Er sieht weniger bedrohlich aus, als noch vor einer Sekunde. Max schaut zu Helen hin, aber sie ist stehen geblieben. Nur für den Fall.

»Ich denke nicht, dass das der richtige Ort ist …«, beginnt Lars und sieht zu Nina hinüber.

»Ich denke, das Ganze ist aus dem Ruder gelaufen«, stimmt Nina ihm zu. Sie sieht blass aus. »Vielleicht brauchen wir alle ein bisschen Zeit zum Nachdenken. Zum Durchatmen.«

»Rosie?«, wendet Hugo sich an seine Frau, doch die lässt den Kopf hängen. »Rosie?«, versucht er es erneut, flehend.

»Rede mit mir. Ich bin dein Mann. Warum kannst du nicht einmal mit mir reden?« Er sieht jetzt eher erbärmlich als wütend aus.

Rosie hebt den Kopf nicht. Sie lehnt sich an Nina.

Hugo steht auf. »Verdammt, Rosie«, sagt er traurig. »Warum kannst du dich nicht für mich entscheiden? Für *uns*.« Er sieht sich am Tisch um. »Offensichtlich sind dir deine alten Freunde wichtiger als deine Familie.«

Nina streichelt Rosies Rücken. Sie bedenkt Hugo mit einem seltsamen Blick, ein wenig als würde sie ihn bemitleiden, ein wenig entschuldigend. Alle schauen Hugo an. Er blinzelt und schwankt.

»Entschuldigung …«, murmelt er. »Entschuldigung …«, dann geht er ins Haus. Helen und Max sehen sich an und setzen sich wieder.

Für einen Moment herrscht Stille

»Scheiße«, flüstert Sophie schließlich mit großen Augen.

»Sophie«, mahnt Lars halbherzig.

Alle blicken auf den Tisch, auf die benutzten Teller. Die leeren Muschelschalen, das Salatdressing, das um schlaffe Gurkenhügel Pfützen gebildet hat, das Brot, das kalt und hart wird. Schließlich hebt Rosie den Kopf, ihr Make-up ist verlaufen, ihre Augen sind nass. Sie schnieft.

»Alles in Ordnung?«, flüstert Max.

Rosie zuckt mit den Schultern. Sie sieht Beth an. »Es tut mir leid«, sagt sie.

Beth zuckt mit den Schultern. »Ich habe es bereits gewusst … dass ihr miteinander gegangen seid. Eddie hat es mir erzählt.«

»Okay, gut«, sagt Rosie mit einer entschlossenen, aber dumpfen Stimme. »Lasst uns abräumen«, sagt sie in die Runde.

»Rosie …«, setzt Helen an, doch Rosie hebt die Hand.

»Lasst uns abräumen«, wiederholt sie.

Langsam stehen sie von ihren Stühlen auf. Selbst Max stapelt Teller. Dann sammelt er Servietten ein, einige sind noch um den Rosmarin gerollt. Die anderen tragen Teller und Besteck ins Haus.

Max, Eddie und Beth sind die Letzten am Tisch. Eddie nimmt Beth die Servietten aus der Hand und legt sie auf den Tisch. Beth hat Max den Rücken zugewandt. Max beobachtet, wie Eddie die Arme um ihre Taille schlingt.

»Hey«, sagt Eddie.

»Hey.«

»Wirklich alles okay?« Er sieht ihr in die Augen.

»Ja«, flüstert sie.

»Du bist nicht nur für diese Woche mein Mädchen. Das weißt du, ja?«

»Eddie, ich muss dir etwas sagen …«

»Ich liebe dich, das weißt du«, sagt Eddie und hört nicht zu.

Max sieht auf den Tisch hinunter und stellt still und leise kleine Vasen auf ein Tablett, um sie hineinzutragen.

»Da ist etwas …«, versucht Beth es erneut.

»*Genau* deshalb bin ich so froh, dass wir haben, was wir haben«, sagt Eddie und wirft Max einen verschmitzten Blick zu. Max lächelt verhalten. »Lass uns einander das Versprechen geben, nie zu heiraten, nie Kinder zu haben und nie zusammen alt und dumm zu werden.« Er zieht Beth an sich.

»Eddie …«

»Oder lass uns einfach dumm bleiben«, setzt Eddie nach.

Beth hat Eddie die Hände auf die Arme gelegt. »Eddie …«, bettelt ihre Stimme.

»Alles okay?«, fragt Eddie, sein Lächeln verblasst.

»Nein … ja …«, Beth schüttelt den Kopf und räuspert sich. »Eddie, ich bin schwanger.«

Eddie rührt sich nicht. Max lässt das Tablett in seiner Hand beinahe fallen.

Eddie sieht Max an.

»Eddie? Hast du mich gehört? Ich bin schwanger.«

Eddie sieht immer noch Max an, als an der Tür eine Stimme ertönt.

»Max?«

Beth, die plötzlich gemerkt hat, dass Max da ist, dreht sich zu ihm um. Doch Max sieht Helen an, die in der Tür steht.

»Max, du musst kommen. Irgendwas ist mit Nina. Sie ist gerade … Komm schnell!«

KAPITEL 16

Juliette

Wenn Juliette sich das Gesicht ihrer Mutter in Erinnerung ruft, dann ähnelt dies nie dem Gesicht der Frau auf dem Sterbebett. Sie erinnert sich an das konzentrierte Gesicht, wenn ihre Mutter strickte oder las, die Brille auf der Nasenspitze. Das Gesicht, das über ihren Vater lacht, den Kopf zurückgeworfen, die dunklen, grau durchzogenen Locken wie Federn hüpfend, die Augen fest geschlossen. Selbst an das verwunderte Gesicht, das fragte, was nicht stimmte, das Gesicht, das wissen wollte, was Juliette nicht preiszugeben bereit war. Juliette ruft sich nur selten, wenn überhaupt, das Krankenhaus-Gesicht in Erinnerung, das Gesicht am letzten Tag, das schon nicht mehr zu ihrer Mutter zu gehören schien, das, das bereit war zu gehen. Bleich, eingefallen. Müde, so müde. Juliette gestattet es sich nicht, sich an dieses Gesicht zu erinnern. Und doch ist es hier. In Max' Wohnzimmer.

»Nina? O mein Gott, Nina!«

Für einen Moment scheint die Welt zu wanken. Juliette braucht einen Moment, bis sie begreift. Auf dem Boden liegt Nina in ihrem schwarzen Kleid wie auf einer Decke.

Sofort sind die anderen da. Lars stützt seine Frau und murmelt: »Alles okay. Alles in Ordnung. Sie ist in Ordnung.« Sophie, die Hand über dem Mund. Rosie, die zur Treppe rennt und »Hugo!« ruft. Max, der fluchend hereingestürmt kommt,

Eddie und Beth im Gefolge. Eddie sieht aus, als wollte er weiterlaufen, durch die Haustür hinaus und immer weiter. Weiß, mit zuckenden Muskeln, bereit zur Flucht. Beth und Helen kauern auf je einer Seite von Nina. Helen sieht zu Juliette hoch und fragt. Fragt.

»Juliette?

Helen steht jetzt vor ihr.

»Wen sollen wir anrufen? Den Krankenwagen? Den Arzt?«

»Ich …«

Juliette erwacht aus ihrer Benommenheit. Sieht sich um. Sophie weint. Lars wiegt Nina sanft, als wäre sie ein Baby. Helen, die strahlende Helen, steht vor ihr.

Nina liegt auf dem Boden.

Juliette findet ihre Stimme wieder. »Ich hole mein Handy.«

»Sie kommt zu sich«, sagt Beth. »Nina?« Sie dreht sich zu Sophie um: »Hol deiner Mutter ein Glas Wasser.«

Sophie macht sich auf den Weg, als Rosie und Hugo unten an der Treppe auftauchen. Rosie eilt zu ihrer Freundin, dicht gefolgt von Hugo, mit ernstem Gesicht, der plötzlich größer, imposanter wirkt. Er kniet sich neben Nina hin, fasst nach ihrem Handgelenk.

Juliette verlässt das Zimmer, um ihr Handy vom Nachttisch zu holen. Als sie zurückkommt, hat Nina die Augen geöffnet und wieder etwas Farbe.

»Wen soll ich anrufen? Den Arzt?«

»Es geht mir gut«, protestiert Nina.

»Es geht ihr schon besser«, stimmt Lars zu, obwohl er aussieht, als würde er jeden Moment in Tränen ausbrechen. Sophie gibt ihrer Mutter ein Glas Wasser.

»Ich denke nicht, dass es ihr gut geht«, sagt Helen. Ihre Stimme zittert.

»Nein«, stimmt Rosie zu.

Eddie lässt sich auf eine Couch sinken, als wäre er derjenige, dem es schlecht geht.

»Hast du häufiger Ohnmachtsanfälle?«, fragt Hugo Nina.

Nina winkt ab. »Wie? Nein? Ich bin einfach zu schnell aufgestanden …«

»Es geht ihr sehr viel besser«, wiederholt Lars.

»Wenn wir dich auf die Couch legen, hast du es bequemer«, sagt Hugo bestimmt.

Beth und Helen helfen Nina auf die Füße, als hätte er sie persönlich angesprochen. Sie protestiert erneut. »Es geht mir gut!«

»Mum. Hör auf.«

Juliette dreht den Kopf zu Sophie herum. Sie hat Tränenspuren im Gesicht, die Mascara ist verwischt.

Lars flüstert: »Liebling …«

»Es geht ihr nicht gut. Sie ist krank. Sie muss zu einem Arzt oder ins Krankenhaus. Es ist ernst. Mum wollte es niemandem sagen …«

»Sophie …« Ninas Stimme war nur ein heiseres Flüstern.

Sophie redet weiter: »Sie hat niemandem etwas gesagt, weil sie nicht wissen will, was es ist. Nicht will, dass es etwas Schlimmes ist.«

Nina sieht zu Sophie hoch. »Woher weißt du … wer hat …?«

Sophie schüttelt den Kopf. »Ich bin nicht dumm.«

»Nein …«, murmelt Nina.

»Bist du krank?«, fragt Helen. Ihre Lippen zittern. Juliette möchte die Hand nach ihr ausstrecken. Doch Max geht zu ihr, und sie knien sich zusammen vor Nina.

»Der Arzt hat gesagt …«, setzt Lars zu einer Erklärung an, doch Nina hält die Hand hoch.

»Schon gut, mein Schatz«, haucht sie.

»Sie kann ihre eigenen …« sagt Lars.

»Lars?«, Nina streckt die Hände nach seinem Gesicht aus, umschließt es. »Es ist in Ordnung«, sagt sie noch einmal, leise, Lars schließt die Augen.

Nina dreht sich wieder zu ihren Freunden um. »Ich muss ein paar Tests machen lassen.« Sie sieht ihre Tochter an und bringt ein seltsames Lächeln zustande. »Aber ich habe Angst. Ist es nicht so, Liebling?«

Sophie nickt, und Juliette kann die Liebe zwischen ihnen spüren, Mutter und Tochter, als wären sie eins. Ein Faden. Elektrizität. Licht.

Eine Verbindung, real.

Alle versammeln sich in der Einfahrt, während Hugo den Wagen wendet. Rosie sitzt neben ihm, sie sieht plötzlich älter aus. Lars, Nina und Sophie sitzen auf der Rückbank. Juliette hebt die Hand, und Rosie lächelt matt.

»Wie lange werden sie brauchen?«, Helen steht neben ihr.

»Nach Rennes? Drei Stunden, ungefähr. Wir haben Wochenende, es dürfte also nicht so viel Verkehr sein.«

»Mir ist schlecht«, murmelt Helen.

Juliette nickt. »Ich hätte mitfahren sollen. Ich kenne die Onkologie ...« Sie spürt eine Hand auf ihrer Schulter. Eddie drückt sie.

»Sie rufen uns an, wenn sie mehr wissen.«

»Und Hugo ist bei ihnen«, fügt Beth hinzu. »Er ist Arzt, und er kann Französisch.«

Juliette sieht flüchtig Helen an, die noch immer die Stirn runzelt.

Das Auto biegt auf die Straße ein und ist bald nicht mehr zu sehen. »Lasst uns hineingehen. Es hilft niemandem, wenn wir hier draußen stehen«, meint Max.

Während die anderen das Wohnzimmer ansteuern, geht

Juliette in die Küche. Sie nimmt einen Korb mit gewaschener Wäsche – Servietten, Trockentücher, eine Tischdecke – und stellt ihn auf die Arbeitsfläche beim Fenster. Sie beginnt, die Servietten zusammenzulegen. Sie arbeitet langsam. Als sie Nina dort auf dem Boden liegen gesehen hat, war ihr das Gesicht ihrer sterbenden Mutter vor Augen getreten. Es war ein Schock. Die monotone Arbeit hilft ihr, sich zu beruhigen. Einmal falten, glatt streichen, noch einmal falten, glatt streichen.

Eddie steht direkt vor dem Fenster, mit dem Rücken zu ihr. Er hat ein Glas in der Hand, raucht. Nach einer Weile nähert sich Beth. Sie hat sich eine Strickjacke über die Schultern gelegt.

»Hey.«

»Hey.«

»Ich habe dich gesucht«, sagt Beth.

»Wollte nur ein bisschen frische Luft schnappen.« Er bläst Rauch in Richtung seiner Füße. »Nina, hm?« Seine Stimme klingt besorgt. »Wer konnte das ahnen.«

»Ich hoffe, sie wird wieder.«

»Nina ist zäh.« Eddie versucht, optimistisch zu klingen.

»Sie war sehr nett zu mir.«

»Ich wüsste nicht, was wir ohne Nina tun würden.«

»Und Sophie und Lars«, murmelt Beth. »Eine nette Familie.«

Eddie räuspert sich. Tritt seine Zigarette aus.

»Eddie?«

»Möchtest du was trinken, Schatz?«

»Eddie ...«

»Ich hol dir ...«

»Eddie.« Beth nimmt seinen Arm. »Weichst du mir aus?«

»Was?«

»Du rauchst sonst nicht.«

»Na ja, erst die Sache mit Hugo, dann mit Nina ...«

»Wir müssen uns unterhalten.«

»Lass uns reingehen ...«

»Eddie, du hast bis jetzt kein Wort gesagt. Zu dem, was ich dir erzählt habe.«

»Ja, aber weißt du, im Moment ...«

»Ich weiß ja auch nicht, wie ich damit umgehen soll. Was ich denken soll ... *Wollen* wir das? *Können* wir das?«

Eddie schweigt. Sieht in sein Glas.

»Hast du denn gar keine Fragen?«

»Doch, schon«, murmelt Eddie.

»Wir waren unvorsichtig. Wir hätten besser aufpassen sollen. Und trotzdem glaube ich nicht ...« Beth bricht ab. Beißt sich auf den Finger.

Eddie streichelt ihren Rücken. »Wir schaffen das schon.«

Beth lächelte zaghaft. »Ja?«

Juliette faltet die letzte Serviette und legt sie auf den Stapel.

»Wie immer du dich entscheidest – ich liebe dich. Das weißt du«, sagt Eddie.

Juliette spürt, wie ihr diese Worte einen Stich versetzen. Die Wunden in ihrem eigenen Herzen schmerzen noch immer. So viele Menschen, die sie verloren hat. Ihre Mutter, ihren Vater, ihre große Liebe.

Ihre große Liebe hatte Kinder. Zwei kluge, strahlende Töchter. »Sie kosten sehr viel Kraft.« Juliette klangen die Worte noch im Ohr. Es war nicht leicht, Elternliebe in all ihren Formen nachzuempfinden. Juliette wollte so gerne verstehen. Und natürlich wollte sie keine Familie auseinanderbringen. Das hätte sie aber früher oder später getan. Der Gedanke verursacht ihr sofort wieder Schuldgefühle. Das Herz ist egoistisch. Grausam und egoistisch.

Als Juliette sich von der Arbeitsfläche abwendet, sieht sie noch, wie Eddie Beth in die Arme nimmt

»Wie immer *wir* uns entscheiden …«, murmelt Beth traurig.

Der Anruf kommt am späten Nachmittag. Es ist Hugo. Helen stellt das Telefon auf laut, und alle versammeln sich im Wohnzimmer, um mitzuhören.

»Sie denken, es könnte ein Tumor sein, der auf einen der Cranialnerven drückt.«

Sie hören Rosie im Hintergrund. »Kein Fachchinesisch, Hugo.«

»Er zieht das Ohr in Mitleidenschaft. Und den Gleichgewichtssinn. Daher den Schwindel.«

»Ein Tumor?«, fragt Max. Er und Helen sehen sich an.

Hugo redet weiter: »Sie hat typische Symptome. Ohrklingeln und natürlich den Schwindel.«

»Ist es heilbar?«, fragt Beth.

»Das kommt darauf an. Ich bin kein Onkologe.«

»Was sagt der Onkologe?«, fragt Helen.

»Er will, dass sie in Paris weitere Tests macht.«

»Kann sie das nicht in London?«

»Er will, dass es bald passiert. Er kann ihr für morgen einen Termin machen.«

»So schnell?«, flüstert Eddie.

»Rosie will mit dir sprechen.«

Sie warten, während es im Telefon knackt und Hugo es an Rosie weiterreicht.

»Helen?«

»Ich bin da«, antwortet Helen.

»Wir haben noch nicht alle Details. Es müssen weitere Tests gemacht werden. Wir fahren nach Paris.«

»Kommt ihr erst hierher?«

»Nein … Diese Ausfahrt ist es, Hugo … Helen?«

»Wir sind hier«, antwortet Max für sie.

»Oh, hi, Max. Wir sind jetzt unterwegs. Nina schläft. Wir fahren direkt nach Paris.«

»Wo werdet ihr unterkommen?«, fragt Juliette.

»Wir finden etwas. Es ist ja nur für eine Nacht. Es bringt nichts, zu euch zurückzukommen, da der Termin am Morgen ist.«

»Das wäre ein zu großer Umweg«, stimmt Juliette zu.

Helen streckt die Hand nach Max aus: »Ich muss nach Paris. Wie viele Personen können in deiner Wohnung schlafen?«

Max schaut sich unter den Versammelten um. Juliette, Eddie, Beth und Helen sehen ihn alle mit großen, fragenden Augen an. In der Stille ist das Geräusch des Automotors zu hören.

»Rosie?«

»Ja, Max?«

»Ihr könnt bei mir wohnen. Ich schicke euch die Wegbeschreibung. Ich habe eine Nachbarin, Claudine. Ich sage ihr, dass sie euch reinlassen soll.«

»Wir kommen auch«, sagt Helen ins Telefon.

»Wir auch«, fügt Beth hinzu, obwohl Eddie unsicher wirkt.

»Es ist eine lange Fahrt«, warnt Rosie.

»Das ist egal. Wir kommen.«

»Frag Lars, was ich für Nina einpacken soll, und wir bringen die Sachen mit. Ruf mich zurück«, fügt Helen hinzu.

»Okay.«

Eddie küsst Beth auf den Kopf, während sie seinen Arm festhält. Max runzelt die Stirn, die Hände in die Hüften gestemmt. Helen sieht flüchtig zu Juliette hin. »Ich komme auch mit. Ich kann helfen«, flüstert Juliette. Helen nickt ihr zu.

»Aber …«, sagt Rosie im Telefon. »Es ist Max' Geburtstag.«

»Ach Quatsch«, antwortet Max. »Der Geburtstag war gestern.«

Juliette tippt sich an die Stirn. Handy-Aufladegerät. Unterwäsche. Zahnbürste. Sie stürmt aus ihrem Zimmer in die Diele und läuft Richtung Bad und direkt in Helen hinein. Sie prallen zusammen, taumeln zurück und greifen beide nach der Wand.

»Tut mir leid!«

»*Merde*«, sagt Juliette, heftig blinzelnd. »*Pardon,* ich hab nicht …«

»Nein, ich habe nicht aufgepasst. Entschuldige«, sagt Helen gleichzeitig.

Bei anderer Gelegenheit hätten sie vielleicht gelacht. Stattdessen werden Helens Augen groß und füllen sich mit Tränen.

»Helen?«

»Es tut mir so leid«, murmelt sie mit zitternder Stimme.

»Aber nicht doch. Es ist nichts passiert.« Juliette zieht Helen in ihre Arme. Eine kleine Gestalt in einem weichen Kleid. Helens Kopf an Juliettes Schulter. Der Stoff von Juliettes Shirt wird nass. Juliette beruhigt sie und fährt mit der Handfläche langsam über Helens Rücken. Helens Rückenwirbel fühlen sich wie die Handknöchel an, an denen Juliette in der Schule immer herumgespielt hat. Eine gerade Linie unter der Haut. Sie lassen sie sehr viel verletzlicher erscheinen. Juliette holt tief Luft.

»Alles in Ordnung?«

Helen nickt. Dann schüttelt sie den Kopf. Sie hebt ihn nicht von Juliettes Schulter. »O Juliette.«

Juliette streichelt weiter ihren Rücken. Denkt: *Alles wird gut. Alles wird gut.* Spricht es aber nicht aus. Weil die Leute genau das zu Juliette gesagt hatten, als es um ihre Eltern ging. Und sie hatten gelogen.

»Ich hatte keine Ahnung«, weint Helen.

»Ich denke, sie hat es so gewollt.«

»Aber … ich bin ihre Freundin.«

»Ich weiß. Ich weiß.«

»Es ist nicht fair.«

»Nein.«

»Es ist nicht richtig.«

»Nein.«

»Und wenn sie nichts tun können?«

Juliette antwortet nicht. In ihrem Kopf tröstliche Erinnerungen. Ihre Mutter, die ihr etwas vorsingt. Ihr Vater am Strand mit dem Hund, der vorgelaufen ist und bellt. Ihre große Liebe, die sie in die Arme nimmt. Bilder, die bleiben, nach dem Verlust, süße, flüchtige Erinnerungen.

Helen holt tief Luft. Hebt den Kopf. Zieht sich ein wenig zurück. »Es tut mir leid. Alles fühlt sich so … anders an jetzt.«

Juliettes berührt Helens Arm. »Sei nicht traurig.«

Sie sieht Helen an, betrachtet ihr Gesicht. Ihre Haut ist leicht gebräunt, wie Strand in der Abendsonne, und ihre Wangenknochen sind hoch und rund und leicht gerötet. Um die Augen ist die Haut zart und weich und von Falten durchzogen. Sie zeugen davon, dass sie viel lacht, doch auch, dass sie sich viel sorgt. Alles an ihr ist so verletzlich, und doch spürt Juliette unter der Verletzlichkeit eine Stärke, eine Loyalität, einen Mut und einen Glauben an die Liebe und die Schönheit, die in ihr den Wunsch wecken, Helen wieder an sich zu ziehen und für immer festzuhalten. Das Gefühl erschüttert Juliette, als würde in ihrer Brust etwas angezündet und hell lodern. Sie möchte Helen alles erzählen. Von Verlust und Entsagung. Von Ehrgeiz und Lügen.

»Helen?«, murmelt sie.

Helen beugt sich erneut zu ihr hin. Im nächsten Moment

spürt Juliette Helens warmen Atem auf ihren Lippen. Helens Lippen auf ihren Lippen. Zart und zögernd. Hoffnungsvoll.

»Helen? Juliette?« Das ist Max' Stimme.

Näher jetzt. Sie klingt hohl. »Ich denke, wir sind so gut wie fertig. Ich wollte nur … Juliette, weißt du, wo mein Mantel ist?«

KAPITEL 17

Max

Was. Zum. Teufel.

KAPITEL 18

Juliette

PARIS, 2012

Juliette hatte ein Café gewählt, in dem sie noch nie vorher waren. Es war klein und versteckt und leer. Neutraler Boden. Keiner von ihren alten Treffpunkten, wo sie sich sicher genug gefühlt hatten, um sich an den Händen zu halten, um sich zu küssen, sich eng aneinander zu schmiegen, eng genug, um die Hitze ihrer Haut durch die Kleider zu spüren, den Schlag ihrer Herzen.

»Bonjour, Juliette«, sagte sie und setzte sich. Seltsam steif. Sie behandelte Juliette bereits, als wäre sie der Lage nicht gewachsen, als wäre sie schwach. Juliette spürte, wie etwas in ihrem Innern zersprang.

»Bonjour, Céline«, antwortete Juliette.

Céline trug eine weiße Kostümjacke und eine Perlenkette. Ihr dunkles Haar fiel ihr über die Schultern, und Juliette verspürte den Drang, es zu berühren. Nur noch einmal.

»Wie war es in Douarnenez?«, fragte Céline aus Höflichkeit. Juliette wollte gerade antworten, als der Kellner zu ihnen an den Tisch trat.

»Bonjour, Mesdames.«

Céline schien noch weiter von Juliette abzurücken. Sie lächelte den Kellner an. Es war eins dieser Lächeln, die Céline immer parat hatte. Für die Mitarbeiter, für die Öffentlichkeit. Es wirkte überzeugend – wenn man Céline nicht näher kannte. Juliette hatte Célines wahres Lächeln gesehen. Das Lächeln, nachdem sie sich geliebt hatten. Das Lächeln, das sanft und süß war, süßer als jedes Dessert, das Juliette je gemacht hatte. Kostbar in ihrer Erinnerung, aber fähig, ihr Herz in tausend Stücke zerspringen zu lassen.

Céline gab ihre Bestellung auf. Einen Tee, keine Milch, mit Zitrone, bitte, danke, das ist perfekt. Céline sagte oft perfekt – par-fait. *Mit ihrer wundervollen, warmen Stimme. Juliette bestellte einen Milchkaffee.*

»Douarnenez«, sagte Céline wieder, als der Kellner gegangen war.

»Ja«, antwortete Juliette. Wie Céline es gewünscht hatte, hatte Juliette sie nicht von zu Hause aus angerufen. Es war zu riskant, hatte Céline gesagt, mit Léon, der auf einen weiteren Michelin-Stern hoffte, und ihr, die sie gerade als Spitzenkandidatin im Gespräch war. Céline hing eigentlich nicht an Léon, nicht an ihrer Ehe. Es ging um ihre Karriere, für die Céline seit Jahren mit vollem Einsatz gearbeitet hatte und die sie unter keinen Umständen gefährden würde. Die Karriere, der Ruf, die Kinder – diese wunderschönen, klugen, multikulturellen Töchter, die vier Sprachen sprachen. Das Leben einer erfolgreichen Politikerin. Es war kein guter Zeitpunkt, hatte Céline gesagt.

»Wie geht es deinem Vater?«, fragte Céline munter.

Juliette erinnerte sich, wie sie von der Beerdigung ihrer Mutter nach Hause gekommen war. Céline hatte die Kinder zu ihrer Schwiegermutter geschickt und für zwei Tage ein Hotelzimmer gemietet, eine Dienstreise erfunden. Sie hatten die Nächte damit verbracht, die Haut der anderen nass zu weinen. Célines Körper neben Juliettes hatte sich so natürlich angefühlt, so normal, sie hatte die Kälte fast nicht ertragen, wenn er sich nicht an sie gedrückt hatte. Juliette hatte nicht einmal ins Bad gehen oder etwas essen mögen. Sie hätte Céline so gerne ihrer Mutter vorgestellt, doch der

Krebs hatte sich zu schnell ausgebreitet. Auch hier war es kein guter Zeitpunkt gewesen.

»Er ist kränker, als wir gedacht haben«, antwortete Juliette. Obwohl es kein wir gab.

Der Kellner brachte Célines Tee zuerst. Er sah sie ein wenig länger an als nötig, versuchte, sie einzuordnen. Juliette hätte ihm gerne geholfen, das Problem für ihn gelöst. »Ja, Sie haben sie schon einmal gesehen. Sie ist Politikerin. Aber Sie kennen sie nicht, Sie meinen nur, das zu tun. Ja, sie ist schön. Aber Sie kennen sie nicht. Niemand tut das. Nicht so wie ich.«

Aber Juliette sagte nichts. Juliette war so gut darin geworden, nichts zu sagen, geradezu parfait. Der Kellner ging, um Juliettes Kaffee zu holen.

»Das ist nicht gut«, sagte Céline und runzelte die Stirn. »Wie lautet die Prognose?«

Juliette schwieg einen Moment. »Wie für uns alle.«

»Wie bitte?«

»Er wird sterben, Céline.«

Der Kaffee kam.

»Merci.«

»De rien.« Der Kellner sah Juliette nicht an. Sie hätte genauso gut ein Teil der Tapete sein können.

»Bitte mach jetzt keine Szene«, bat Céline sie.

»Warum sollte ich eine Szene machen?«, fragte Juliette und nahm mehr Zucker als gewöhnlich.

»Ich kenne dich. Wenn du so etwas sagst … Ich will keine Szene.«

»Mein Vater wird sterben«, sagte Juliette und sah ihr ins Gesicht. Ohne hinzuzufügen, dass sie wahrscheinlich das Delphine würde verkaufen müssen, ohne hinzuzufügen, dass ihr ganzes Leben aus den Fugen zu geraten schien.

»Das ist furchtbar«, räumte Céline ein.

Juliette rührte den Zucker um, während Céline die Zitronenscheibe in ihren Tee gab. »Ich möchte, dass du ihn kennenlernst«, sagte Juliette. »Du hast meine Mutter nie kennengelernt. Ich möchte, dass du meinen Vater kennenlernst.«

»Oh, Juliette.« Célines Stirnrunzeln wurde tiefer.

»Tu es für mich. Lern ihn kennen. Wenn du noch immer nicht willst, dass ich dir sage, was du mir bedeutest, was wir einander bedeuten … gut, dann ist das in Ordnung.« Juliette hörte das Zittern in ihrer Stimme. Sie wünschte, sie könnte beherrschter klingen, geschäftsmäßiger. Céline fühlte sich immer wohler, wenn sie ruhig und rational mit ihr sprach. »Lern ihn einfach kennen. Dass Maman dich nie kennengelernt hat … das verfolgt mich. Ich muss wenigstens zu meinem Vater ehrlich sein. Ich weiß, dass du anders bist, aber …« Juliette holte Luft. »Céline, ich ertrage das nicht. Ich bin zu alt dafür.«

»Möchten Sie noch etwas?«, fragte der Kellner. Es war nur ein Vorwand, um sich Céline zu nähern.

»Non, merci«, *sagte Céline gut gelaunt. Céline reagierte immer gut gelaunt. Jeder, der sie auf der Straße oder in einem Bistro ansprach, war ein potenzieller Wähler.*

Juliette versuchte, durch Augenkontakt ihre Aufmerksamkeit zu fesseln. Bitte, sieh mich an, bettelte sie still.

»Céline?«, sagte sie hoffnungsvoll.

Doch Céline schüttelte den Kopf. »Ich kann nicht. Es tut mir leid, ich kann nicht. Es ist …«

»Kein guter Zeitpunkt«, beendete Juliette den Satz für sie. »Mein Gott, Céline.«

»Juliette«, zischte Céline. Nicht: Juliette, sei mir nicht böse, sondern: Juliette, provozier jetzt keinen Streit.

Juliette nippte an ihrem Kaffee. Er schmeckte nicht. Sie trank ihn trotzdem.

»Was ist das hier dann? Unser Treffen?«

»Ich denke, das weißt du«, sagte Céline und erlaubte sich einen Anflug von Wehmut in der Stimme.

»Das war es also? Nach allem …« Juliettes Stimme versagte.

»Es tut mir leid«, erwiderte Céline, ohne sie anzusehen, ohne nach ihrer Hand zu greifen.

»Was tut dir leid? Dass ich mich in dich verliebt habe? Dass du aus uns … aus mir … ein Geheimnis gemacht hast? Dass du meine Mutter nie kennengelernt hast? Dich weigerst, meinen Vater kennenzulernen? Dass du mit mir Schluss machst bei einer … verdammten Tasse Kaffee?«

Céline sah sie noch immer nicht an.

»Alles«, sagte sie leise, so leise, dass Juliette es kaum hörte.

»Alles«, sagte sie noch einmal.

Juliette holte tief Luft. Sie war nicht überrascht, aber das änderte nichts daran, dass es wehtat. Was man so dahinsagte, dass es einem das Herz brach, war nicht bloß ein Klischee. Genauso fühlte es sich an. Ein tiefer, schmerzhafter Riss spaltete ihre Brust. Juliette presste ihre Hand vors Gesicht, um nicht zu weinen.

»Ich kann einfach nicht«, flüsterte Céline. »Du bist mutiger als ich. Du bist immer mutiger gewesen. Der Job, meine Eltern, die Kinder …«

Juliette hatte all diese Argumente schon früher gehört. Sie waren vernünftig. Sie ergaben einen Sinn. Doch Juliette konnte sie nicht länger akzeptieren. Sie hasste sie.

»Ich muss dich um einen Gefallen bitten«, sagte Céline. Ihre Stimme klang jetzt fester. Sie hatte das Kinn gehoben, und ihre Augen suchten Kontakt. »Ich weiß, dass ich kein Recht dazu habe …«

»Nein«, sagte Juliette schnell. »Tu es nicht.«

Sie brach den Augenkontakt ab, den Céline nicht verdiente. Außerdem ertrug Juliette es nicht, sie in diesem Moment anzusehen, in dem ihr Herz sich anfühlte, als hätte jemand eine Axt hineingetrieben.

»Hör mir einfach einen Moment zu«, sagte Céline und sammelte sich. »Juliette?« Und dann, als würde sie einen Kartentrick vollführen: »Delphine? *Mein* Delphine?«

»Merde, Céline«, murmelte Juliette.

»Für mich ist es wichtig, dass das, was zwischen uns war, unter uns bleibt. Ich weiß, dass das nicht fair ist. Ich weiß, dass du es … lange mit dir herumgetragen hast. Aber ich habe einen Ruf zu verlieren. Und Léon auch. Er kann ziemlich unvernünftig sein, das weißt du. Die Mädchen … Juliette … Delphine? *Es ist kein guter Zeitpunkt.«*

Juliette sah nicht auf. Sie griff nach ihrer Tasse und trank den Rest. Die Bohnen waren überhitzt worden. Selbst Milch und Zucker konnten das nicht überdecken. Der Kaffee war bitter. Er brannte in ihrer Kehle. Sie stellte die Tasse mit einem dumpfen Knall auf den Unterteller zurück. Kaffeesatz schwappte in dem milchigen Rest. Sie stieß den Stuhl zurück und stand auf, warf sich die Handtasche über die Schulter. Sie versuchte, trotz der Schmerzen in ihrer Brust nicht zu weinen. Schließlich sah sie Céline an. Die Augen, in die Juliette Tausende von Malen geschaut hatte, deren Form, deren Farbe sie erforscht hatte, die Liebe darin. Doch nicht jetzt. Es war, als wäre ein Schalter umgelegt worden, das sah Juliette. Sie kannte Céline gut genug, die vielen Arten, wie sie eine Person ansehen konnte, die echte Céline im Gegensatz zu der Politikerin, um zu erkennen, dass, was immer sie füreinander empfunden hatten, erloschen war. Céline hatte ihre Entscheidung getroffen.

»Du denkst, du musst mich darum bitten?«, sagte Juliette mit tränenerstickter Stimme. »Wenn ich eins gelernt habe, ist es das – wie man ein Geheimnis bewahrt.«

Juliette drehte sich um und ließ den ihr nachsehenden Kellner und Céline hinter sich.

Auf dem Rücksitz: fünf Taschen plus vier Mäntel.

Auf dem mittleren Sitz: Helen, Beth, Eddie.

Auf den vorderen Sitzen: Max (mit einem Pappkarton voller Essen zu seinen Füßen) und Juliette (am Steuer).

Die Fahrt wird ungefähr sechs Stunden dauern, abhängig davon, wie schnell Juliette fährt und wie viele Stopps sie einlegen und wie der Verkehr in Paris ist. Juliette ist die Strecke oft gefahren, doch in den letzten Jahren immer seltener. Auf einer Autobahn verändert sich nichts. Alles wiederholt sich immer wieder. Dieselben Tankstellen mit den dazugehörigen Restaurants, die eingeschweißte Sandwichs verkaufen. Dieselben Grünanlagen mit den altmodischen Toiletten, die die Touristen schockieren – ohne Sitze. Dieselbe Eintönigkeit, die Juliette nicht vermisst. Sie weiß, dass Max lieber Landstraße fährt, und das tut sie auch, doch heute ist dafür keine Zeit. Sie müssen schnell und sicher nach Paris kommen. Bis nach Quimper hat niemand ein Wort gesprochen. Nach Quimper schaltet Juliette das Radio an, leise. Es läuft »Landslide« von Fleetwood Mac.

Als sie den Kopf dreht, um die Spur zu wechseln, merkt sie, dass Max sie ansieht. Sie zeigt höflich auf den Pappkarton. »Ihr bedient euch. Ich habe ein paar Baguettes, Obst und Käse eingepackt. Ein Messer und ein Brett sind auch da.«

Juliette konzentriert sich auf die Musik im Radio, das Brummen des Motors und versucht, die stummen fragenden Blicke, die Max ihr immer wieder zuwirft, zu ignorieren.

KAPITEL 19

Max

Max steckt den Schlüssel ins Schloss und stößt die schwere Tür auf. Helen, Juliette, Eddie und Beth folgen ihm durch den Flur, die engen Stufen hoch. Max hat nie in Häusern mit Fahrstühlen gewohnt. Sie erinnern ihn zu sehr an Hotels. Er zieht Altbauwohnungen vor trotz der Unannehmlichkeiten. Die Holzstufen sind ausgetreten. Max hat an seiner Tür ein elektronisches Türschloss anbringen lassen, da er dauernd den Schlüssel verloren hat. Jetzt gibt er den Code ein und lässt die anderen eintreten, während er die Tür aufhält. Die Geräusche der Leute auf der Straße, die reden und streiten und lachen, der Musik und der Hupen dringen bis in den obersten Stock hinauf.

Rosie umarmt Helen. Max beobachtet die beiden Frauen. Er ist dieses Gefühl nicht gewohnt, dass nichts mehr einen Sinn ergibt. Er versucht, sich einzureden, dass noch immer Hoffnung besteht, dass er, Max Dresner, Helen von allen am besten kennt. Besser vielleicht, als sie sich selbst. Doch der Plan, auf den er sich verlassen hatte, der ihn hatte retten sollen, scheint ihm zu entgleiten. Zu zerrinnen wie Wasser. Die Frauen kommen ihm immer wieder abhanden.

Im Wohnzimmer sitzen Sophie und Hugo auf der Couch. Sophie winkt.

»Nina ruht sich aus. Lars ist bei ihr«, flüstert Rosie.

Juliette geht in die offene Küche, räumt die Sachen in den Kühlschrank und öffnet die Schränke, um zu sehen, wo alles ist. Sie hat seit der Fahrt nicht mit Max gesprochen.

»Hat Claudine euch hereingelassen?«, fragt Max. Rosie nickt.

»Mit den Betten, das passt? Mit den Zimmern?«

»Lars und Nina sind in deinem, ich dachte, dass Eddie und Beth das Zimmer mit den beiden Einzelbetten nehmen können. Hugo und ich schlafen auf der Couch, dann können Helen und du euch das große Bett im Gästezimmer teilen? So haben wir alle untergebracht, oder?« Rosie holt Luft. »Ich kann nicht mehr klar denken.«

»Ich kann auch auf einer Couch schlafen«, bietet Helen zu schnell an. Max sieht sie ernst an. Ihre Wangen färben sich rot. »Wenn das einfacher ist.«

»Helen ...«

»Ich habe Soleil eine SMS geschickt«, unterbricht ihn Helen. »Um ihr zu sagen, dass wir in Paris sind. Sie hat nicht darauf geantwortet.«

»Ist sie nicht bei einer Freundin?«, fragt Max und versucht, sich seinen Widerwillen nicht anmerken zu lassen.

»Ich glaube ja. Ich bin mir nicht sicher.«

»Wahrscheinlich ist sowieso nicht genug Platz«, sagt Rosie. »Obwohl ich sicher bin, dass wir das irgendwie hinbekommen, nicht?«

»Ja«, antwortet Max unverbindlich. Er beobachtet, wie Juliette den Proviant aus dem Karton in den Kühlschrank und in die Küchenschränke räumt. Jetzt stellt sie Teebeutel und Zucker und Löffel und Tassen auf ein Tablett neben dem Kessel. Max braucht einen richtigen Drink, keine Tasse Tee. Und er braucht Antworten. Eine Erklärung. Wer hat wen geküsst? Was willst du mit ihr? Was empfindet sie für dich? *Was geht hier vor sich?*

»Juliette?«, fragt Rosie. »Wo schläfst du?«

Juliette dreht sich um, sieht kurz Max an. »Ich bleibe nicht.«

»Du fährst doch nicht zurück nach Douarnenez?«

»Nein, das nicht«, antwortet sie. »Ich bleibe bei einer Freundin.«

»Aber …«, setzt Helen an.

»Das dürfte das Beste sein. Wie Rosie bereits gesagt hat, ist nicht so viel Platz«, sagt Max knapp. Juliette sieht ihn an und zögert. Max erwartet, Verwirrung in ihrem Gesicht zu sehen oder dass sie wegsieht. Doch stattdessen hält sie seinen Blick fest und hebt das Kinn.

»Max«, murmelt Helen.

»Okay«, sagt Juliette langsam. »Ihr habt alles, was ihr braucht. Dann gehe ich jetzt.«

»Ich bringe dich raus«, bietet Max an. Helen senkt den Kopf, als Juliette an ihr vorbeigeht. Rosie sieht verwirrt zwischen den dreien hin und her.

Max bringt Juliette zur Wohnungstür. Sie hält ihre Ledertasche fest in der Hand. Keiner von ihnen sagt etwas, bis sie außer Hörweite der anderen sind. Max hält ihr die Tür auf.

Juliette sieht Max direkt an. »Ich habe nichts Falsches getan.«

»Das mag sein. Aber sie ist alles, was ich habe.«

»Du hast mehr als sie, Max«, antwortet Juliette leise.

»Das bedeutet mir nichts«, antwortet Max und sieht kurz zurück in die Wohnung. »Das sind nur Dinge. Es gab einmal eine Zeit, da habe ich gedacht, dass sie etwas bedeuten würden. Als ich sie nicht hatte, wahrscheinlich.«

Juliette blinzelt. »Ich meinte nicht die Dinge.«

Max runzelt die Stirn. »Hör zu, Helen und ich kennen uns schon so lange. Wir gehören zusammen, wir sind vom selben Schlag … Zwing mich nicht, deutlicher zu werden.«

»Wie deutlicher zu werden?«

Max leckt sich die Lippen. »Du *kennst* sie nicht, Juliette. Du weißt nicht, wie wir sind. Sie gehört zu mir, okay?«

Juliette nickt langsam und wendet sich zum Gehen.

Max streckt die Hand aus und legt sie Juliette auf die Schulter.

»Hey, entschuldige«, sagt er, »es war ein langer Tag.« Er reibt sich die Stirn. Verdammt, er wollte Juliette nicht kränken. Er braucht einen Drink. »Wir sehen uns morgen, okay?«

Juliette sagt nichts.

»Um ins Krankenhaus zu gehen«, fügt Max ruhig hinzu. Er ist schließlich Juliettes Boss. »Um wie viel Uhr?«, fragt er und geht zu den handfesten Fragen über, den praktischen Dingen.

Juliettes Ausdruck ist unnachgiebig. »Ihr seid zu siebt, Max. Ich denke, das regelt ihr selbst.«

»Aber …«

»Auf Wiedersehen, Max. Grüß alle.«

Als Juliette geht, schlagen ihre karamellfarbenen Ledersandalen leise auf jede Stufe auf. Max ist sich nicht sicher, ob er sie wiedersehen wird.

Plötzlich möchte er nach ihr rufen, aber er weiß nicht, was er sagen soll.

Sie bestellen das Abendessen im »King Falafel Palace«. Das Restaurant ist nur einen Block von der Wohnung in der Rue des Rosiers entfernt und hat noch spät geöffnet. Lars und Hugo gehen es holen und kommen mit prall gefüllten Plastiktüten zurück. Fladenbrot, Salat, aufgeschnittene Zwiebeln, Hummus, Taboulleh und heiße Auberginen mit Knoblauch und Minze. Max versucht, nicht an Juliette zu denken. An das, was sie gesagt hat, an ihren seltsamen Blick, als würde er es einfach nicht begreifen. Als würde er es *nie* begreifen.

Ich kann eine andere Köchin finden.

Ich kann eine andere Haushälterin finden.

Das ist keine große Sache.

Nina kommt mit zerzausten Haaren aus dem Schlafzimmer. Sie schimpft alle aus, dass sie gekommen sind, küsst und umarmt sie aber trotzdem. Sie sieht besser aus. Ausgeruht. Helen dagegen ist still und blass und sieht ihn immer wieder an. Max lenkt sich ab, indem er alle mit Tellern versorgt. Sophie verteilt Papierservietten aus einer der Tüten. Max holt Bierflaschen aus dem Kühlschrank, stellt sie auf den Tisch. Beth besorgt Wassergläser für die, die Wasser wollen. Als alle sitzen, nimmt Nina sich ein Bier und macht es auf. Dann steht sie auf. Alle Hände halten über dem Essen inne.

Nina sieht in die Runde. »Zuerst einmal, danke. Dass ihr gekommen seid. Damit habe ich nicht gerechnet. Mit all dem hier habe ich nicht gerechnet. Und …«, sie zögert einen Moment. »Es tut mir leid. Es tut mir leid, dass ich es geheim gehalten habe.«

Sie sieht Rosie an. Rosie blickt auf ihren Teller.

»Aber das ist nicht meine Party, sondern Max'.« Nina beugt sich vor und rubbelt Max den Kopf. »Und die habe ich ihm ziemlich versaut, was, Max?«

»Quatsch, Nina.«

Lars stimmt ihm zu. »Hast du nicht.«

»Doch, das habe ich. Aber wir sind alle zusammen, richtig? Wir sind in Paris. Und essen Falafel.«

Lars hebt seine Flasche. »Sehr richtig.«

Selbst Sophie lächelt flüchtig.

»Wir sind alle hier, und es ist Max' Wochenende, deshalb möchte ich einen Toast ausbringen. Gestern hatte ich keine Gelegenheit dazu.« Nina nimmt einen Schluck Bier. »So ist es besser.«

»Du hättest erst den Toast aussprechen sollen«, ruft Eddie dazwischen.

Nina wendet sich an Max. »Max, lieber Max, ich erinnere mich, wie ich dir das erste Mal begegnet bin. Es war im Amersham Arms. Du erinnerst dich wahrscheinlich nicht …«

Alle lachen.

»Du hast diese furchtbare Lederjacke getragen. Die schwarze. Sie hat gestunken. Und damals hattest du natürlich noch Haare. Tolle Haare. Sie waren wirklich klasse, nicht? Rosie? Helen?«

»Allerdings«, bestätigt Helen still. Max sieht sie an.

»Lars hat mich mitgenommen, um eine Band zu hören, und Max gehörte zu der Band.«

»*The Cold Foxes*«, sagt Eddie.

»*The Cold Foxes*. Genau.« Nina zeigt mit der Flasche auf Eddie. »Es war kein großer Auftritt, und es war auch kaum jemand da, aber Lars hatte gesagt, dass ich mitkommen soll, weil sein Freund spielt und dass sein Freund gut sei. Und … das war er. Nicht wahr, Max? Du warst *wirklich* gut. Viel besser als der Rest. Du warst etwas Besonderes.« Ihre Stimme verliert sich. Max rutscht unbehaglich auf seinem Platz herum.

»Du hast uns auf Rechnung deiner Band Drinks spendiert und uns so zum Lachen gebracht. Und wir sind erst nach Hause gegangen, als es schon hell wurde. Und von da an haben wir dich dauernd gesehen. Wir sind dich einfach nicht mehr losgeworden. Noch mehr Auftritte, noch mehr Pubs, noch mehr Lachen. Mensch, was haben wir gelacht.«

»Und dann waren da Rosie und Helen, Eddie und die ganzen Freundinnen von Max und Eddie …« Max beobachtet, wie Hugo in seinen Schoß guckt. Nina sagt zu Beth: »Entschuldige, Beth. Aber glaub mir, Eddie hatte immer die besseren Freundinnen als Max. Erstens war er länger mit ihnen zusammen. Und sie hatten mehr an.«

Max unterbricht sie. »Das stimmt nicht.«

»Okay, Nina, Botschaft angekommen«, stöhnt Eddie und greift nach Beths Hand.

»Egal, das war das«, sagt Nina. »Wir waren … ja, was waren wir? Eine Clique? Eine Bande?« Sie sieht Helen an. »Nenn mir einen Sammelbegriff, Helen.«

»Eine Meute?«, meint Helen. »Wie Jagdhunde?«

»Ja. Eine Meute. Wir waren eine Meute. Und zusammen sind wir erwachsen geworden. Mehr oder weniger.« Nina sieht Max demonstrativ an. Es soll ein Witz sein, doch Max fühlt sich nicht ganz wohl dabei. Die Ereignisse der letzten vierundzwanzig Stunden blitzen immer wieder vor ihm auf, wie ein Horrorfilm, den man nur durch die Finger ansehen kann. Das Glitzern von Soleils Kleid, das nasse, warme Gras in seinem Gesicht, Helens Zurückweisung, der mitleidige, entschlossene Blick in Juliettes Gesicht, bevor sie die Treppe hinuntergegangen ist. Helen beobachtet ihn, das spürt er, aber er wagt nicht, sie anzusehen.

»Können wir das mit dem Geburtstag nicht mal gut sein lassen?«, bittet Max.

»Ich kann sagen, was ich will. Ich bin die Kranke«, kontert Nina.

Alle schweigen. Sophie lacht. Nina lächelt sie an.

»Okay, die Meute ist also irgendwie erwachsen geworden«, sagt Nina. »Wir haben geheiratet. Sind weggezogen. Gereist. Haben Geld verdient. Uns selbst gefunden, oder wie man das nennen will. Haben Kontakt gehalten, uns nicht so oft gesehen, wie wir das gerne hätten … sind Freunde geblieben. Weiterhin füreinander da gewesen. Und Max, aus unserer Mitte, hat es geschafft, wirklich geschafft. Dem wird niemand widersprechen. Ich meine, seht ihn euch an. Er tut, was er liebt … jeden einzelnen Tag. Er macht Musik. Er lebt in dieser wunderschönen Wohnung, in dieser wunderschönen Stadt. Oder in Douarnenez, wenn er Lust dazu hat. Und Juliette kocht für ihn. Nicht übel.«

»Glücklicher Mistkerl«, stimmt Lars zu.

Max will, dass Nina aufhört. Er macht ein gequältes Gesicht. Doch Nina redet weiter.

»Er hat sich kein bisschen verändert. Er ist immer noch Max. Peter Pan. Der Mittelpunkt jeder Party. Und er kritisiert uns nicht, und wir kritisieren ihn nicht. Wir sind stolz auf ihn. Sein Erfolg fühlt sich an wie unser Erfolg. Und … wir lieben ihn. Nicht wahr?«

Max sieht in die Runde. Alle sehen ihn an. Er hat ein seltsames, prickelndes Gefühl in der Brust. Er sieht zu Helen.

»Egal, wie verrückt er ist. Wie wenig wir dieser Tage von ihm zu sehen bekommen. Er ist unser schräger, großzügiger, berühmter Kumpel. Er gehört zu uns. Er wird immer … unser Max sein.« Nina hebt wieder ihre Flasche. »Diesmal mache ich das mit dem Toast richtig … Auf Max«, sagt sie und lächelt ihn an. »Herzlichen Glückwunsch zum Geburtstag.«

»Herzlichen Glückwunsch, Max!«, wird ausgerufen. Flaschen werden aneinandergestoßen. Max streckt wie auf Autopilot den Arm aus und zieht ihn wieder zurück.

»Max?«, fragt Eddie. »Alles in Ordnung, Kumpel?«

»Jepp«, lügt er. »Alles bestens.«

Alle richten ihre Betten her. Max liegt bereits auf der Couch und beobachtet seine Gäste. Sie ziehen ihre Schlafanzüge an, geben sich Gutenachtküsse, geben Max Gutenachtküsse, und er hört das Surren elektrischer Zahnbürsten und laufendes Wasser und nackte Füße, die über den Boden tappen. Das Fenster hinter ihm ist offen, und ein frühlingshaftes Paris bahnt sich seinen Weg zu ihm herein. Gäste, die aus den Cafés kommen und einander etwas zurufen, Kellnerinnen, die sich nach ihrer Schicht unterhalten, Fahrradräder auf Kopfsteinpflaster, hohe Absätze, Pfiffe. Max will einfach, dass alle ins Bett gehen. Verschwinden. Er steht auf, legt irgendeine Musik auf. Er hat zu viel getrunken. Morgen früh wird alles anders sein. Morgen früh wird er nicht an Soleil und an Helen und an Juliette denken. Morgen früh wird er wieder Max sein. Alles wird wieder in Ordnung sein. Max merkt, wie ihm die Flasche aus der Hand rutscht. Er hält sie nicht fest. Etwas schlägt dumpf gegen seinen Schuh. Seine Gedanken driften ab.

»Wo willst du hin?«, brüllt sein Vater. Der Rucksack auf seinem Rücken ist leicht. Es ist nicht viel darin. Ein paar Schuhe, ein paar Kleider. Er hat nicht einmal seine Zahnbürste eingepackt.

»Nichts davon gehört dir! Ich habe das alles bezahlt!«

Das Geschrei auf der Straße macht ihm nichts mehr aus. Es kümmert ihn nicht. Er ist zu betrunken. Max beobachtet, wie im Haus gegenüber ein Vorhang zur Seite geschoben wird.

Max hat nur genommen, was er greifen konnte. Außer den Klamotten hat er ein paar Platten und ein paar alte Fotos mitgenommen. Die Wahrheit ist die, dass er auch nichts hätte mitnehmen müssen. Er hätte ein Zündholz anstecken und fallen lassen können, beobachten können, wie alles in Flammen aufgeht, es hätte ihm egal sein können, ob sein Vater in der Wohnung ist, aufgedunsen, betrunken, mit schlaffen Fäusten. Jetzt streckt sein Vater die Hand nach ihm aus, aber er greift daneben und stolpert. Er ist nicht mehr stark genug. Er kann noch immer einen guten Faustschlag landen, aber nicht mehr so wie früher.

»Sieh mich an. Sieh mich an!« Sein Mund ist Max nahe genug, dass er die Spuckespritzer auf seiner Wange spürt.

»Du denkst, du bist was Besseres als ich. Aber das bist du nicht.«

Max geht weiter. Tauben sitzen auf den Dächern wie Wachpos-

ten. Ihr Gefieder hat die gleiche Farbe wie der Himmel. Ihre Augen sehen ihn an.

»Wir sind vom selben Schlag. Das macht dich krank, hab ich recht?«

Max zuckt zusammen, dreht sich aber nicht um. Die Häuser der Siedlung ragen in den Himmel auf, als er geht, stumm und mitleidlos. Es ist ihnen egal, dass Max geht und nie zurückkommen wird. Dass jeder geht.

»Wir sind vom gleichen Schlag, Max!«

Jemand macht sich an Max' Füßen zu schaffen. Max kann nur einen unförmigen, dunklen Umriss ausmachen, einen Schatten.

»Mein Gott, Max. Überall ist Bier.«

»Rosie?«

Er kann hören, wie sie sich bewegt, auf Händen und Knien, und schwer atmet. Dann merkt er, wie ihm die Schuhe ausgezogen werden. Er liegt auf der Couch.

»Mir geht's gut«, lallt er.

Er merkt, wie ihm die nassen Socken ausgezogen werden. Wie das Fenster mit einem Quietschen geschlossen wird. Eine Decke schwebt einen Moment über ihm wie in Zeitlupe. Wie eine Wolke, wie etwas aus seiner Kindheit, das er nicht benennen kann. Dann fällt sie auf ihn herab. Rosie zieht sie über seine nackten Füße.

»Rosie?«

Sie seufzt. »Gute Nacht, Max.«

Er greift nach ihrem Handgelenk, bevor sie geht. Es ist so schmal, seine Finger locker herum.

»Rosie?« Die Musik läuft nicht mehr. Paris ist verstummt. Jetzt ist es kalt und dunkel und ruhig. Die Ruhe lastet wie ein Gewicht auf ihm.

»Rosie? Ich habe die falschen Dinge getan.«

Rosie bewegt sich nicht. Max lässt ihr Handgelenk los, und sein Arm fällt herunter wie bei einer Marionette, deren Fäden gekappt werden. Große Traurigkeit erfüllt ihn.

»Ich weiß«, murmelt Rosie.

MONTAG – LUNDI

KAPITEL 20

Rosie

Rosie beobachtet, wie die Stadt erwacht. Müllmänner in ihrer leuchtenden Arbeitskleidung rufen sich Scherzworte zu. Frauen drehen mit kleinen Hunden ihre Runde. An der Straßenecke steht ein Mann und raucht seine Zigarette zu Ende, bevor er einen Hauseingang betritt. Rosie steht am Fenster. In der Wohnung schlafen alle noch. Ihr Mann, der ihr im Bett kaum Platz gelassen hat, Beth und Eddie mit halb offener Tür, Beths Kopf auf Eddies Brust, Sophie, niedlich zusammengerollt auf einer Couch. Max, auf dem Rücken, leise schnarchend, mit herunterhängender Decke. Sein Arm hängt ebenfalls über den Couchrand, was Rosie an ihre Söhne erinnert, und der Gedanke macht sie traurig. Im Schlaf wirken sie so schutzlos. Es sind noch Kinder, doch die Welt fordert Erwachsene. Rosie sieht wieder auf die Straße hinunter. Ein Teil von ihr erwartet, Juliette zu sehen. Sie ist in den letzten Tagen eine Art Halt geworden. Doch stattdessen sieht eine blonde Frau in einem roten Mantel zu ihr herauf, und Rosie hätte ihr fast gewinkt. Es ist niemand, den sie kennt.

Rosie entriegelt einen weiteren Fensterladen und stößt ihn auf. Sie hört den Verkehr in der Ferne. Im Stadtteil *Marais* ist es noch ruhig. Doch bald schon werden die Rollläden vor den Schaufenstern hochgezogen werden und die Cafés öffnen.

»Wie lange weißt du es schon?«

Rosie dreht sich um und sieht Helen. Ihr Haar ist zerzaust und ihr Schlafanzug zerknittert.

»Das von Nina?«, fragt Rosie.

Helen setzt sich auf die Heizung unter dem Fenster. Sie hat ein Päckchen Zigaretten in der Hand. Sie klopft eine heraus und zündet sie an. Sie nickt.

»Eine Weile«, gibt Rosie zu. »Ich musste ihr versprechen, es niemandem zu sagen.«

Helen inhaliert. Langsam bläst sie den Rauch aus dem offenen Fenster. Der Geruch wabert zu Rosie zurück. Sie kennt niemanden mehr, der raucht. Nicht einer in ihrer Straße, in ihrem Freundeskreis, niemand im Lehrer-Eltern-Ausschuss. Rosies Vater hat geraucht. Der Geruch lässt sie wehmütig werden. Er erinnert sie an Sommerabende mit ihm im Garten, wie er sich auf einen Spaten lehnt und sich eine anzündet, während er stolz auf seine Dahlien schaut. Helen sieht zu Boden. »Ich wünschte, sie hätte es mir gesagt.«

»Wir sehen uns öfter, das ist alles.«

»Das mag sein. Ihr steht euch so nahe. Ich vermisse das.«

Rosie zögert und nimmt Helen die Zigarette aus der Hand. Helen sieht zu, wie Rosie vorsichtig daran zieht. Das Gefühl, wie der Rauch durch ihre Kehle dringt und ihre Lunge füllt, ist toll. Sie hatte vergessen, wie es sich anfühlt. Plötzlich erinnert sie sich, wie es war, vierzehn zu sein und sich mit Mary Roberts, ihrer Freundin auf der Highschool, zusammengekauert unter dem Küchentisch eine gestohlene Zigarette zu teilen. Kichernd und hustend. Sie hatten sich wie die Rockstars gefühlt, die sie angehimmelt haben. Frauen, die dick Eyeliner trugen und Gitarre spielten und über Mikrofonen ihre zotteligen Köpfe schüttelten.

»Ich hätte öfter herkommen sollen«, sagt Helen.

»Du hast dein Leben in New York. Wir verstehen das.«

Helen runzelt die Stirn. Sie nimmt die Zigarette zurück und inhaliert tief. Beide schauen aus dem Fenster, folgen dem Weg des Rauchs, den Helen in die Stadt hinausbläst.

Rosie und Hugo waren auf ihrer Hochzeitsreise in Paris. Sie sind an dem Tag nach ihrer Hochzeit gefahren. Rosie erinnert sich noch, wie aufgeregt sie war, als sie ein paar Tage vorher ihre Tasche gepackt hat. Wie sie ihre Sachen zu ordentlichen Vierecken gefaltet hat – die neue Unterwäsche, die sorgfältig ausgewählten Kleider. Die Nacht vor der Hochzeit hatte Nina zusammen mit Rosie im Haus von Rosies Eltern geschlafen, auf einer Matratze auf dem Boden in Rosies Zimmer. Sophie war damals noch klein gewesen, doch Nina hatte ihr von Lars die Flasche geben lassen und Rosie die ganze Aufmerksamkeit geschenkt, die eine Braut verdiente. Hatte ihr mit dem Schleier geholfen, hatte die Schleppe ausgeschüttelt, hatte ihr etwas zu trinken geholt und ihren Sorgen und Ängsten gelauscht. Hatte geduldig den für Paris gepackten Koffer inspiziert, den Rosie ihr stolz gezeigt hatte. Sie hatte eine große Sonnenbrille eingepackt, mit der sie wie Audrey Hepburn aussah, und Bücher, die sie nicht lesen, sondern mit denen sie an Hugos Seite vor kleinen Kaffeetassen in Straßencafés sitzen wollte. Rosie stellte sich vor, wie eine Pariserin auszusehen, stellte sich die Dachgeschosswohnung vor, in der Hugo und sie mit ihren perfekt geratenen Kindern wohnten, die dunkelblaue Mäntel und glänzende Lederschuhe trugen. In Wirklichkeit hatten Rosie und Hugo in einem Zimmer gewohnt, das kaum groß genug für das Bett gewesen war, und mit einem Bad unten im Flur, das sie sich mit zwei anderen Gästen teilen mussten. Das Fenster hatte sich nicht richtig öffnen lassen, und es war Sommer gewesen und drückend heiß. Doch damals hatten sie weniger Sorgen und sehr viel mehr Möglichkeiten gehabt. Es gab keine Hypothek, kein Haus, keine Kinder, keine orthopädische Praxis, die unterhalten, keine Golftage, an denen teilgenommen werden musste, keine Lehrer-Eltern-Ausschüsse und Pfadfindergruppen.

Helen reicht Rosie erneut die Zigarette. Sie zögert, bevor sie sie nimmt.

»Außerdem hast du Max«, sagt Rosie.

Helen leckt sich die Lippen. »Wir sehen uns nicht oft.«

»Aber wenn ihr euch seht …«

»Ja.«

»Ihr habt euch immer so nahegestanden. Obwohl ihr so verschieden seid.«

Rosie denkt an Hugo. Das Leben, aus dem er kam, verglichen mit ihrem. Ihre Welten sind immer so verschieden gewesen. Der Lärm, das Lachen und das Chaos in ihrem Elternhaus verglichen mit seinem. Sein Elternhaus war so ruhig, dass man die Uhren ticken hörte. Als sie in Paris waren, hatte Rosie einkaufen oder mit Hugo durch die Parks schlendern wollen, während Hugo darauf bestanden hatte, ein Museum nach dem anderen zu besuchen, und schnell durch die heißen Straßen geschritten war. Er hatte in den Cafés, in denen Rosie ihre Hepburn-Brille getragen hatte, medizinische Lehrbücher gelesen.

»Wir sind nicht so verschieden«, murmelt Helen. Beide sehen zu Max hin, der noch immer ausgestreckt auf der Couch liegt. Kleider, Socken und Schuhe in einem ordentlichen Stapel daneben, zu dem Rosie sie gestern Abend zusammengelegt hat. Es waren seine Worte, die Rosie veranlasst hatten, auf der Bettkante zu sitzen, während ihr Mann schlief. Seine Worte, die sie wach gehalten hatten, bis sich das Licht veränderte und sie aufgestanden war, um auf die Straße hinunterzusehen und auf den Morgen zu warten.

Ich habe die falschen Dinge getan.

Ich habe die falschen Dinge getan.

Seine Stimme hatte in ihrem Kopf widergehallt.

»Hast du dich jemals gefragt, wie es wäre, mit ihm zusammen zu sein?«, fragt sie Helen leise.

Helen saugt an der Zigarette und nickt. »Natürlich, das tue ich immer noch.«

»Und?«

»Und ich weiß es immer noch nicht.«

Helen neigt den Kopf, während sie zu Max hinsieht, ein Bein schaut unter der Decke hervor, der Mund steht offen. »So viel Zeit ist vergangen, und ich weiß es immer noch nicht. Ich hätte gedacht, dass ich inzwischen angekommen wäre.«

Rosie lacht auf. »Willkommen im Club«, murmelt sie.

»Hast du es gewusst?«, fragt Helen.

»Mit Hugo? Das habe ich nicht.«

»Aber du hast es vermutet.«

»Ja, ich habe es vermutet«, antwortet Rosie. Ihre Hochzeit war wunderschön gewesen. Kein Tropfen Regen, nur endlos blauer Himmel. Ihre Mutter hatte Tränen in den Augen gehabt, die sie mit einem weißen Spitzentaschentuch fortgewischt hatte. Sogar ihre Brüder hatten sich ihr gegenüber plötzlich seltsam verhalten, als wäre sie eine Porzellanpuppe und nicht die kleine Schwester, die sie gestoßen und herumgeschubst hatten, solange sie zurückdenken konnte. Rosies Vater, der sie mit ernstem Gesicht zum Altar geführt hatte, war die ganze Zeit in Sorge, etwas falsch zu machen, zu stolpern. Aber alles war perfekt gewesen wie im Film.

»Deine Hochzeit war großartig«, sagt Helen, als könnte sie ihre Gedanken lesen. »Weißt du noch, auf dem Empfang? Beim Tanzen? Du und ich und Nina und die Jungs, die Arme umeinandergeschlungen? Was für ein Fest. Ich erinnere mich, dass ich gedacht habe, wir sollten öfter Hochzeiten feiern, wenn alle so sind.«

Rosie erinnert sich. Sie hatten in einer großen Menschenmenge getanzt, und dann waren plötzlich nur noch sie da gewesen – Rosie, Eddie, Helen, Max, Lars und Nina – wie in den alten Tagen. Sie waren auf und ab gesprungen und hatten so gelacht, dass ihnen die Bäuche wehtaten. Max hatte versucht, sein Bier festzuhalten, es dann aber doch über Eddie vergossen, und der Boden war ganz klebrig geworden, und Rosie hatte sich gefragt, ob ihre weißen Schuhe jetzt schmutzig waren, sich dann aber nicht weiter darum gekümmert und sie ausziehen wollen, weil sie wehtaten. Alle hatten gesungen, oder eher geschrien, und Helen hatte sie fest auf die Wange geküsst und näher zu sich herangezogen und gekichert und total falsch gesungen. Hugo war gekommen und hatte Rosie sanft aus ihrem Kreis gezogen, sie daran erinnert, dass das Auto bald kam und sie gehen mussten, weil sie am Morgen nach Paris aufbrechen wollten.

»Aber es hat keine mehr gegeben«, sagte Rosie. »Hochzeiten.«

»Das stimmt. Es war die erste und die letzte. Bis jetzt.«

»Bis jetzt.«

Rosie ruft sich Helen an jenem Abend in Erinnerung, den festen Kuss auf ihre Wange, der ihr zeigte, wie sehr sie sie liebte, wie sehr Helen alle aus ihrem Kreis liebte. Rosie weiß, dass Helens Familienleben anders war als ihres. Sie weiß, dass Helen äußerlich unbesiegbar wirkt, in ihrem Innersten aber zerbrechlich ist. Rosie hatte Helen immer um das Geld beneidet, das Helen im Überfluss zu haben schien, um die exotischen Ferien, die sie mit ihrem Vater und seiner jeweiligen Frau gemacht hatte, an Orte, von denen Rosie nur träumen konnte. Die teuren Kleider und die Abendessen im Ivy. Nichts davon schien für Helen eine große Sache zu sein. Rosie hatte Helen früher einmal für undankbar und verzogen gehalten. Sie war eifersüchtig gewesen. Jetzt weiß sie, dass all das ohne Liebe bedeutungslos war. Schall und Rauch, Scharaden und Lügen.

»Hast du was von Soleil gehört?«

»Ich habe mit ihr gestern Abend gesprochen.« Helen verstummt. »Sie ist aufgebracht, wütend. Sie ist oft so in letzter Zeit. Keine Ahnung. Vielleicht hält sie uns alle für einen Haufen bourgeoiser Arschlöcher.«

»Ja.«

Helen seufzt. »Sie ist noch jung. Sie glaubt noch an Ideale. An das ideale Leben. Will keine Kompromisse eingehen. Will nicht jemand werden, der sie nicht ist.«

Rosie nickt. Sie kann sich an dieses Gefühl noch gut erinnern.

Helen raucht ihre Zigarette zu Ende und steht auf.

»Ich lege mich noch eine Weile hin. Ist es für dich okay, allein zu sein?«

»Kein Problem«, antwortet Rosie. Sie denkt an den Tag, der vor ihnen liegt, an den Geruch von Krankenhäusern und das Warten auf harten Stühlen und das Bemühen, nicht vom Schlimmsten auszugehen

Helen beugt sich zu ihr hin, um sie auf die Wange zu küssen. »Weckst du mich, wenn ihr frühstücken geht?«

»Das werde ich«, verspricht Rosie.

Helen geht ein paar Schritte, bleibt erneut stehen. »Es fühlt sich seltsam an, nicht? Ohne Juliette?«

»Ich habe auf der Straße nach ihr gesehen. Ich weiß nicht warum. Hat Max irgendwas zu ihr gesagt? Ist sie … endgültig gegangen?«

»Ich weiß es nicht«, murmelt Helen. »Vielleicht.«

»Ich mag sie wirklich«, antwortet Rosie.

Helen nickt, dreht sich um und murmelt: »Gute Nacht«, obwohl es Morgen ist.

Rosie bleibt noch ein paar Minuten am Fenster sitzen, sieht hinaus, lauscht den fernen Geräuschen. Die Gedanken entgleiten ihr, die Lider werden schwer. Sie fährt sich mit der Hand übers Gesicht, reibt sich die Augen. Der Schlaf zerrt an ihr. Wie einer ihrer Jungen am Saum ihrer Bluse. Er fordert sein Recht. Sie steht auf und geht zu dem Zimmer, in dem Hugo schläft, kommt an einem Raum vorbei, dessen Tür offen steht. Nina und Lars schlafen darin. Lars hat einen Arm über Nina ausgestreckt, Nina liegt auf der Seite, die Hände wie im Gebet unter die Wange geschoben. Sie sieht so viel jünger aus, wenn sie schläft. Sie haben die Tür für Sophie offen gelassen, das weiß Rosie, es ist eine Angewohnheit, die sie selbst nie abgelegt hat. Hugo will die Tür immer geschlossen haben, und Rosie besteht darauf, dass sie offen bleibt, damit sie Weinen und verdächtige Geräusche hört. Rosie schleicht sich auf Zehenspitzen ins Zimmer und setzt sich auf die Bettkante. Ihr Atem wird langsamer, passt sich dem von Nina an. Irgendetwas an Nina und Lars erinnert Rosie an ihre Eltern oder an das Gefühl, das sie hat, wenn sie in der Nähe ihrer Eltern ist. Als könnte in ihrer Gegenwart nichts Schlimmes passieren. Alles verläuft nach klaren Regeln. Die Bösen können hier nichts ausrichten. Das Leben ist sicher.

Rosie fühlt, wie ihr Körper schwer wird, ihre Haut, ihre Lider. Nina rührt sich.

»Rosie?«, fragt sie und öffnet blinzelnd die Augen. Rosie nickt stumm. Nina hebt die Decke hoch, und Rosie schlüpft neben sie. Lars gähnt und schmatzt mit den Lippen.

»Wer ist da?«

»Rosie«, antwortet Nina leise.

Rosie gleitet bereits in den Schlaf.

»Hey, Rosie«, murmelt Lars und greift über Nina, um ihren Arm zu tätscheln.

KAPITEL 21

Juliette

Juliette hat vergessen, wie kalt die Küche am Morgen ist, dass es eine Weile dauert, bis die Öfen den Raum aufgeheizt haben, und dass durch das kleine Fenster über dem Spülbecken, das auf einen kleinen Parkplatz hinausgeht, vor dem Nachmittag kein Sonnenlicht fällt. Was keine Rolle spielt, wenn die Schicht erst um zwei Uhr nachmittags beginnt, doch jetzt ist es sechs Uhr morgens. Juliette greift unter die Arbeitsplatte und zieht den Pullover hervor, den sie mitgebracht hat. Sie schüttelt ihre Schultern aus und widmet sich wieder ihrer Arbeit. Sie streut Mehl auf die Arbeitsplatte, wirft nicht einmal einen Blick auf den Standmixer mit dem Teighaken, der bereits montiert ist. Das Geheimnis ist, dass man den Teig mit der Hand zubereiten muss.

Juliette hat Louis gestern Abend eine SMS geschickt. Ob er etwas dagegen habe? Sie hat immer noch einen Schlüssel. Er hatte schnell geantwortet. *Bien sûr.* Natürlich konnte sie kommen. *Pas de problème.* Er schuldete ihr zumindest diesen Gefallen, wenn nicht noch ein paar mehr in Anbetracht der Tatsache, wie günstig ihm Juliette das Restaurant verkauft hat. Es läuft immer noch gut, hat sie gehört. Sie hat Kurznachrichten von ihren Pariser Freunden bekommen und liest hin und wieder die Kritiken. Es hat einen nagelneuen Namen, aber ansonsten ist alles beim Alten geblieben. Juliette hat sich immer mehr für das Essen als für das Organisatorische interessiert. Deshalb war Louis der Richtige für das *Delphine* gewesen. Er hat sich immer um diese Dinge gekümmert, er ist ernst und gewissenhaft und würde gut auf das Restaurant aufpassen. Und das hat er getan.

Juliette schiebt die Ärmel ihres Pullovers bis zu den Ellenbogen hoch. Noch etwas mehr Mehl – und Hefe und Wasser –, klumpige kleine Stückchen davon kleben jetzt an ihrem Pullover. Sie spürt den Teig in ihren Händen, sie zieht daran und drückt darauf, wie sie das schon Tausende von Malen getan hat. Davon hat sie Ahnung. Von anderen Dingen, ihrem Leben, was sie jetzt tun soll, davon hat sie keine Ahnung. Doch Teig zu machen, hilft Juliette, ihren Weg in die Zukunft zu finden. Die Möglichkeiten in ihrem Kopf spielen zu lassen, während ihre Hände mit Mehl und Hefe, Zucker und Butter und Wasser arbeiten. Drücken, ziehen, hierhin, dorthin. Teig und Ideen werden elastischer.

Sie war unhöflich zu Max. Nicht direkt unhöflich, aber es stand Juliette nicht zu, Max zu sagen, was sie denkt, zu versuchen, ihn dazu zu bringen, die Dinge so zu sehen wie sie. Juliette ist nicht der Boss, nicht wie sie das hier im *Delphine* war. Sie hat eine Grenze überschritten. Gute Arbeit ist in Douarnenez schwer zu bekommen.

Außerdem hat Max recht. Helen gehört nicht zu Juliette. Wird nie zu Juliette gehören. Wenn nicht zu Max, wird Helen zu jemand anderem gehören. Zu jemandem, der dynamisch ist, jemandem, der organisiert ist, jemandem mit mehr Geld, jemandem aus ihrer Welt. Einer Welt von Musikern und Malern und Vernissagen mit Gläsern voll Champagner, den ein anderer eingeschenkt hat, den ein anderer herumreicht. Einer Welt mit Trips nach Mexiko unter strahlender Sonne, Cocktails am Pool und dem scharfen Geruch des Chlors im Bikinistoff. Vielleicht wird Juliette später lesen, dass Max und Helen zusammen sind, ihr Bild in einer dieser Hochglanzzeitschriften sehen. Eine Promihochzeit, irgendwo, wo das ganze Jahr über Sommer ist, bei der der Bräutigam keine Schuhe trägt und die Braut eine Sonnenbrille und ein kurzes Kleid. Helen gehört zu Max, so wie Max es gesagt hat.

Juliette weiß das. Die Liebesgeschichte der beiden ist die Liebesgeschichte aller Liebesgeschichten. Eine wunderschöne Frau, ein attraktiver Mann. Die aufeinander warten. Zueinander gehören.

So ist das. So kann man es immer lesen.

In der Liebe hat man nicht immer eine Wahl.

Juliette hält inne, die Hände im Teig. Sie spürt, wie er dagegen drückt, ein ganz klein wenig, gegen ihre Finger, als sie sie stillhält. Widerstand. Nicht viel. Aber genug.

Juliette hat in Stéphanie Jeunets Bäckerei gelernt, wie man *kouign-amann* macht. Ihre Mutter hatte Stéphanie dazu überredet, wie sie das oft getan hatte. Ihre Mutter war immer aktiv. Yoga, Pilates, Bridge, ihr Unterricht, sie beschäftigte sich und traf Leute, sie sammelte und stellte Dinge her, als könnte sie ihren Händen nicht trauen, wenn sie nichts taten. Stéphanie Jeunet hatte gelacht, wie hilflos ihre Mutter sich mit dem Teig anstellte, aber sie hatte gesehen, dass Juliette eine Begabung dafür hatte. Sie versuchten noch mehrere Male, es ihrer Mutter beizubringen, die zu jedem Besuch eine Flasche Wein mitbrachte. Die beiden Frauen bekamen einen Schwips, während Juliette, das Mädchen, zusah und lernte und sicherer wurde. Sie war ihrer Mutter immer um Schritte voraus und wusch sich bereits die Hände, wenn die ihrer Mutter noch im Teig steckten.

»Ist sie nicht ein wahres Wunder?«, hatte Juliettes Mutter einmal gesagt und auf ihre klebrigen Finger gesehen.

»Eine Tochter wie sie könnte ich brauchen«, hatte Stéphanie geseufzt. »Ich weiß nicht, wer das Ganze einmal übernehmen soll, wenn ich aufhören muss.«

Juliette erinnerte sich, wie sie sich abgewandt und so getan hatte, als würde sie nicht zuhören. Sie spürte die Hitze des Ofens auf ihrem Gesicht, als sie sich die Hände an einem Geschirrtuch abgetrocknet hatte, das nahe der Ofentür hing.

Ihr war das Gespräch unangenehm gewesen. Es war ihr schon damals ein Bedürfnis gewesen, nicht zu viel zu wollen, sich kleiner zu machen, ihr Leben kleiner zu machen. Einfach nur jeden Tag aufzuwachen und zu tun, was sie tun musste, und nicht mehr, nicht zu viel zu denken. Nicht zu viel zu wollen. Später, nach ihrem Intermezzo in Paris, hat sie sich gesagt, dass sie es nicht verdient, mehr zu wollen. Dass es so sicherer ist. Sicherer in Douarnenez zu sein, in dem Haus ihrer Eltern, in dem sich die Erinnerungsstücke um sie herum angehäuft haben. Sicherer, einen einfachen Job zu haben, ein einfaches, kleines Leben. Für andere da zu sein und ihre eigenen Wünsche zu begraben. Ihre eigene Wahrheit.

Juliette drückt noch einmal auf den Teig. Er ist fertig. Sie formt ihn mit sanften Händen zu einer großen Kugel, legt sie in eine Schüssel und deckt sie mit einem Tuch ab. Sie tritt einen Schritt zurück, mit hängenden Armen. Juliette hat keine Antworten auf all ihre Fragen. Sie hat keinen Plan, den sie verfolgt. Aber es gibt immer etwas zu tun, und das tut sie, und das wird zu der nächsten Aufgabe führen. Das fühlt sie. So wie sie den Teig fühlen kann, wenn sie *kouign-amann* macht, von Hand, ohne Fertigprodukte, ohne Rezept. Alles ist in ihrem sensorischen Gedächtnis gespeichert – die Gerüche des Marktes, als sie ein Kind war, der Geschmack des heißen Gebäcks und der Butter auf ihrer Zunge. Das Lachen ihrer Mutter und von Stéphanie Jeunet, als sie versucht hat, ihrer Mutter zu zeigen, wie es geht. Jean-Pauls Lächeln, als er ihn das erste Mal probiert hat. Die anderen, für die sie ihn seitdem gebacken hat – die Frauen, die sie geliebt hat, die Frauen, die sie geliebt haben, und die, die das nicht getan haben. Die Kunden in ihrem Restaurant. Céline, *bien sûr*, und Max. Es ist ein Wissen, das in Juliettes Fingern und Muskeln und Knochen gespeichert ist. Ein Wissen, das die Vergangenheit umfasst, aber auch die Zukunft. Die Male, die sie ihn machen, die Menschen, die sie lieben, die Möglichkeiten, die sie ergreifen wird, den Herzschmerz, das Voranschreiten der von Liebe und Verlust und Lachen durchbrochenen Zeit.

Juliette wird das tun, von dem sie weiß, dass sie es tun muss.

Sie wird Helen sagen, was sie fühlt. Wer sie ist.

Sie wird ihr alles erzählen.

Weil sie den Preis einer nicht ausgesprochenen Wahrheit kennt.

Obwohl es eine Art Verrat ist. Obwohl es ihr nicht zusteht, Helen zu lieben.

KAPITEL 22

Max

Krankenhäuser geben Max das Gefühl, hohl zu sein, leer. Max hat nie jemandem im Krankenhaus verloren. Wenn Menschen aus Max' Leben gehen, verschwinden sie einfach. Oder er tut es. Wie auch immer, es ist einfach vorbei, und es bleibt nichts. Der andere ist weg.

Nina, Lars und Hugo sind mit dem französischen Arzt, der jünger aussieht, als Max erwartet hat, im Behandlungszimmer. Das Behandlungszimmer hat in der Tür ein Milchglasfenster, das Max' Gesicht wie in dichtem Nebel widerspiegelt. Max' altes Gesicht. Er versucht, sein Gesicht so selten wie möglich anzusehen. Die Frauen, mit denen er schläft, sehen ihr Gesicht oft an. Sie verbringen viel Zeit in seinem Bad und schmieren sich irgendein Zeug ins Gesicht, dann verbringen sie viel Zeit damit, das ursprünglich aufgetragene Zeug mit anderem Zeug wieder zu entfernen, um dann am Morgen das erste Zeug wieder aufzutragen. Max sieht sein Gesicht an. Es ist das Gesicht eines Fremden.

Es gibt nicht genug Stühle im Gang, deshalb stehen Max und Eddie neben einem Getränkeautomaten, während Beth und Sophie am anderen Ende des Korridors sitzen. Beth hat die Hände im Schoß gefaltet und guckt vor sich hin, Sophie sitzt neben einem Mann in einer Tweedjacke, der einen Gehstock zwischen den Knien hat. Sophie starrt auf das Display ihres Handys mit gerunzelter Stirn. Beth trägt ein geblümtes Kleid und eine Strickjacke, ihre Lippen sind ungeschminkt. In ihrem Bauch ist ein Baby, winzig klein wie eine Matroschkapuppe. Max kann es noch immer nicht fassen.

Max sieht auf den Krankenhausboden. Rosie versucht mit Helen, einen Kaffee für alle zu organisieren und noch einmal Soleil anzurufen. Max hat heute Morgen kaum mit jemandem gesprochen, nachdem er durstig, verwirrt und erschöpft auf der Couch aufgewacht war. Er mag Helen oder Rosie nicht ansehen. Er mag keine Anzeichen von Krankheit in Ninas Gesicht sehen oder das Baby in Beths Bauch oder die Verwirrung von Eddie. Die einzige Person, die er anzusehen erträgt, ist Lars, der in dem Zimmer ist, sodass er stattdessen in der geschlossenen Tür das kleine Fenster anstarrt, das sein unglückliches Spiegelbild reflektiert.

Er ist verloren. Das Einzige, das schlimmer ist als nicht erklärte Liebe, ist unerwiderte Liebe, wird Max jetzt mit schneidender Klarheit bewusst. Die Art Liebe, von der man weiß, dass sie nie, nie erwidert werden wird. Das Gefühl ist eine alte Erinnerung. Ein Schuh seiner Mutter, der verlassen in der Garderobe stand, der Aschenbecher, den sie immer benutzt hatte und der hinten in den Schrank geschoben worden war, ein bedrückendes Gefühl in der Luft. Hoffnung, die schwindet, hinterlässt eine nicht zu erklärende Stabilität. Sie setzt sich in einem fest. Es gibt kein Wort dafür. Max lehnt sich gegen die Wand.

»Ausgerechnet sie. Das hätte ich nie erwartet«, murmelt Eddie. »Nina, meine ich.«

Max nickt, obwohl er die Augen schließen möchte. In den Erdboden versinken und einfach verschwinden möchte.

»Sie war immer so tough.«

»Sie wird wieder«, murmelt Max und wünscht, er würde es

selber glauben. Die ganze Welt ist heute Morgen unsicher. Selbst die Neonröhre am Ende des Korridors flackert leicht.

Eddie räuspert sich. »Hey, Kumpel, hör zu, es tut mir leid, dass … Na ja, Beth hat nicht gewusst, dass du da warst …«

Max braucht eine Weile, um zu begreifen, wovon Eddie spricht. Er sieht flüchtig zu Beth hinüber, aber sie kann sie nicht hören.

»Wir, äh, arbeiten noch an einer Lösung«, sagt Eddie.

»Ja, sicher, Kumpel«, sagt Max.

»Wir versuchen zu sehen, was das Beste ist. Für sie, für mich … na ja, für uns alle.«

Max dreht sich um, um seinen Freund anzusehen. Auch Eddie sieht älter aus. Und Max fühlt sich einen kurzen Moment besser. Er nickt. »Klar. Kein Grund sich zu entschuldigen. Ihr findet eine Lösung.«

Eddie nickt ebenfalls und sieht zu der Tür des Behandlungszimmers. »Wir sind noch nicht so lange zusammen. Es kommt so plötzlich. Sie ist noch so jung. Ich nicht mehr. Ich bin nicht gut mit Kindern. Wir müssen einfach überlegen, was am besten ist.«

Max nickt. Er kann das. Er kann über etwas anderes als über Helen reden. Über etwas anderes als über die unendliche Leere, die in seinem Inneren herrscht. »Was will Beth?«

Eddie sieht Beth an und wieder zu Boden. »Sie will erst wissen, was ich will.«

»Weißt du es?«

»Was?«

»Was du willst?«

Eddie schüttelt den Kopf. »Das ist schon immer mein Problem gewesen. Ich bin nicht gut im Entscheidungen-Treffen. Du weißt das. Erinnerst du dich an Australien?«

Max nickt. Max hatte die ganze Reiseroute bestimmt. Eddie

war mit allem zufrieden gewesen, hat nie gemurrt. Eddie hat es nie eilig. Max ist ungeduldiger. Eddie ist lässig, Eddie hat nie etwas dagegen, dass Max alle Pläne macht.

»Rosie hat das nicht ausgehalten, verstehst du? Sie hat immer bestimmt, wohin wir gehen und was wir machen. Sie wollte mit jemandem zusammen sein ... na ja, mit jemandem, der stärker ist, vermute ich. Mit jemandem wie Nina. Wie Hugo. Sie hatte die Nase voll von mir.« Eddie zuckt mit den Schultern. »Das war okay. Ich hab's begriffen. Ich hatte auch die Nase voll von mir.«

Max dreht sich um. »Eddie, du bist ein guter Typ.«

»Vielleicht. Aber ich habe mich treiben lassen. Das kannst du nicht leugnen.«

»Du schwimmst mit dem Strom«, hält Max dagegen.

Eddie lacht spöttisch. »Weißt du, wie ich immer sein wollte?«

Max kennt die Antwort, bevor er sie ausspricht.

»Ich wollte wie du sein. Ich wollte einfach wie du sein. Ich habe gemacht, was du gemacht hast. Mit den Frauen. Mit dem Leben. Das weißt du, oder?«

»Wir sind Kumpel. Wir mögen dieselben Dinge«, antwortet Max versöhnlich.

Eddie schüttelt den Kopf. »Möglich. Keine Ahnung. Ich habe es nie herausgefunden. Vielleicht sind wir uns ähnlich, vielleicht nicht, Max. Das Problem ist, dass ich mit Sicherheit nicht dein Talent habe. Deshalb hab ich es versaut.«

»Das Musikbusiness ist nicht so toll, wie man meinen sollte«, murmelt Max.

Eddie hört kaum hin. »Deshalb kann ich so nicht weitermachen. Ich kann nicht dein Leben leben. Und jetzt muss ich diese enorm wichtige Entscheidung treffen ...«, Eddie sieht zu Boden. »Und ich habe verdammt noch mal keine Erfahrung.

Ich gehe auf die Vierzig zu und habe keine Erfahrung damit, mein Leben zu leben. Mein Gott.«

»Eddie …«

»Es ist so verkorkst, Max. Du hast keine Ahnung.«

»Ich habe durchaus eine Ahnung.«

»Du hast alles im Griff, Kumpel. Das Geld. Die Mädchen. Max, du lebst den Traum. Du lebst ihn.«

»Das tue ich nicht, Eddie.«

»Wer bin ich? Wie soll ich das herausfinden?« Eddies Stimme steigt an. »Sollen wir dieses Baby bekommen, Max?« Eddie starrt Max an. Er sieht aus, als würde er jeden Moment in Tränen ausbrechen. Max sieht den Korridor hinunter zu Beth, doch sie starrt noch immer ins Leere, die Hände gefaltet, als wäre sie in der Kirche. Eddie flüstert: »Ich habe Angst, Max.«

Max schließt die Augen und nickt. *Ich weiß. Ich auch, Kumpel. Ich auch.*

»Wer bin ich? Wie bin ich?«, fragt Eddie wieder.

Sophie blickt von ihrem Handy auf und schaut Max an. Einen Moment sieht er das kleine Kind in ihr, das sie einmal war. Er erinnert sich an Fotos von ihrer Geburt. Ihr kleines Gesicht, rosig verschrumpelt und wütend. Ihre absurd kleinen Finger, die sich um den Zeigefinger ihres Vaters klammern. Das kleine Bündel in Lars' Armen. Lars mit Tränen des Glücks in den Augen.

»Sei wie Lars«, antwortet Max müde.

Eine junge Frau kommt auf sie zu. Sie trägt eine weite Strickjacke über einem Top, ein langes, gemustertes Kleid. Das Kleid peitscht von einer Seite zur anderen bei jedem energischen Schritt und bringt Füße zum Vorschein, die in senfgelben Sandalen stecken. Max stößt sich von der Wand ab.

»Soleil.«

Sie sieht zu Eddie, hebt das Kinn. »Hi.«

Eddies Blick wandert von ihr zu Max.

»Weißt du, wo meine Schwester ist?«

»Sie holt Kaffee«, antwortet Max.

Soleil bedenkt ihn mit einem eisigen Blick.

»Soleil, ich ...«

Sie lässt ihn nicht zu Wort kommen. »Ich bin nicht euretwegen hier.«

Eddie hüstelt. »Ich werde mal ... nach Beth sehen.«

Er hebt seine Jacke auf, die auf dem Boden liegt, und geht den Korridor hinunter. Max beobachtet, wie er neben Beth in die Hocke geht. Er hält ihr eine Hand hin, die sie nur zögerlich ergreift.

Max sieht Soleil an. »Es tut mir leid.«

Sie verschränkt die Arme. »Du bist ein Ekel.«

Max nickt. »Ja.«

»Nicht jede will mit dir ins Bett. Nur weil du Gitarre in einer Band spielst, nur weil Leute dein Gesicht kennen. Das bedeutet nicht, dass du dieses Gesicht jemand anderem aufzwingen kannst.

»Nein.«

»Es bedeutet nicht, dass die Menschen dich wollen.«

»Ich weiß.«

Soleil schweigt einen Moment, betrachtet ihn stirnrunzelnd.

»Ich war völlig fertig an dem Abend. Ich hatte getrunken, Drogen genommen. Ich konnte nicht klar denken.«

»Nur an dem Abend?« Ihr Blick ist unerbittlich. »Wenn du nicht klarkommst, ist das nicht meine Schuld.«

»Nein, das ist nicht deine Schuld.«

Soleil betrachtet ihn erneut. »Du musst selbst damit fertigwerden.«

»Es tut mir wirklich leid«, sagt er erneut. Ihm ist schlecht. Er meint es ernst.

»Ich bin nur wegen Helen hier«, sagt Soleil, mitleidlos.

Sie wendet sich der Tür mit dem Milchglasfenster zu. »Ist Nina da drin?«

»Mit Lars und Hugo. Und dem Doktor.«

Soleil löst die Arme und steckt die Hände in die Taschen ihrer Strickjacke. Max sieht zu Sophie, die seinen Blick erwidert, bevor sie wieder zu der Tür mit dem Milchglasfenster sieht. Auch Max wendet sich wieder der Tür zu. Soleil, Sophie – sie alle starren die Scheibe an, die den Blick nicht freigibt auf den Raum dahinter. Sie können nur warten. Ihre Gedanken sind auf die Tür gerichtet, als könnten wenigstens sie sie durchdringen.

»Sie scheint eine gute Mutter zu sein«, sagt Soleil unvermittelt. »Sie alle drei ...«

»Ja«, sagt Max. »Die drei sind was ganz Besonderes.«

Sie schnaubt. »Ich hasse meine Eltern.«

»Ich auch«, murmelt Max. Er wirft ihr einen Blick zu. Sie sieht auf ihre Sandalen, die unter dem langen Kleid hervorlugen. Das Muster des Stoffes besteht aus unzähligen, in Wirbeln angeordneten Tupfen. Goldene, bronzene, braune Tupfen.

Ich hasse meine Eltern.

Ich auch.

Die Erkenntnis trifft ihn wie ein Schlag. Er hat seinen Vater immer gehasst. Die Gewalt, die Beschimpfungen, die Brutalität, die selbstsüchtige Art. Ein hoffnungsloser Fall. Aber seine Mutter ...

Max holt tief Luft. Er begreift, dass er im Grunde immer auf seine Mutter gehofft hatte. Wenn auch nur schwach. Es war wir ein fernes Wetterleuchten. Die Hoffnung, dass von seinen beiden Erzeugern wenigstens sie, seine Mutter, kein schlechter Mensch war. Worin hätte seine Hoffnung auch sonst bestehen sollen?

»Du kannst mir Helen nicht wegnehmen«, sagt Soleil mit fester Stimme. »Wir sind vielleicht nicht blutsverwandt ...« Ein schmerzliches Zucken umspielt ihre Lippen. »Aber das ist egal. Du kannst sie mir nicht nehmen.«

Max nickt bedächtig.

»Sie ist die einzige Familie, die ich habe.«

Am Ende des Korridors erhebt sich Eddie aus der Hocke und geht zu der Tür, die ins Treppenhaus führt, durch die jetzt Rosie und Beth hereinkommen, in den Händen Tabletts mit Kaffeebechern. Rosie geht voran. Beth steht auf, als Rosie ihr einen Becher reicht. Eddie berührt Helen an der Schulter, drückt sie. Sie wirkt heute so klein. Sie ist blass, ihr Sweatshirt eine Nummer zu groß. Max bemerkt, wie Soleil die Schultern strafft. Helen geht zuerst zu Sophie, reicht ihr einen Becher. Das Mädchen nickt zum Dank.

Max beobachtet, wie Helen die Lippen verzieht, wie ihr eine Strähne ins Gesicht rutscht. Wie sie mit der freien Hand die dunkle Strähne hinters Ohr streicht. Dann wendet sie den Blick in Max' Richtung. Ihre Blicke treffen sich. Dann sieht sie Soleil. Max beobachtet, wie sich ihre Miene verändert. Ungläubige Verwunderung verwandelt sich in einen Ausdruck großer Erleichterung. Auch wenn Max nie erlebt hat, wie es ist, wenn man Familie hat, so ist er sich sicher, dass es sich so anfühlen muss. Helen und Max sind Familie.

Sie ist die einzige Familie, die ich habe.

Aber Helen ist nicht Max' Familie.

Und sie ist auch nicht Soleils Familie.

Es dauert den Bruchteil einer Sekunde, bis er das klickende Geräusch richtig einordnen kann. Es ist die Tür mit dem

Milchglas, die sich jetzt öffnet. Leise Stimmen, die sich unterhalten. Tageslicht, das auf den Korridor fällt.

Alle sehen hin.

Dann geht die Tür vollständig auf.

EIN JAHR SPÄTER –
UN AN PLUS TARD

KAPITEL 23

Juliette

Juliette steckt den Schlüssel ins Schloss. Die Topfpflanzen draußen sind fort, ersetzt durch Pflanzboxen mit Kräutern und essbaren Blumen und eine lange Steinbank für wartende Kunden. Die Farbe um die Fensterrahmen ist jetzt glänzend schwarz, das Ladenschild mit den Messingbuchstaben ebenfalls. Der Efeu ist noch da, er ist zurückgeschnitten worden, kommt aber mit hellgrünen Schösslingen und zitternden herzförmigen Blättern wieder. Juliette öffnet die Tür. Ihr schlagen der Geruch nach Gebackenem und der Klang von Rap entgegen, von Xuan, der mitsingt. Die Stühle stehen noch auf den Tischen, der neu geflieste Boden ist sauber und glänzt.

Sie betritt die Küche und lächelt.

Xuan wischt sich mit einer Ecke seiner Schürze den Schweiß von der Stirn und stellt die Stereoanlage leiser. Sein dickes schwarzes Haar steht ab wie Ausrufungszeichen. »Ich habe nicht gewusst, dass du heute kommst.«

»Entschuldige, ich bin früh aufgewacht und konnte nicht mehr einschlafen.«

Xuan nickt. Das Los des Bäckers – die Gewohnheit aufzuwachen, bevor die Sonne aufgeht, eine Gewohnheit, die sich nur schwer ablegen lässt, selbst an freien Tagen. Juliette ist seit der Morgendämmerung wach, hat beobachtet, wie sich die

Farbe des Lichts, das durch das Fenster fiel, auf ihrer Haut verändert hat. Von Violett zu Gold und zu Elfenbeinfarben, während ihre Gedanken in den Erinnerungen geblättert haben, in Wünsche eingetaucht und dann zu eher praktischen Dingen übergegangen sind. Den Sonderbestellungen der *boulangerie-pâtisserie*, die ihren Namen trägt, den Vorräten, die sich nachbestellen, den E-Mails, die beantwortet werden müssen.

»Wie läuft es? Brauchst du Hilfe mit den Bestellungen?«

Xuan zeigt auf eine Bank mit vier weißen Schachteln, deren Deckel offen stehen. »Alles fertig. Wann sollen sie abgeholt werden?«

»Der *kouign-amann* heute Morgen«, antwortet Juliette, bemüht, ihrer Stimme Festigkeit zu verleihen. Das ist der wahre Grund, warum sie nicht schlafen konnte. Der Grund, warum sie so früh vorbeiguckt, obwohl sie versucht hat, nicht daran zu denken. »Die anderen am Mittag.«

Sie begutachtet die Karamellisierung der beiden *kouign-amanns*, die Regelmäßigkeit und Tiefe der Kerben des Eisens. Xuan hat in so kurzer Zeit so viel gelernt. Er ist ein echtes Talent. Das sollte Juliette nicht überraschen, er ist praktisch in einem Restaurant aufgewachsen. Hin und wieder hat Juliette Angst, dass er Douarnenez den Rücken kehren könnte, doch das scheint Xuan nicht zu wollen, jedenfalls noch nicht. Seine Loyalität gegenüber seiner Familie, seinen Eltern, ist sehr groß, er ist jetzt der älteste Sohn nach dem Verlust seines Bruders, und er hat Charisma, was bedeutet, dass es ihm an Freundinnen nicht mangelt. Juliette inspiziert die anderen Schachteln – ein *gâteau breton* und eine große *quiche*.

»Das sieht großartig aus, Xuan. *Parfait*.«

»Danke, Juliette.«

»Kann ich sonst noch was tun?«

»Im Moment nicht. Ich muss noch ein paar Sachen glasieren, und danach fülle ich die Vitrinen.«

»Ich helfe dir dabei. Wenn du mich brauchst, ich bin vorne.«

Xuan nickt, und Juliette lässt ihren Blick durch die Küche schweifen, bevor sie wieder geht, ein Stück Pergamentpapier zusammenknüllt und auf dem Weg nach draußen in den Mülleimer wirft.

Nachdem sie die Stühle von den Tischen genommen hat, füllt Juliette die Servietten auf und faltet Schachteln. Sie wischt die Vitrinen ab, obwohl sie makellos scheinen, poliert das Glas außen, sodass sich das Licht, das durch das Fenster kommt, darin spiegelt. Sie tritt zurück und hält inne, erinnert sich, wie es hier ausgesehen hat, als sie noch ein Kind war, ein Teenager. Sie stellt sich Stéphanie Jeunet in ihrem hellroten Rollkragenpullover hinter der Theke vor, mit den dekorativen Weidenkörben im Regal, und wie sie Juliette, die hereinkommt, etwas zuruft. Juliette hatte Glück gehabt, dass der Laden noch zum Verkauf stand, aber er war auch in einem Zustand gewesen, der vermutlich kaum viele Interessenten angelockt hatte. Die Immobilienmaklerin hatte ihr einzureden versucht, dass alles praktisch voll funktionstüchtig sei, doch Juliette hatte gewusst, dass fast das gesamte Inventar – Öfen, Tische, der Tresen – ersetzt werden musste. Dennoch spürte sie noch immer Stéphanie Jeunets Gegenwart, was sie woanders nicht getan hätte, und das war etwas wert. War Juliette etwas wert.

Stéphanies Gegenwart machte Juliette Mut, als sie die gesamten elektrischen Leitungen auswechseln musste und als sie erfuhr, dass Efeuwurzeln in den Abwasserkanal des Hauses gedrungen waren. Der Gedanke an Stéphanie beruhigte sie, als die ersten Rechnungen kamen, als Xuan noch nicht da war, um sie zu unterstützen. Sie tröstete sie, als die Einsamkeit sie heimsuchte, die jeder Geschäftsinhaber kennt, die Last, alles am Laufen zu halten, die Übersicht nicht zu verlieren, wenn die Dinge nicht nach Plan laufen. Immer wieder stellt Juliette sich Stéphanie vor, wie sie, zufrieden mit ihrem Platz auf der Welt, an ihrer gewohnten Stelle steht und lächelnd, schwatzend und nie in Eile *brioches* und *gâteaux* und Brote verkauft, die so gemacht sind, wie sie sie immer gemacht hat, wie ihre Mutter sie gemacht hätte. Auch Juliette ist heute weniger in Eile. Ihr Pariser Selbst wäre entsetzt über ihr gemächliches Tempo, wie sie innehält, bevor sie Entscheidungen trifft, über ihre einfache, unkomplizierte Art zu kochen.

Die Eingangstür geht auf. Juliette sieht auf.

»Hi, Juliette.«

Er trägt einen Anzug. Einen schönen Anzug, grau, entweder neu oder frisch aus der chemischen Reinigung. Keine Krawatte. Eine dunkle Sonnenbrille. Ein leuchtend weißes Hemd, dessen oberste zwei Knöpfe offen stehen. Er schiebt die Sonnenbrille auf den Kopf. Sie hatte nicht damit gerechnet, dass er kommen würde. Sie hatte gedacht, dass vielleicht einer der anderen kommen würde. Helen. Natürlich hatte sie sich gewünscht, dass es Helen sein würde.

»Hi, Max«, sagt sie. Er ist ein bisschen dünner als früher. Ansonsten sieht er wie immer aus. »Du siehst gut aus.«

»Ich habe mich extra herausgeputzt«, entgegnet er mit einem freundlichen Lächeln. Juliette legt ihr Tuch hin, kommt hinter dem Tresen hervor. Max gibt ihr einen Kuss auf jede Wange.

»Helen holt gerade die Blumen«, sagt er, als könnte er ihre Gedanken lesen. »Geht es dir gut?«

»Ja, sehr.«

Max sieht sich um. »Das gehört alles dir?«

»*Oui*. Mir und der Bank.«

»Es ist großartig.«

»Danke.«

»Läuft das Geschäft?«

»*Oui.*«

Sie schweigen einen Moment und sehen sich an. Juliette kann Xuans Musik in der Küche hören und das Scheppern von Backblechen, die auf den Tischen herumgeschoben werden.

»Schöner Tag für eine Hochzeit«, sagt sie schließlich.

»Ja«, antwortet Max und räuspert sich. »Ich bin es nicht gewohnt, bei solchen Anlässen so nüchtern zu sein.«

»Wie geht dir?«

Max erwidert Juliettes Blick. »Es wird besser. Etwas einfacher.« Seine Miene verdunkelt sich. »Ich wollte dich wirklich anrufen ...«

Juliette erinnert sich an den Moment im Treppenhaus. An das Gefühl, hinausgeworfen zu werden. Sie war kein Teil von ihnen, aber sie waren jetzt ein Teil von ihr. Sie hatte gehen müssen, aber nicht gehen wollen. Sie erinnert sich an Helens Gesicht hinter Max und an das Geräusch ihrer Sandalen auf dem Weg nach unten.

»Ich wollte mich ...«

»Entschuldigen«, beendet Juliette den Satz. Sie weiß, dass es Teil eines Entzugs ist, sich bei den Menschen zu entschuldigen, denen man Unrecht getan hat. Sie sieht ihn eingehend an. Sein Gesicht ist aufgewühlt und ernst, und er nickt. Sie freut sich, dass er es durchzieht.

»Ja. Ich ...«

Juliette unterbricht ihn: »Du musst dich nicht entschuldigen, Max. Für mich hat sich alles zum Guten gefügt. Ich bin glücklich hier.« Sie zögert. »Glücklicher als ich je gedacht hätte, in Douarnenez werden zu können.«

»Ja …« Max sieht sich um. »Ich freue mich wirklich für dich. Es passt zu dir. Ich war letzte Woche in deinem alten Restaurant.« Er beugt sich verschwörerisch vor. »Der *kouign-amann* war nicht annähernd so gut.«

Juliette lacht. »Alter Schmeichler.«

»Das ist die Wahrheit«, protestiert er.

»Da wir gerade davon reden, du kommst wegen deiner Bestellung, richtig?«, sagt Juliette. Max nickt. Juliette geht in die Küche und schließt zwei der weißen Schachteln.

Sie stapelt sie übereinander und kommt zurück.

»*Kouign-amann* als Hochzeitskuchen«, sagt sie. »Das ist eine Premiere für mich.«

»Kannst du dir etwas Besseres vorstellen?«, fragt Max.

»Eigentlich nicht.«

Max steckt einen Schlüsselbund in die Tasche seiner Hose und nimmt die Schachteln.

»Was schulde ich dir?«

Juliette schüttelt den Kopf. »Das ist ein Hochzeitsgeschenk.«

»Ich möchte das bezahlen.«

»Ich habe gesagt, dass es ein Geschenk ist, also ist es ein Geschenk. Ich habe es versprochen. Keine Diskussion, sonst werde ich sauer«, sagt sie scherzend.

Max neigt den Kopf und lacht. »Das will ich sehen. Bist du sicher?«

»Nimm sie.«

Juliette wartet, dass er geht, aber er zögert.

»Kommst du auch? Wir waren nicht sicher, ob du …«

Juliette holt Luft. Carrou, Stéphanies Nichte, ist jetzt Max' Haushälterin. Sie hat Juliette erzählt, wie der Garten geschmückt worden ist, mit all den blühenden Blumen, den Kisten mit teurem Champagner, die angeliefert worden sind. Carrou, die nie selbst geheiratet hat, ist aus dem Schwärmen nicht herausgekommen. Ein Priester aus Rennes, ein Jazzsänger aus Paris, gemietete Stühle, Laternen und Kerzen für den Abend. Ein Caterering-Service würde den ganzen Abend anwesend sein. Sie würde kaum etwas zu tun haben. Nur hier und da ein wenig aufräumen, die Bäder und Schlafzimmer der Gäste herrichten, ein paar *canapés* herumreichen. Carrou hat sich sogar in einem der teuren Touristenläden in Locranon ein neues Kleid gekauft. Korallenrosa mit einem Spitzenkragen. Juliette sieht es vor ihrem geistigen Auge, sieht auch die anderen deutlich vor sich – Eddie und Beth und ihr Baby; Sophie, die neben Etienne steht, der, nach allem, was Juliette so mitbekommt, total verknallt ist in das schöne englische Mädchen; Rosie, die Schmuck trägt, den sie selbst angefertigt hat, und die sehr elegant aussieht …

Juliette holt tief Luft, sieht Max an. »Vielleicht«, sagt sie schließlich.

»Komm«, drängt Max.

»Wir werden sehen.«

Max nickt verständnisvoll und wendet sich zum Gehen. Bei der Tür bleibt er stehen. »Es tut mir trotzdem leid. Ob du das nun von mir erwartest oder nicht. Ich war egoistisch.«

»Danke, Max«, antwortet sie.

Juliette denkt über ihren eigenen Egoismus nach, wie sehr sie sich gewünscht hätte, dass Helen an Stelle von ihm gekommen wäre. Sie weiß, dass es eine Tortur wäre, sie in Person zu sehen statt nur in ihren Tagträumen, morgens schlaflos im Bett oder am Nachmittag, wenn im Geschäft nicht viel los ist.

Das letzte Mal hatte Juliette Helen im *Musée de l'Orangerie* gesehen, Juliettes Lieblingsmuseum. Monets überdimensionale Seerosenbilder waren umwerfend. Die Räumlichkeiten, von natürlichem Licht durchströmt, wirkten geradezu feierlich. Juliette hatte mit Helen vor einem dieser konkaven Gemälde gestanden, die blassen Grüntöne, die sanften Blau- und Violetttöne auf sich wirken lassen, und sie hatte sich gewünscht, nach ihrer Hand greifen zu können.

»Ich bitte dich um nichts«, hatte Juliette gesagt, und sie war froh, dass ihre Stimme nicht zitterte. »Ich will nur ehrlich sein. Ich muss ehrlich sein.«

Mit Helen an diesem Ort zu sein, vor ihr ein Geständnis abzulegen, hatte sich wie damals angefühlt, als Juliette Botschaften geschrieben und in Flaschen gesteckt und auf ihren sonntäglichen Strandspaziergängen mit ihrem Vater ins Meer geworfen hatte. Beide hatten die Augen mit den Händen abgeschirmt und der Flasche nachgesehen, die auf den Wellen tanzte, sie beobachtet, bis sie verschwunden war, wohl wissend, dass sie wahrscheinlich von niemandem gefunden wurde, aber sie versuchten es trotzdem. Hofften darauf, weil es einfach Spaß machte, weil sie nichts dabei zu verlieren hatten.

Juliette und Helen waren langsam durch die beiden ovalen Räume geschlendert, einmal, zweimal und noch einmal. Juliette hatte nicht mehr mitgezählt, während sie ihr alles gesagt hatte, genau wie sie es sich in der Küche geschworen hatte. Sie hatte Helen alles erzählt. Von Céline. Maman und Dad. Von dem Bedauern. Der Traurigkeit. Den Hoffnungen. Den Wünschen. Helen hatte zugehört wie ein Priester, der die Beichte abnimmt, und als Juliette geendet und nichts anderes gewollt hatte, als Helen an sich zu ziehen und festzuhalten, hatte Helen eine Armeslänge von ihr entfernt gestanden und geflüstert: »Es geht nicht.« Ihre Stimme hatte vor Tränen gezittert.

Als Max geht, die Hochzeitskuchen in Händen, die Sonnenbrille wieder auf der Nase, beobachtet Juliette ihn durch das Fenster. Sie sieht ihm nach, bis er aus ihrem Blickfeld verschwunden ist, dann geht sie zurück in die Küche und hilft Xuan, die Tabletts mit den Backwaren zu den Tischen zu bringen. Sie lenkt sich mit Arbeit ab, macht Milchbrötchen und *tartes*, stellt Kuchen auf Anrichten, stapelt *baguettes* in Brotkästen. Xuan redet, während Juliette zuhört und still und ruhig alles, was Xuan gemacht hat, auf seine Qualität überprüft, obwohl sie das eigentlich nicht braucht. Als alles ausgestellt ist, tritt Juliette einen Schritt zurück und beurteilt die Auslage, bevor sie nach draußen geht, um Kräuter aus der Pflanzkiste zum Verzieren zu schneiden.

Eine Frau mit dunklen Haaren sitzt mit dem Rücken zum Schaufenster auf der Steinbank in der Morgensonne. Sie trägt ein einfaches weißes Seidenoberteil und eine enge hellgraue Hose in der gleichen Farbe wie Max' Anzug. Ihr offenes Haar ist sehr viel länger als früher und wellig. Natürlich ist sie schön. So schön, wie Juliette sie in Erinnerung hat. Ein Schauder durchfährt sie. Juliette spürt ihren Namen in ihrem Mund, zögert aber, ihn auszusprechen.

»Helen?«

»Ich wollte dich nicht stören. Du hat so beschäftigt ausgesehen.« Sie zeigt in die *boulangerie*.

»Oh«, antwortet Juliette. Ihr Herz rast.

»Es ist wirklich schön. Die Ziegel, die Farbe … Das hast du wirklich gut gemacht.«

»Danke«, antwortet Juliette. Ihre Kehle ist trocken. »Max hat vorbeigeschaut«, sagt sie und wechselt das Thema. »Es scheint ihm gut zu gehen.«

»Ja, es geht ihm sehr viel besser«, sagt Helen und nickt. »Er hat das gebraucht, was passiert ist. Die Anklage. Und den Entzug natürlich.« Sie redet schnell, nervös. »Er macht im Moment eine Pause von der Band. Hat er dir das gesagt? Er schreibt neue Songs.«

»Das ist großartig.«

»Du weißt, dass Eddie und Beth ihr Baby bekommen haben?«

»Sonny. Ja, ich habe es gehört.«

»Und das von Rosie?« Helen zögert, spricht langsamer. »Von ihr und Hugo? Sie sind nicht mehr …«

»Ja, das habe ich auch gehört.«

Helen sieht auf ihre Füße. »Die Trennung war nicht einfach für sie. Aber sie hat die Jungs. Und ihre Geschäft. Sie wird wieder auf die Beine kommen.«

»Natürlich«, versichert Juliette.

Helen streckt die Hand aus. Jetzt erst sieht Juliette den kleinen Strauß dunkelvioletter Blumen. Sie sind mit einem grünen Band zusammengebunden. Helen reicht ihn ihr.

»Ich habe immer wieder daran gedacht, was du mir in Paris erzählt hast«, sagt sie leise. »Setzt du dich einen Moment zu mir?«

Juliette setzt sich auf die Bank.

Helen holt tief Luft, die Efeublätter hinter ihr flattern in der Brise. »Erinnerst du dich noch, wie wir über Rosie sprachen?«, beginnt sie schließlich. »Dass sie immer an die große Liebe geglaubt hat? Glücklich bis an ihr Lebensende …«

»Ich erinnere mich«, murmelt Juliette, ohne sie anzusehen. Es reicht ihr, Helen so nahe zu sein. Sie sieht die Haut ihrer Beine zwischen der Hose und den Schuhen, Lederballerinas. Sie spürt die Wärme ihres Körpers und die Bewegung ihrer Haare.

»Ich bin mir immer noch nicht sicher, ob das das Richtige für mich ist«, fährt sie fort. »Ich weiß nicht, ob es zu mir passt. Oder ob ich es verdiene.«

Jetzt sieht Juliette sie an. Helens Augen sind dunkel und rund. Sie greift nach Juliettes Hand und nimmt sie in die ihre.

Ihre Haut ist weich und kalt, ihre Finger verflechten sich mühelos mit Juliettes, als wären sie dafür gemacht. »Aber ich würde es gerne versuchen.«

»Helen, ich …«

»Ich weiß, dass ich lange gebraucht habe.«

»Das ist es nicht …«

»Ich habe viel darüber nachgedacht, Juliette. Es gibt keinen Fluch und keine vergifteten Pfeile wie in alten Rittergeschichten. Es droht keine Gefahr von bösen Mächten. Nur wir selbst können unser Glück zerstören.«

Juliette streicht mit dem Daumen über Helens Hand. Sie staunt, wie weich ihre Haut ist, staunt über das atemberaubende Glücksgefühl, das sie durchströmt.

»Ich weiß, dass ich verletzt werden kann«, flüstert Helen. »Aber ich werde meine Meinung nicht ändern.«

Juliette nickt.

»Bitte komm zu der Hochzeit«, drängt Helen und drückt sanft Juliettes Hand. »Nina sieht so wunderschön aus, du musst sie sehen. So gesund. Sie will, dass du kommst, und Lars auch. Sophie, Rosie … wir alle, Juliette, ehrlich. Ohne dich wäre es nicht das Gleiche. Dieses Wochenende hat uns alle verändert.«

Juliette weiß, dass das stimmt, sie hat es auch gespürt. Etwas war zerrissen, wie ein fadenscheiniges Gewebe. Sie hatte es komplett neu weben müssen. So war es ihnen allen gegangen, und jetzt ließen sich ihre Fäden nicht mehr lösen.

»Bitte.« Helens Stimme ist hell und süß, Juliette begegnet erneut ihrem Blick. »Mit mir«, fügt sie hinzu.

»Okay«, flüstert Juliette.

Helen rückt näher und legt ihren Kopf auf Juliettes Schulter. Sie atmet aus, als wäre ihr eine große Last abgenommen worden. Juliette sieht auf Helens Gesicht hinunter, ihre weichen Lippen, ihre Hand, die ihre noch immer umklammert hält. Wie eine Möwe, die die Flügel ausbreitet, um auf den unsichtbaren Luftströmen zu schweben, spürt Juliette, wie Hoffnung sich in ihr ausbreitet und ihr Herz öffnet. Sie sieht einen Moment in den blassen, wolkenverhangenen Frühlingshimmel und lächelt.

Eine französische Hochzeit

Lars Johnsson und Nina Wright

heißen euch zusammen mit ihrer Tochter Sophie
herzlich zu ihrer Hochzeit willkommen.

Prozessionshymne: »Landslide« von Fleetwood Mac
Vorgetragen von Claudine Moreau (Sängerin)
und Etienne Reynauld (Violine)

Lesung: »Ich trage dein Herz bei mir« von e. e. cummings
Gelesen von Rosie O'Connor

Schlusshymne: »Wonder«
Geschrieben und gespielt von Max Dresner

Every thing you gave me, saved
Every word, every gesture
Is a treasure,
Lock of baby's hair
A wisp, a curl
A thing no longer
Makes you wonder –
What a wonder

To wish you well
To wish you better
To be better too –
What is left
After the notes have faded
A Nothing Something
Riches of Nothing Somethings.
A wisp, a curl
A thing no longer
Makes you wonder –
What a wonder
To wish you well
To wish you better
To be better too –

Esst, trinkt, tanzt und lacht nach der Zeremonie mit uns. Zieht eure Schuhe aus. Öffnet euer Haar, bleibt, solange ihr wollt.

Danke, dass ihr diesen Tag mit uns verbringt. Danke für die Tage, die ihr bereits mit uns verbracht habt und in Zukunft noch mit uns verbringen werdet.

In Liebe
Lars und Nina

Danksagungen

Wie immer schulde ich vielen Menschen Dank für ihren Beitrag, ihre Freundlichkeit und ihre Unterstützung, ohne die dieses Buch einfach nicht möglich gewesen wäre.

Liebe und Dankbarkeit gehen an: Veronique Guilloteau, Sid und Monique Nedjar, Agnès und Claude François, Marie Chesneau, Mahé Corelleur und die Menschen aus Douarnenez in der Bretagne, dass sie ihre großartige Landschaft und Sprache mit mir geteilt haben; die engagierten Teams bei Inkwell Management und Pan Macmillan Australia einschließlich Alexandra Craig, Catherine Drayton, Emma Rafferty, Mathilda Imlah, Clare Keighery und Karen McKenzie für ihre wichtige und oft unsichtbare, harte Arbeit; Brianne Collins, Elizabeth Ireland, Ria Voros, Glenys Tunnicliffe, Kendall Stewart und Lucie Geappen für das Lesen von Entwürfen und ihre unermüdliche Ermutigung; Alayna Wilton und Sam und Jo Hallinan für die Hilfe bei der Recherche; und an Moana Salmon, die Tunnicliffes, Ballestys, Wattses, Olds, Stewarts und alle Freunde und Familienmitglieder, die das beste Team von Cheerleadern waren, die man sich nur wünschen kann. Meine größte Dankbarkeit und Bewunderung geht an meine Mädchen: Wren, Noa und Bonnie, ihr habt mich vor zu viel Egoismus, zu viel Ernst und zu vielen Grübeleien und einsamen Rückzügen ins Bad gerettet; und an meinen Kerl, Matt, Komiker, Liebhaber,

Beschützer, Co-Anführer dieses verrückten Zirkus und meine wahre Liebe. Das Leben ist ein wunderbares, verrücktes Abenteuer mit euch vieren.

Und schließlich und endlich widme ich dieses Buch meinen Eltern: Robert und Glenys Tunnicliffe. Danke, dass ihr gelesen und meinen Geschwistern und mir so viele Geschichten erzählt habt und, was am wichtigsten ist, dass ihr uns Liebe geschenkt und Mut gemacht habt, selber zu schreiben: *Merci mille fois*.